기 생 문 학 산 고

(전 기 · 설 화 편)

유지는 선비의 딸이다. 황주 기생으로 떨어져 있더
니 내가 황해도 감사로 갔을 적에 동기로 수종들었
는데, 날씬한 몸매에 곱게 단장하여 얼굴은 맑고 머
리는 영리하므로 내가 쓰다듬고 어여삐 여기긴 했
으나 처음부터 정욕의 뜻을 품지는 아니했다. 그 뒤
에 내가 원접사가 되어 평안도로 오고갈 적에 유지
는 매양 안방에 있었지만 일찍이 하루도 서로 가까
이 하지는 아니했다.

— 이이李珥의 '유지사柳枝詞'에서

삼추가연三秋佳緣(세 명이 가을에 맺은 아름다운 인연)

어린 기생의 머리를 얹어주어 첫날밤을 치르는 초야권을 사고 파는 장면이다. 우측 상단에는 칠언절구 한 수가 화제로 달려있다. "秋叢繞 舍似陶家, 遍繞籬邊日漸斜. 不是花中偏愛菊, 此花開盡更無花. 국화꽃 집 둘레 감돌아 도연명의 집이런가, 울타리 빙 둘러 화사한데 해는 저무네. 꽃 중에 유달리 국화만 좋아하는 건 아닌데, 이 꽃 다 피고 나면 더는 꽃이 없다네." 중국 당나라 원진元稹의 시 '국화菊花'이다.

혜원 신윤복, 지본담채 35.6 × 28.2cm
출처; 간송미술관 소장
국보 135호
「혜원전신첩蕙園傳神帖」

기방무사妓房無事 (기방 안에 아무 일도 일어나지 않았다)

기방 안에 탕건을 쓴 사내가 문턱에 팔을 괴고 비스듬히 누워있고, 기생을 수발하는 몸종인 듯 한 노랑저고리와 붉은 치마를 입은 여자가 댕기머리를 늘어뜨린 채 사내 앞쪽으로 엎드려 있다. 막 외출에서 집안으로 들어서 댓돌 위로 올라서는 여인은 전모를 쓴 아래 검은 가리마가 있는 걸로 보아 기생이다. 그동안 방안에는 무슨 일이 있었을까.

혜원 신윤복, 지본담채 35.6 × 28.2cm

출처; 간송미술관 소장

국보 135호

「혜원전신첩蕙園傳神帖」

연소답청年少踏靑(젊은이들의 봄나들이)

'연소답청'이란 젊은 선비들이 푸른 새싹을 밟는다는 뜻으로 조선 후기에 양반들이 벌이는 들놀이를 말한다. 젊고 늙은 양반들이 종과 기생을 앞세워 경승이 빼어난 좋은 산천을 찾아 노닐며 즐기고 돌아오는 모습을 섬세한 필치로 그렸다. 한 기생은 말 잡히고 장죽까지 꼬나물었으니, 호사도 이만하면 그만이다. 양반은 말 잡고 걷고 있는데, 기생은 말에 올랐으니 기생 팔자가 늘어졌다.

혜원 신윤복, 지본담채 35.6 × 28.2cm
출처; 간송미술관 소장
국보 135호
「혜원전신첩蕙園傳神帖」

상춘야흥常春野興 (봄날의 들판에서 여흥을 즐기다)

진달래꽃이 피기 시작한 화창한 어느 봄날 양반가의 후원인가. 야트막
한 동산을 배경으로 거문고, 대금과 해금이 어우러진 단출한 악기만으
로 구성해 벌어지는 연회의 흥취를 그렸다. 개다리소반에 차려진 술상
이 너무 소박하여 탈이라면 탈이다.

혜원 신윤복, 지본담채 35.6 × 28.2cm
출처; 간송미술관 소장
국보 135호
「혜원전신첩蕙園傳神帖」

청루소일靑樓消日 (청루에서 시간을 보내다)

방 안에 여유롭게 탕건을 쓴 사내가 앉아있고 쪽마루에는 생황을 든 여인이 가체를 틀어 올리고 앉아서 집으로 들어오는 여자를 바라보고 있다. 적막한 오후 한 때, 댓돌 위에는 여인의 당혜 한 켤레만 덩그라니 놓여있다. 양반의 신발은 온데간데 없다. 기이한 기방 풍경을 그렸다.

혜원 신윤복, 지본담채 35.6 × 28.2cm
출처; 간송미술관 소장
국보 135호
「혜원전신첩蕙園傳神帖」

주유청강舟遊淸江(맑은 강 위에서 뱃놀이를 하다)

강 위에 차일을 친 배를 띄우고 두 양반이 악동과 기생을 거느리고 한가롭게 소요하고 있다. 화면 왼쪽 상단에 "一笛晚風聽不得, 白鷗飛下浪花前"이란 화제가 붙었다. "피리소리는 바람을 타서 들리지 아니한데, 흰 갈매기는 물거품 앞으로 날아드네"란 뜻이다.

혜원 신윤복, 지본담채 35.6 × 28.2cm
출처; 간송미술관 소장
국보 135호
「혜원전신첩蕙園傳神帖」

유곽쟁웅遊廓爭雄(기생집에서 싸우다)

유곽은 기생집이다. 기방 문 앞에서 싸움이 대판 벌어진 모습을 그렸
다. 두 싸움꾼은 갓이 어디로 갔는지 보이지 않는다. 우측 하단 귀퉁이
에서는 한 선비가 망태와 대우가 떨어져버린 망가진 갓을 주워 수습하
고 있다. 한판 단단히 붙긴 붙은 모양이다. 큰 가체머리를 올리고 장죽
을 문 기생은 구경을 하고 붉은 옷을 입은 별감이 싸움을 말리고 있다.

혜원 신윤복, 지본담채 35.6 × 28.2cm

출처; 간송미술관 소장

국보 135호

「혜원전신첩蕙園傳神帖」

조선 궁중무용수

구한말 프랑스의 고고학자이자 철도와 광산 개발에 관련된 기술자문을 했던 에밀 부르다레(Emile Bourdaret)가 1904년에 프랑스에서 펴낸 책 『En Corée』에 실린 것으로, 1903년 경 고종황제의 만수무강을 기원하는 궁중연회에 참석하고 찍은 사진이다.

평양 연광정練光亭

평양 연광정은 대동강변 덕바위에 있는 정자로 대동문大同門과 접하여 강을 내려다볼 수 있다. 중국의 사신이 통과할 때마다 이곳에서 주연이 베풀어지고 강화담판을 한 곳으로도 유명하지만, 임진왜란 때 기생 계월향桂月香이 일본의 부장 고니시 히小西飛를 꾀어 죽인 유서 깊은 곳이기도 하다.

궁중연회 뒤 기생의 기념촬영

궁중 연회에서 가무는 주로 의녀들이 맡았다. 의녀들은 의술 이외에도 악기와 노래, 춤을 배워야 했다. 사진은 덕수궁에서 연회를 마친 뒤 양복 입은 귀빈을 모시고 여악을 맡았던 기녀들이 앞에 서고 장악원掌樂院 악사들이 뒤에 서서 기념 촬영한 사진이다.

기생문학산고 二

(전기 · 설화편)

기생문학산고 二

(전기·설화편)

이 상 원

국학자료원

기생은 말하는 꽃이다. 오랜 역사에서 기생은 천한 신분으로 우리 문화의 한 전형을 이루어왔다. 폭압적인 신분체제에 예속된 성 노예로서 기방문화의 짙은 그늘 속으로 들어가 보면 여인으로서 겪어야 했던 아픔과 질곡의 삶이 그대로 투영되어 있다. 기생문학은 한국문학의 소중한 자산으로서 다양한 시각에서 그 전모를 살펴볼 수 있다. 시조와 한시, 설화와 야담, 전설과 가사에 이르는 폭 넓은 장르에 걸쳐 매우 다채로운 양식으로 문헌에 정착되거나 구비전승되어 오늘에 이른다. 삼국시대, 고려시대, 조선시대와 구한말을 거쳐 일제치하까지 존속된 기방문화와 습속은 비록 우리의 어두운 과거이지만 21세기를 건너는 우리 후손들에게 다채롭고도 풍부한 컨텐츠를 제공하고 있다.

졸저는 최근 계간 『뿌리』에 연재되었던 '조선의 아웃사이더, 기생의 한시 탐색'을 수정 보완하여 두 권으로 엮은 것이다. 그동안 햇수로 벌써 이태가 흘렀다. 『기생문학산고』는 필자의 또 다른 졸저인 『노비문학산고』와 짝을 이루어 펴내는 천민문학에 관한 연구서인 셈이다. 필자는 서른 해 전부터 방외인이나 주변인과 같이 변방에 묻힌 조선의 아웃사이더들에 지대한 관심을 가지고 이를 천착해오고 있다. 처음에는 남명 조식을 찾아 글을 쓰다가 그 뒤로는 하원 정수동, 석주 권필, 기생이나 노비와 같은 비주류의 삶과 문학에 관심을 가지고 이들을 통하여 이 땅에 뿌리내린 소중한 문학자산을 새로운 시각에서 살펴보려고 하였다.

기생문학은 문헌으로 정착되기에는 애초부터 한계가 있을 수밖에 없다. 그래서 더러 문자가 들락거리고, 심지어 작자와 작품이 잘못 전해진 것도 있음을 발견할 수 있다. 특히 사대부가 남긴 다양한 문헌에 흩어져 존재하는 기녀에 관한 기록들은 서로 조금씩 차이가 있어 고증하는데 어려움이 많았다. 그럼에도 불구하고 여러 종류의 문헌에 나타난 기녀에 관한 시와 설화, 야담을 재구성하여 기생의 내면에 드리운 표정을 읽을 수 있다. 동시에 특수한 신분계층인 기생을 통하여 풍부한 한국문화의 한 원형을 살펴볼 수 있게 된 점은 매우 다행한 일이라 생각한다.

과거 어두운 우리의 역사에 용해되어 있는 억압된 여성층으로 기생은 비록 천한 신분이었지만 예인으로서 자부심이 매우 강했다. 때로 나라가 위태로울 때 기생은 의기로서 몸을 돌보지 않았고 또한 굳은 절의와 절행으로 사대부가의 여인에 못지않은 행적을 남기기도 하였다. 기생이 남긴 문학의 향기는 오롯이 남아 우리 후손들에게 사람의 길을 가르치며 때로는 아픈 역사의 오솔길을 걷다가 그 배후에 드리운 아픔과 슬픔을 말하기도 하며 오늘에도 말을 건넨다. 여전히 우리는 그 말을 잘 알아듣는 귀가 아쉬운 지금이다.

한국학을 지속적으로 발굴하고 이를 국내외에 소개하기 위하여, 대를 물려 어려운 여건에도 출판을 허락하여 한 권의 책으로 단단하게 엮어주신 국학자료원 여러분께 감사드린다. 끝으로 천학인 저자의 무지로 혹시라도 졸저에서 잘못되거나 부족한 부분에 대하여는 많은 질정을 바라며 이는 차후에 바로 잡을 수 있도록 약속드린다.

임진년에
이상원

목   차

목   차

■ 머리말

4. 기생의 전기

4. 기생의 전기

1) 계섬전桂纖傳

"계섬은 서울의 이름난 기생인데, 원래 황해도 송화현에 사는 계집종이었는데 대대로 고을 아전을 지낸 집안 출신이다. 사람이 침착하고 재주가 있었으며 눈빛은 초롱초롱하였다. 일곱 살에 아비가 죽고, 열두 살에는 어미마저 죽었다. 열여섯 살에는 주인집 구사丘史[1]에게 창을 배워 자못 이름이 났다. 그리하여 귀족의 잔치마당, 한량패들의 술판에 계섬이 없으면 부끄럽게 여겼다. 시랑 원의손元義孫이 그 명성을 듣고 데려와 집에 있게 한 지 십년이 되었는데, 말 한 마디에 마음이 상하여 인사하고 떠났다. 태사太史 이정보李鼎輔가 늙어서 관직을 그만두고 음악과 기생으로 스스로 즐기면서 지냈다. 공은 음악을 깊이 이해하여 남녀 명창들이 그의 문하에서 많이 배출됐는데, 그 중에 계섬을 가장 사랑하여 늘 곁에 두고 그 재능을 기특히 여겼으나, 사사로이 좋아한 것은 아니었

---

1) 구사丘史는 조선시대 임금이 종친宗親이나 공신功臣에게 내려 주던 관노비官奴婢, 직위가 높은 관리의 마전이나 교전을 가금하던 노비奴婢를 말함.

다. 악보에 따라 교습하여 수 년의 과정을 거치니 계섬의 노래는 더욱 향상되어 노래를 할 때 마음은 입을 잊고, 입은 소리를 잊었으며, 소리는 아름답게 지붕과 들보에 감도는 듯 했다. 이에 전국에 이름을 떨쳐 지방의 가기歌妓들이 서울에 와서 노래를 배울 때 모두 계섬에게 물려들었다. 학사대부들이 노래와 시를 지어 계섬을 자주 칭송하였다. 계섬이 공의 집에 있을 때 원시랑이 매번 문안드리러 와서 공에게 계섬이 돌아오도록 권하여 달라 부탁하고, 여러 번 강권하였으나 계섬은 따르지 않았다. 이공이 죽자 계섬은 아버지를 잃은 듯 통곡하였다. 그때 궁궐에 내연內宴이 있어 국局을 설치하고 여러 기생들이 날마다 국에 모여 연습을 하였다. 계섬이 아침저녁으로 왕래하면서 공의 빈소에 상식喪食을 맡아 보았다. 국이 공의 집에서 멀어 국의 관리들이 계섬의 정성을 갸륵히 여겨 말을 빌려주어 국에까지 타고 오게 하였다. 또 계섬이 곡을 하다 목소리를 잃을까 걱정하였으므로, 계섬은 곡성은 내지 않고 울었다. 장례를 마치자 음식을 마련해 공의 무덤에 달려가 제를 올리고, 술 한잔에, 노래 한 곡, 통곡 한 번을 하고, 종일토록 그러다가 돌아왔다. 이공의 자제들이 그것을 듣고는 무덤을 지키는 노비를 책망하니, 계섬이 크게 한탄하고 다시는 무덤에 가지 않았다. 한량들과 노닐면서 술이 좀 들어가면 노래하였는데, 왕왕 터지는 울음을 진정하지 못하였다. 뒤에 서울부자 한상찬에게 시집을 갔다. 그는 엄청난 재화를 내어 뜻대로 공급해 주었으나, 계섬은 그다지 즐거워하지 않더니 끝내 떠나고 말았다. 관동에 좋은 산수가 많다는 얘기를 듣고 비녀와 가락지, 옷 등을 팔아 밭을 사서는 정선군 산중에 집을 짓고 장차 떠나려 하는데, 예전에 함께 노닐던 서울의 자제들이 대부분 만류하였다. 계섬이 술자리를 마련해 즐거이 환담하며 모두에게 이별을 고하다가 강개한 어투로 탄식하며 말하였다.

"여러분들이 내가 떠나는 걸 만류하려는 뜻이 매우 성하지만, 다만 여러분도 생각해 보십시오. 내가 지금 아직 늙지 않았으니 여러분들이 아직 어여삐 여기지만, 늙어서 장차 죽을 때면 여러분일지라도 반드시 나를 저버릴 것이니 그때 가서 비록 한탄하더라도 돌이킬 수 없습니다. 그러니 내가 지금 늙지 않았을 때 여러분들을 버려서 나중에 늙어 여러분들이 나를 버리지 못하게 하려는 것입니다."

그날로 말 한 필을 타고 산에 들어갔다. 짧은 베치마를 걷어 올리고 짚신을 신고 손에 조그만 광주리를 들고는 나물과 버섯을 따러 산꼭대기와 물가를 왕래하였다. 밤낮 불경을 외우며 조용히 살았다. 그때 역적 홍국영洪國榮이 막 권세를 놓고 집에 살면서 제 맘껏 즐겼다. 관비를 하사받았는데, 계섬도 거기에 포함되었다. 조첩曹牒2)이 내려 계섬을 오라고 재촉하니, 계섬은 부득이하여 갔다. 국영을 따라 잔치에 노니는데 경대부卿大夫3)들이 자리를 가득 메우고 앉아 계섬이 한 곡을 하면 다투어 금백을 내렸다. 계섬이 이제 와서야 말하기를, "그분들이 어찌 나의 재주를 아끼고 소리를 감상해서 그랬겠는가? 주인에게 아첨한 것이다. 세상일이 모두 한바탕 꿈과 같은데, 국영 당시의 일은 진짜 한 번 웃을 만하였으니, 꿈에도 손뼉을 치며 깔깔 웃기를 그치지 못하겠다."라고 하였다. 국영이 쫓겨 나자, 계섬은 기적妓籍에서 면제되어 장차 산중으로 돌아가려고 하였다. 그런데 심용沈鏞이 풍류를 즐기고 계섬의 노래 듣기를 좋아했으므로, 계섬이 그를 따라 노닌 지가 또한 오래되었다. 심용의 교사가 경기도 파주에 있었는데, 계섬이 드디어 그를 좇아 시곡촌에 살게 되었으니, 미륵산에 있는 내4)집과는 오 리 정도의 거리이다. 내가

---

2) 조정에서 내린 공문서.
3) 경과 대부, 경은 2품 이상 관리, 대부는 정1품에서 종4품까지 벼슬의 품계에 붙여 부르는 명칭.
4) '계섬전'을 쓴 글쓴이 심노숭을 말함. *심노숭沈魯崇(1762~1837); 본관 청송靑松,

일찍이 한번 가 보았더니 계섬의 집은 심후의 집 뒤 산 속에 있는데, 나무를 엮어 울타리를 삼고 바위를 쪼개어 섬돌로 삼아 대여섯 칸 되는 초가에 창문과 기둥과 방이 있으며, 난간을 빙 둘러 병풍, 안석, 술동이, 그릇을 늘어놓은 것이 화사하고 깔끔하여 볼만했다. 집 앞엔 조그만 밭을 만들어 채소를 심었으며, 동중에는 논 몇 마지기에 일꾼을 부쳐 자급하면서 마늘과 고기를 끊고 날마다 방안에서 불경을 외우니, 마을 이웃들이 보살이라 일컬었는데 스스로 보살로 살아갔다.

정사 년 여름 내가 우상정에서 병을 조섭하고 있는데, 하루는 계섬이 나귀를 타고 방문했다. 그때 나이가 예순두 살이었는데 아직도 눈썹이며 머리도 세지 않고 말도 유창하여 호협한 기운이 있었다. 자신의 평생을 애기하다가 문득 슬픈 듯이 말하였다.

"제가 오십 평생을 살며 세상 물정을 많이 알게 되었습니다. 세상사는 즐거움이 한두 가지가 아니었으되, 부귀는 거기에 들지 않더군요. 가장 얻을 수 없었던 것은 진정한 만남이었지요. 내 어려서부터 나라에 이름이 알려져 더불어 노닌 이들이 모두 한 시대의 현인과 호걸들이었습니다. 저들의 호화스런 저택과 결 고운 비단에 내 마음을 맞추려 하였지만, 힘쓰면 힘쓸수록 내 마음은 더욱 맞지 않았고, 한 번 떠나면 모두가 길 지나가는 사람일 뿐이었습니다. 이공이 일찍이 '지금 세상에는

자 태등泰登, 호 효전孝田, 몽산거사夢山居士, 의금부도사, 형조정랑, 임천군수 등 역임. 『효전산고孝田散稿』, 『적선세가積善世家』를 지었으며 『단향연축丹香聯軸』, 『대동패림大東稗林』, 『지사록志事錄』, 『은파산고恩坡散稿』를 편찬하였고 『정변록定辨錄』을 산정刪定하였다. 그의 문학론은 감정의 순화와 절제를 강조하고, 인간의 다양한 감정의 표출을 제약하던 성리학적 시문관에서 탈피, 인간의 진실한 욕구와 감정을 자연스럽게 표출하는 것을 시문의 본령으로 여겼다. 의고문擬古文을 강력히 거부하고 다소 속될지라도 진실과 활기가 문학의 근본이라고 여겼다. 그는 또한 시대적 금기인 패사소품을 비롯한 다양한 속문화俗文化를 옹호하였다.

대장부가 없으니 너는 끝내 진정한 만남을 이루지 못하고 죽을 것이다.'라 하셨습니다. 이 말씀은 그 재주와 현명함이 나만한 이가 없음을 이른 것이 아니라, 만남의 어려움을 이른 것입니다. 그때 저 또한 공의 말씀이 꼭 그럴 것이라고 여기지 않았습니다만, 지금에 와서 보니 그렇지 않은 게 없으니, 공께서 참으로 신기하게 맞춘 것입니다. 비록 그러하나 제가 무슨 말을 할 수 있겠습니까? 천고의 역사를 살펴 보건대 능히 만남을 이룬 이가 몇이나 됩니까? 내 비록 만남을 이루지 못하였지만, 떠나와서 오히려 자적自適할 수는 있었습니다. 저 만남을 이루지도 못하고 떠나지도 못해 끝내 상대편으로부터 버림까지 받은 자는 어떤 심정이겠습니까? 듣건대 불교에 삼생육도三生六塗5)의 설이 있으니, 제가 계율을 지켜 수행하면 내세에는 만남을 이룰 수 있을 것입니다. 그렇지 못하더라도 여래에 귀의한 것으로 족합니다."

말이 강개하여 거의 눈물이 떨어질 듯하였다. 나 또한 그로 인하여 크게 탄식하였다.

아! 옛날의 호걸스런 이들이 스스로 그 임금을 제대로 만났다고 생각하여 부귀에 처하는 것을 그치지 않다가, 끝내 명예는 없어지고 한 몸은 욕을 입어 천하의 비웃음을 당한다. 저들은 어찌 이른바 만남이라는 것이 꼭 '참 만남'이 아님을 알지 못하여 끝내 또한 스스로 욕을 면치 못하는 데까지 이르고도 오히려 머뭇거리면 연연해하고 부귀로 자신을 떠나지 않으면 부귀 또한 따라서 잃게 될 줄을 전혀 알지 못하니, 어찌 한스럽지 아니한가? 오직 부귀에 부림당하지 않고 자신이 자립함을 얻어 만남을 이루지 못하면 그만두고, 만남을 이루면 행해야 하는 것이다. 비록 만남을 이루었더라도 진실로 오래 갈 수 없는 것일진대, 만남을 이루지 못한다면 어찌 떠남을 근심할 바이겠는가. 바로 그 권능은 나에게 있는 것이니 제왕의 존귀함으로도 그것을 빼앗을 수 없는 것이다. 계섬이

---

5) 전생, 현생, 후생, 지옥도, 아귀도, 축생도, 삼악도, 아수라도, 인간도, 천상도의 삼계를 통 털어 일컫는다.

말한 바 '내가 남을 버리지, 남에게 버림받기는 원치 않는다'는 것은 능히 자기를 중히 여기고 남을 가볍게 알며 그 이목구비를 가벼이 여기고 그 마음과 뜻을 중히 여길 줄 아는 것이다. 초탈하여 제어당하는 바가 없으니, 그 또한 어려운 일이라 하겠다. 그런데도 유독 진정한 만남을 이루지 못한 것에는 한탄이 없을 수 없어 지금 늙어 백발이 되었는데도 미련이 남아 돌아보기를 스스로 그만두지 못하니, 만일 계섬에게 진정한 만남이 있었더라면 굳이 꼭 그렇게 떠나지는 않았을 것이다.

계섬은 자식이 없다. 밭을 사서 조카에게 맡겨 그 부모의 제사를 지내게 하고 자신은 죽으면 화장시켜 달라고 말하였다. 내가 그를 위해 말해 주기를, '함흥 기생 가련可憐이 죽자 누군가가 그의 묘에 '관북 명기 가련의 묘'라고 표시해 주어 지금도 길가는 사람들이 그곳을 가리킨다.' 하였다. 계섬이 듣고는 기뻐하다 잠시 후 탄식하여 말하기를, '그 또한 진정한 만남이군요' 하였다. 내가 계섬의 전傳을 지어 그에게 들려주고 나서. '내가 너에게는 만남이 되지 않겠느냐?' 하고 서로 크게 웃었다."

2) 만덕전萬德傳

김만덕은 조선 후기에 제주에서 태어난 여성 자선 사업가로 이름이 높다. 본관은 김해인데, 증조부는 성순性淳이며 조부는 영세永世로 응선應先, 응남應南, 응신應信, 응열應悅의 네 형제가 있었다. 그녀는 아버지인 김응열과 어머니 고씨高氏 사이에서 이남일녀의 고명딸로 태어났다. 만덕의 위로는 만석萬碩, 만재萬才, 두 오빠가 있었다. 어린 나이에 부모를 사별하고 외삼촌 집에 기탁되었으나 여의치 않아 기생 월중선月中仙에게 보내져 열한 살에 기적妓籍에 오르게 되었다. 김만덕은 관가에 나가 기녀 명단에서 삭제해 줄 것을 호소하였으나 거절당하였다. 뜻을 굽히

지 않고 계속해서 제주목사 신광익申光翼과 판관 한유추韓有樞를 찾아가 본래 양가 출신으로 부모를 잃고 가난으로 부득이 기녀가 되었으나 위로 조상에게 부끄러우니 다시 양녀良女로 환원시켜 준다면 집안을 일으키고 불쌍한 처지에 있는 사람들을 돌보겠다고 약속하고 기녀 명단에서 제명받았다. 김만덕은 객주집을 차리고 제주의 특산물인 말총, 미역, 전복, 양태, 우황, 진 등을 서울 등지에 팔거나 기녀 시절의 경험을 바탕으로 양반층 부녀자의 옷감, 장신구, 화장품 등을 염가로 공급하여 천 냥 부자가 되었다. 정조14년(1790)부터 정조18년(1794)까지 다섯 해나 제주에 흉년이 들어 제주 사람들이 기아에 허덕이게 되었다. 김만덕은 천 금을 내놓아 배를 마련하고 육지로 건너가 연해에서 곡물을 사들여 십분의 일은 내외 친척과 은혜를 입은 사람과 일부는 가족들에게 주었고, 나머지 사백오십 석은 모두 관가로 보내어서 구호곡으로 쓰게 하였다. 김만덕의 선행이 조정에 알려지자 정조正祖는 그녀를 궁궐로 불러들였다. 평민은 궁궐에 들어갈 수 없으므로 김만덕에게 내의원의 의녀반수醫女班首의 직을 제수하였다. 그 뒤에 영의정 채제공과 선혜청의 배려로 조선의 명산인 금강산을 유람하였다. 김만덕에 대한 기록은 여러 자료에 전해지고 있다. 가장 오래된 기록은 『정조실록』과 체제공蔡濟恭의 『번암집樊巖集』에 실린 「만덕전」이다.

『정조실록』 정조 20년 병진(1796, 가경1) 11월 25일(병인)조 기사를 옮기면 다음과 같다.

제주기생 만덕이 굶주리는 백성을 구했다는 보고를 받다.

    "제주의 기생 만덕이 재물을 풀어서 굶주리는 백성들의 목숨을 구하였다고 목사가 보고하였다. 상을 주려고 하자, 만덕은 사양하면서 바다를 건너 상경하여 금강산을 유람하기를 원하였다. 허락해 주고 나서 연로의 고을들로 하여금 양식을 지급하게 하였다."[6]

체제공의 『번암집』에 들어있는 「만덕전」의 내용이 가장 구체적으로 기술되어 있다.

"만덕은 성이 김이고 탐라의 양가집 딸이다. 어려서 어머니를 잃고 돌아가 의지할 곳이 없어서 기생에게 의탁하여 살아가게 되었다. 점점 자라자, 관부에서 만덕의 이름을 기생의 명부에 올렸다. 만덕은 비록 머리를 숙여 기생으로 일하였지만, 스스로를 기생으로 여기지 않았다. 나이 스무 살이 넘어서, 그 사정을 관부에 울며 호소하니 관부에서 이를 불쌍히 여겨 기생 명부에서 삭제하고 다시 양민으로 돌아가게 하였다. 만덕은 비록 집에 탐라 남자를 하인으로 두었지만, 남편을 맞아들이지는 않았다. 그녀는 재산 늘이는 데에 재능이 있어서 물가의 높고 낮음을 잘 짐작하여 내들이를 했는데, 수십 년에 이르니 자못 부자로 이름이 났다.

정조 19년 을묘년(1795), 탐라에 큰 흉년이 들어, 백성들이 서로를 베개 삼아 베고 누워 죽었다. 임금께서 배에 곡식을 싣고 가서 그들을 먹이라고 명하였다. 거친 바닷길 팔백 리를 범선이 베틀의 북처럼 왕래했지만, 때에 맞게 이르지 못했다. 이때에 만덕은 천금을 내어 육지에서 쌀을 사서, 여러 군현의 뱃사공들이 때에 맞게 이르렀다. 만덕은 십분의 일을 취하여 친족을 살리고, 그 나머지는 모두 관청에 실어 보냈다. 부황浮黃 난 자들이 이 소식을 듣고 관청의 뜰에 구름같이 모여 들었다. 관청에서는 그 완급을 조절하여 차등있게 이를 나누어 주었다. 남자와 여자들이 나와서 만덕의 은혜를 칭송하며, 모두가 '우리를 살린 자는 만덕이다'라고 했다. 진휼賑恤이 끝나고, 목사牧使가 그 일을 조정에 상주上奏하였다. 임금께서 이를 매우 기특하게 여기시고 회답하시기를,

'만덕이 만일 소원이 있다면 어렵거나 쉽거나를 묻지 말고 특별히 베풀어 주라'

---

6) 丙寅; "濟州妓萬德, 散施貨財, 賑活饑民, 牧使啓聞. 將施賞, 萬德辭, 願涉海上京, 轉見金剛山, 許之, 使沿邑給糧。"

고 하시었다. 목사가 만덕을 불러 임금의 유시로써 분부하여 말하기를, '너는 어떤 소원이 있는가?' 하니, 만덕이 대답하여 말하기를,

'바라는 바는 없습니다만, 한 가지를 바란다면, 서울에 올라가 임금이 계신 곳을 멀리서 우러러보고, 금강산에 들어가 일만 이천 봉우리를 본다면, 죽어도 한이 없겠습니다.'

하였다. 대개 탐라의 여인은 바다를 건너 육지에 오르지 못하도록 금하였으니, 나라의 법이었다. 목사가 다시 그녀의 소원을 아뢰니, 임금께서 그 소원을 따라 관에서 역마를 대주고 번갈아 음식을 제공하도록 명하셨다. 만덕은 한 척의 범선을 타고 너른 구름 바다를 건너서, 정조 20년, 병진년(1796) 가을에 서울에 들어왔다. 여러 차례 채상국을 뵈었고, 채상국은 그 일을 임금께 아뢰었다. 임금께서 선혜청에 명하여 달마다 식량을 대주도록 하셨다. 며칠이 지나서, 명하여 내의원 의녀를 삼고, 의녀들의 반수班首로 대궐에 머물게 하셨다. 만덕은 전례에 의거하여 대궐 안으로 나아가 왕과 왕비께 문안하였다. 각각 궁녀가 시중들었다. 전교하여 말씀하시기를,

'너는 일개 여자로서 의기義氣를 내어 굶주린 사람 수천 명을 구제하였으니, 기특하구나.'

하시고 상을 내리심이 매우 두터웠다.

반년이 지나서 정조 21년, 정사년(1797) 늦은 봄에 금강산에 들어가 만폭동萬瀑洞, 중향봉衆香峰의 기이한 경치를 두루 구경하고, 금불을 만나서는 반드시 절하고 공양 드려 그 정성을 다하였다. 대개 불교가 탐라국에는 들어가지 않아서 만덕이 이때 쉰여덟 살이었지만 처음으로 절과 불상을 보았다. 마침내 곧 안문령을 넘고 유점사楡岾寺를 경유하여 고성으로 내려가 삼일포에서 배를 띄우고 통천의 포석정에 오르니, 천하의 아름다운 경관을 다 본 것이다. 그런 후에 다시 서울로 들어가 며칠을 머무르고 장차 고향으로 돌아가려고, 궁궐에 나아가 돌아갈

것을 고하니, 전궁께서 모두 전과 같이 상을 내리셨다. 이때에 만덕의 이름이 서울에 가득하여 공경대부와 선비들이 만덕의 얼굴을 한 번 보기를 바라지 않음이 없었다. 만덕은 떠날 때가 되어서 채상국에게 목이 메여 말하기를,

'이번 생에는 상공의 얼굴을 다시 뵙지 못하겠습니다.'

하고는 인하여 눈물을 줄줄 흘렸다. 채상국이 말하기를,

'진시황과 한무제는 모두 바다 건너 삼신산三神山이 있다고 말했고, 세상 사람들이 말하기를 우리나라의 한라산이 곧 소위 영주瀛洲이고, 금강산이 곧 소위 봉래蓬萊라고 하는데, 너는 탐라에서 나고 자라 한라산에 올라 백록담 물을 떠먹었고, 지금 또 금강산을 두루 구경했으니, 삼신산 중에 그 둘은 벌써 너에게 점령되었지 않은가. 천하의 많은 남자들 중에 이것을 할 수 있는 자가 있겠는가? 이제 이별할 때가 되어 도리어 아녀자의 수다스러운 모습이 있으니 어찌 된 것인가?'

라고 하였다. 이에 그 일을 서술하여 '만덕전'이라 하고, 웃으며 그녀에게 주었다.

성상 이십일년 정사년 하지일,

번암 채상국이 칠십팔 세에 충간의담헌忠肝義膽軒에서 쓰다."7)

---

7) 채제공蔡濟恭, 『번암집樊嚴集』 권55, 「만덕전萬德傳」 "萬德者。姓金。耽羅良家女也。幼失母無所歸依。托妓女爲生。稍長。官府籍萬德名妓案。萬德雖屈首妓於役。其自待不以妓也。年二十餘。以其情泣訴於官。官矜之除妓案。復歸之良。萬德雖家居乎庸奴。耽羅丈夫不迎夫。其才長於殖貨。能時物之貴賤。以廢以居。至數十年。頗以積著名。聖上十九年乙卯。耽羅大饑。民相枕死。上命船粟往哺。鯨海八百里。風檣來往如梭。猶有未及時者。於是萬德捐千金貿米。陸地諸郡縣棹夫以時至。萬德取十之一。以活親族。其餘盡輸之官。浮黃者聞之。集官庭如雲。官劑其緩急。分與之有差。男若女出而頌萬德之恩。咸以爲活我者萬德。賑訖。牧臣

그 뒤 유재건劉在健의 『이향견문록里鄕見聞錄』과 김석익金錫翼의 『탐라기년耽羅紀年』 등에도 김만덕의 사적이 들어있다. 또한, 정약용『다산시문집茶山詩文集』에는 '탐라 기생 만덕이 얻은 진신대부搢紳大夫의 증별시권贈別詩卷에 제함'이라는 글이 다음과 같이 실려 있다.

탐라의 기생 만덕이 얻은 진신대부의 증별시권에 제함[8]

"을묘년(1795)에 탐라에 흉년이 들었는데, 만덕이 의연금義捐金을 내어 구원하여 줬었다. 그의 소원이 금강산을 구경하고자 함이었는데, 임금의 분부로 소원을 들어 주게 하였다. 정조 20년, 병진년(1796) 가을에 탐라의 기생 만덕이 역마로 서울에 불려왔고, 이듬해 봄에 만덕이 금강산에서 돌아와 그의 고향으로 돌아가려고 할 적에 좌승상左丞相 채제공이 그를 위해 소전小傳[9]을 지어 매우 자세하게 서술하였으므로

上其事于朝。上大奇之。回諭曰。萬德如有願。無問難與易。特施之。牧臣招萬德以上諭諭之曰。若有何願。萬德對曰。無所願。願一入京都。瞻望聖人在處。仍入金剛山。觀萬二千峯。死無恨矣。盖耽羅女人之禁不得越海而陸。國法也。牧臣又以其願上。上命如其願。官給舖馬遞供饋。萬德一帆雲海萬頃。以丙辰秋入京師。一再見蔡相國。相國以其狀白。上命宣惠廳月給粮。居數日。命爲內醫院醫女。俾居諸醫女班首。萬德依例詣內閤門。問安殿宮。各以女侍。傳敎曰。爾以一女子。出義氣救饑餓千百名。奇哉。賞賜甚厚。居半載。用丁巳暮春。入金剛山。歷探萬瀑，衆香奇勝。遇金佛輒頂禮。供養盡其誠。盖佛法不入耽羅國。萬德時年五十八。始見有梵宇佛像也。卒乃踰鴈門嶺。由楡岾下高城。泛舟三日浦。登通川之叢石亭。以盡天下瑰觀。然後還入京。留若干日。將歸故國。詣內院告以歸。殿宮皆賞賜如前。當是時。萬德名滿王城。公卿大夫士無不願一見萬德面。萬德臨行。辭蔡相國哽咽曰。此生不可復瞻相公顔貌。仍潸然泣下。相國曰。秦皇漢武皆稱海外有三神山。世言我國之漢挐。卽所謂瀛洲。金剛卽所謂蓬萊。若生長耽羅登漢挐。斟白鹿潭水。今又踏遍金剛。三神之中。其二皆爲若所包攬。天下之億兆男子。有能是者否。今臨別。乃反有兒女子刺刺態何也。於是敍其事。爲萬德傳。笑而與之。聖上二十一年丁巳夏至日。樊巖蔡相國七十八。書于忠肝義膽軒。"
8) 정약용, 『다산시문집茶山詩文集』 권14, 제題.
9) 소전小傳은 『번암집樊巖集』 권55에 있는 「만덕전萬德傳」을 말함.

나는 덧붙이지 않는다. 나는 만덕에게는 세 가지 기특함과 네 가지 희
귀함이 있다고 말하고 싶다. 기적妓籍에 실린 몸으로서 과부로 수절한
것이 한 가지 기특함이고, 많은 돈을 기꺼이 내놓은 것이 두 가지 기특
함이고, 바다 섬에 살면서 산을 좋아함이 세 가지 기특함이다. 그리고
여자로서 중동重瞳10)이고 종의 신분으로서 역마의 부름을 받았고, 기
생으로서 승려를 시켜 가마를 메게 하였고, 외진 섬사람으로 내전內殿
의 사랑과 선물을 받은 것이 네 가지 희귀함이다. 아, 보잘것없는 일개
여자로서 이러한 세 가지 기특함과 네 가지 희귀함을 지녔으니, 이 또
한 하나의 대단히 기특한 일이다.”11)

  그런데, 『다산시문집』에는 제주 기녀 만덕의 ‘중동’에 대한 변증설이
실려 있어 흥미롭다. 중동은 눈동자가 겹인 걸 말하는데, 눈 속에 동자
가 둘이 있다는 말이다. 순임금과 같은 성인의 눈이 그러하였다고 한다.
『사기史記』 「항우전項羽傳」 찬贊에서 “나는 주생周生에게 들어보니, 순舜
임금의 눈이 중동이었는데 또 항우가 중동이라고 하였다” 하였다.

  “제주의 기녀 만덕이 자기의 재산을 희사하여 진휼을 하고 금강산을
  구경하겠다고 간청하므로, 역마로 불러서 한양에 오게 하였다. 만덕이
  스스로, 자기의 눈은 ‘중동’이라고 하자, 공경들이 서로 전하면서 이야
  기꺼리로 삼았다. 그래서 내가 그를 초치하여 묻기를,
    ‘너의 눈이 중동이라는 것이 사실이냐?’
    하니, 그는, ‘그렇습니다.’ 하였다. 내가 말하기를,

---

10) 눈동자가 겹인 것으로, 성인의 눈이라 한다. 순舜 임금이 중동이었다.
11) 정약용, 『여유당전서與猶堂全書』, 第一集 詩文集, 第十四卷 ‘題耽羅妓萬德所得搢
　紳大夫贈別詩卷’, “題耽羅妓萬德所得搢紳大夫贈別詩卷乙卯耽羅饑。萬德捐振之。
　詢其願。金剛山也。有聖旨令如願。; 丙辰秋。耽羅妓萬德。驛至京。越明年春。
　萬德回自金剛。將還其鄕。左丞相蔡公爲立小傳。敍述頗詳。余不贅。余論萬
　德。有三奇四稀。妓籍守寡一奇也。高貲樂施二奇也。海居樂山。三奇也。女而
　重瞳子。婢而被驛召。妓而令僧肩輿。絶島而受內殿寵錫。四稀也。嗟以一眇小
　女子。負此三奇四稀。又一大奇也。”

　‘무릇 궁실과 누대와 초목, 인물이 너의 눈에는 하나가 모두 둘로 보
이느냐?’ 하니, 그는, ‘그렇지는 않습니다’ 하였다. 나는 말하기를, ‘그렇
다면 너는 중동이 아니다.’

　하고, 가까이 가서 그의 동자를 보니 그 눈에 흑백의 눈동자가 보통
사람과 다른 것이 없었다. 그러나 중동이라는 설이 끝내 횡행하고 그치
지를 않으니, 사람들이 허망함을 좋아하여 스스로 어리석게 되는 것이
이와 같다. 대저 사람의 동자에 동인童人12)이 있는 것은 사람의 얼굴이
동자에 비친 때문이다. 누대가 동자에 비치면 작은 누대가 되고 초목이
동자에 비치면 작은 초목이 되니, 그 작은 모양이 있는 것은 바로 사람
이 이 물건을 본 까닭이다. 그러니 만일 동자가 두 개인 경우라면 한 동
자가 각각 작은 모양의 물건을 하나씩 비출 것이니, 둘로 보이지 않겠
는가. 이것은 쉽게 알 수 있는 이치이다. 그리고 우순虞舜13)과 항적項
籍14)의 눈도 반드시 중동은 아니었을 것이다. 그들의 눈이 과연 중동이
었다면 물건을 볼 때에 희미하고 착란되어서 물건의 수목數目을 분변
하지 못하였을 것이니, 이는 하나의 폐인廢人인 것이다.”15)

　또 이가환16)은 『금대시문초錦帶詩文鈔』에서 고시古詩 ‘탐라로 돌아가

---

12) 눈동자에 비치는 사람의 형체.
13) 우순虞舜; 성 우虞, 이름 중화重華, 또는 제순유우帝舜有虞. 순舜은 명군으로 알
　　려진 중국의 신화에 나오는 군주의 이름으로, 중국의 삼황오제三皇五帝신화 가
　　운데 오제의 마지막 군주. 주로 선대의 요堯와 함께 성군聖君의 대명사로 ‘요순’
　　으로 일컬어진다. 하나라의 우왕, 은나라의 탕왕을 합쳐 요순우탕堯舜禹湯이라
　　쓰인다.
14) 항적項籍(B.C. 232~202); 중국 진秦나라 말엽의 무장. 적籍은 항우項羽의 이름, 우
　　羽는 자. 숙부인 항량項梁과 함께 군사를 일으켜, 기원전 209년 한고조漢高祖 유방
　　劉邦과 함께 진나라를 쳐서 멸하고, 스스로 서초西楚의 패왕覇王이 되었다. 그 후
　　유방과 5년간 패권을 다투다가 해하垓下에서 패하여 오강烏江에서 자살했다.
15) 정약용, 같은 책 권12, ‘중동重瞳에 대한 변증’.
16) 이가환李家煥(1742~1801); 자 정조庭藻, 호 금대錦帶, 정헌貞軒, 본관 여주驪州,
　　성호星湖 이익李瀷의 종손從孫, 남인南人학자로 신유박해辛酉迫害 때 순교殉敎
　　*『금대시문초』 상권의 고시 ‘탐라로 돌아가는 만덕을 보내며送萬德還耽羅’는
　　1795년(실록은 1796년) 제주의 기근을 구제한 공으로 금강산 구경을 하고 돌아

는 만덕을 보내며送萬德還耽羅'라는 시를 남겼다. 이가환이 서울과 금강산을 구경하고 나서 제주도로 돌아가는 여의女醫 만덕에게 준 증별시이다. 시에 앞서 시를 짓게 된 사연이 소인小引으로 붙어 있다.

탐라로 돌아가는 만덕을 보내며　　　　　　　　送萬德還耽羅[17]

"만덕은 탐라의 과부이다. 정조 19년, 을묘년(1795)에 큰 흉년이 들자 쌀을 사들여 굶주리는 백성들을 진휼하였다. 제주 목사가 조정에 보고하자, 주상께서 기뻐하며 만덕의 소원을 묻게 하였다. 만덕이 특별한 소원은 없고 금강산을 보고 싶다고 하였다. 마침내 뜻대로 여의女醫라고 이름을 적고 가는 곳마다 역마를 갈아탈 수 있게 하여 그 소원을 성취할 수 있도록 해주었다. 진기한 물건을 하사한 것이 많아 그녀가 지나가는 도로에는 광채가 눈부시었다. 그리고는 이제 고향으로 돌아가게 되었다. 아, 탐라는 외떨어진 섬이어서 힘쓰는 것이 생식生殖에 있는지라, 축산에 종사하는 여자는 또한 바다를 건너가는 것이 금지되어 있는데, 더군다나 저 사람은 맑은 눈동자와 새하얀 치아가 천만 사람 중에서도 그런 경우가 없을 것인데, 운해雲海를 건너서 몸소 서울을 유람하고 명산까지 밟게 되었다. 지금 만덕이 있게 된 것은 땅의 신령함이 오래도록 축적되었다가 한 번 새어나온 것이다. 또한 소간宵旰[18]의

간 제주 여인 만덕에 대한 찬탄을 적은 것이다.

17) 이가환李家煥, 『금대시문초錦帶詩文鈔』. "萬德。耽羅寡婦。乙卯大饑。糶米賑飢。州牧以聞。至尊動色。問萬德所欲。萬德無所欲。欲見金剛山。遂錄名女醫。賜以驛遞。俾成其願。珍頒便蕃。道路輝光。以還其鄉。嗟耽羅孤島。務在生殖。畜産之雌。亦禁渡海。況在于人。明眸皓齒。無千無萬。埋沒雲海。身遊上都。足踐名山。今有萬德。將地靈久蓄。一有發泄。亦宵旰一念。滲漉海外。匹婦與知。如鼓應桴。聊贈以言。義形于辭。萬德瀛洲之奇女, 六十顔如四十許. 千金糶米救黔首, 一航浮海朝紫禦. 但願一見金剛山, 山在東北烟霧間. 至尊啣肯賜飛驛, 千里光輝動江關. 登高望遠壯心目, 飄然揮手還海曲. 耽羅遠自高夫良, 女子今始觀上國. 來如雷喧逝鵠擧, 長留高風灑寰宇. 人生立名有如此, 女懷淸臺安足數."

18) 새벽에 일어나 정복正服을 입고 해가 진 후에 저녁밥을 먹는다는 뜻으로, 임금이 정사를 부지런히 하는 걸 비유한 말.

일념이 한번 바다 밖에까지 스며나가서 필부匹婦까지 알게 된 것이니,
북채로 북을 울린 것과 같다. 이에 한 편의 시를 주어서, 뜻이 말 속에
담고자 한다.

만덕은 제주도의 기특한 여인으로	萬德瀛洲之奇女
예순 살 얼굴빛이 마흔쯤으로 보이네	六十顔如四十許
천금으로 쌀을 사서 백성들 구제하고	千金糴米救黔首
한 척 배로 바다 건너 임금님 알현했네	一航浮海朝紫禦
소원은 오직 금강산을 구경하는 것이라	但願一見金剛山
산은 동북쪽 연무 속에 있는데	山在東北烟霧間
임금께서 날랜 역마 하사토록 명하여	至尊卹肯賜飛驛
천리 뻗힌 광채는 관동지방을 진동했네	千里光輝動江關
높이 올라 굽어보며 마음의 눈 크게 뜨고	登高望遠壯心目
표연히 손 저으며 바다로 돌아가네	飄然揮手還海曲
탐라는 고, 부, 양 삼성부터 있었지만	耽羅遠自高夫良
여자로선 처음으로 서울을 구경했지	女子今始觀上國
칭찬 소리 우레 같고 고니처럼 빼어나	來如電喧逝鵠擧
높은 기풍 오래도록 세상을 맑게 하리	長留高風灑寰宇
인생에 이름난 게 이와 같지만	人生立名有如此
여자로 회청대 기린 일 얼마나 있겠나	女懷淸臺[19]安足數"

그리고 조수삼은 『추재집秋齋集』에서 제주 기생 만덕의 간략한 행적
을 적고 이를 기려 시 한 수를 지었다.

"만덕은 제주 기생이다. 재산이 많았는데 한 쪽 눈에 동자가 두 개였

---

19) 회청대懷淸臺는 진시황秦始皇이 파촉巴蜀의 과부인 청淸이란 여인을 기리기 위
하여 지은 누대 이름이다. 그녀는 과부가 된 후에도 가업을 계승하고 재산을 잘
지켜 남에게 침탈을 당하지 않았으므로 진시황이 정부貞婦라 하여 예우하고 그
녀를 위해 여회청대女懷淸臺를 지었다고 한다. 『사기史記』 권129, 「화식열전貨
殖列傳」.

다. 정조 임자년(1792)에 제주도에 큰 흉년이 들자, 만덕이 곡식 수천
석과 돈 수천 냥을 내어 그 지방 백성들을 먹여 살렸다. 이를 아주 가상
하게 여긴 정조가 사람을 시켜 그의 소원을 묻자, 만덕이 아뢰었다.
　　'만덕은 여자인데다가, 천한 사람이라 다른 소원은 없습니다. 소원
이라면 오직 임금님을 뵙는 것과 금강산을 구경하는 것입니다.'
　　정조가 명하여 파발마를 타고 서울로 올라오게 하였다. 약원 내의녀
의 행수로 있게 하고 역로에 명해 금강산도 구경하도록 하였다.

회청대를 제주도에 높이 지어	懷淸臺築乙那[20]鄕
곡식을 산처럼 내어 마곡에 쌓았구나	積粟山高馬谷量
그대 눈동자 두겹이라 참 잘 보았으니	賦汝重瞳眞不負
아침에 임금 뵙고 저녁은 금강산 구경했네	朝瞻玉階暮金剛"[21]

　　또 박제가朴齊家는 『정유각집貞蕤閣集』에서 '제주로 돌아가는 만덕을
전송하며 지은 시送萬德歸濟州詩'가 있다. 그리고 그 사연을 '소서小序'로
덧붙여 놓았다.

　　"을묘년(1795)에 탐라에 큰 기근이 들었는데, 여인 만덕이 곡식을 내
서 백성을 구휼하였다. 소원이 무어냐고 물었더니 금강산을 구경하고

---

20) 탐라에는 태초에 사람이 없었다. 옛 기록에 이르기를 기이하게 빼어난 산이 있는
데 한라산이라 한다. 구름과 바다가 아득한 위에 완연히 있는데 그 주산主山인 한
라산이 그의 신령한 화기를 내리어 북쪽 기슭에 있는 모홍이라는 곳에 삼신인三
神人을 동시에 탄강시켰으니 지금으로부터 약 사천삼백여 년 전의 일이다. 세 신
인이 태어난 곳을 모홍혈毛興穴이라 하는데 세 신인이 용출湧出하였다 하여 삼성
혈三姓穴이라 하며 세 개의 지혈地穴이 있다. 이 신인神人들을 이름하여 '을나
乙那'라 하며 세 고高, 양良, 부夫의 세 성씨의 시조이며 탐라국을 개국하였다.
21) 조수삼趙秀三, 『추재집秋齋集』 권7, 「기이紀異」 '만덕萬德' "萬德濟州妓也。 家貲
鉅萬。 一隻眼重瞳。 正宗壬子州大歉。 萬德出數千斛穀。 數千緡錢。 賑活一邑之
民。 上大嘉之。 使問其所願。 曰萬德女子賤人也。 無他願。 惟願一瞻天陛。 一見
金剛。 遂命騎馹上京。 屬之藥院內醫女行首。 仍令廚傳。 往遊金剛。

싶다고 했다. 하지만 산이 강원도 회양부에 있어 제주목과의 거리가 수류으로 이천여 리나 되는데다, 섬에 사는 여자는 바다를 건너지 못하는 관례가 있었다. 임금께서 그 뜻을 기특히 여기시어 여의女醫로 불러 약원藥院에 예속하게 하고 역말을 주게 하여 그 뜻을 이루어 주셨다. 성인께서 아랫사람의 뜻을 굽어 살피시어 평범한 아낙조차 있을 곳을 얻게 한 것은 옛날에도 이에 견줄 만한 것이 없다. 만덕이 이로 말미암아 높은 벼슬아치들 사이에 이름이 크게 알려졌다. 아! 만약 만덕이 남자였더라면 임시로 삼품의 관복을 입고 만호萬戶의 인끈을 차게 하는 데 그쳤을 뿐이리니, 어찌 능히 세상에 전해졌을 것인가. 다만 눈썹 먹을 내던지고 수많은 목숨을 살리고, 연지분을 내치고서 푸른 바다를 건너, 서울의 궁궐에 조회하고 이름난 산을 찾았으니, 세상에 있으면서도 세상을 벗어나서도 넉넉히 풍치가 있음을 귀하게 여길 만하다. 만덕은 겹눈동자를 지녔으니, 대개 특이한 상을 지녔다. 어찌 전생에 부처의 마음과 신선의 풍골이 깃듦이 아니겠는가? 그녀가 돌아가므로 시를 지어서 준다.

바다 밖 큰 세계에 머리조차 못 내미니	大寰海外頭不出
자식 혼사 마치고도 오악 구경 뉘 하리오	五嶽誰能昏嫁畢
탐라는 섬으로써 부상과 경계 되니	乇羅爲島界榑桑
도주는 천년토록 조공으로 귤 바쳤네	星主千年僅貢橘
귤나무 숲 깊은 곳 여인네의 몸이건만	橘林深處女人身
의기로써 남극에서 주린 백성 없게 했지	意氣南極無饑民
벼슬은 줄 수 없어 소원을 물었더니	爵之不可問所願
금강산 만이천봉 보기를 원했네	願得萬二千峰看
푸른 소매 귀밑머리 돛단배에 올라서는	翠袖雲鬟一帆哨
남극성 비추는 곳 하늘 보며 웃었겠지	弧南所照回天笑
서둘러 말 갈아 타 금강산을 향해가니	催乘馹騎向煙霞
불일암의 신선 풍골 패옥이 반짝반짝	佛日仙風環佩耀
신라 스님 진각과 일념으로 통한지라	眞覺新羅一念通
귀한 관상 여인네는 겹눈동자 부합했네	異相巾幗符重瞳
물결 헤쳐 바람 타고 먼 곳을 찾는 뜻	從知破浪乘風志

　　한편 채제공은 '적선지가 필유여경積善之家, 必有餘慶' 곧 '선을 쌓은 집 안은 반드시 남는 경사가 있다'는 글을 김만덕에게 써주었으며, 당시 제 주도에 유배 중이던 김정희金正喜는 김만덕의 양자 김종주에게 '은광연 세恩光衍世' 곧 '은혜로운 빛은 길이 빛나리라'는 글을 써주었다. 김만덕 의 묘소는 제주특별자치도 제주시 건입동 모충사에 있다. 1976년 제주 특별자치도 제주시 건입동 387－4번지에 김만덕기념관이 건립되었고 해마다 사회봉사에 공헌한 제주도 여성을 선정해 만덕봉사상을 수여하 고 있다. 또한 모충사에서 김만덕을 기리는 김만덕제를 거행하고 있다. 또한 2003년 11월에 김만덕기념사업회가 발족되었다.[23)

3) 한섬

　　"한섬寒蟾은 전주 기생인데 황교黃橋 이판서李判書가 그를 집으로

---

22) 박제가朴齊家,『정유각집貞蕤閣集』4집, '送萬德故濟州詩　有小序' "歲乙卯耽羅大 饑。女人萬德捐粟賑民。間奚願。願見金剛山。山在江原道淮陽府。距本牧水陸 二千餘里。故事島中女毌過海。上奇其志。以女醫召隷藥院。給驛遞以成其志。 聖人之體下。匹婦之獲所。古無與比。萬德由此名動搢紳間。嗟乎。使萬德男子 乎。卽不過假三品服佩万戶印授而止耳。惡能必傳於世哉。惟其掃蛾眉而活千命。 抗脂粉而涉滄溟。朝京闕訪名山。入世出世。綽有風致者。爲可貴耳。萬德目重 瞳。蓋異相也。豈佛心仙骨。有夙世之種者歟。於其故贈之以詩。大賓海外頭不 出, 五嶽誰能昏嫁畢. 乇羅爲島界榑桑, 星主千秊僅貢橘. 橘林深處女人身, 意氣南極 無饑民. 爵之不可問所願, 願得万二千峰看. 翠袖雲鬟一帆峭, 弧南所照回天笑. 催乘 馹騎向煙霞, 佛日仙風環佩耀. 眞覺新羅一念通, 異相巾幗符重瞳. 從知破浪乘風志, 不是桑弧蓬矢中."
23) 김찬흡,『제주사인명사전』, 제주문화원, 2002. 또 양중해, 「김만덕의 자선」,『제 주여인상』, 제주문화원, 1998 참조.

데려다 가무를 가르쳐 온 나라에 명성이 자자하였다. 한섬이 나이가 들어 집으로 돌아간 지 한 해 남짓 지나 판서가 세상을 떴다. 한섬이 즉시 말을 달려 판서의 묘에 이르러 한 번 곡하고 술 한 잔 따르고 술 한 잔 마시고 노래 한 곡 불렀다. 다시 두 번째 곡하고 두 번째 잔을 따르고 두 번째 잔을 마시고 두 번째 노래를 불렀다. 이렇듯이 하루 종일 돌려가며 한 뒤 자리를 떴다."[24]

한 번 곡하고 노래한 뒤 술 한 잔 따르니	一曲一歌澆一杯
종일 술잔 따르는 것이 윤회하는 듯 하네	杯行終日若輪廻
기경은 이미 죽고 사사도 늙었으니	耆卿已死師師老
강남의 옥피리 소리 슬픈 걸 누가 알랴	誰識江南五笛哀

4) 금성월

조선 순조 때 문인인 조수삼이 지은 『추재기이』에는 금성월錦城月이란 기생에 관한 일화가 실려 있다. 살아서 오직 그녀를 사랑하며 정을 주었던 한 남자가 형벌을 받아 죽자, 의리를 지키고자 스스로 죽음을 선택한 기생을 두고, 조수삼은 시를 덧붙여 그녀를 기렸다.

"금성월은 재능이 뛰어나 경성지색傾城之色이라 그 이름이 한 시대에 으뜸이었다. 아무개의 아들이 그녀를 사랑해서 데리고 산 지가 여러 해가 되었는데, 그 사람이 죄를 지어서 곧 법에 따라 죽게 되자 금성월이 탄식하면서 말하였다. '낭군이 나를 사랑한 것이 천하에 짝할 사람이 없는데 이 몸도 낭군께 보답하는 것이 마땅히 천하에 짝할 사람이 없게 하리라.' 이윽고 정인보다 앞서 스스로 칼로 찔러 죽고 말았다. 당시 사람들이 모두 열녀라고 말하였다.

---

24) 조수삼, 『추재기이』.

구슬치마 쪽진 머리 천금으로 팔고　　　珠裳寶髻賣千金
바다 메운 외로운 새 그저 마음 괴롭네　　塡海孤禽只苦心
나라보다 사랑으로 먼저 죽었으니　　　　冤債先於公債了
향기로운 매운 피를 원앙금침에 뿌렸네　香生烈血灑鴛衾"25)

5) 백상월전百祥月傳

이건창26)이 지은 『명미당집明美堂集』에는 '백상월전'이 실려 있다. 이
건창은 창강 김택영, 매천 황현과 함께 구한말 3대 문장가의 한 사람으
로 첫 장에 실린 그의 문장론은 오늘날에도 여전히 새겨들을 만하다.

> "훌륭한 문장을 지으려면 먼저 뜻을 얽고, 언어를 다듬고, 말과 뜻이
> 서로 넘치지 않도록 해야 한다. 글은 소리가 울려 아름다운 리듬이 있
> 어야 한다. 나의 마음에 흡족한 문장을 추구하라. 많이 짓는 것은 많이
> 고치는 것만 못하고, 많이 고치는 것은 많이 지워버리는 것만 못하다."

백상월은 안주安州의 기생이다. '백상월전'은 한 기생의 헌신적인 사
랑을 그리고 있다.

백상월전

> "백상월은 안주 기생이다. 병마사의 막료인 이군이 그녀를 사랑한
> 지, 여러 달이었다. 이군은 외롭고 가난했는데 나그네로 천리 밖에 있

---

25) 조수삼趙秀三, 같은 책.
26) 이건창李建昌(1852~1898); 자 봉조鳳朝, 봉조鳳藻, 호 명미당明美堂, 영재寧齋,
　　담녕재澹寧齋, 결당거사潔堂居士, 본관 전주全州. 김택영金澤榮, 황현黃玹 등과
　　교유. 창강 김택영(1850~1927), 매천 황현(1855~1910)과 함께 구한말의 삼대
　　문장가.

었다. 장수가 재물에 인색하여 근근이 먹는 것만 댈 뿐이고 다른 것은 없었기에 백상월은 이군에게서 한 푼도 얻지 못하였는데 마음으로 그를 사랑할 뿐이었다. 그러는 동안에 장수와 이군은 서로 의론이 맞지 않았는데, 장수가 성을 내어 그를 치며 욕보이려 하자 이군이 달갑게 받아들이지 않아 장수는 이군에게 심하게 화를 내며 돈 육만 전이 부족하다고 억지로 둘러 씌워 가두고는 매우 급박하게 책임을 물었다. 백상월이 장수를 찾아보고 말하길, '이군은 첩의 지아비인데 지금 공께서 죄인으로 여기시니 첩을 담보로 이군을 석방해주길 오로지 명하시길 청합니다' 하였다. 장수가 허락하자 이군이 풀려났다. 백상월이 그를 집으로 데리고 가서 붙잡고 울기에 이군이 말하길, '내가 너 때문에 풀려나 죄를 면했으나 실로 돈 한 푼 없는데, 장차 너에게 누가 되면 어찌하겠는가' 하니, 백상월이 그 방을 가리키며 '첩이 이 집을 가지고 있고, 또 약간의 밭뙈기와 화장대가 있으니 남김없이 팔면 갚을 수 있으니 낭군은 염려하지 마십시오' 라고 말했다. 이군이 말하길, '내가 너와 단지 몇 달 같이 살아도 네게 해 준 게 없는데 너는 모두 전 남편의 물건으로 어찌 나를 위해 배상을 해주려는가' 하였다. 백상월이 말하길, '어찌 구구하게 말씀드리겠습니까, 제가 하는 대로 들으소서' 말하고, 저자에서서 사람들을 불러 모아 집과 밭, 화장대를 내어놓았다. 그 값어치를 헤아리니 칠만 전의 돈을 모아 그 책임을 보상하고 그 나머지 돈으로 이군이 서울로 임지를 떠나는 데 사용하였다. 장차 이별하려 할 때, 이군의 낯빛이 차마 참지 못하기에 백상월이 하소연 하며 말하길, '첩은 천한 사람이라, 한 지아비를 따를 수 없습니다. 낭군께서는 힘써서 첩의 생각일랑 조금도 하지 마십시오' 라고 하였다. 이군은 떠나고 백상월은 예전처럼 기생이 되었다. 이봉조(이건창의 자)가 말하길, '안주에 백상루27)가 있어 나라에 이름이 났는데 백상월은 이를 이름삼아서 지은 것이다. 태사공이 말하길, 완급은 사람에게 때가 있는 법인데 대저 완급이란 진실로 사람에게 때가 있어서 완급과 같이 한다. 능히 때를

---

27) 백상루百祥樓; 평안남도 안주군 안주읍에 있는 고려시대 누정. 정면 일곱 칸, 동쪽 측면 여섯 칸, 서쪽 측면 네 칸의 합각지붕 건물. 청천강 기슭에 높이 솟은 언덕 위에 옛 안주성 장대將臺 터에 세워져서 청천강의 자연경치와 잘 어울리는 건물로 관서팔경關西八景 가운데 첫째로 꼽혀 '관서제일루關西第一樓'라고 하였다.

놓치면 예로부터 사대부가 어려움을 겪는 법인데 백상월은 이에 능하
였다. 슬프다, 누가 백상월을 기생이라 말할 수 있겠는가."28)

28) 이건창李建昌, 『명미당집明美堂集』 권15, '백상월전百祥月傳'. "百祥月者。安州
妓也。兵馬帥幕佐李君嬖之。蓄數月。李君故孤貧。客千里外。帥吝於財。僅支
食料無佗物。以是百祥月不得李君一錢。第心愛之而已。旣而帥與李君。論事不
合。怒欲搊辱之。李君不肯受。帥恚甚。勒稱李君欠錢六萬。囚而責之甚急。百
祥月入見帥曰。李君。妾夫也。今爲公所囚。乞保妾而釋李君。惟公所命。帥許
之。李君出。百祥月延之舍。持而泣。李君曰。吾縱由汝免。然實無錢。將累
汝。奈何。百祥月指其室曰。妾有此居。又有田若干。粧奩若干。悉鬻之可以
償。君勿憂也。李君曰。吾蓄汝僅數月。無所與汝。汝所有皆前夫物。何爲償
吾。百祥月曰。何言之區區也。第聽吾所爲。立召市人。出田宅劵與其粧奩。而
計其直。得錢七萬。旣以償所責。以其仍爲李君治任送之京。將別。李君有不忍
色。百祥月辭曰。妾賤人。不能從一夫。君努力。勿復念妾也。李君去。百祥月
爲妓如初。李鳳藻曰。安州有百祥樓。名國中。百祥月之名。以此云。太史公有
言。緩急人所時有。夫緩急。固人所時有。而同緩急者。不能時有。此自古士大
夫所難也。而百祥月能之。噫。孰謂百祥月妓哉。"

5. 기생의 설화와 전설

5. 기생의 설화와 전설

1) 기생 자운의 시 품평

　　"손영숙孫永叔이 이조정랑이 되어 사신으로 호남에 가서 옥사를 추국할 때 나주羅州 기생 자운紫雲을 사랑하였는데, 그는 서울에서 자라 이원梨園이란 기방 제일부에 있다가 죄를 지어 나주에 귀양을 왔다. 손영숙은 세상 사정에 어두운 학자이다. 자운은 명기라, 비록 관아의 위엄이 두려워서 수청을 들기는 하지만, 항상 마음에 차지 않게 여겼다. 하루는 유생이 그가 지은 시문을 가지고 와서 비평을 해줄 것을 청하니, 기생이 말하기를, '어떻게 우열을 판별하오리까' 하니, 손영숙은, '가장 좋은 것이 상상, 상중, 상하요, 그 다음은 이상, 이중, 이하요, 또 그 다음은 삼상, 삼중, 삼하이며, 품에 들지 못하는 것은 차상, 차중, 차하요, 가장 떨어지는 것은 경지경更之更이다' 하였다. 얼마 지나지 않아 손영숙이 일을 마치고 서울로 올라가고, 조치규趙稚圭가 전주 부윤府尹이 되어 나주에 이르러 또한 자운을 사랑하였다. 잠자리에 들어 서로 즐길 때 조치규가 묻기를, '너는 사람을 많이 겪었는데 나와 같은 자는 몇 등에 들겠는가' 하니, 기생이 말하기를, '영공은 겨우 삼하에 들 뿐입니다' 하였다. 조치규가 또, '어디에서 이렇게 말하는 법을 배웠느냐' 하니, 기생은, '손영숙이 저에게 가르쳐주었습니다' 하였다. 조치규가 다

시, '손영숙은 몇 등의 사람인가' 하니 기생은, '그야말로 진실로 경지경
이요, 오직 군수 정문창鄭文昌이 충분히 이등에 들 만합니다' 하였다.
노희량盧希亮이 시를 지어 희롱하였다.

호남 사신 중에 그 누가 당황했나	湖南奉使孰荒唐
이부의 관원 중에 사북량이라	吏部郎中絲北良
삼 년 풍류를 사람들이 회자하더니	三載風流人膾炙
정문창이 있는 줄은 알지 못했네	不知時有鄭文昌

　　이는 대개 당시唐詩를 본받은 것이었다. 병신년 중시重試 때 손영숙
의 대책對策이 처음으로 장원을 했을 때 겸선兼善[1]이 시관이었는데,
편지를 보내어 축하하며 말하기를, "그대가 지금 지은 사책射策이 일지
일一之一이 되었으니, 다시는 옛날의 경지경이 되지 않으리라" 하였
다."[2]

2) 풍주 명기의 시

　　"근세에 풍주豊州[3]에 명기가 있었는데, 서경西京 존문사存問使가 불

---

1) 홍귀달洪貴達의 자. *홍귀달(1438~1504).; 조선전기의 문신. 본관 부계缶溪, 호 허
　백당虛白堂, 함허정涵虛亭. 저서『허백정문집虛白亭文集』시호 문광文匡.
2) 성현成俔,『용재총화慵齋叢話』제6권. "孫永叔爲吏曹正郎。奉使湖南鞫獄。愛羅妓
　紫雲兒。兒生長京師。屬梨園第一部。被罪謫于州。永叔迂儒。紫雲名妓。雖怕官
　威侍房。而常不慊於心。一日儒生持所製詩文。來取品題。妓問曰何以辨別優劣。
　永叔曰最妙者爲上上上中上下。其次爲二上二中二下。又其次爲三上三中三下其不入
　品者爲次上次中次下。最劣者爲更之更。未幾永叔竣事還京。趙稚圭爲全州府尹到
　羅。亦愛紫雲。枕屛團欒間問曰。汝閱人多矣。如我者居何等。妓曰令公纔入三下
　耳。趙問何從得此話法。妓曰孫永叔教我矣。趙復問永叔是何等人。妓曰眞更之更
　也。惟郡守鄭文昌優入二等。盧希亮作詩戲之曰。湖南奉使孰荒唐。吏部郎中絲北
　良。三載風流人膾炙。不知時有鄭文昌。蓋用唐詩擬倣也。丙申重試。永叔之策。
　初居魁。兼善爲試官。伻書賀之曰。君今射策一之一。非復疇昔更之更。"
3) 고려시대 황해도 풍천군豊川郡의 옛이름.

러다 부府의 기적妓籍에 올려놓았더니, 기생이 자못 늦게 만난 것을 한
스럽게 여겼다. 학사 이의李顗가 시를 지어 기생으로 하여금 노래하게
하였는데 그 시는 다음과 같다.

옛날 열다섯 꽃다운 시절 그리니	憶昔正年三五時
금비녀를 두 귀밑머리에 드리웠네	金釵兩鬢綠雲垂
파리하게 여윈 얼굴 스스로 슬퍼하니	自憐惟悴容華減
막부의 홍련이 되고 말았구나	來作紅蓮幕裏兒

정 승선의 시에 비겨 그다지 못할 것이 없다.”4)

3) 명기 송월과 해숭위의 만사5)

해숭위의 소실에 대한 만사	挽海嵩尉6)小室

바로 명기 송월인데, 아이 하나를 두었으나 먼저 일찍 죽었다.
卽名妓松月, 有孩先夭

풍류 넘치는 부마가 명기를 사랑해	風流都尉賞妍嫻
비단 장막 속 남몰래 미인 감추었네	綉閤紗廚祕髻鬟
등근 달 한밤중 바다 속에 가라앉아	璧月正圓沈夜海
자취 없는 선운만 가을산 맴돌게 되었네	仙雲無跡7)鏁秋山
남전의 옥자 먼저 꺾여 놀랐던 게 언젠데	藍田玉子8)驚先折

---

4) 이제현李齊賢, 『익재집益齋集』, 「역옹패설후집櫟翁稗說後集」 2.
5) 이식李植, 『택당집澤堂集』 권5.
6) 선조宣祖의 딸 정혜옹주貞惠翁主와 결혼한 윤신지尹新之의 봉호封號.
7) 죽은 소실의 영혼도 그 곁을 못내 떠나지 못할 것이라는 뜻임. 초楚 회왕懷王이 고
당高唐에서 노닐 때 무산巫山 신녀神女를 만나 동침하였는데, 그 신녀가 떠나면서
“아침에는 구름이 되어 머물고 저녁에는 비를 내리겠다.”고 했다. 송옥宋玉의 ‘고
당부高唐賦’ 서문.

장막 속 향혼은 아무리 불러도 대답없나	寶幄香魂叫不還
안창의 후당에서 대접받은 한 나그네	却有安昌9)後堂客10)
만가지어 부르면서 함께 눈물 흘리네	薤歌相送亦凄潸

4) 명기 하양대의 이빨을 희롱하다11)

서원西原12) 기생 하양대下陽臺는 재주가 있어 가무에 능했으며 용모가 뛰어났다. 그녀가 접하는 사람들은 모두 문장에 능한 문사들이었다. 하루는 문사 몇 명이 모여 하양대와 술을 마셨는데, 그들은 시 짓는 놀이도 함께 즐기면서 하양대를 시켜 다음과 같은 곡을 노래하게 했다.

오늘은 어찌하여 차례가 어긋나	今日何次例
신관이 구관과 상대가 되었도다	新官對舊官
웃고 우는 일을 다 할 수 없으니	笑啼俱不敢
사람 노릇 하기 어려움을 경험하네	方驗作人難

그리하여 술도 반쯤 취한 듯했고, 하양대의 노래 소리도 구름 속으로 날아올라 흥을 돋우고 있었다. 이 때 모두 문사들인 줄 알았는데, 말석

---

8) 어린아이가 먼저 죽었다는 뜻임. 양백옹楊伯雍이 선행을 쌓은 끝에 선인仙人으로부터 돌멩이 씨앗石子 한 섬을 받아 남전藍田에 뿌렸더니 거기에서 모두 옥玉이 자라났다는 전설이 전하는데, 보통 훌륭한 부친에 걸맞는 자식의 비유로 많이 쓰인다. 『수신기搜神記』 권11.

9) 안창安昌은 강원도 고성 지역의 옛 지명.

10) 생전에 택당 역시 지극한 대접을 받았다는 뜻임. 한漢 나라 안창후安昌侯 장우張禹가 아끼는 제자 대숭戴崇이 올 때마다 그를 데리고 후당後堂으로 데리고 가서 부녀婦女의 시봉을 받으며 한껏 즐기게 했다. 『한서漢書』, 「장우전張禹傳」.

11) 『고금소총』, '西原妓下陽臺'.

12) 신라 때 서원경西原京으로 오소경五小京의 하나. 31대 신문왕神文王 5년(685)에 둔 '서원 소경'을 35대 경덕왕景德王 때에 고친 이름. 지금의 충청북도 청주.

에 무사 하나가 자리하고 있었다. 이에 무사는 시를 지을 줄 모르니 무료하게 하늘만 쳐다보며 술을 마실 때, 마침 참새 한 마리가 추녀 끝에 날아와 앉는 것이 보였다. 순간, 무사는 본능적으로 탄환을 꺼내 참새를 향해 던졌다. 그런데 이 탄환이 날아가 처마 밑의 가로지른 나무를 세차게 치고 도로 퉁겨나와, 입을 벌리고 노래하는 하양대의 앞니를 쳐서 부러뜨리는 것이었다. 이 모습을 보고 있던 한 선비가 그 상황을 다음과 같은 시로 읊어 희롱하였다.[13]

서원 기생 하양대는	西原佳妓下陽臺
노래와 춤 뛰어나 홀로 재주피우는데	歌舞叢中獨擅才
가장 한 되는 건 당시 문자회에	最恨當年文字會
무인이 마침 어디서 쫓아왔던가	適從何處武人來
던진 금환이 퉁겨져 풍류의 입에 들어가	金丸反入風流竅
옥 같은 이빨에 구멍 하나 뚫었구나	玉齒黯成睥睨[14]開
이로부터 맑은 목청 도로 거칠어지니	自從繞梁聲反澁
부질없이 좌석의 손님 한을 막기 어렵네	空教座客恨難裁

5) 기생 운심의 풍류

"운심雲心은 밀양密陽 출신 기생이다. 서울로 뽑혀서 왔는데 칼춤 솜씨가 당세에 으뜸이었다. 백하白下 윤순[15]이 운심에게 마음을 두었

---

13) 권별權鼈, 『해동잡록海東雜錄』 4, 「본조本朝」. *한화閑話에도 나옴.

14) 비예睥睨는 흘겨보거니 곁눈질 하는 걸 말하는데, 여기서는 얼굴에 탄환이 뚫어 찌그러진 모습을 말함.

15) 윤순尹淳(1680~1741); 조선 후기의 문신이자 서화가. 본관 해평海平, 자 중화仲和, 호 백하白下, 학음鶴陰, 나계蘿溪, 만옹漫翁. 두수斗壽의 5대손, 양명학의 태두 정제두鄭齊斗의 문인으로 양명학에 심취했으며, 정제두의 제문祭文을 써서 양명학이 치양지致良知의 심학心學임을 지적했다. 그는 '잡식雜識'이라는 글에서 산

는데, 백하는 글씨를 잘 썼던지라 운심에게 장난삼아 말하였다.

'너의 칼춤이 나에게 초서의 원리를 깨닫게 할 수 있겠느냐?'

운심도 평소에 공의 글씨를 사모하던 터라 한 점 얻어 가보로 간직하기를 원하니, 공은 써 주겠다고 허락은 하였지만 바로 써 주지는 않았다. 어느 가을비 내리는 날, 뜰 가득히 떨어진 낙엽들을 바라보면서 백하는 홀로 앉아 있었다. 이때 운심이 홀연히 술을 가지고 와서 권주가를 불러 공에게 권하였다. 공은 흔쾌히 마시고 약간 취하자 자꾸만 붓과 벼루를 힐끗거렸다. 운심은 재빨리 비단 치마를 벗어 앞에 펼쳐 놓으며 말했다.

'공께서는 지난날의 허락을 잊지 않으셨겠지요?'

공은 단숨에 붓을 휘둘러 도연명陶淵明의 귀거래사歸去來辭를 쓰고 나서 스스로도 만족해하였다. 공은 운심에게 깊이 간직하고 꺼내서 남에게 보여 주지 말라고 당부하였다. 그런데 그 뒤 자신이 취하여 우연히 풍원군豊原君 조현명趙顯命16)에게 이 일을 발설하였다. 풍원군이 운심을 불러 물으니, 운심은 감히 사실을 숨길 수가 없었고 글씨는 마침내 풍원군의 소유가 되었다. 운심은 죽을 때까지 이 일을 한스럽게 여겼다. 운심은 늙어서는 명승지를 두루 유람하였는데, 관서지방의 칼춤을 추는 기생들은 대부분 그의 제자였다. 어느 날 약산藥山 동대東臺에 올랐는데 아래는 만 길 절벽이고 운심은 마침 술에 취해 있었다. 운심이 하늘을 우러러보며 탄식하기를,

---

림山林 선비들의 타락상을 개탄하고 이를 당쟁 때문이라고 규정했으며, 당시 북벌을 주장하던 송시열宋時烈 등 노론의 허위성을 폭로했다. 양명학을 기반으로 실학파와 제휴하여 실심實心, 실견實見, 실득實得, 실정實政을 강조하고, 시정을 개혁할 것을 주장하는 등 노론에 대항할 이론을 제공했다.

16) 조현명趙顯命(1690~1752); 조선 후기의 문신, 본관 풍양豊壤, 자 치회稚晦, 호 귀록歸鹿, 녹옹鹿翁. 조문명趙文命, 송인명과 함께 영조대 전반기의 완론緩論 세력을 중심으로 한 노·소 탕평을 주도한 정치가였다. 그의 탕평론은 대체로 분등설分等說, 양비설兩非說, 호대설互對說로 정리될 수 있다. 한편 그는 민폐의 근본이 양역에 있음을 지적하고, 군문, 군액의 감축, 양역재정의 통일, 어염세漁鹽稅의 국고환수, 결포제結布制 실시 등을 그 개선책으로 제시한 경세가이기도 했다. 효행으로 정문旌門이 세워졌다. 저서 『귀록집』, 편서 『양역실총』, 시호 충효忠孝.

　'약산은 천하의 명승지요, 운심은 천하의 명기이다. 사람은 태어나
면 한 번은 죽기 마련이니 여기서 죽으면 더 바랄 게 없다.'
　말하고는 언덕 아래로 뛰어내렸는데, 마침 옆에 있던 사람이 붙잡아
서 죽음을 면하였다. 운심의 멋들어진 풍류와 기개가 이러하였기에 당
대에 이름을 드날릴 수 있었던 것이다."17)

6) 말 한마디에 날아간 기녀의 총애

　"정주定州의 어떤 유생이 한 관기를 오랫동안 데리고 놀았는데, 그
녀는 그 즐거움을 남과 공유할 수 없다고 여겼다. 한 번은 유생이 취한
틈을 타 요염을 떨며 말하였다.
　'이 즐거움을 어떻게 남과 나누어 가질 수 있겠습니까.'
　유생이 두려운 마음이 생겨 다시는 그곳을 출입하지 않았다. 말 한
마디에 즐거움이 송두리째 날아갔으니 총애를 독차지하기를 바라서야
되겠는가."18)

---

17) 성대중成大中,『청성잡기靑城雜記』권3,「성언醒言」 *조선후기 학자인 성대중成
　　大中(1732~1812)이 편찬한 잡록집雜錄集으로 중국의 역사, 격언이 될 만한 문
　　구, 교훈의 자료가 될 만한 민담 등을 수록하였음.「성언醒言」은 사람을 깨우치
　　는 말이란 뜻으로, 총 3권에 인물평 및 일화, 사론史論, 필기筆記, 한문단편 등 다
　　양한 이야기들이 수록되어 있다. "雲心密陽妓也. 選至都下，　劍舞名於一世，　尹白
　　下淳眄之，　白下故善書，　戲語之曰，　汝之劍舞，　能使我悟草書乎. 雲亦雅慕公書，　願
　　得而寶藏之，　公諾之而未就. 嘗秋雨獨坐，　落葉滿庭，　雲忽捧酒而至，　歌以侑公，　公
　　欣然小醉，　屢睇筆硯，　雲遽解錦裙前鋪曰，　公不念前諾耶. 公乃放筆，　書歸去來辭，
　　自以爲得意，　戒雲祕蓄毋出，　醉偶洩之趙豊原，　豊原召雲問之，　雲不敢匿，　遂爲豊
　　原有，　雲終身以爲恨. 雲老而徧遊名勝，　關西劍妓，　多其弟子者. 嘗登藥山東臺，　下
　　臨絶壑萬仞，　雲適醉矣. 仰天嘆曰，　藥山天下名區，　雲心天下名妓，　人生會當一死，
　　得死於此足矣. 仍投崖而顚，　旁人持之僅免. 雲之風韻性氣如彼，　故能擅名一世."
18) 성대중, 같은 책 권4,「성언醒言」.

7) 거지들의 연회와 기생

"도성 안에 모여 사는 거지들이 해마다 항상 수백 명에 이르렀다. 그들의 생활 규칙은 거지들 중에서 한 명을 뽑아 왕초로 삼고, 기거동작과 모이고 흩어지는 모든 것을 그의 명령에 따라 하여 감히 조금도 어긋남이 없게 하는 것이었다. 아침저녁으로 거지들은 구걸한 음식을 모아 왕초에게 공경히 바치고, 왕초는 태연히 앉아 있었다. 서울에 왕초한 명이 있고, 서문시西門市와 이현시梨峴市에 각각 인을당人乙堂이 한채씩 있어 두 왕초가 나누어 거처하면서 뭇 거지들을 맡아 관리하고 지휘하였는데, 사람들이 그들의 얼굴을 보는 경우가 드물다고 한다.

영조英祖 경진년(1760) 큰 풍년이 들자, 임금께서 서울과 지방에서 잔치를 베풀어 즐기라고 명하셨다. 용호영龍虎營[19]의 악대樂隊는 오군영五軍營[20] 가운데 으뜸이었는데, 그중에 이씨 성을 가진 자가 우두머리로 그를 패두牌頭[21]라고 불렀다. 이 패두는 평소 호걸이라고 소문이 나서 도성의 창기娼妓들이 모두 그에게 쏠렸다. 당시에는 금주령禁酒令이 매우 엄격하여 상하의 연회에 오로지 기녀와 음악만을 숭상하였으므로 용호영의 악대를 데려다가 음악을 연주하면 훌륭한 잔치이고, 그렇지 못하면 수치로 여겼다. 이씨는 연회에 자주 초청되어 피곤하였으므로 때로는 병을 핑계 대고 집에 있기도 하였는데, 어느 날 갑자기 어떤 거지가 찾아와서 부탁하였다.

'거지 왕초 아무개가 삼가 패두님께 아룁니다. 다행히 국가의 명령으로 온 백성들이 함께 즐기게 되었으니, 저희가 비록 거지이지만 또한 국가의 한 백성입니다. 아무 날에 여러 거지들이 모여 연융대鍊戎臺[22]

---

19) 조선 시대 국왕을 호위하던 친위 군영으로 내삼위內三衛, 금군청禁軍廳이라고도 함.
20) 임진왜란 이후에 서울과 그 외곽을 방어하기 위해 설치한 다섯 군영으로 훈련도감訓鍊都監, 어영청御營廳, 금위영禁衛營은 서울 방어를 위한 중앙 군영이며, 총융청摠戎廳과 수어청守禦廳은 서울 외곽 방어를 담당하였다.
21) 한 패의 우두머리란 뜻으로 원래 장용위壯勇衛의 소속 군사 쉰 명을 인솔하는 군인을 지칭.
22) 서울시 종로구 신영동新營洞에 있던 돈대 이름으로, 연산군燕山君 11년(1505)에 창의문彰義門 밖 경치 좋은 곳에 돈대를 쌓고 탕춘대蕩春臺라 하였다가 영조30

에서 잔치를 하려 하니, 수고로우시겠지만 패두님께서 음악을 도와주
신다면 저희들은 감히 그 은덕을 잊지 않겠습니다.'

이씨가 매우 화를 내며 꾸짖으며 말했다.

'서평군西平君23)과 낙창군洛昌君24) 부름에도 내가 가지 않았는데,
어찌 너희 거지들을 위해 음악을 연주한단 말이냐.'

종을 불러 쫓아내니, 거지가 웃으면서 물러갔다. 이씨는 더욱더 분
노하며 비통해했다.

'나는 악대 노릇이 이처럼 천한 직업인 줄은 생각지 못하였다. 거지
까지 나를 부리려 하다니.'

잠시 후 어떤 사람이 와서 매우 거칠게 문을 두드리기에 이씨가 나
가 보니, 다 떨어진 옷을 입고 있으나 몸은 매우 건장한 이가 있었는데
바로 거지 왕초였다. 그는 눈을 부릅뜨고 이씨를 노려보며 말했다.

'패두님의 머리통은 구리로 되었고 집은 물로 지었습니까? 우리 무
리 수백 명이 성안에서 흩어져 돌아다니면 순라군巡邏軍도 묻지 않습
니다. 저희들이 몽둥이 하나에 횃불 하나씩 들고 오면 패두님의 무사함
을 보장할 수 있겠습니까? 어찌하여 우리를 이토록 깔보십니까?'

이씨는 예전부터 악대를 따라 사람들과 가까이 어울려서 거지들의
생활상을 잘 알고 있었으므로 웃으며 대답했다.

년(1754)에 연융대로 고쳤다.

23) 이요李橈; 생몰년 미상. 조선 후기의 종실. 선조의 왕자인 인성군仁城君 공珙의
증손이며, 화춘군花春君 정淨의 아들이다. 종실인데도 소탈한 성격으로 학문이
깊고 달변이었다. 영조의 신임이 두터워 자문에 응하여 탕평책에 기여하였다.
경종 3년(1723) 동지사 겸 진하사冬至使兼進賀使가 되어 청나라에 다녀오고, 영
조 1년(1725) 동지사가 되어 다시 청나라에 다녀왔다. 청나라에 가서 타고난 달
변과 깊은 학식을 바탕으로 외교문제를 해결하였다. 부정한 방법으로 재산을 모
아 사치를 하자 대간의 탄핵을 받기도 하였다.

24) 이탱李樘(?~1761); 조선 영조 때의 종신宗臣 낙창군洛昌君, 본관 전주全州. 이름
당樘. 경종4년(1724) 경종이 죽었을 때, 수릉관守陵官의 직책을 맡았으며, 그 공으
로 영조 2년(1726)에 가자加資되었다. 이듬해 동지 겸 사은정사로, 1731년 또 청
나라에 가서 칙서를 보내어 조제弔祭해준 것과 방물方物을 준 것을 사은하고 연
공年貢도 바치고 왔다. 이듬해에도 청나라에서 『명사明史』,「조선열전朝鮮列傳」
을 가지고 돌아왔다. 1760년에도 심양문안사瀋陽問安使로 청나라를 다녀왔다.

'자네는 참으로 사내대장부일세. 내가 잘 몰라서 오해했네. 지금 바로 자네 말대로 하겠네.'

그러자 거지 왕초가 이렇게 말하였다.

'내일 아침 식사 후에 공은 아무 기생 아무 악공과 함께 총융청總戎廳 앞에 있는 집으로 오셔서 음악을 크게 연주하시되, 부디 시간을 엄수해 주십시오.'

이씨가 웃으며 대답하였다.

'알았네.'

왕초는 한참을 응시하다가 눈도장까지 찍고 갔다. 이씨는 곧 자신의 무리를 모두 부르되 거문고와 피리, 비파와 북 등을 모두 새것으로 준비해 가지고 오게 하였으며, 명기 몇몇도 모두 불렀다. 이들이 어디로 가는 것이냐고 물었으나 이씨는 웃으며 말했다.

'일단 나를 따라와 봐라.'

이씨가 약속한 곳에 이르러 말했다.

'음악을 연주하라.'

악공들은 모두 음악을 연주하고, 기녀들은 모두 춤을 추었다. 이때 짚옷을 걸치고 새끼로 허리띠를 맨 거지들이 떼 지어 춤을 추며 몰려들 었는데, 마치 개미떼가 개미집에 모이는 것 같았다. 이들은 춤이 멈추면 노래하고, 노래가 멈추면 다시 춤을 추며 즐거워하였다.

'좋을시고, 좋을시고! 우리에게도 이처럼 좋은 날이 있구나.'

거지 왕초가 높은 자리에 앉아 내려다보며 매우 만족해하니, 기녀들이 모두 낄낄대며 계속 웃어 댔다. 이씨가 눈짓으로 못하게 하며 말했다.

'웃지 마라. 저 왕초는 나도 죽일 수 있는데 하물며 너희들이겠느냐.'

해질 무렵에 뭇 거지들이 차례에 따라 앉아서는 각기 동냥자루를 뒤져 고기 한 덩이를 꺼내기도 하고 떡 한 덩이를 꺼내기도 하니, 모두 잔칫집에서 구걸해 온 것들이었다. 이 음식들을 깨진 기왓장에 담고 풀이나 짚으로 엮어 만든 그릇에 받쳐서 잡다하게 올리며 말했다.

'저희들이 잔치를 열었기에 감히 공께 먼저 올립니다.'

이씨가 웃으며 사양하였다.

'내가 그대들을 위하여 음악은 연주하겠지만 그대들이 주는 음식은 받을 수 없네.'

거지들은 웃으면서 절하며 말하였다.

'공들은 귀인이니 어찌 거지의 음식을 맛보려 하시겠습니까. 그대를 위하여 다 먹겠습니다.'

이씨는 더욱더 기생들에게 춤추게 하고 악공들에게 연주하게 하여 흥을 돕게 하였는데, 잔치가 끝나자 여러 거지들이 다시 일어나 춤을 추었다.

잠시 후에 또 깨진 과일과 문드러진 육포를 꺼내어 기생들에게 주면서 말하였다.

'이 수고에 보답할 길이 없으니, 이것을 가져다가 여러분의 어린아이와 어린 손자에게 주십시오.'

기생들이 모두 사양하니, 거지들이 또 깨끗이 먹어 치우고 나서 절하며 감사의 말을 하였다.

'여러분 덕택에 배불리 먹었습니다.'

저녁이 되자 거지 왕초가 앞으로 나와 절하며 말했다.

'저희들은 이제 저녁밥을 구걸해야 하니, 감히 여러분의 수고에 감사드립니다.'

그 후 길에서 이들을 만나자, 모두 흩어져 가 버렸다. 기생들은 모두 배도 고프고 피곤하여 이씨에게 불평을 해댔는데, 이씨는 감탄하며 말했다.

'내 오늘에서야 호쾌한 남자를 보았도다.'

그 후 이씨는 거지를 마주칠 때마다 마음속으로 그때 일을 떠올렸는데, 끝내 그 거지 왕초는 만나지 못하였다."[25]

---

25) 성대중, 같은 책 권3, 「성언醒言」. *연암燕巖 박지원朴趾源의 '달문전達門傳'과 같은 맥락의 글이다. 『연암집燕巖集』제8권 별집, 「방경각외전放璚閣外傳」, '광문자전廣文者傳' *달문전達門傳: 박지원의 한문 단편 소설 광문자전廣文者傳을 말한다. 달문은 광문廣文의 다른 이름이다. 그는 거지들의 패두로 외모는 볼품없지만 의리가 있고 호방한 기상이 있었다고 묘사되었다. "都下丐者, 歲常數百人, 其法擇一丐, 以爲帥, 行止聚散, 一聽其令, 無敢少違。朝夕聚其所丐, 奉饋帥惟謹, 帥居之自如。漢城有一丐帥, 西門市梨峴市, 各有人乙堂一座, 二帥分居焉, 句管衆丐而指揮也, 人罕見其面云。英廟庚辰大稔, 上命中外設宴以娛。龍虎營樂, 冠於五營, 有李姓者, 爲之首, 號曰牌頭, 素以豪擧稱, 都下倡

8) 성천 관기 일지홍

"성천부成川府 관기 일지홍一枝紅은 시에 능하여 붓대를 잡고 턱을
괴고 있다가 금방 지었으며, 『당시품휘唐詩品彙』는 재사才思가 없어서
볼 것이 없다고 하였다. 어사 심염조沈念祖가 순찰하다가 성천에 이르
러, 일지홍의 시를 보고 나서 종담鍾譚[26]의 시를 읽도록 권하고 돌아갈
적에 시를 지어주었다.

고당부같은 신의 경지, 성당의 시체인데
高唐神境盛唐詩

妓皆附焉。時酒禁方嚴，　上下宴專以妓樂相尙，　得龍虎營樂者爲雋，　不得者以爲
恥。李疲於招邀，　或托病在家，　忽有一丐至，　請曰，　丐之帥某，　敬告牌頭，　幸國
家有命，　萬民同樂，　小人雖丐，　亦國民也。方以某日集群丐，　宴於鍊戎臺，　敢勞
牌頭助樂，　小人不敢忘德。李大怒叱曰，　西平洛昌之招，　吾猶或不赴，　豈爲丐者
樂哉。呼其僕逐之，　丐嘻笑去。李逾益憤咤曰，　吾不圖爲樂之賤，　至於斯也，　丐
乃欲役我。已而，　叩門聲甚厲，　李出視之，　衣袴盡破，　而軀幹甚壯，　乃丐帥也，
瞠目視李曰，　牌頭能銅額而水舍乎。吾徒數百人，　散在城中，　徼巡不問也。一捧
一燧，　牌頭能保無事乎。何藐視我太甚。李故以樂狎遊，　習巷曲間事，　乃笑應
曰，　子誠男子，　我不知故誤，　今則惟子言之從。丐帥曰，　明日早食後，　公與某妓
某工，　至摠戎廳前第，　大張樂，　勿違期。李笑應曰諾。帥熟視去。李乃盡招其
徒，　琴笛瑟鼓，　各以新具至，　名妓數輩畢來。請所之，　李笑曰，　第隨我。至期處
曰，　作樂，　衆樂皆作，　妓皆舞。於是，　藁衣索帶，　群舞而會者，　如蟻之集於垤
也。舞止輒歌，　歌止復舞曰，　樂哉樂哉，　吾屬亦有一日。丐帥據高座臨之，　意得
殊甚，　妓皆駭笑不止，　李晌止之曰，　勿笑，　彼帥能殺我，　況若耶。日且晡，　衆丐
以其次坐，　各探其帒，　或出一臠肉焉，　或出一塊餠焉，　皆宴家之所乞也。盛以破
瓦，　薦以編草，　雜進之曰，　小人方宴，　敢先饋諸公。李笑謝曰，　吾能爲君樂，　不
能受君之饋。丐笑拜曰，　公等貴人，　其肯嘗丐食乎，　請爲君盡之。李益令妓奏樂
侑宴，　宴罷，　衆丐復起舞。少焉又出其殘果敗藨，　以遺群妓曰，　無以報勞，　請以
饋公之稚子幼孫，　妓皆　謝卻之，　丐又盡啜已，　拜謝曰，　賴諸公飽矣。向夕，　丐帥
前拜曰，　吾徒方求夕食，　敢謝諸公之勞，　他日見諸道路，　皆散去。衆妓皆飢困恚
李，　李嘆曰，　吾今日始睹快男子也。後遇丐者，　輒心識之，　竟不得見其帥焉。與
朴燕巖達門傳同調。"

26) 시로 명성이 높았던 명明 나라 종성鍾惺과 담원춘譚元春을 말함.

선관의 명화 가운데 무르녹은 한 가지일세 　　　仙館名花艶一枝
조운에서 한림학사 만났다 말하지 말게 　　　莫道朝雲27)逢內翰
늙은이는 재주 없어 감당할 수 없네 　　　老夫才薄不堪期

　성천에 십이무봉十二巫峯과 강선루降仙樓가 있었으므로 고당高唐과
선관仙館과 조운 등의 일을 인용하였다. 일지홍의 증별시가 있다.

서울 소식 누구에게 물어보랴 　　　洛陽消息憑誰問
밝은 달 주렴에 비칠 때 둘이 생각하리 　　　明月當簾兩地思

　신영월申寧越28)이 일찍이 평양平壤을 유람하고 다음과 같은 시를
지었다.

성천의 젊은 기생 일지홍은 　　　成都少妓一枝紅
비단결 같은 재주로 시문에 능하구나 　　　錦繡心肝解語工
말 몰아 삼백 리 달려오니 　　　飛馬馱來三百里
비단 치마폭에 휩싸인 교서랑일세 　　　校書郎在綺羅中"29)

---

27) 송옥宋玉, 『고당부高唐賦』 서序에 "초楚 양왕襄王이 운몽대雲夢臺에서 놀다가
　고당高唐의 묘묘廟에 운기雲氣의 변화가 무궁함을 바라보고 송옥에게 '저것이 무
　슨 기운이냐?'고 묻자 '이른바 조운朝雲입니다. 옛날 선왕先王이 고당에 유람왔
　다가 피곤하여 낮잠을 자는데, 꿈에 한 여인이 '저는 무산巫山에 있는 계집으로,
　침석枕席을 받들기 원합니다.'고 하였습니다. 드디어 정을 나누고 떠날 적에 '저
　는 무산 남쪽에 사는데 아침에는 구름이 되고 저녁에는 비가 되어 늘 양대陽臺
　아래 있습니다' 했습니다'고 하였다."
28) 당시에 영월부사인 신광수申光洙를 말함.
29) 이덕무李德懋, 『청장관전서靑莊館全書』 권35, 「청비록淸脾錄」 4. "成川府妓一枝
　紅能詩。撓筆支頤。斯須而成。以唐詩品彙。爲無才思不足觀。沈御史念祖巡到成
　川。見紅詩。觀讀鍾譚詩。故因贈詩曰。高唐神境盛唐詩。仙舘名花艶一枝。莫
　道朝雲逢內翰。老夫才薄不堪期。成川有十二巫峰及降仙樓。故用高唐仙舘朝雲等
　事。紅有詩贈別曰。洛陽消息憑誰問。明月當簾兩地思。申寧越嘗遊平壤。有詩
　曰。成都小妓一枝紅。錦繡心肝解語工。飛馬馱來三百里。校書郎在綺羅中。"

9) 허봉이 기생을 관람한 시

　　"『열조시집列朝詩集』에 이르기를, '조선에서는 당송唐宋의 고사를 따라서 역정驛亭마다 모두 관기를 두었는데, 허봉許篈이 홍문관에 있다가 대간臺諫으로 옮겨가서 각 고을을 순행하다가 만난 기생이 이와 같다' 하였다.

웅주 고을 누대는 구름 밖에 솟아	熊州樓觀飛雲外
서릿발 같은 백간 일산을 깔보네	白簡30)霜威凌皂蓋
삼천 명의 조련이 수놓은 옷을 끌고	組練三千引繡衣
열여섯 명 미녀가 구슬 띠를 울리네	羅裙二八鳴珠帶
화려한 장막 안엔 향기가 서리었고	九華之帳香氤氳
적적한 누각에는 낮과 밤 나뉘는데	寂寂瓊樓午夜分
저리의 가인은 교태로이 자리 펴고	苧里佳人嬌薦枕
무산의 선녀는 구름 타고 멀어지네	巫山仙子渺行雲
정에 끌려 꿈 깨어 돌아온 길 쳐다보니	牽情夢罷看歸路
이별의 한 아득한데 연하가 막혀있네	別恨迢迢隔煙霧
소첩 맘은 괴로워서 연뿌리 속 실같은데	妾心苦作藕中絲
낭군 뜻은 어찌하여 연잎 위의 이슬인가	郎意何如荷上露
금강의 양쪽에는 버들잎 새로 피어	錦水東西楊柳新
오고가니 수심 깊어 애간장이 끊어지네	往來愁殺斷腸人
이내 심사 파랑새에 부치고 싶어	欲將心事寄靑鳥
향기로운 풀 해마다 나고 봄은 또 오네	芳草年年空復春"31)

---

30) 백간白簡은 탄핵이나 혹은 탄핵문을 말함.
31) 한치윤韓致奫,『해동역사海東繹史』권49,「예문지藝文志」8 '우리나라 시' 3, 견정
　　인牽情引 *명시종에는 '웅주인熊州引'으로 되어 있다. *『열조시집列朝詩集』에도
　　실려 있다.

10) 순흥의 세 가지 축하할 일

"순흥군順興郡은 지방이 작고 기생들도 못생겼으며 반찬도 없는 곳
이었다. 남지南智가 감사監司로 가고, 김문기金文起가 부사副使로, 김
호생金虎生이 군수로 갔다. 하루는 감사가 잔치를 베풀었는데, 관기의
치마 빛깔은 담홍색이고 군수의 코는 아주 붉었다. 아사 김문기가 말하
기를, '기생의 치마는 비록 엷지만, 주인의 코가 붉은 것이 첫째로 축하
드릴 만하다' 하였다. 주인이 술을 권하는데 큰 술잔을 잡으니 아사가
말하기를, '군郡은 작지만 술잔이 큰 것이 둘째로 축하할 일이다' 하였
다. 국과 밥이 들어오니 아사가 말하기를, '밥은 붉고 장은 흰 것이 셋째
로 축하할 일이다' 하였으니, 이것은 순흥의 세 가지 축하할 만한 것이
다."32)

11) 계림 창녀의 은정

"계림雞林33)에 한 아름다운 창녀娼女가 있었다. 장안의 어떤 소년이
무척 정이 쏠려 소중하게 여겼는데, 이별할 때 몹시 우는 것을 보고 소
년이 행장에 있는 물건을 모두 주니 창녀가 사양하고 말하기를, '그대
의 신체를 자른 것을 얻고 싶습니다' 하니, 소년이 앞니를 분질러서 주
었다. 서울에 돌아와서 창녀는 이별하자마자 곧 딴사람한테 갔다는 말
을 듣고 종을 보내어 앞니를 받아오게 하였다. 창녀가 박장대소하며,
'백정더러 살생을 금하고, 창녀더러 예법을 지키라는 것은 어리석지 않
으면 망령된 사람이다' 하였다. 어떤 사람이 시를 지어 기롱하였다.

이것더러 은정이 엷다하지 마오	莫言這物恩情薄
이 빠지고 머리 벗겨지니 장수할 징조네	齒齡頭童得壽徵"34)

---

32) 권별權鼈,『해동잡록海東雜錄』4,「본조本朝」*『골계전滑稽傳』에 나옴.
33) 경주.
34) 권별權鼈, 같은 책 4,「본조本朝」*『골계전滑稽傳』에 나옴.

12) 진주 기생 월정화

월정화   月精華

"진주의 기생 월정화는   晉陽妓女月精華
위제만에게 사랑 듬뿍 받았네   鍾愛三生魏氏家
조강지처를 화나서 죽게 하였으니   能使糟堂恚而死
벼슬아치는 미혹되고 고을사람은 슬퍼했네   官人狂惑邑人嗟

　　월정화는 진주晉州의 유명한 기생인데, 사록司錄 위제만魏齊萬이 그
녀에게 빠져서 자기 부인으로 하여금 화병으로 죽게 하였으므로 고을
사람이 이를 슬퍼하여 이 노래를 지어서 풍자하였다."35)

13) 기생 옥호와 술병

　　"한산漢山을 출발하여 길 위에서 희롱으로 지어 한소韓韶에게 보이
다.36)

옥호와 이별한 뒤 다시 만날 길 없는데   玉壺別後無由見
봄 새 지저귀니 정 있는 듯 하여라   春鳥呼提似有情
그러나 한 가닥 한 달랠 길은   還有一條寬恨處
안장 곁에 비슷한 술병[玉壺] 달고 가니까   鞍傍掛得典刑行

---

35) 이유원, 『임하필기』 권38, 「해동악부海東樂府」 * 이경춘李景春, 『가오고략嘉梧
　　藁略』 1책, 「악부樂府」, '해동악부海東樂府' 백 수 가운데도 실려 있다. "月精花;
　　晉陽妓女月精花。 鍾愛三生魏氏家。 能使糟堂恚而死。 官人狂惑邑人嗟。 月精花晉
　　州名妓。 司錄魏齊萬惑之。 令夫人憂恚而死。 邑人哀之。 作此以刺。 "
36) "發漢山, 路上戲作, 示韓韶."

관기에 소홍장小紅粧이라는 아이가 있는데, 집에서 부르는 이름이
호호壺였다."37)

14) 잎만 있고 꽃은 없네

"수재秀才 길덕재吉德才의 집 잔치에서 기녀가 꽃 한 가지씩을 올렸
는데, 내가 받은 가지는 잎만 있고 꽃은 없기에 일부러 언짢은 표정을
지어 보이며 머리에 꽂지 않고 농하였더니, 좌객들이 시를 청하므로 즉
시 입으로 일절一絶을 부르다.38)

갑자기 내뱉은 주책없는 말에	狂言忽發錦筵中
미녀가 자꾸 돌아보며 두옹에게 웃네	粉面頻廻笑杜翁39)
내가 꽃 받으면 제 맵시 미워질까봐	應恐得花憎你態
바보인 체 고운 꽃 주지도 않네	佯痴不贈十枝紅"40)

15) 중국 수도의 음소

"중국 경읍京邑의 기녀는 은 수십 냥을 쓰지 않고서는 한번 보지도
못하는데, 기녀 이외에 행음行淫하는 여자가 있으니, 바로 이른바 양한
養漢41)이다. 이들은 따로 음소淫所가 있는데 마을마다 있다. 집을 지어

---

37) "有官妓小紅粧, 家名壺." 이규보, 『동국이상국전집』 권10, 고율시古律詩.
38) "吉秀才德才家筵。有妓獻花。予所得一枝。有葉無花。佯不悅而不揷。因以戲之。
坐客請爲詩。卽口占一絶云。"
39) 두옹杜翁은 두보杜甫를 말하는데, 저자 자신을 비유한다.
40) 이규보, 『동국이상국집』 권12, 고율시古律詩.
41) '지봉유설'(1614)에서 '양한'에 대해 기록하고 있다. 즉 "이수광이 말하기를 지금
중국에서는 '창녀'를 '양한적養漢的'이라 한다. 芝峯曰, 今中朝號娼女爲養漢的" 조
재삼, 『송남잡지』 '화낭'과 '화랑花娘'과 '양한養漢'은 동일한 의미를 갖는데, 특
히 '화랑花娘'의 중국어 발음은 '화낭'과 같다. 따라서 '화낭'은 그 어원이 '화랑花

놓고 주인이 세를 독촉하며 매일 음행을 하도록 하게하는데, 음부들이
아침마다 모여 방마다 들어가 문을 마주하고 침상에 걸터앉으면 음부
淫夫가 지나면서 용모를 보아 문안에 들어가 서로 한껏 즐긴다. 하급은
당전唐錢 오십 냥을 교음交淫한 대금으로 하는데, 좀 자색이 있는 자는
하루에 수십 남자를 겪는다고 한다."42)

16) 상사원相思怨

　　"지금 나의 친구로 황주黃州에 사명使命을 받든 이가 있는데, 처음
에는 안악安岳의 기녀를 사랑했다가 뒤에는 평양의 기녀만 오로지 사
랑하므로, 안악의 기녀는 버림을 받고 슬픔과 원망을 감당치 못하여 나
에게 그 사실을 간곡히 말하기에, 내가 마침내 상사원을 지어서 안악의
기녀로 하여금 황주에 사명을 받든 친구에게 올려서 장난의 웃음거리
를 제공하도록 하는 바이다.43)

그리워서 원망하고 또 원망합니다	相思怨相思怨
왜 처음 은혜 깊었다가 뒤에 얕아졌나요	始何恩深終何淺
처음엔 당신이 날 사랑하는 마음이	始君愛我心
바다같이 깊고 또 깊었는데	滄海深復深
어느 날 요망한 여우가 서쪽에서 온 뒤로	一朝妖狐自西至
당신 마음을 종잇장처럼 얇게 바꿨지요	變作君心薄於紙
어떻게 하면 상방참마검을 가지고	安得上方斬馬劍44)
요망한 여우를 찢어 삶아 맛을 볼까	磔盡妖狐鼎中染
당신 마음 다시 진한 술처럼 훈훈해지면	君心復如春酒醇

娘'이라 할 수 있다.

42) 미상, 『부연일기赴燕日記』, 「주견제사主見諸事」, '인물人物'.

43) "時吾友有奉使黃州者。始寵安岳妓。後情鍾平壤妓。安岳見擯。不勝悽怨。語予懇
　　至。遂作相思怨。令安岳寄呈奉使。以資戲噱。"

44) 옛날에 상방서上方署에서 임금의 전용으로 만들었던 보검을 말하는데, 그 칼날
　　이 예리해서 말을 벨 만하다고 이렇게 이름한 것이다.

원앙 한 쌍의 화기 다시 진진하련마는 　　　　　鴛鴦和氣還津津[45]

그리워서 원망해 원망이 뼈에 사무칩니다 　　　　相思怨怨不淺

만일 내 말을 믿지 못하겠거든 　　　　　　　　謂予不信

위로 밝은 태양과 푸른 하늘에 맹세하니 　　　　上有白日與蒼穹

팔뚝 위 수궁의 피는 지금 한창 붉답니다 　　　臂上守宮[46]今政紅"[47]

17) 도사가 기생을 꾸짖다[48]

　서관西關의 한 문관이 본부 도사都事가 되어서 장차 임지에 부임할 때 한 역에 머무르게 되었는데, 이튿날 아침 말을 바꾸어 타니, 말위가 요동하여 능히 견뎌 앉아 있을 수가 없거늘, 급창及唱[49]이 가만히 도사에게 고해 가로되, '만약 역장 놈을 엄히 다스리지 않으면 돌아오실 때 타실 말을 또한 이와 같이 하리니, 안전하게 오직 소인 거행으로 쫓게 하시면 원로 행차를 평안히 하시게 되오리다.'

　도사가 허락하였더니, 급창이 사령을 불러 그 역의 병방兵房과 도장都

---

45) 진진津津; 푸지고 풍성豐盛함. 흥미나 재미, 맛 따위가 깊고 흐뭇함.

46) 수궁守宮은 도마뱀의 별칭. 옛말에 의하면, 도마뱀을 그릇에 담아 주사朱砂를 먹여 기르면 온 몸이 빨갛게 되는데, 주사 일곱 근을 먹인 뒤에 도마뱀을 절굿공이로 찧어 짓이겨서 여자의 팔뚝에 발라놓으면 그 붉은빛이 종신토록 없어지지 않되, 다만 방사房事를 하면 그것이 없어진다는 데서 온 말로, 수궁의 피가 한창 붉다는 것은 곧 여자가 정조를 지키고 있음을 의미한다.

47) 서거정徐居正,『사가집四佳集』권14,「시류詩類」.

48) 장한종張漢宗,『어수록禦睡錄』"도사책기都事責妓" *이 설화는 조선후기에 열청재閱淸齋 장한종이 '말을 타면서 흔들리는 것과 잠자리에서 여성의 음희淫戲기술인 요본搖本(허리와 엉덩이를 흔드는 것)을 결부시켜' 해학적 표현을 잘 살려냈다. 장한종은 화원집안 출신으로 정조19년(1795) '원행을묘정리의궤園行乙卯整理儀軌'제작에 참여하였으며, 게와 물고기를 그린 해어화蟹魚畵 분야의 조선 최고 화가로 손꼽힌다.

49) 급창及唱; 조선 시대 군아에 속하여 원의 명령을 간접으로 받아 큰 소리로 전달하는 일을 맡아보던 사내종.

長을 곤장을 칠 결정을 하고 '별성別星50) 행차의 앉으시는 자리를 어찌
이와 같은 용렬한 말을 내었는고? 이 말은 앉을 자리가 불편한 고로 곧
다른 말로 바꾸어 드리라' 하고 호령하니, 역한驛漢이 과연 날랜 말로 바
꾸어 오니, 도사가 가만히 생각하기를 상경 왕래할 때에 혹은 세 내고
혹은 빌린 말로써 사족四足51)은 갖추었으나, 내가 감히 말을 가려 타지
는 못하였더니, 오늘 준마는 평생에 처음 타보는 것이다. 많은 날을 허
비하지 않고 도내에 닿은 즉 도내 수령이 다담상을 차려 내오고, 수청
기생을 보내오니 도사는 일찍이 기생을 본 일이 없는 위인이라, '저 붉
은 치마의 여자가 어떠한 일로 여기에 왔는가?' 하니, '본부에서 보내온
바 수청기생이옵니다.'라고 급창이 대답하니, '그러면 저 여인을 무엇에
써야 되는고?'

'행차하시는 데 더불어 동침하심이 좋으실 것입니다.'

'그 여인 반드시 지아비가 있으리니 후환이 없겠느냐?'

'어느 고을에나 기생을 둠은 나그네를 접대하기 위함이오니, 그 지아
비가 비록 있다고 할지라도 감히 어쩌지 못할 것이로소이다.'

'좋고 좋도다……'

곧 불러 방으로 들게 하니 가만히 급창을 불러 귀에 소곤거리기를,
'저가 비록 여인일지나 이미 아랫것이니, 불러 함께 앉는 것이 체모를
손상치 않겠는가?'

'기생이 승당昇堂(마루에 오름)하는 일은 원래 예사로 있는 일입니다.
재상 사부라도 많이 기생과 함께 자는 것인 즉, 기생이 청하廳下에 눕고
몸은 당상에 계시면 거사를 어찌 하리까.'

도사가 드디어 기생과 자리를 함께 할 새, 닭이 개 보듯 하며 개가 닭

---

50) 중앙관청에서 지방으로 내려 보낸 관리.
51) 사족四足; 짐승의 네 발, 또는 네 발 달린 짐승.

보듯 하여 마침내 능히 한 마디 말도 교환함이 없거늘 조용히 훔쳐본즉 두 눈이 서로 부딪히기는 하나, 도사가 문득 목을 낮추어 기생을 바라보는지라, 이와 같이 할 즈음에 밤이 이미 삼경이 된 지라, 기생이 먼저 묻기를, '진사님께서 일찍이 방외범색房外犯色이 있으셨습니까?'

'다 못 나의 가인家人이 길이 집안에 있을 분 아니라 비록 잠깐 밖에 나가는 일이 있더라도, 어찌 가히 좇아가서 밭과 들의 사이에서 행사할 수 있으랴. 감히 이따위 말은 삼가라.'

'일찍이 다른 사람의 처와 동침하신 일이 있습니까?'

'옛날 말에 내가 남의 처를 훔치면 남도 나의 처를 훔친다고 말하였으니, 어찌 내가 이와 같은 옳지 못한 일을 하겠는가?' 하니, 기생이 낙담하여 다시 더 말하지 아니하고, 촛불 아래서 손으로 베개 삼아 누워서 자다가, 잠이 깊이 들새 땅에 엎드려 자니, 숨소리가 잔잔하고 눈썹이 아름다우며, 분칠한 눈자위가 희고, 입술이 붉으며 바로 장부로 하여금 가히 넋이 혼미해지고 마음이 방탕해지게 하는지라, 도사가 한번 돌아보고 두 번 돌아볼 새, 불같은 마음이 자연히 선동하는 고로 곧 일어나 끌어안으니, 그것은 마치 주린 매가 꿩을 채가는 것과 같은지라, 기생이 놀라 일어나 손을 떨며 가로되, '행차…… 행차하심은 이것이 무슨 일이오니까?'

'네가 말하지 말라. 나의 급창이 말하는 가운데 기생은 이 행객과 동침하는 것이라 하더라.'

기생이 이 말을 듣고 크게 웃었다. 도사가 가로되, '너도 또한 좋으냐?' 하고 드디어 끌어안고 즐거움을 구하여 촛불 아래에서 일을 시작할 때 운우雲雨가 이미 끝나거늘 도사가 이와 같은 희음戲淫은 평생에 처음 맛보는 일이라. 스스로 부끄러운 마음을 이기지 못하여, 얼굴에 홍조紅潮가 오르고 수족이 떨리며, 초조한 행사는 푸른 잠자리가 물을 차는 것과 같은 바쁜 태깔이라. 기생이 그 거조를 보니, 이러한 일을 하지 못한 촌부村夫와 틀리지 않는지라. 경험한 음사淫事의 가지가지 재주를 다 부려서 그 흥을 흡족케 해준다면, 마땅히 별별스러운 알음소리가 있으리니. 드디어 기생은 달려들어 도사의 허리를 안고 다시 거사케 함에 입을 맞추고 혓바닥을 빨며, 또한 체질 하듯 흔들어서 허리를 가볍게 놀려 엉덩이가 자리에 붙지 아니하는지라. 도사의 정신이 흩어지고 영혼이 날아가서, 이어 중간에서 토설吐泄하니, 긴 소리로 종을 부른 즉 하인들이 계하에서 기다리는지라. 도사가 분부해서 가로되, '기생차지妓生次知의 병도장兵都長을 성화같이 잡아오는 것이 옳으니라' 하니, '역에 병도장이 있거니와 기생차지는 수노首奴입니다' 하고 급창이 말하고 드디어 수노를 잡아다 크게 꾸짖어 가로되, '너의 무리가 이미 기생 하나를 보내어 행차소에 대령하게 하였은 즉, 마땅히 배 위에서 편안케 하는 기생으로써 대령케 함이 옳음이로되, 이제 이 기생으로 말하면 왼쪽으로 흔들고 오른쪽으로 움직이며, 자못 배 위에서 불편할 뿐 아니라 이불을 맞추고 혓바닥을 빠는데 이르러서야 어찌하랴' 하고 수노란 놈을 때리라고 명하였다.

　수노가 슬프게 간청하여, '말 위에 앉으셔서 편안케 오시는 것은 역한 등의 차지次知니, 그 잘못은 병도장兵都長의 부동不動의 죄이거니와 소인을 꾸짖은 즉 기생차지인 고로 그 용무를 보아서 수청을 받들어 모시도록 정했을 따름이요, 잠자리를 할 때에 요동하는 악증惡症을 어찌 알 수 있겠습니까? 소인은 아무런 죄도 없습니다.' 하고 말하니, 행수行首 기생妓生이 웃으면서, '소녀가 마땅히 실정을 아뢰오리다. 마상馬上의 불편은 말의 네 발에서 나온 병이요, 기생의 허리 아래 움직임은 이름하여 가로되 요본搖本52)이니, 이는 곧 남자에게 흥을 돕기 위함이옵지, 결코 병통

---

52) 요본搖本은 허리와 엉덩이를 흔드는 것.

이 아니옵니다. 입을 맞추고 혀를 빠는 것은 바로 봄 비둘기가 서로 좋아하는 형상과 같은지라 결코 맹호猛虎가 개를 먹는 뜻과는 천양지 차이입니다' 하고 아뢰니, 도사가 그제야 알았다는 듯, '정말 그러하냐?' 하였다.

이때 하인들이 전부 물러가는지라. 다시 한 판을 차리니, 기생이 다시는 일 푼의 동요도 없거늘, 그때서야 도사는 비로소 요본에 효험이 흥을 돕는데, 있는 줄 알고 여러 번 애걸하여 기생이 전과 같이 요본한 즉, 도사가 바야흐로 맛이 좋은 것을 알고 기쁘고 즐거움을 이기지 못하여, 이튿날 아침에 일어나서 머리 뒷통수를 연방 치면서, '내가 삼십 년 동안이나 행방行房해 봤어도, 이와 같이 절묘한 재미는 보지 못하였으니, 나의 여편네란 사람은 부녀로서 마땅히 행할 요본이란 것을 모르는지라. 가히 탄식할 만한 존재밖에 안 된다' 하고, 깊이 한숨을 쉬었다.

18) 여색은 사람을 빠뜨리게 한다

"옛일을 소상해서 의논하는 자가, 소자경53)이 오랑캐 여자를 취하여 통국通國을 낳은 것을 가지고 헐뜯는데, 이것은 그렇지 않다. 십구 년이나 해상에 있어 돌아올 가망이 이미 끊어지고, 수염이 하얀 외로운 신하가 이역에서 늙어 죽게 되었으니, 여자를 얻어서 자식을 낳는 것이 의리에 무엇이 해롭겠는가? 나는 생각건대, 비록 성현이라도 괜찮게 여겨 역시 그랬으리라 생각한다.

호담암54)이 여천黎倩에 대한 일은 그의 실수이지만, 주자朱子가 평

---

53) 소자경蘇子卿은 소무蘇武의 자. 중국 한나라 무제武帝때 충신인 소무는 생사를 두려워하지 않고 온갖 어려움을 겪으며 중랑장中郞將으로 흉노에 사신으로 갔다가 십구 년간 붙잡혀있어도 한나라에 대한 충성을 지켰다. 불굴의 절개는 많은 사람을 탄복하게 하였지만 흉노 땅에 머물 때 흉노 여인과 살림을 차려 아들을 낳았다. 사람들은 이 때문에 소무가 큰 오점을 남겼다고 여겼다.

생을 그르쳤다고 말한 것은 좀 과한 듯하다. 그의 큰 절개가 가히 천지를 떠받치고 일월을 관통할 만한데 어찌 한 가지 과오로 그 평생을 가릴 수야 있겠는가? 다만 애욕의 중한 것에 대하여는 성인이 삼가는 바이기 때문에 경계하는 말을 해 놓지 않으면 때로는 군자가 거기에 빠지기도 하고 때로는 자신의 단점을 옹호하려 하기도 할 것이다.

관운장關雲長이 조조曹操에게 말하여 진의록秦宜祿의 아내를 맞이하려던 것과, 조열도趙悅道가 영기營妓를 좋아하여 부르고는 조금 있다가 다시 사람을 시켜 재촉한 것과, 범희문范希文[55]이 어린 기생에게 뜻을 두고 위공魏公[56]에게 시를 보내어 취한 것 등도 호담암의 일에 비교하면 어찌 차등이 있을까만, 대현들이 논을 세워 실절로 정함으로써 천고에 웃음거리가 되어 스스로 해명할 수 없이 되었으니 대단히 두려운 일이다.

나는 생각건대, 성인은 무익한 일을 하지 않는다. 무릇 무슨 일이 있

---

54) 호담암胡澹庵은 호전胡銓의 호. 추밀원 편수관樞密院編修官으로 상소하여 왕륜王倫, 진회秦檜, 손근孫近 세 사람의 목을 베어 고가藁街에 달기를 청하자, 진회가 노하여 소주昭州로 귀양보냈고, 십여 년 만에 귀양이 풀려 돌아오다가 여와黎渦를 만나 낭패한 일이 있음. 주자朱子가 호씨객관胡氏客館을 찾아 스스로를 경계하여 '宿梅溪胡氏客館觀壁間題詩自警二絶'란 제목으로 아래의 두 수를 지었다. "삶을 탐해 소여물 먹어도 부끄러움 알지 못해, 두꺼운 낯짝으로 다시와 시홍을 걸어두었네. 깨끗한 물에다가 옷소매 빨지 마시게, 그대 옷소매가 깨끗한 물 더럽힐까 두렵네. 貪生莝豆不知羞, 靦面重來躡俊遊. 莫向淸流浣衣袂, 恐君衣袂浣淸流. 십년 바다에 떠있어도 온몸 가볍더니, 돌아와 여인의 보조개를 보니 도리어 욕정이 생겼네. 세상에 인욕보다 험한 게 없으니, 몇이나 과오 때문에 평생을 그르쳤는가. 十年浮海一身輕. 歸對梨渦卻有情. 世上無如人欲險. 幾人到此誤平生." 주희는 이 시에 '자경시自警詩', 곧 '스스로를 경계하는 시'라는 제목을 붙였고 『주문공전집朱文公全集』 권5에 수록되어 있다.

55) 문정공文正公 중엄仲淹의 자. *범중엄; 중국 북송의 정치가. 강소성江蘇省 소주蘇州 출생. 송나라 선비의 기풍을 세운 유명한 신하로서 존경받았고 그가 쓴 '악양루기岳陽樓記'에서 "천하의 근심은 앞서 걱정하고, 천하의 기쁨은 나중에 기뻐한다"라고 한 말은 유명하다. 한민족의 번영을 위해 설치한 '범씨의장范氏義莊'은 후세에 의장의 모범이 되었다. 저서 『범문정공집范文正公集』.

56) 위국공魏國公 한기韓琦.

으면 유익한가 무익한가를 문득 헤아려 보아야 할 것이다. 무익한데도
한다는 것은 기녀나 요색妖色 뿐 아니라 자식 두기를 위한 것 이외에는
모두 난잡한 행위에 가까운 것을 이름이다.

　　정괘鼎卦 초육효初六爻에, '첩을 얻되 자식을 두기 위한 것이라면 허
물이 없다' 하였다. 첩잉妾媵57)은 장차 많은 자식을 낳기 위한 것인데
따로 시녀까지 둔다면 필경 색욕에 유혹되는 때문이다. 욕심이 처음 동
할 때에는 억제하는 것이 귀하다. 만일 억제하기를 놓친다면 위에서 말
한 여러 사람의 일이 족히 괴이할 바가 없다. 그러므로 한 칼로 두 쪽을
낸다는 것은 불씨佛氏가 스스로 경계하는 말이다. 유학하는 선비가 입
을 열면 공문空門58)더러 윤리를 해치는 것을 말하지만 오직 이 한 가지
일만은 공문에 크게 미치지 못하니 무슨 까닭인가?"59)

이익이 위에서 인용한 호담암과 여천에 대한 고사를 덧붙여 설명하
면 이렇다. 당시 북송은 북쪽의 거란족이 침입하여 나라가 위태로웠다.
조정에서는 거란과 화친을 하자는 주화파와 끝까지 싸우자는 주전파로
양분되었다. 호전60)은 무너져가는 북송의 대표적인 주전파였다. 그 유
명한 '무오상고종봉사戊午上高宗封事'를 올려 주화파인 진회秦檜, 왕륜王
倫, 손근孫近 등을 효수梟首할 것을 적극 주청하였다. 그러나 호전은 정
쟁에서 밀려 결국 해남도에 귀양을 가게 되었다. 귀양에서 돌아온 호전
은 상담湘潭에 있는 호씨원胡氏園에서 술을 마시다 시중드는 여천이라
는 여인의 보조개에 반해 그만 그녀를 범하고 말았다. 마침 그 시녀의
남편이 그 광경을 목격하고는 그에게 소여물을 먹으면 용서해준다고
하자, 염치불구하고 살아남고자 소여물을 먹고 그 자리를 모면하였다.

---

57) 시비侍婢로서 좌우에 두고 부리는 부녀자. 잉첩媵妾은 시집가는 여인이 데리고
　　가던 시첩侍妾.
58) 불교나 불문佛門을 말함.
59) 이익李瀷, 『성호사설星湖僿說』 권13, 「인사문人事門」, '여색함인女色陷人'.
60) 호전胡銓(1102~1180); 자 발형邦衡, 호 담암澹庵, 중국 여릉廬陵 향성薌城(지금
　　의 강서성 길안현吉安縣)사람.

그 후 다시 상담의 호씨원에 가서 아래의 시를 적어 걸어두었다.

임금의 은혜로 귀양서 돌아와 한번 취했는데
곁에 있는 여천의 볼에 작은 보조개가 생겼네

君恩許歸此一醉
傍有黎頰生微渦

그 후 상담에 있는 호씨원에 간 주희朱熹는 스스로를 경계하여 시 두 수를 지었다.

한편, 성대중의 『청성잡기』, 「성언醒言」에는 여색을 물리친 한 선비의 행동을 엿보던 도둑이 자신의 허물을 뉘우치고 개과천선한 일화가 실려 있다.

"공자께서 '천하에 도가 있으면 도둑이 제일 먼저 변해서 좋은 사람이 된다' 하셨다. 도둑은 모두 성품과 기질을 지니고 있는 자이니, 어찌 스스로 그 잘못을 모르겠는가. 다만 깨우쳐 주는 사람이 없었을 뿐이니, 착한 마음이 한 번 일어나면 그 변화의 속도는 보통 사람들이 따라갈 수 없다. 낙정樂靜 조석윤61)이 아직 관직에 오르지 않았을 때, 일이 있어 도성에 들어가서 한 위항委巷 사람의 집에 머물렀다. 마침 그 집에 들렀더니 주인이 기뻐하며 말했다.

'우리 노부부가 불사佛事가 있어 도성을 나가 하룻밤 자고 와야 하는데, 과년한 딸 혼자 남아 있고 집을 지킬 만한 사람이 없던 차에 다행히 공께서 오셨습니다.'

그리고는 바깥채의 자물쇠를 주고 떠났다. 그날 밤 낙정이 홀로 사랑채에 묵고 있는데, 주인집 딸이 언문책을 읽는 소리가 들려왔다. 밤이 깊어지자 음심淫心이 일어남을 억제할 수 없어 안채로 통하는 문을 열고 나가려다가 곧 멈추고, 다시 마음의 동요가 일자 이번에는 안채로

---

61) 조석윤趙錫胤(1605~1654); 본관 배천白川, 자 윤지胤之, 호 낙정재樂靜齋. 인조4년(1626) 별시 문과에 병과로 급제하였으나 파방罷榜되고, 1628년 다시 별시 문과에 장원으로 급제하여 시강원侍講院 사서司書를 거쳐 헌납獻納, 수찬修撰, 교리校理 등을 역임하였다.

통하는 문을 열고 나가 마당에 반쯤 이르렀다가 돌아왔다. 세 번째는 거의 그녀의 처소 안쪽 계단까지 미쳤다가 갑자기 몸을 돌려 방 안으로 들어와서는 스스로 탄식하였다.

'내 반평생 지켜 온 지조가 오늘 밤에 다 무너지는구나.'

곧 주인이 주고 간 바깥채의 자물쇠를 가지고 안채로 통하는 문을 잠그고는 열쇠를 문밖으로 던져 버리고 잠을 청하였다. 새벽에 일어나서 그 열쇠를 주우려고 하였으나 방법이 없어 더욱 스스로 한탄해 마지 않았다. 이때 갑자기 창을 두드리며 열쇠를 들여보내 주는 자가 있었다. 낙정이 놀라면서,

'너는 누구냐?'

하고 묻자, 다음과 같이 대답하였다.

'저는 도둑입니다. 이 집에 재물이 많음을 알고 밤마다 엿보고 있었으나 노부부가 잠이 적어 틈을 탈 수가 없었습니다. 다행히도 그들이 외출하는 것을 보고 몰래 들어와서 몸을 숨기고 있었는데, 공이 간특한 마음으로 주인 딸의 방에 들어가려는 것을 보게 되었습니다. 도둑인 저도 의기義氣가 있는지라 공의 행위를 의롭지 않다 여기고 '만약 이 여인을 범한다면 내 기어이 공을 찔러 죽이고 달아나리라' 하고 칼을 뽑아 든 채 기다렸습니다. 그런데 공이 갑자기 몸을 돌려 방 안으로 들어가서 열쇠를 밖으로 던졌습니다. 소인은 저도 모르게 흔연히 감동하여 마음속으로 감탄하기를 '나와 저분이 똑같은 사람인데 저분은 이토록 빨리 허물을 고치건만 어찌하여 나는 아직도 도둑질을 하고 있단 말인가. 맹세코 지금부터 나쁜 짓은 버리고 착한 사람이 되겠다' 하여 마음먹었습니다. 그래서 열쇠를 돌려주어 저의 맹세를 증명하는 것입니다. 공께서는 저를 매질하여 제가 스스로 새로운 길을 갈 수 있도록 인도해 주십시오.'

이 말을 듣고 낙정이,

'나는 지금 너에게 부끄러울 뿐인데 어떻게 너를 매질할 수 있겠느냐.'

하자, 도둑이 대답하였다.

'그렇지 않습니다. 공께서는 이미 잘못을 고치셨으니 부끄러울 게 뭐 있겠습니까. 그저 아프게 저를 때려서 제가 착한 사람이 될 수 있게 해 주십시오.'

낙정은 하는 수 없이 그를 몇 대 내리쳤는데, 그때마다 도둑은 두 손을 모아 빌면서 말하였다.

'소인이 제 죄를 압니다.'

얼마 후 주인이 돌아와서 물었다.

'밤새 편히 주무셨습니까?'

낙정이 얼굴을 붉히며 사죄하면서

'제가 저 도둑에게 부끄럽습니다.'

하고, 그간의 사정을 자세히 알렸다. 그러자 주인은 웃으며 말하였다.

'도둑도 참으로 어질지만, 저는 본래 공께서 이와 같이 하실 줄 알았습니다.'

도둑은 마침내 낙정을 따라다니며 곁을 떠나지 않고, 낙정이 출입할 때마다 반드시 수행하였다. 그리고 여가가 있으면 신을 삼아 돈으로 바꾸어서 전에 훔쳤던 것을 두루 변상하였다. 낙정이 죽자 도둑은 삼년상을 마치고 떠났다.

─관운장關雲長이 진의록秦宜祿62)의 처를 아내로 맞이하려고 조조曹操에게 부탁하였고, 범중엄63)이 파양鄱陽64) 기생을 좋아하여 시를

---

62) 진의록秦宜祿(?~199); 중국 후한 말 정치가, 병주幷州 운중군雲中郡 사람. 여포呂布를 섬겼다. 여포의 사자로 원술袁術에게 갔을 때, 원술에게서 한 왕실의 여자를 배필로 얻었다. 그의 전처 두씨杜氏는 하비下邳에 남았다. 조조 군의 진영에 있던 관우關羽는 두씨를 아내로 삼고 싶다고 조조에게 청하였는데, 조조가 이를 수락하였다. 그러나 여포 토벌 후, 두씨가 미인임을 알게 된 조조는 약속을 어기고 그녀를 자신의 첩으로 삼았으며 관우는 이를 불쾌히 여겼다. 여포가 멸망한 후, 조조는 진의록을 질현장銍縣長에 임명하였다. 건안 4년(199), 유비劉備가 소패小沛에서 조조에게 반기를 들었다. 장비張飛는 진의록에게 가 "아내를 빼앗은 자를 섬기는 것은 수치스러운 일이다. 나를 따라와라"라고 말하며 유비를 섬길 것을 권하자, 진의록은 이를 따랐다. 그러나 곧바로 후회하고 다시 돌아가고 싶다고 장비에게 말했으나 이에 분노한 장비는 진의록을 죽였다. 진의록의 아들 진랑秦朗은 조조가 길렀으며, 훗날 위魏나라 권신이 되었다.

63) 범중엄范仲淹(989~1052); 중국 북송 때의 정치가이자 학자. 자 희문希文. 인종 때에 참지정사參知政事가 되어 개혁하여야 할 정치상의 십조를 상소하였으나 반대파 때문에 실패하였다. 작품에 '악양루기岳陽樓記', 문집 『범문정공집范文正公集』.

64) 파양鄱陽; 중국 강서성江西省 북부에 위치한 큰 호수.

지어 주었다. 이 두 분의 굳건하고 정직함은 천하에 필적할 자가 없는데 여색에 있어서만은 단칼에 끊지 못하였으니, 낙정 같은 자는 어찌 천고에 특출한 인물이 아니겠는가. 그러나 전혀 마음을 동하지 않았던 조정암趙靜菴(조광조趙光祖)만은 못하다.—

설봉雪峯 허정은 창해滄海 허격許格의 조카이다. 그가 길에서 은자銀子 백 냥을 주워 해가 저물 때까지 그 자리에서 주인을 기다리고 있었는데, 급히 달려와서 찾는 자가 있어 물어보았더니 바로 그의 은자였다. 그리하여 은자를 돌려주자, 그 주인은 보따리를 풀어 그 반을 쥐여 주었다. 설봉이 웃으며 말했다.

'내가 이 은자를 탐내었다면 어찌 네가 반을 주기를 기다렸겠느냐.'

그러자 그가 은자 보따리를 길바닥에 내동댕이치며 큰 소리로 통곡하는 것이었다. 설봉이 깜짝 놀라 그 까닭을 묻자,

'저는 도둑입니다. 은자를 훔쳐 가지고 오다가 술에 취해 길에서 잃어버렸는데, 지금 공께서는 은자가 절로 굴러들어 왔는데도 가지지 않으시니, 저는 어떤 사람이기에 훔친 은자를 여기까지 찾으러 왔단 말입니까. 이 때문에 통곡하는 것입니다.'

하니 설봉이 말하였다.

'네가 너의 잘못을 아느냐? 안다면 이것은 매우 쉬운 일이니, 그 은자를 주인에게 돌려주고 다시는 도둑질을 하지 마라.'

도둑은 즉시 이 말대로 행하고, 마침내 행실을 고쳐 착한 사람이 되었다."[65]

---

65) 성대중, 『청성잡기青城雜記』, 「성언醒言」 권3. "孔子曰, 天下有道, 盜其先變乎。盜皆負性氣者也, 豈不自知其非哉。特無人感發之爾, 善心一發, 遷化之速, 平民莫之及也。趙樂靜錫胤未達, 因事入都, 則主一委巷人, 適過之, 主人喜曰, 老夫婦有佛事, 將出城經宿, 獨一女垂笄, 家無可守者, 幸公至爾, 授其外舍鑰而去。樂靜獨宿空舍, 聞其女讀諺書。至深更, 心動不能禁, 開內戶欲出, 旋止, 再則出至半庭而回, 三則危及內階, 遽翻身入戶, 自嘆曰, 吾半生持守, 盡壞於今夜, 仍取外舍之鎖, 鎖其內戶, 投鑰於戶外而寢。晨起, 思拾其鑰而無路也, 逾益自嘆不止, 忽有敲窓而納鑰者, 樂靜驚問若誰也。對曰, 盜也。知是家多財, 夜輒伺之, 老夫婦少睡, 無隙可乘, 幸其出外, 匿影而至, 見公以奸意入, 盜亦有義氣, 不義公之爲, 苟犯其女, 期必刺公而遁, 抽刀而待。公忽翻身入戶, 投鑰於外, 小人不

19) 북청의 교방敎坊

"팔도 가운데 교방이 많기로는 북청北靑만 한 곳이 없는데, 노래와
춤에 모두 교사가 있다. 그곳의 풍습이, 딸을 셋 낳으면 하나는 농사짓
는 집에 시집보내고 하나는 교방에 집어넣고 하나는 무당이나 점쟁이
에게 팔아넘긴다. 그리하여 기녀의 수효가 거의 삼사백 명이나 되고 무
당의 숫자도 그만큼 많다. 비록 서울의 좌우 교방일지라도 그만큼은 되
지 않는다."66)

20) 부인의 문묵文墨

"우리나라 부인들 중에 문묵에 재능이 있었던 인물로 고려 때에는
용성龍城의 창기 우돌于咄과 팽원彭原의 창기 동인홍動人紅이 있었는

覺灑然感動, 心獨自嘆曰, 我與彼, 均之人也, 彼之改過, 如是之捷, 我尙爲盜
耶。誓自今捨汚遷善, 納鑰以自效。請公杖我, 開我自新之路。樂靜曰, 我方愧
若, 何以杖汝。盜曰, 不然, 公已改過, 何愧之有。第痛杖我, 許我遷善。樂靜
不得已與杖數下, 每下, 盜輒祝手曰, 小人知罪。有頃, 主人至, 問曰, 夜睡安
乎。樂靜椒謝曰, 我愧彼盜, 備告之故。主人笑曰, 盜固賢也, 我固知公必如此。
盜遂從樂靜不去, 出入必隨, 暇則織屨易財, 遍償其偸, 樂靜沒, 喪三年乃去。—
'關雲長乞娶秦宜祿妻於曹操, 范希文喜鄱陽妓而贈詩, 兩公剛毅正直, 天下罕匹,
惟於色界, 不能一刀截斷, 如樂靜者, 豈非千古異人。然猶不如趙靜菴之初不萌心.'
— 許雪峯, 滄海從子也。路獲銀百兩, 守之至暮, 有急步而來索者, 審之, 乃其銀
也。出付之, 其人披銀裹, 掬其半而獻。雪峯笑曰, 我欲銀, 豈待若之半耶。其人
抛銀於塗, 大哭。雪峯驚問其故, 人曰, 小人盜也, 偸銀而來, 醉失之路。今公銀
自至而不取, 盜獨何人, 竊銀而至此, 是以哭也。雪峯曰, 汝知汝非耶。此甚易
耳, 還其銀於主, 而勿復盜也。盜立從之, 卒化爲善人。"
66) 이유원,『임하필기』권27,「춘명일사春明逸史」*『임하필기』는 조선 말기의 문신
　　이유원이 편찬한 39권 33책의 필기류筆記類 편저로 서울대 규장각에 사본으로
　　소장되어 있는 유일본이다. *이유원; 자 경춘景春, 호 귤산橘山, 묵농墨農, 시호
　　충문공忠文公. 본관 경주慶州. 조선 중기의 명신 백사白沙 이항복李恒福의 9세손.

데 시를 지을 줄 알았으며, 본조에 와서는 정씨鄭氏와 성씨成氏와 김씨
金氏가 있었다. 정씨의 시는 이렇다.

봄바람이 어젯밤 안방에 불어   昨夜春風入洞房
폭신한 이불에 붉은 꽃 만발했네   一張雲錦爛紅芳
이 꽃이 피는 곳에 새 울음 들리니   此花開處聞啼鳥
한 번씩 읊을 때면 간장을 에이네   一詠幽姿一斷腸

성씨의 시는 이렇다.

눈에서 두 줄기 눈물 흐르는데   眼帶雙行淚
가슴엔 만 리가는 마음 간직했네   胸藏萬里心
창 밖에는 복사꽃 몽땅 다 졌는데   門外紅桃一時盡
근심으로 흰 터럭만 온통 새롭네   愁中白髮十分新

김씨의 시는 이렇다.

궁벽한 곳이라 찾는 사람이 적고   境僻人來少
골짜기는 깊어서 속인들이 드무네   山深俗士稀
집은 가난하여 한 됫박 술도 없으니   家貧無斗酒
묵을 손님 밤중에 그만 돌아간다네   宿客夜還歸"[67]

21) 창기娼妓를 어찌하랴

"묻노라. 창기는 바르지 못한 여색女色이라고 해야 할 것이다. 그럼
에도 불구하고 옛날 호걸스럽고 기개 있는 인사들이 간혹 거기에 깊이
빠지게 된 것은 어찌 된 일이라 하겠는가?
정鄭나라와 위衛나라의 시를 부자夫子가 산삭刪削[68]하지 않았는

---

67) 이유원, 같은 책 권12, 「문헌지장편文獻指掌編」.

데,69) 고당高唐과 낙신洛神을 주자朱子는 취하지 않았다.70) 성현의 견
해가 이처럼 같지 않은 것은 어떻게 설명해야 하겠는가?

　　두목杜牧과 양주楊州,71) 원진元稹과 경호鏡湖,72) 낙천樂天과 번자
樊子,73) 동파東坡와 조운朝雲,74) 한굉韓翃과 유柳75)씨, 도곡陶穀과 난

---

68) 산삭刪削; 필요 없는 글자나 구절을 지워 버림.

69) 공자孔子가 『시경詩經』을 삼백다섯 편으로 정리하면서, 음란한 내용이 담겨 있
는 정풍鄭風과 위풍衛風을 없애지 않고 그대로 수록한 것을 말한다.

70) 전국시대 초楚 나라 송옥宋玉이 초왕楚王과 무산巫山 신녀神女의 환락을 묘사한
'고당부高唐賦'를 짓고, 삼국시대 위魏 나라 조식曹植이 낙수洛水의 아름다운 여
신女神을 묘사한 '낙신부洛神賦'를 지었는데, 『주자대전朱子大全』 권76, '초사후
어목록서楚辭侯語目錄序'에서 주자가 이들 시의 작자에 대해 모두 '예법禮法의
죄인罪人'이라고 단안을 내린 기록이 보인다. '고당부'와 '낙신부'는 모두 『문선
文選』 19권에 실려 있다.

71) 중국 당唐 나라 시인 두목이 강남의 번화지인 양주에서 우승유牛僧孺의 막료幕
僚로 있을 때 홍등가紅燈街에서 마음껏 풍류를 즐겼는데, 뒤에 낙양洛陽에서 당
시의 일을 술회하며 지은 시 '견회遣懷'에 "십 년 만에 양주의 꿈을 한 번 깨고 보
니, 청루에서 박정하다는 이름만 실컷 얻었구나. 十年一覺楊州夢, 贏得靑樓薄倖
名"라는 구절이 나온다.

72) 중국 당唐 나라 원진이 월주越州 자사刺史로 있을 때, 경호鏡湖와 진망秦望을 한
달에 서너 번 유람하며 기녀들과 풍류를 즐겼다는 기록이 『구당서舊唐書』 권
166,「원진열전元稹列傳」에 나온다.

73) 중국 당唐 나라 시인 백낙천白樂天이 사랑했던 가기歌妓 번소樊素를 가리킨다.
백낙천이 늙고 병들어 가산을 정리할 때, 번소와 술 한 잔을 마시며 헤어지는 심
정을 읊은 '불능망정음不能忘情吟'이라는 시가 전해진다. 『백낙천시후집白樂天
詩後集』 권18.

74) 중국 송宋 나라 소식蘇軾의 첩 이름으로, 소식이 혜주惠州로 쫓겨갈 때에도 함께
데리고 갔는데, 백낙천과 번소의 관계에 빗대어 조운에게 준 '조운시朝雲詩'와 3
년 뒤에 조운이 죽었을 때 애도한 '도조운悼朝雲'이라는 시가 『소동파시집蘇東坡
詩集』 권38과 권40에 나온다.

75) 중국 당唐 나라 한굉韓翃이 장안長安에서 첩 유씨柳氏와 헤어진 뒤 안사安史의
난이 일어나자, 유씨가 출가해 비구니가 되었는데, 뒤에 한굉이 평로절도사平盧
節度使 후희일侯希逸의 서기가 되었을 때 사람을 시켜 유씨에게 "장대의 버들이
여, 장대의 버들이여, 옛날의 푸르름을 지금도 지녔는지. 휘늘어진 긴 가지 옛날
과 같다면, 다른 사람 손에 행여나 꺾였을지. 章臺柳, 章臺柳, 昔日靑靑今在否. 縱

蘭76)의 관계를 살펴볼 때, 그 정절情節과 득실 면에서 논할 만한 점이
또한 있다고 하겠는가? 주공숙周恭叔77)은 유자였는데도 하남河南으로
부터 금수와 같다는 질책을 받았고, 호방형胡邦衡78)은 곧은 선비였는
데도 매계梅溪로부터 좌두莝豆의 기롱譏弄을 당하였다. 이와 반대로
진소유秦少游79)가 송주宋州에서 노닐었던 일에 대해서 산곡山谷80)은

使長條似舊垂, 亦應攀折他人手"라는 시를 지어 보내었다. 그런데 그 뒤에 과연 유
씨가 번장蕃將인 사타리沙吒利에게 겁탈 당했다가, 후희일의 부장部將 허준許俊
의 계교로 한굉에게 되돌아오게 되었다는 이야기가 당 나라 허요좌許堯佐의 '유
씨전柳氏傳'에 나온다. 『전당시全唐詩』 권29.
76) 도곡은 중국 송宋 나라 신평新平 사람으로, 주周의 한림학사翰林學士와 송宋의
예부, 형부, 호부 상서尙書를 지내고 『청이록淸異錄』을 남겼는데, 난이라는 여인
과의 관계에 대해서는 미상未詳이다.
77) 공숙은 정이천程伊川의 문인으로 부지선생浮沚先生이라고 일컬어졌던 주행기周
行己의 자이다. 그가 기녀에게 마음이 기울어진 나머지 "윤언명尹彦明이 알지 못
하게 하라"고 하면서, "이 일은 의리를 해치는 일이 아닐 듯싶다. 此似不害義"고
하였는데, 이천伊川이 이 말을 듣고는 호되게 꾸짖은 고사가 『송원학안宋元學案』
권32, 「주허제유학안周許諸儒學案」에 나온다. 하남은 하남정씨河南程氏의 준말
로, 이천伊川 정이程頤를 가리킨다.
78) 방형邦衡은 중국 송宋 나라 호전胡銓의 자. 추밀원樞密院 편수관編修官으로 있을
때, 진회秦檜와 왕륜王倫과 손근孫近 등 3인의 머리를 베어야 한다고 직간을 하
다가 제명당하였다. 그가 10년 동안 조정에서 쫓겨났다가 다시 돌아와 매계梅溪
의 호씨원胡氏園에서 묵을 때, 그 집의 가기歌妓인 여와黎渦와 눈이 맞아 즐기며
"은혜 받고 돌아오다 여기에서 취했나니, 옆에 있는 미인의 볼엔 엷은 보조개. 君
恩許歸此一醉. 傍有黎頰生微渦"라는 시를 지어주었는데, 이 사실을 안 매계의 주
인으로부터 소나 말처럼 여물莝豆을 엎드려 먹으며 사죄하라는 기롱을 받았던
고사이다. 송宋 나라 나대경羅大經의 『학림옥로鶴林玉露』 권12에 나온다. 한편
주자가 호씨의 이 객관에 묵으면서 두 수의 시를 지었는데, 두 번째 시에 "십 년
호해에서는 가벼웠던 그 한 몸이, 돌아오며 여와를 보자 문득 정이 일었어라. 세
상 길에 인욕보다 더 험한 게 또 있을까, 이 대목에 이르러서 몇이나 평생을 망쳤
을까. 十年湖海一身輕, 歸對黎渦卻有情. 世路無如人欲險, 幾人到此誤平生"라는 내
용이 나온다. 『주자대전朱子大全』 권5, '宿梅溪胡氏客館觀壁間題詩自警'.
79) 진관秦觀.
80) 중국 송宋 나라의 황정견黃庭堅.

그의 뜻이 크고 책략이 세밀했다고 평하고, 한치광韓致光의『향렴집香
奩集』81)에 대해서 방허곡方虛谷82)은 세상에 대해서 분개하며 울적한
심정을 달래 보려 했다고 평하였다. 한쪽에서는 긍정적으로 평가하고
한쪽에서는 부정적으로 비평하는 등 그 평론에 차이가 나는 것은 무엇
때문이라고 하겠는가?

우리나라는 고려시대부터 여악을 설치하였고, 위에 선발해 올리는
규정도 만들어 두고 있었다. 그런가 하면 내전內殿에서 풍정豐呈83)을
베풀 때나 변진邊鎭에서 성악聲樂을 울릴 때에도 모두 창기를 이용하
였고, 심지어는 중서中書에도 대기臺妓가 있고 열읍列邑에도 침기枕妓
가 있기까지 하였다. 그리하여 선배 명신들도 이를 예사롭게 여기면서
문자로 과장하기까지 한 결과, 이러한 일이 계속 전해 내려오며 속습에
폐단을 끼쳐 온 것이 오래되었다. 이제 남국의 교화84)를 다시 일으키고
북리北里의 더러운 풍조85)를 씻어 없애려면 어떤 방법을 취해야 하겠
는가?"86)

---

81) 치광致光은 당唐 나라 한악韓偓의 자. 그의 시는 대부분 비분강개悲憤慷慨의 기
상이 가득한데, 유독『향렴집』에 실려 있는 시만큼은 부녀자의 신변에 속한 자
질구레한 일들을 소재로 하여 화려하고 지분脂粉 냄새가 물씬나는 표현들을 썼
기 때문에, 후대에 이러한 시체詩體를 '향렴체香奩體'라고 부르게 되었다.

82) 중국 원元 나라 방회方回.

83) 대궐에서 벌이는 잔치의 한 가지.

84) 남국은 중국 강한江漢 지방으로, 이곳을 다스렸던 주周 문왕文王의 교화를 말한
다. 참고로 소식蘇軾의 시에 "문왕이 남국을 다스리며 교화하자, 노니는 여인들
도 경처럼 단정했네. 文王化南國, 遊女儼如卿"라는 구절이 보인다.『소동파시집
蘇東坡詩集』권2, '한수漢水'.

85) 중국 은殷 나라 때 주紂가 다스리던 시대에 천하에 가득했던 음란한 풍조를 말한
다. 주가 사연師涓으로 하여금 음탕한 무악舞樂인 북리北里를 지어 연주하게 했
다는 고사에서 연유한 것이다.『사기史記』권2,「은본기殷本紀」.

86) 이식李植,『택당집澤堂集』별집 권13, 책문策問.

22) 간택할 때 분칠을 못하게 하고, 해어화는 취춘방으로 고치다

"장악원掌樂院 제조提調 이계동李季仝, 임숭재任崇載를 명소命召하고 전교하기를, '오늘 뽑힌 해어화解語花, 곡강춘曲江春, 비천호費千呼, 장중경掌中輕, 소표매笑摽梅 중에서 오직 해어화가 조금 괜찮으나, 이들은 모두 기개가 없어서 취할 만하지 못하다. 자색姿色은 분칠로 바뀐 것이니, 어찌 분칠한 것을 참 자색이라 할 수 있으랴. 옛사람의 시에,

분과 연지로 낯빛을 더럽힐까 봐	却嫌脂粉汚顔色
화장을 지우고서 임금을 뵙네	淡掃娥眉朝至尊

라고 하였으니, 앞으로는 간택할 때에 분칠을 하지 말게 하여 그 진위를 가리라. 그러나 모두 따로 두어 성취하는 것을 살피라' 하고, 어서御書를 내려, '해어화는 취춘방醉春芳이라 이름을 고치라' 하였다."[87]

23) 시기詩妓

"고려 때 용성龍城의 창기 우돌于咄과 팽원彭原의 창기 동인홍動人紅은 다 시를 잘 지었는데도 전하지 않는다. 본조의 송도松都 기생 황진黃眞[88] 은 매우 절색絶色에다 시도 잘하여, 스스로 말하기를,
    '화담 선생花潭先生[89] 및 박연폭포朴淵瀑布가 나와 함께 송도의 삼

---

87) 『조선왕조실록』, 연산군11년, 을축(1505, 홍치18) 1월 11일(정유). "命召掌樂院提調李季仝、 任崇載, 傳曰: "今日入選解語花、 曲江春、 費千呼、 掌中輕、 笑摽梅中, 惟解語花稍可, 而右人等皆無氣槪, 無可取也。 姿色則爲塗粉所變, 豈可以塗粉爲眞色乎? 古人詩曰: '却嫌脂粉汚顔色, 淡掃娥眉朝至尊。 ' 今後揀擇時, 勿令塗粉, 辨其眞贋。 然竝別置, 以觀成就。 " 下御書曰: 解語花改名醉春芳。 "
88) 황진이黃眞伊.
89) 서경덕徐敬德의 호.

절三絶이다.'

하였다. 그녀가 어느 날 땅거미가 질 때 비를 피하려 어느 선비의 집을 찾아들었더니, 그 선비가 환히 밝은 등불 밑에서 그녀의 너무도 아름다운 자태를 보고는 마음속으로 도깨비나 여우의 넋이 아닌가 하고 단정히 앉아 『옥추경玉樞經』90)을 끊일 새 없이 외어대었다. 황진은 그를 힐끗 돌아보고 속으로 웃었다. 닭이 울고 비가 개자 황진이 그 선비를 조롱하여,

'그대 또한 귀가 있으니 이 세상에 천하 명기 황진이 있다는 말을 들었을 거요, 바로 내가 황진이라오.'

하고는 뿌리치고 일어나니, 그 선비는 그제야 뉘우치고 한탄했지만 어쩔 도리가 없었다. 황진이 송도에서 지은 시에,

눈과 달은 앞 왕조의 빛이요	雪月前朝色
찬 종은 고국의 소리라네	寒鍾故國聲
남쪽 누대에 시름겨워 홀로 서니	南樓愁獨立
성곽에는 저녁연기 이는구나	城郭暮烟生

하였는데, 어떤 이는 말하기를,

'이는 초루草樓 권겹權韐의 시이다.'

하였다. 또 추향秋香과 취선翠仙이라는 기생도 다 시를 잘하였다. 취선의 호는 설죽雪竹인데, 그의 '백마강회고白馬江懷古'시에,

---

90) 『옥추경玉樞經』은 경객經客이 악귀를 쫓을 때 읽는 경문. 굿할 때 외는 주문인 경문經文 중에서 가장 중요한 경이다. 우리나라에 현존하는 옥추경은 순조31년 (1831) 묘향산 보현사普賢寺에서 간행한 것이 가장 오래된 책인데, 해경백진인 海瓊白眞人이 주註하고, 조천사장진군祖天師張眞君이 의義하고, 오로사자장천 군五雷使者張天君이 석釋하고, 순양부우천군純陽孚佑天君이 찬讚한 것으로 되어 있다. 또한, 항양우택장亢陽雨澤章, 면횡장免橫章, 오뢰장五雷章, 보경공덕장寶 經功德章, 보게장寶偈章, 보응장報應章, 원만길상령장圓滿吉祥靈章, 그리고 옥음 보주玉音寶呪를 끝으로 읽는다. 이 『옥추경』은 병굿이나 신굿 같은 큰 굿에서만 읽는데, 이 경을 읽으면 천리귀신이 다 움직인다고 한다.

저물녘 고란사에 닿아   晩泊皐蘭寺
서풍에 홀로 다락에 기대섰네   西風獨倚樓
용은 간데없이 강은 만고를 흐르고   龍亡江萬古
꽃은 지고 없는데 달은 천추를 비추네   花落月千秋

하였고, '춘장春粧'시에는,

봄 단장 서둘러 끝내고 거문고에 기대니   春粧催罷倚焦桐
주렴에 붉은 햇살 가벼이 차오르네   珠箔輕盈日上紅
밤안개 짙은 끝에 아침 이슬 흠뻑 내려   香霧夜多朝露重
동쪽 담장 아래 해당화가 눈물 흘리네   海棠花泣小墻東

하였다. 동양위東陽尉[91]의 궁비宮婢도 시를 잘하였는데, 그의 시에,

떨어진 잎새는 바람 앞에 속삭이고   落葉風前語
찬 꽃은 비 뒤에 눈물 짓네   寒花雨後啼
오늘밤을 상사몽으로 지새노라니   相思今夜夢
작은 다락 서녘에 달빛이 하얗구려   月白小樓西

하였다. 최기남崔奇男의 호는 구곡龜谷인데 동양위의 궁노宮奴이다.
그 역시 시집이 있는데, 그의 '한식도중寒食途中'시에,

동녘 바람 보슬비에 긴 둑 지나니   東風小雨過長堤
풀빛에 이내 섞여 시야가 흐릿하네   草色和煙望欲迷
한식이라 북망산 아래 길목에는   寒食北邙山下路
들 까마귀 백양나무에 앉아서 우네   野鳥飛上白楊啼

하였다. 동양위의 부자, 형제, 조손간이 다 문재文才와 인품이 뛰어
나 재상 자질에 손색이 없었는데, 그의 노비들까지도 화조花鳥를 능란
히 읊조렸다."[92]

---

91) 부마駙馬 신익성申翊聖.

24) 진주 의기사기義妓祠記

　　"부녀자들의 성품은 죽음을 가볍게 여긴다. 그러나 하품인 사람은 분함을 이기지 못하여 울적하여 죽고 상품인 사람은 의로워서 그 몸이 더럽혀지고 욕을 당하는 것을 참지 못하여 죽는다. 그가 죽었을 때 모두들 절개가 바르다고 한다. 그러나 대개의 경우 자기 혼자 죽는 데 그친다. 창기와 같은 부류는 말할 나위도 없다.

　　어려서부터 풍류스럽고 음탕한 일과 정을 옮기고 바꾸는 일에 길들여졌으므로, 그들의 성품은 흘러다니고 한 군데 머물러 있지 않는다. 그들의 마음 또한 남자들은 모두 남편이라고 생각한다. 부부의 예에서도 오히려 그러한데, 하물며 군신의 의리를 조금이라도 아는 이가 있겠는가. 그러므로 예로부터 전쟁터에서 멋대로 미녀를 약탈한 경우가 이루 헤아릴 수 없지만 죽어서 절개를 세웠다는 말을 들어본 적이 없다.

　　옛날에 왜구가 진주를 함락하였을 때 의로운 기생93)이 있었으니, 그녀는 왜장을 꾀어 강 가운데 있는 돌 위에서 마주 춤을 추다가 춤이 한창 무르익어 갈 즈음에 그를 껴안고 못에 몸을 던져 죽었는데, 이곳이

---

92) 이덕무李德懋, 『청장관전서靑莊館全書』 권33, 「청비록淸脾錄」 2. "詩妓; 高麗有龍城娼于咄。彭原娼動人紅。能賦詩而不傳。本朝松都妓黃眞。艶色工詩。自言花潭先生及朴淵瀑布與我。爲松都三絶。嘗避雨。黃昏入士人家。士人於燈影旖旎之中。見其妖冶。心知爲鬼魅狐精。端坐誦玉樞經不絶口。眞眄睞匿笑。鷄鳴雨止。眞嘲士人曰。君亦有耳。天壤間聞有名妓黃眞者乎。卽我是也。因拂衣而起。士人悔恨不可及。眞於松都。有詩曰。雪月前朝色。寒鐘故國聲。南樓愁獨立。城郭暮烟生。或曰。此權艸樓䩞詩也。又有秋香，翠仙。亦皆工詩。翠仙號雪竹。白馬江懷古詩云。晚泊蘭寺。西風獨倚樓。龍亡江萬古。花落月千秋。春粧詩。春粧催罷倚焦桐。珠箔輕盈日上紅。香露夜多朝露重。海棠花泣小墻東。東陽尉宮婢。亦工詩。落葉風前語。寒花雨後啼。相思今夜夢。月白小樓西。崔奇男號龜谷。東陽尉宮奴也。亦有詩集。其寒食途中詩曰。東風小雨過長堤。草色和烟望欲迷。寒食北邙山下路。野鳥飛上白楊啼。東陽之父子兄弟祖孫。文藻風采磊落相望。無愧其蒼頭赤脚。亦能咀吟花鳥也。"

93) 진주 기생 논개論介를 말함. 그녀는 임진왜란 때 진주가 함락되자, 왜장과 촉석루에서 연회를 베풀다가, 왜장을 껴안고 남강南江에 빠져 왜장과 함께 죽었다고 함.

그녀의 의절義節을 기리는 사당이다. 아, 어찌 열렬한 현부인이 아니
랴. 지금 생각해 볼 때, 왜장 한 명을 죽인 것이 삼장사三壯士[94]의 치욕
을 씻기에는 부족하다고 하겠으나, 성이 함락되려고 할 때 이웃 고을에
서는 병사를 풀어서 구원해 주지 아니하고, 조정에서는 공을 시기하여
서 패하기만 고대하였다. 그리하여 견고한 성지를 적군의 손아귀에 떨
어뜨려 충신과 지사의 분노와 한탄이 이 일보다 심한 적이 없었는데,
보잘것없는 한 여자가 적장을 죽여 나라에 보답하였으니 군신간의 의
리가 환히 하늘과 땅 사이에 빛나서, 한 성에서의 패배가 문제되지 아
니했다. 이 어찌 통쾌한 일이 아닌가.

　　사당이 오래도록 수리를 하지 못하여 비바람이 새었는데, 지금의 절
도사 홍공洪公이 부서진 것을 고치고 새롭게 단청을 칠한 다음 나에게
그 일을 기록하게 하고, 자신은 절구 한 수를 지어 촉석루矗石樓 위에
걸었다.″[95]

25) 김효성의 재치

　　″판원判院 김효성金孝誠은 사랑하는 계집이 많았고, 부인도 질투가
대단히 심했다. 어느 날 공이 밖에서 들어오다가 부인 자리 곁에 검정
물을 들인 모시 한 필이 있는 것을 보고,
　　'이 검은 베는 어디다 쓸 것인데 부인 자리 곁에 놓았소.'
　　하고 물으니, 부인은 정색하고,
　　'당신이 여러 첩한테 빠져서 친 마누라를 원수같이 대하시므로, 저
는 결연히 중이 될 마음을 먹고 이것을 물들여 왔습니다.'
　　하였다. 그러나 공은 웃으며,

---

94) 삼장사三壯士는 임진왜란 때 진주의 촉석루에 올라가 당면한 국가의 장래를 통
　　탄하며 죽기로 맹세하고 나라에 충성을 다할 것을 다짐한 세 장사로, 김성일金誠
　　一, 조종도趙宗道, 이로李魯를 말함. 이러한 영남의 설에 대해 호남에서는 진주성
　　이 함락될 때 투신 자결했던 김천일金千鎰, 최경회崔慶會, 고종후高從厚를 삼장
　　사라고 일컬음.
95) 정약용, 『다산시문집』 권13, 기記.

'내가 여색을 좋아하여 여기女妓, 여의女醫로부터 양가의 사람, 천한
사람, 코머리, 바느질하는 종 할 것 없이 얼굴이 곱기만 하면 꼭 사통하
여 왔으나, 여승에 이르러서는 아직도 한 번도 가까이 해본 적이 없소.
그대가 여승이 되는 것이 내가 원하던 것이오.'

하니, 부인은 마침내 말 한 마디 못하고 손으로 승복을 내동댕이쳤다."96)

26) 사헌부 집의 회곡晦谷 선생 권공權公의
묘지 병서97)

"한강寒岡 정구鄭逑가 안동을 다스릴 적에 선생을 방문하여 항상 서
로 조용히 담론을 나누었다. 이보다 앞서 관사에 여기女妓의 이름을 한
꽃이 있었는데, 한강이 그것을 베어 버리라고 명하였다. 선생이 그 뜻
을 물어보자, 한강이 답하기를,

'사람들을 쉽게 고혹시키는 것은 여색보다 더한 것이 없습니다. 그
러므로 그 이름을 미워하여 베어 버리게 한 것일 뿐입니다.'

하니, 선생이 말하기를,

'참으로 나의 마음에 주관이 있다면 남위南威나 서자西子98)도 오히
려 마음을 빼앗아 갈 수 없는데, 어찌 그 이름을 빌린 것을 두려워한단
말입니까. 명부明府99)의 정사는 아마도 말단인 것 같습니다.'

---

96) 『청파극담靑坡劇談』 *이육의 시문집 『청파문집』 권2에 수록되었는데 저자의 아
들 이험지李嶮之가 그 후에 편찬한 것이다.
97) "司憲府執義晦谷先生權公墓誌銘 幷序". 권춘란權春蘭(1539~1617); 자 언회彦晦,
호 회곡晦谷, 본관 안동.
98) 남위南威는 중국 춘추시대 진晉나라의 미녀로, 문공文公이 남위를 얻고 사흘 동
안 정사를 게을리 하다가 마침내 그를 멀리하면서 말하기를, "후세에 반드시 여
색으로 나라를 망치는 자가 있을 것이다" 하였다. 서자西子는 미인으로 소문난
월越나라의 서시西施를 가리킨다. 월나라의 왕 구천句踐이 적국인 오吳나라 부차
夫差에게 서시를 바쳐 총희寵姬가 되게 하였는데, 부차가 이에 빠져서 국정을 피
폐케 하여 월나라에게 멸망당했다.
99) 지방관에 대한 경칭.

하니, 한강이 그 말에 깊이 심복하였다. 대개 선생은 오랫동안 관서
지방을 떠돌아다녔으나 여와黎渦나 백미百媚[100]도 끝내 선생의 눈길
한 번 돌리게 할 수 없었다고 한다."[101]

27) 한성부漢城府 보은단동

"광통방廣通坊 안에 보은단동報恩緞洞이 있으니 곧 역관 홍순언洪
純彦[102]이 살던 곳이다. 순언은 호협豪俠하고 의를 좋아하였다. 젊었을

---

100) 여와黎渦는 중국 송나라 때 기생인 여천黎倩의 보조개란 뜻이다. 백미百眉는 아
리따운 여인이 온갖 아양을 떠는 것을 말한다. 송宋 고종高宗 때 호전胡銓이, 금
金나라와 화친을 주장하는 진회秦檜 등을 탄핵한 죄로 귀양 갔다가 십 년 만에
풀려나 돌아오는 길에 매계관梅溪館의 기생인 여천을 건드렸는데, 그 이튿날
주인이 이를 추잡하게 여겨 밥 대신 여물을 주었다. 그 뒤에 주희朱熹가 그곳을
지나다가 시를 짓기를, "십 년 동안 호해에선 한 몸 한가했는데, 풀려나 돌아오
다가 여천의 보조개 보고 욕정 일었네. 세상 길 욕심보다 더 험한 것 없는데, 몇
몇이나 이로 인해 일생을 망쳤던가. 十年湖海一身輕, 歸對黎渦却有情. 世路無如
人欲險, 幾人到此誤平生" 하였다.『주자대전朱子大全』권5, '宿梅溪胡氏客館觀壁
間題詩自警' 二絶.
101) 김상헌金尙憲,『청음집淸陰集』권35, 묘지명墓誌銘, 열 수.
102) 조선 선조24년(1591) 홍순언은 광국공신光國功臣 이등에 책록되었다. '광국공
신'이란 중국의 공식 문서에 태조 이성계의 조상에 관한 종계宗系가 잘못되어
있는 것을 바로잡은 공신에게 내린 책록이다. 태조3년(1394)에 명나라 사신 황
영기黃永奇 등 세 사람이 와서 해악산천海岳山川의 제신들에게 제사를 지냈는
데 고제축문告祭祝文 내용 중에 '고려의 배신陪臣(임금을 가까이 모시면서 권
세를 부리는 권신) 이인임李仁任의 후손인 성계成桂는 운운云云'하는 구절이 있
어 명의 사신편에 그것이 사실이 아님을 상세히 변무辨誣하는 글을 명나라로
보냈다. 그 후 태종 2년(1402)에 성절사聖節使로 명나라에 갔다 돌아온 조온趙
溫, 공부孔俯 등이 고하기를 명의 조훈조장祖訓條章에 '이성계의 종계宗系가 이
인임의 후손으로 되어 있다'고 아뢰었고, 그 후 대명회전大明會典에도 이렇게
잘못 기록되어 있는 것을 발견하였다. 이로부터 태종—선조간 12대에 걸쳐 전
후 열다섯 차례나 사신을 보내는 등 186년 동안 각고의 노력 끝에 선조22년
(1599)에 종계를 바로 잡고, 2년 뒤인 선조 24년에 그 동안 종계를 바로잡는데

때 명明 나라 서울에 가서 일세의 미인을 보고자 하여 수백 냥의 은을
가지고 화방花房(기생방)으로 가서 제일가는 명기名妓를 찾았는데, 한
여자가 있어 생김생김이 절세가인인데 소복素服을 입고 얼굴에 수심이
가득하였다. 괴이하게 여겨서 그 이유를 물으니, 대답하기를,
　'첩은 원래 사천四川 사람이며 아버지가 서울 와서 벼슬하여 관직이
주사主事에 이르렀는데 객중客中에 연이어 부모님을 여의고, 또 한 형
마저 잃어서 세 상사를 지금 권장權葬103)하여 두었는데, 고향으로 모셔
다 장사를 치를 길이 없어서 부득이 화류계에 나와 몸을 팔아서라도 장
사를 치르려는 것입니다.'
　하였다. 순언이 묻기를,
　'일찍이 다른 사람을 만난 일이 있느냐?'
　하니, 대답하기를,
　'오늘 처음 나왔기 때문에 아직 몸을 더럽히지는 않았습니다.'
　하였다. 순언이 가엾게 여겨서 곧 가지고 갔던 은 천 냥을 주며 말하
기를, '이것이면 영구를 모시고 돌아갈 수 있을 것이다. 몸을 깨끗이 가
지고 돌아가 장사를 지낸 다음 사족士族 가문으로 잘 시집가거라. 내가
만일 네게 다른 생각이 있어서 이것을 준다면 의사義士가 아니다.' 하
고 드디어 결의結義하여 누이동생을 삼고 돌아오니, 그 여인이 은혜에
감명하여 뼛속 깊이 새기며 순언의 성명을 물어서 알고 인하여 은을 팔
아서 반구返柩하여 장사지냈다.
　그 후 시집가서 상서尙書 석성石星104)의 부인이 되었는데, 그 은혜

공이 큰 19인을 골라 '수충공성익모수기광국공신輸忠貢誠翼謨修紀光國功臣'으
로 책록한 것이다.
103) 시신을 임시로 매장하여 둠.
104) 석성石星은 중국 위군魏郡 동명東明 사람으로 명나라 세종世宗 때 진사로 이과
吏科에 급제하고 급사중給事中에 뽑혀 목종穆宗 원년에 직간하다가 장형杖刑을
받고 파직되었으나 신종神宗 때 다시 등용되어 호부와 공부상서를 지내고 병부
상서에 이르렀다. 조선 선조17년(1584) 종계변무宗系辨誣에 힘써 성공시켰으
며, 임진왜란 때 조정의 반대를 무릅쓰고 원병을 파견하는 데 결정적인 역할을
한 조선의 은인이다. 그 뒤 명나라 신종神宗은 사신 심유경沈惟敬을 조선에 보
내 왜군과의 화의를 추진했으나 실패하자 막대한 군비 조달로 국운이 쇠하여
진 책임을 석성石星에게 물어 투옥시켜 옥사케 하였다. 『해주석씨족보海州石

를 갚고자 하여 해마다 자신이 누에치고 손수 비단을 짰는데, 비단 첫
머리에는 보은단報恩緞이라는 세 글자를 수놓았다. 이렇게 하기를 여러
해 하고 우리나라 사신이 갈 때마다 반드시 순언이 오는가를 탐문하였
다. 순언이 종계변무사宗系辨誣使를 따라 명 나라 서울에 가게 되었을
때, 석 상서가 그때 예부시랑禮部侍郎이었는데 곧 그가 맡아하는 일이
었으므로 쉽게 일을 다 이루었다. 하루는 석 상서가 순언을 초청하여 집
으로 가서 음식을 성대하게 차려 대접하였는데, 잘 차려입은 한 부인이
뜰 아래에 나와서 배례하고 이어서 당 위로 올라와서 잔을 드리는 것이
었다. 순언이 깜짝 놀라서 달아나 피하려 하니, 시랑이 말리며 잔을 받
게 하고 이어 자세하게 사실의 전말을 말하여 주었다. 본국으로 돌아오
게 되어 강을 건너려 하는데 사람이 와서 시랑 부인의 친필 서신과 예단
禮單, 보은단 수십 필 및 기타 진귀한 물품을 수없이 받들어 드리며, 순
언이 받지 않을까 염려하여 강가에 두고서 가니 순언이 부득이 가지고
돌아왔으며, 일을 성공한 공으로 광국훈공光國勳功에 책정되어 당성군
唐城君에 봉해지고 지중추知中樞 벼슬을 주었는데, 후세 사람들이 이
사실로 인하여 순언이 살던 마을을 이름해서 보은단동이라 하였다.

   후에 임진왜란 때에는 석성이 병부상서가 되어 우리나라에서 전후
주청奏請하는 병기와 군량 등을 힘써 주장하여 극진히 돌보아주어서
우리나라의 재조再造의 공적을 이루게 하였는데, 이것은 그 부인의 내

氏族譜』에 의하면 석성의 계부인繼夫人 유씨柳氏는 남경南京 호부시랑戶部侍
郎의 딸로서 일찍이 부모를 여의고 곤난을 당하다가 조선의 역관 홍순언의 구
호를 받자 그 보은의 뜻으로 조선의 종계변무와 임진왜란 때의 원병을 지원하
게 하는 데 숨은 공적이 컸다. 석성의 옥중 유언에 따라 그의 아들 형제 중 차남
천은 선조 30년(1597) 배를 타고 요동과 호남을 거쳐 동쪽으로 와서 가야산伽倻
山 남쪽 군성산君聖山 아래 성주星州 대명동大明洞에 정착하여 성주석씨星州石
氏가 되었으며, 장남 담潭은 뒤에 유배지에서 풀려나와 어머니 유씨를 모시고
해주海州에 이르자 왕이 수양군首陽君에 봉하고 수양산 아래의 땅을 식읍食邑
으로 하사하여 해주로 사적賜籍하였다. 그 뒤 담潭의 작은 아들 귀당貴棠과 손
자 난亂(귀실의 아들)이 청인淸人을 피하여 산음현山陰縣 모호리毛好里(지금의
경남 산청군 생초면 평촌리 추내동)에 이거移居하여 세계世系를 이어오고 있
다. *'해주성주석海州星州石'의 시조始祖 석성石星에 대한 고사 참조.

조內助의 공에 힘입은 바가 많다고 한다. 지금은 잘못 전하여 미장동美墻洞이라 한다."105)

28) 창기娼妓의 기원

"조종조祖宗朝에서는 육조의 숙직하는 낭관은 달밤에 창기를 이끌고 광화문 밖 길 위에 모여서 밤이 새도록 담소하면서 술을 마셨으며, 의정부의 관원도 친우들과의 연회를 일삼아 혹은 창기를 이끌고 숙직하는데, 새벽녘이 되면 사무를 맡은 이속吏屬이 그래도 반드시 뵙기를 청하니, 이것은 옛날 규칙을 준행하는 것이다."『지봉유설』

"세종조에 주州, 읍邑의 창기를 폐지하려는 의논이 있었는데, 의정부 대신들에게 물으니 모두 폐지하는 것이 당연하다고 하였다. 오직 허조許稠에게만은 의논하지 못하였으나, 여러 사람이 모두 그는 극렬하게 폐지하기를 의논할 것으로 생각하였으니, 그는 색色에 담백하였기 때문이었다. 허조가 그 말을 듣고서 웃으며 말하기를, '누가 이런 계책을 실시하려 합니까. 남녀 관계는 인간의 큰 욕망이니 금할 수 없는 것입니다. 고을의 창기는 모두가 관청의 물건이니 취하여도 무방합니다. 만일 이것을 엄한 금법으로 한다면, 나이 젊어 지방으로 부임한 조관朝官들이 모두 불의하게 사삿집 여자를 탈취함으로써 영웅 준걸의 인물이 많이 죄에 빠지게 될 것이니, 신의 의견으로는 폐지하는 것이 마땅하지 않습니다.'고 하니, 마침내 허조의 의논을 좇아서 창기를 전대로 두고 폐지하지 않았다."『용재총화』

"창기는 음란을 가르치고 안일安逸로 인도하는 도구이다. 예법에, 관청에서는 부녀자에 대한 것을 말하지 않으며, 이를 말하면 또한 금하게 되어 있으니, 하물며 친압親狎하는 일이랴. 옛날에는 위로는 조정 교묘郊廟로부터 아래로는 관부官府, 여항閭巷에 이르기까지 정치 교화나 의복, 음식, 연락燕樂하는 일들이 천리天理로써 제도를 삼지 않은 것

---

105)『신증동국여지승람新增東國輿地勝覽』 권3, 「동국여지비고東國輿地備攷」 제2편.

이 없었는데, 후세에는 모든 규정이 일체 구차하여져서 다만 인욕人慾
의 편할 대로만 하게 되었다.이로써 세상의 도의는 낮아지고, 어지러운
날이 항상 많으니 비록 엄한 형벌과 엄중한 법이 있어도 사람의 범죄를
금지하지 못하였다. 현명한 임금이 나면 마땅히 일제히 바로잡아야 할
것인데, 하물며, 관청에서 창기를 설치하고 음탕한 데로 인도하는 일이
랴. 혹은 말하기를, '세종 때에 기생을 폐지하자는 의론이 있었는데, 사
람들이 모두 허조는 성품이 굳세니 반드시 그 의론을 강력하게 주장할
것이라고 하였으나 허조에게 물으니, '불가하다'고 하면서, '기생은 관
청 물건이니 취하여도 무방하다. 만일 이것을 폐지한다면, 나이 젊은
조정 관원으로서 지방에 나가는 자가 반드시 여자를 함부로 빼앗다가
죄에 빠져 들어가는 자가 있을 것이다' 하여, 관기를 폐지하자는 의론
이 중지되었다 한다. 허조는 이름난 정승이니 반드시 소견이 있었을 것
이다. 인욕이란 누르지 않고 제멋대로 두면 더욱 성한다고 한다. 나는
예법으로써 마음을 제어한다는 말은 들었으나 정욕의 길을 열어놓고
정욕을 그치게 한다는 말은 듣지 못하였다. 인욕이 일어나는 것은 모두
보고 듣는 데에서 오는 것이니, 이래서 옛날 사람들은 반드시 위의威儀
를 존엄하게 하고 음란한 소리를 내쫓으며, 부정한 색을 멀리하였던 것
이다. 지금 관청에서 음란한 창기를 기르고, 출장 관원이 오면 그들을
예쁘게 단장시키고 아름다운 옷을 입혀서 기다리다가, 술을 돌려 권하
고 음악을 연주하여 흥을 돋우는데, 이를 이름하여 '방기房妓'라고 한
다. 따라서 이로 인하여 정에 끌리고 욕정에 빠져서 정사를 해치고 풍
속을 문란하게 하며, 본심을 상실하게 되는 자 이루 다 헤아릴 수 없게
된다. 대개 이러고서도 본심을 빼앗기지 않는 자는 상등 인물인데, 그
것을 누구에게나 기대할 수는 없는 일이다. 이런 창기가 없으면 색에
대한 허물을 짓지 않는 것을 사람마다 할 수 있는 일이다. 만일 정욕을
이기지 못하여 남의 부녀자를 빼앗고, 죄에 빠지게까지 되는 자는 제일
하등 인물이니 원래 논할 것이 못 된다. 나라에서 법을 세우는 데에 있
어 예법을 밝히고 인심을 바로잡는 데는 힘쓰지 않고, 다만 제일 하등
의 인물을 위하여 미리 그 도구를 설치하여 그 욕망을 성취시키게 한다
는 것이 어찌 옳은 일이랴. 진실로 이와 같을진대, 재물을 좋아함도 역
시 인욕이니, 그들이 죄에 빠질 것을 염려하여 미리 의롭지 못한 재물

과 그것을 취하여도 무방할 제도를 만들어서 준비하여 두겠는가. 지금 관부에 용무로 나가는 자는 비록 이름 있는 사대부라도 혼히 유흥에 빠져 지체하는데, 사적으로 지방에 여행하는 자는 비록 용렬한 하류의 인물이라도 오랫동안 객지에 있으므로 남녀 관계에 범죄를 저지르는 일이 드문 것은 사세가 그렇게 만드는 것이다. 가까운 일로는 창기를 지방에서 서울로 뽑아올리는 법을 파하기 전에는 사대부들이 음란하여 오입쟁이 같기도 하였는데, 그 법을 폐지하니 그 폐단이 곧 그쳤으며, 지난 해 풍정연豊呈宴 때에 잠깐 지방의 창기를 불러 올렸더니 조정의 신하 가운데 기생을 서로 빼앗으려고 다투어 싸우고 욕설한 자가 매우 많았으니, 그 득실을 여기서도 역시 알 수 있다. 또 저들도 인간인데 위에 있는 사람이 이미 인륜의 도리로써 가르치지 않고, 명부에 올려 기생으로 만들어 일정한 남편을 가질 수 없게 하고, 갖게 되면 즉시 죄를 주니, 이것이 무슨 규정인가."『반계수록』

"팔도 주, 군에 창기가 있으므로 간악한 백성들이 떳떳하지 못한 길을 통하여 정령政令을 더럽히는 일이 매우 많고, 나이 어린 자제로서 타락하여 본성을 상실한 자도 이루 헤아릴 수 없이 많으며, 가는 곳마다 관장官長들은 음란하고 추한 일을 드러내놓고 하면서도 부끄러워할 줄을 모른다. 국가에서 음란을 방지하는 정령이 지극히 엄하면서도, 비록 여종이나 천한 무리라고 하지만 특별히 이러한 음란을 마음대로 하는 무리를 설치하였으니 벌써 풍속을 문란하고 부패하게 하는 일인데, 하물며 관장을 지방에 보내어 정치에 힘쓰라고 하면서도 한편으로는 또 정치를 더럽히고 몸을 망치는 이런 길을 열어두었으니 어찌 괴이한 일이 아니랴. 양가良家의 부녀자로서 간음하는 자가 있으면 마땅히 엄하게 다스려서 방지하여야 할 것인데, 도리어 잡아다가 창기로 삼아 더욱 그 음란한 짓을 터놓고 하게 하니, 과연 어디에 음란을 금하고 풍속을 바로잡는 의미가 있는 것인가. 이것은 국초에 없던 일인데 연산군이 술과 여색에 빠져 있을 때에 그만 그릇된 법이 이루어진 것이다. 중종조 이후로 연산군 시대의 정사를 모두 폐지하였는데, 공경公卿 이하가 이것을 즐겨해서 버리지 않으니, 혀를 찰만한 일이라 하겠다. 제齊 나라에서 여악女樂을 돌려보내니, 공자孔子가 노魯나라를 떠났다. 성인

께서 정사를 한다면 어찌 하루인들 그대로 둘 것이랴. 건의하여 빨리
폐지 제거하여야 할 것이다.”106)

29) 노진을 현달하게 만든 기녀107)

---

106) 이긍익李肯翊,『연려실기술燃藜室記述』별집 권13,「정교전고政教典故」.
107)『청구야담』“盧玉溪稹 早孤寡貧 居在南原地 年旣長成 無以婚娶. 其堂叔武弁 時爲
宣川府使 玉溪母親 勸往乞得婚需. 玉溪以編髮 徒步作行 行之, 宣川府之門 阻闇不得
入. 彷徨路上 適有一童妓 衣裳新巾者 過去停步而立 熟視而問曰 “都令從何以來?” 玉
溪以實言之. 妓曰 “吾家在某洞在幾家 去此不遠 都令須定下處於吾家.” 玉溪許之.
艱辛入官門 見其叔 言下來之由 則囁嚅曰 “新延未幾 官債山積 甚可悶也” 云 而殊甚
冷落. 玉溪以出宿下處之意 告而出門 卽訪其妓之家. 童妓欣然迎之 使其母精備夕餐
而進之 夜與同寢. 其妓曰 “吾見本官司 手段甚少. 雖至親之間 其婚需優助未可知. 吾
見都令之氣骨狀貌 可以大顯達 何必自歸於乞客之行乎? 吾有私儲銀五百餘兩 留此
幾日 不必更入官門 持此金直還可也.” 玉溪曰 “不可也. 行止如是飄忽 則堂叔豈不致
責乎?” 妓曰 “都令雖恃至親之情 而至親何可恃也. 留許日 不過被人古色 及其歸也
不過以數十金贐行 將安用之? 不如自此直發.” 過數日 晝則入見其叔 夜則宿於妓家.
一日之夜 妓於燈下 理行裝 出銀子 裹以袱. 及曉牽出廐上一匹馬駄 使之促行曰 “都
令不過十年 必爲大貴矣 吾當潔身而候之. 會面之期 只此一條路而已 千萬保重.” 洒
淚而出門. 玉溪不得已 不辭於其叔而作行. 平明本官聞其歸 竊怪其行色之狂妄 而中
心也 自不妨其不費錢兩也. 玉溪歸家 以銀子娶妻而營産 衣服不苟 酒刻意科工 四五
年之後登科. 大爲上所知. 未幾 以綉衣 按廉于關西 直訪其妓之家則 其母獨在. 見玉
溪 認其顔面 酒執裾而泣曰 “吾女自送君之日 棄母遽走 不知去向 于今幾年. 老身晝
宵思想 而淚無乾時” 云云. 玉溪范然自失 自量以爲吾之來此 全爲故人相逢之地矣.
今無形影 心膽俱墜然 而渠必爲我晦跡之故也. 仍更問曰 “老嫗之女 自一去之後 存
沒尙未聞之否?” 對曰 “近者傳聞 吾女寄跡於成川境內之山寺 藏蹤秘跡 人無見其面
者云云 風傳之言 猶未可信 老身年衰無氣 且無男子 無以尋追其踪跡矣.” 玉溪聽罷
仍卽往成川地 遍訪一境之寺刹窮搜 而終無形影. 行尋一寺 寺後有千仞絶壁 其上有
一小菴 而峭峻無着足處矣. 玉溪抆蘿捫藤 艱辛上去 則有數三僧尼徒. 問之則 以爲
“四五年前 有一個年可二十之女子 以如干銀兩 付之禮佛之首座 以爲朝夕之費 而仍
伏於佛座之卓下 披髮掩面 而朝夕之飯 從窓隙而入送. 或有大小便之時 蹔出門還入
如是者 已有年所 小僧皆以爲菩薩生佛 不敢近前矣.” 玉溪心知其妓 仍使首座僧 從
窓隙傳言曰 “南原盧都令 今爲娘子而來. 此何不開門而迎見?” 其女仍其僧而問曰

옥계玉溪 노진108)은 일찍이 아버지를 여의고 집이 가난하였다. 남원 땅에 살았는데 이미 장성한 나이인데도 장가를 들 수 없었다. 그때 그의 당숙堂叔인 무변武弁109)이 선천부사宣川府使가 되어 있었다. 옥계의 모친은 옥계에게 그를 찾아가서 혼수를 구걸해보라 권하였다. 그리하여 옥계는 편발編髮110)한 채 걸어서 길을 떠났다. 선천부 성문에 이르렀으나 문지기가 문을 막았기 때문에 들어갈 수가 없었다. 길가에 어슬렁거리고 있을 때 마침 한 동기童妓 옷차림에 새 두건을 한 자가 길을 가다가 걸음을 멈추고 서서 옥계를 익히 쳐다보더니 물었다.

"도령님께서는 어디에서 오셨습니까?"

옥계는 사실을 말해주었다. 기생이 말했다.

"저희 집은 아무개 동에 있는 제 몇 번째 집으로, 이곳에서 멀지 않습니다. 도령님께서는 반드시 저희 집에 하처下處111)를 정하십시오."

옥계는 그러겠다고 허락하였다. 옥계가 간신히 관문에 들어가 그 삼촌을 보고 내려온 연유를 말하니, 그가 이마를 찡그리며 말했다.

"새로 부임한 지 얼마 되지도 않았을 뿐더러 관채官債112) 또한 산적해 있는지라 매우 고민스럽다."

"盧都令如來 則登科否乎?" 玉溪遂以 "登科後 方以繡衣來此" 云云. 其女曰 "妾之如是積年晦跡而喫苦 全爲郎君地也 豈不欣然卽出迎之? 而積年鬼形 難現於丈夫行次 如爲我留十餘日 則妾謹當洗垢理粧 腹其本形後 相見好矣." 玉溪依其言遲留矣. 過十餘日後 其女凝粧盛飾 出而見之. 相與執手 而悲喜交至. 居僧始知其來歷 莫不嗟嘆. 玉溪通于本府 借轎馬 馱送于宣川 與母相面 浚事復命之後 更送人馬率來 同室終身愛重云云."

108) 노진盧稹; 생몰년 미상. 고려 말기의 문신. 본관 교하交河. 봉호 창성군昌城君, 시호 제효齊孝.
109) 무변武弁은 무관武官을 통칭하는 말. 원래 중국 주나라 때, 무관들이 쓰던 관冠의 하나인데 우리나라에서는 조선시대 순箏, 독牘 따위를 연주하는 악공이 썼다.
110) 편발編髮은 관례를 하기 전에 머리를 땋아 늘이던 일, 또는 그 머리.
111) 하처下處는 길손이 객지客地에서 묵는 곳을 말함.
112) 관채官債는 관아에서 공무로 진 빚.

　그리고는 매우 냉랭하게 대했다. 옥계는 나가 숙박할 하처를 구하겠
다는 뜻을 아뢰고, 즉시 관문을 나가 그 기생의 집을 방문하였다. 동기
는 옥계를 흔연하게 맞이하여, 자신의 모친을 시켜 저녁밥을 정성껏 준
비해서 들이도록 하였다. 밤이 되자 함께 동침하였다. 동기가 말하였다.

　"제가 보기로는 본관 사또께서는 수단이 매우 모자라니, 비록 가까운
친척간이라도 혼수를 넉넉히 도와줄지 모르겠습니다. 도령님의 기골과
상모相貌113)를 보니 크게 현달하실 분입니다. 그런데 하필 스스로 걸객
의 행동을 하십니까? 제가 사사로이 저축해 놓은 은 오백여 냥이 있으
니 며칠 이곳에 머물러 계시다가 관문에 다시 들어갈 필요도 없이 이 은
을 가지고 곧바로 돌아가시는 것이 좋겠습니다."

　옥계가 말했다.

　"옳지 않다. 행동거지를 이처럼 표홀飄忽114)하게 한다면 당숙께서 책
망하시지 않겠느냐?"

　동기가 말했다.

　"도령님께서는 비록 가까운 친척의 정을 믿고 계시지만 가까운 친척
인들 어찌 믿을 수 있겠습니까? 며칠 더 머무시더라도 남의 싫어하는
낯빛을 입을 것이고 돌아갈 때에 이르러서는 수십 금의 노자를 얻어가
는 것에 불과할 것인데, 장차 그것을 어디에 쓰시겠습니까? 곧바로 돌
아가시는 것만 못합니다."

　며칠을 지내면서 낮에는 들어가 당숙을 뵙고 밤이면 기생집에서 묵
었다. 어느 날 밤 기생이 등불 아래에서 행장을 꾸리고 은자銀子를 내어
보자기에 쌌다. 새벽이 되자 마굿간에서 한 필의 말을 내어 짐을 싣더니
떠나기를 재촉하면서 말했다.

---

113) 상모相貌는 얼굴의 생김새, 관상을 말함.
114) 표홀飄忽은 홀연히 나타났다 사라지는 모양이 빠름을 형용한 말.

"도령님께서는 십 년 안에 반드시 크게 귀하게 되실 것입니다. 제가 마땅히 품행을 깨끗이 하고 기다리겠습니다. 만나 뵙게 될 기약은 다만 이 한 길 뿐입니다. 천만 번 보중保重115)하십시오."

그녀는 눈물을 뿌리면서 문을 나섰다. 옥계는 부득이 그 당숙에게 인사도 못하고 길을 떠났다. 날이 밝자 본관 사또는 그가 돌아갔다는 말을 듣고 그의 행색이 광망狂妄한 것에 대해 무척 이상하게 여겼지만 마음 속으로는 돈을 허비하지 않을 수 있는 것 때문에 오히려 무방하다고 여겼다.옥계는 귀가한 후 기녀가 준 은자를 써서 장가를 들었다. 옥계는 영산營産과 의복이 구차하지 않게 되자 과거 공부에만 전념할 수 있었다. 사오 년 뒤에 과거에 급제하자 임금님께서 크게 아시는 바가 되었다. 얼마 있지 않아 수의繡衣116)로서 관서지방을 살피게 되었다. 그래서 곧바로 그 기녀의 집을 방문하니 그녀의 모친이 홀로 있다가 옥계의 안면을 알아보고는 옷자락을 붙잡더니 흐느껴 울면서 말했다.

"내 딸이 어르신네를 보낸 날부터 이 어미를 버리고 급히 달아나 간 곳을 모르고 지낸 지 지금 몇 년이 되었습죠. 이 늙은 몸이 밤낮으로 그 아이 생각으로 눈물이 마를 때가 없나이다."

옥계는 그 말을 듣고 망연자실하였다. 옥계는 스스로 생각하였다.

"내가 여기 온 것은 모두 고인故人과 상봉하기 위해서였다. 그런데 그의 형영形影이 간 데 없으니 심담心膽이 모두 떨어지는 듯하다. 그러나 그녀는 기필코 나를 위해서 자취를 감추었을 것이다."

그래서 또 다시 물었다.

"노친네의 딸이 가버린 후로 그의 존몰存沒에 대해 듣지 못했소?"

그녀의 모친이 대답했다.

---

115) 보중保重은 몸을 아끼어 건강을 잘 살펴 보전함.
116) 수의繡衣는 암행어사를 말함.

"근자에 들건대 내 딸이 성천成川 경계 내에 있는 산사에 자취를 의탁하고 종적을 감추어 아무도 그 아이의 얼굴을 보지 못한다고 합니다. 풍문으로 전하는 말이니 믿을 수 있겠습니까? 나의 몸은 연로하여 기력이 없고 또한 주변에 남자도 없는지라 그 애의 종적을 추심해 볼 수 없습죠."

옥계는 그 말을 다 듣고 즉시 성천 땅으로 갔다. 그 경내의 사찰을 두루 방문하여 모두 찾아보았으나 끝내 그 모습을 찾을 수 없었다. 두루 찾아다니다 한 사찰에 이르게 되었다. 그 사찰 뒤에는 천 길이나 되는 절벽이 있고 그 위에 조그마한 암자가 있는데 절벽이 깎아지른 듯 한 지라 발붙일 곳이 없었다. 담쟁이 넝쿨을 부여잡고 간신히 기어 올라가니, 그곳에는 서너 명의 승니僧尼[117] 무리가 있었다. 그들에게 물어보니 대답했다.

"사오 년 전 나이 스무 살쯤 되어 보이는 한 여자가 약간의 은냥을 예불하는 수좌首座[118]에게 주며 아침저녁의 비용으로 써달라고 하더니 불좌佛座의 탁상 아래에 엎드려 머리를 풀어 헤쳐 얼굴을 가린 채 지내고 있습죠. 아침저녁 식사도 창틈을 통하여 들여보내고, 간혹 대소변을 볼 때에는 잠깐 문을 나섰다가 곧바로 들어갔습죠. 이같이 지낸 지가 이미 여러 해가 되었는지라 소승들은 모두 그녀를 보살 생불生佛이라고 여겨 감히 가까이 접근하지도 않나이다."

옥계는 마음속으로 그 기녀라고 생각하고, 수좌승首座僧을 시켜 창틈을 통해 말을 전했다.

"남원의 노도령이 이제 낭자를 위하여 왔는데 어째 문을 열고 맞이하여 보지 않는 것이오?"

그 여자 또한 중을 통해서 물었다.

---

117) 승니僧尼는 비구와 비구니. 곧 남자 중과 여자 중.
118) 수좌首座는 행각승行脚僧의 높임말. 여러 지방을 돌아다니며 도를 닦는 승려.

"노도령님께서 오셨다면 과거에 합격하신 것이오?"

옥계는 마침내 과거에 급제한 후에 바야흐로 어사로 오게 되었다고 대답했다. 그 여자가 말했다.

"첩이 이처럼 여러 해 동안 자취를 감추고 고생한 것은 모두 낭군 때문이었으니, 어찌 혼연하게 즉시 나아가 맞이하고 싶지 않겠습니까? 그러나 여러 해 동안 지내온 귀신 형상으로 장부에게 모습을 드러내기는 어렵습니다. 행차께서 만약 저를 위하여 십여 일만 머물러 주신다면, 첩이 삼가 마땅히 때를 벗기고 치장하여 본래의 형상을 되찾을 것이니, 그 후에 상견하는 것이 좋겠습니다."

옥계는 그녀의 말을 좇아 지체하여 그 곳에 머물렀다. 십여 일이 지나자 그녀는 과연 짙은 화장에 화려한 의상을 입고 나와 알현하였다. 서로 더불어 손을 잡으니 희비가 교차하였다. 그 곳에 거처하는 중들도 비로소 그들의 내력을 알고 차탄하지 않는 자가 없었다. 옥계가 본관에게 알려 가마와 말을 빌려 선천에 실려 보내 그녀의 모친과 더불어 상면하도록 하였다. 그 후 복명復命119)한 후에 다시 인마人馬를 보내 거느리고 와서 같이 살았는데 종신終身토록 사랑하고 중하게 여겼다고 전한다.

30) 천하가객 안민영, 진주 기녀 비연을 만나다

"비연飛燕120)은 빼어난 자색과 가무로 한나라 성제成帝의 총애를 받

---

119) 복명復命은 명령받은 일을 처리하고 그 결과를 보고함.
120) 조비연趙飛燕; 중국 전국시대 초나라의 대표적인 미인은 '허리가 가는 여성'이었고, 한나라 시대 대표적인 미인 조비연趙飛燕은 '손바닥에 올려놓을 수 있을 만큼 가녀린 여성'이었다. 조비연은 원래 이름이 조의주趙宜主였다. 그런데 배에서 춤을 추다가 배가 흔들리는 바람에 물로 떨어지려는 것을 황제인 성제成帝가 손으로 잡은 뒤 그 손 안에서도 춤추기를 멈추지 않아서 비연으로 바뀌었

아 황후의 지위까지 오른 기생이다. 호수에서 선상연船上宴을 베풀었
는데 갑자기 심한 바람이 불자 마침 춤을 추던 비연이 휘청하며 물로
떨어지려는 찰라 황제가 급히 그녀의 한쪽 발목을 붙잡았는데, 춤의 삼
매경에 빠진 비연은 그 상태에서도 춤추기를 그치지 않고 임금의 손바
닥 위에서도 춤을 추었다. 이리하여 '비연이 손바닥 위에서 춤을 추었
다飛燕作掌中舞'라는 고사가 생겨났다. 서기 743년 봄, 당나라 현종은
양귀비를 데리고 침향정沈香亭에서 모란을 구경하고 있었다. 이때 현
종은 천하의 시인 이태백을 불러오라고 명을 내렸다. 어명을 듣고 달려
온 이백은 단숨에 '청평조사淸平調詞'라는 연작시 세 편을 읊었다. 그
중 한 편은 이렇다.

한 떨기 붉은 꽃은 이슬에 향기로워   一枝濃艶露凝香
무산에 내리는 구름비는 괜히 애만 끊나니   雲雨巫山枉斷腸
묻노니 한나라 궁전에 누구와 닮았나   借問漢宮誰得似
슬퍼라 예쁜 비연도 새로 단장해야겠네   可憐飛燕倚新粧

이태백은 양귀비의 미모를 노래하면서 비연을 비교했다. 물론 비연
의 미모가 양귀비에 미치지 못한다는 말로 당 현종을 흐뭇하게 했지만,
양귀비와 견줄만한 미인임에는 틀림이 없어 보인다. 비연의 본명은 조
의주趙宜主이다. 날렵한 몸매로 인해 '나는 제비'라는 뜻으로 조비연趙
飛燕으로 불렸다. '비연'이 중국에만 있었던 것이 아니고 조선에도 진주
기녀 비연이 있었다. 지금부터 백오십여 년 전, 비연은 진주에서 뛰어
난 미모와 몸매로 뭇 사내들은 애간장을 태웠다. 소문은 곧 전국 방방
곡곡으로 퍼졌는데, 당시 최고의 가객이라고 할 수 있는 안민영121)이

다. 손바닥 위에서도 춤을 추었다 해서 '飛燕作掌中舞'라는 말이 생겼는데, 성제
의 총애를 받아 조황후趙皇后의 지위까지 올랐다.
121) 안민영安玟英; 생몰연대 미상. 자 성무聖武, 형보荆寶, 호 주옹周翁. 서얼출신으
로 가계와 신분, 출생지, 본관 불명. 안민영에 대한 자료는『가곡원류』와『금옥
총부』가 있을 뿐인데, 이에 의해 추정하면 출생 연도는『금옥총부金玉叢部』에
서 안민영 자신이 기록한 바에 따르면 1816년(순조 16년) 6월 29일임을 알 수
있다. "병자 유월 이십 구일은 나의 회갑일이다. 석파대로께서 공덕리 추수루에

소문을 듣고 비연을 만나러 진주로 달려왔다. 안민영은 서얼 출신으로 조선말 최고의 가객이다. 고종13년(1876) 스승 운애雲崖 박효관朴孝寬과 함께 조선 역대 시조집『가곡원류歌曲源流』를 편찬 간행하여, 근세 시조문학을 총결산하는 데 크게 공헌하였다. 안민영은 당시 최고 실권자인 대원군 석파 이하응의 총애를 받고 있었다. 그의 시조집『금옥총부』122)에 '1876년 6월 29일은 나의 회갑일이다. 석파대로께서 회갑연을 공덕리 추수루에서 베풀어 주셨고, 우석又石판서께서 기녀와 악공들을 널리 불러와 종일 질탕하게 즐기도록 명하시니, 이 어찌 사람마다 얻을 수 있는 것이리요'라는 기록이 있는 것을 볼 때, 대원군과 그의 장남 이재면이 안민영의 회갑연을 직접 챙길 정도로 가까운 사이라는 것을 알 수 있다. 당시 안민영은 풍류객답게 전국을 유람하며 각처의 기녀들과 즐기면서 시로 그 감흥을 드러내고 있다. 진주에도 자주 와서 '난주', '초옥' 등 진주 기녀들과 즐기기도 했다. 하지만 비연은 쉽게 만날 수 없었다. 그가 비연을 만나러 천리 길 진주를 찾았을 때, 비연은 이미 남의 사람이 되어 있었다. 당시 진주 외촌外村에 살고 있던 거부 성진사의 첩이 되어 있었던 것이다. 팔도의 기녀를 마음대로 주무르던 안민영이었지만, 비연은 쉽게 만날 수가 없었다. 비연의 마음을 얻기 위해 많은 패물을 준비해온 안민영을 어떻게 해서든지 비연을 한번 만나고 싶었다. 일면식도 없는 남의 여자를 만나기가 쉽지 않았다. 기방에 찾아가면 만날 수 있으리라는 기대를 한껏 하고 온 안민영은 패물로써 비연을 아는 사람을 회유했다. 그 사람을 통해 비연을 한 번 만나고는

서 나의 회갑연을 베풀어 주셨다." 이 시화를 통해 출생연도는 확인할 수 있다. 그러나 그의 가계에 대해서는 전혀 알 수 없다. 장지연(1864~1921)의『일사유사逸士遺事』에는 본관이 광주인데, 국악완본『가곡원류』에는 순흥으로 되어 있다.

122) 조선 철종 때의 가인歌人 안민영의 가집歌集. 필사본. 1권 1책. 고종18년(1881) 간행. 서울대학교 도서관 소장.『주옹만영周翁漫詠』이라고도 한다. 국한문혼용체인 저자가 지은 시조 백팔십 수를 수록하였다. 책머리에는『능가재만록能歌齋漫錄』에서 옮겨 실은『가곡원류歌曲源流』,『논곡지음論曲之音』과 자서自序가 있으며, 자작 시조 백팔십 수를 그 곡조에 따라 분류하여 각 수마다 창작한 동기와 날짜와 장소 등을 밝혔다.

그 감회를 억누를 수 없어서 시로 남기기까지 했다.

자못 붉은 꽃이 잡풀에 숨어 보이지 않는구나
장차 그 꽃을 찾으리라 잡풀을 헤치고 들어가니
진실로 그 꽃이거늘 문득 꺾어 드렸노라

　　이 시를 통해 비연과 안민영의 만남을 상상할 수 있다. 안민영은 자신과 비연의 만남을 방해하는 무리들을 잡풀로 보고 있다. 안민영은 잡풀에 숨어 보이지 않은 붉은 꽃인 비연을 만나기 위해 이를 헤치고 들어갔다고 말한다. 비연을 만나기 위해 무척 애를 썼다는 걸 드러낸 것이라고 할 수 있다. 마침내 비연을 만나서 그 자태가 고운 것을 보고 결코 헛소문이 아니라는 것을 알게 된다. 시조의 종장 '진실로 그 꽃이거늘 문득 꺾어 드렸노라'는 많은 상상을 일으킨다. 천하 풍류객 안민영이 비연을 그냥 한번 만나고 진주를 떠났을까. 모를 일이다. 이 이야기는 안민영의 시조집 『금옥총부』에 전해온다. 이 가집은 안민영이 일흔 살 되던 고종22년(1885)에 이뤄진 것으로, 『가곡원류』보다 구 년 늦게 만들어졌다. 그는 여든 살까지 생존하면서 만년까지 작품 활동을 하였다.”[123]

31) 홍원 관기 조생

　　“사인士人 윤선도尹善道가 상소를 올려 일을 말했다가, 그로 인해 육진六鎭에 귀양가다가 홍원[124]을 지날 때에, 관기 조생趙生이 술병을 가지고 가서 그를 위로하였으므로, 이 때문에 그의 이름이 서울에까지 알려졌다. 그런데 지금 내가 여기를 지나다가 그의 집에 기숙하면서도 주인이 조생인 줄 몰랐다가, 다음날에야 알고는 장난삼아 한 절구를 읊었다.[125]

---

123) 강동욱, 연재기사 '교방 그 풍류와 멋', 경남일보 2004.4.2 인용.
124) 홍원洪原은 함경남도咸鏡南道 홍원군洪原郡의 군청 소재지인 읍.
125) “士人尹善道抗疏言事。因竄六鎭。道過洪原。官妓趙生。佩壺來慰。以此名聞洛下。今適過此。寄宿其家。不知主人爲趙也。翌日乃知。戲吟一絶。”

일찍이 서울까지 명성 전해졌는데 曾於京口盛名傳

부평초처럼 만나니 또한 우연이로다 萍水過逢亦偶然

아주 부끄러운 건 숙예가 안목이 없어 深愧叔譽非具眼[126]

술동이 앞에 있던 종멸을 몰라본 것이네 不知鬷蔑在樽前"[127]

32) 주완벽전周完璧傳

'주완벽전'[128]은 한 기생과 두 남성 사이의 삼각관계와 이에 얽혀 절개를 지키지 못한 실절失節과 의리를 다룬 독창적 구성의 작품이다. 그러나 다른 남자와 정을 통한 여인과의 재회, 그 남자의 애첩을 거두어드리는 일, 자사와 장사치와의 우정 등을 우리의 고전소설에서는 거의 찾아볼 수 없는 내용이라는 점에서, 이 작품이 중국 소설이거나 또는 그를 바탕으로 이루어진 작품일 가능성도 높다고 하겠다. 작품의 줄거리는 다음과 같다.

"북경의 거상이며 호걸인 주완벽은 형주荊州의 유명한 기생 경랑瓊娘을 만나 천금으로 기생의 신분을 풀어 주고 백년가약을 맺게 된다. 주생은 경랑을 북경 본가에 데려다 놓고 다시 장사하러 떠난다. 경랑은 주생이 나간 뒤 대문을 굳게 닫고 시비와 함께 집을 지킨다. 이 때 장안

---

126) 숙예叔譽는 중국 춘추시대 진晉 나라 숙향叔向. 숙향이 정鄭 나라에 갔을 때, 정 나라 대부인 종멸鬷蔑이 얼굴이 매우 못생겼는데, 숙향을 만나보기 위해 술 대접하는 심부름꾼을 따라들어가 당堂 아래에 서서 한 마디 훌륭한 말을 하자, 숙향이 마침 술을 마시려다가 종멸의 말소리를 듣고는 "반드시 종멸일 것이다" 하고, 당 아래로 내려가서 그의 손을 잡고 자리로 올라가 서로 친밀하게 얘기를 나누었던 데서 온 말이다. 『좌전左傳』, 「소공昭公」 28년.

127) 이항복, 『백사집』 권1.

128) 작자, 연대 미상의 고전소설. 1권 1책. 한문필사본. '조완벽전趙完璧傳'이라고도 한다.

의 호걸이라 일컬어지는 전약허全若虛 또한 크게 장사하는 상인으로
천하를 두루 돌아다니다가 북경에 이르러, 누각에서 놀고 있는 경랑을
발견하고는 첫눈에 반한다. 전약허는 속임수로 경랑과 정을 통하고 나
서야 신원을 밝히니, 경랑은 약허에게 속았음을 알고 한편으로는 기뻐
하고 한편으로는 슬퍼한다. 주생을 죽이겠다는 전생의 계획에 반대한
경랑은 꾀를 내어, 주랑朱郎이 돌아오면 전랑全郎은 나가 장사를 하고
주랑이 출타하면 전랑이 돌아와 인연을 계속 이으면 된다고 한다. 그러
나 약허는 그렇게 할 수 없다 하고는 장도粧刀를 주며 신물信物을 삼으
라 하고는 주랑을 찾아 나섰다. 경랑은 신물로 진주삼珍珠衫을 주었다.
주완벽을 찾아다니던 약허는 주생과 닮은 서한빈이라는 사람을 만나
고는 그 진위를 알아보려는 속셈으로 관포지고管鮑之賈129)가 되자 하
였다. 같이 장사한 지 수개월이 지나 절강浙江의 한 여사旅舍에서 신년
의 밤을 맞아, 심심하니 기담패설奇談稗說이나 하자고 한다. 먼저 약허
가 북경에서 미인을 만나 정을 통하게 된 이야기와 그 미인의 정부를
찾아 죽이려고 한다는 것까지 말하였다. 주생은 바로 자기 집의 일임을
알고 먼저 약허를 죽이려다가 '같은 처지인데 한 천한 기생으로 인하여
수개월 동거, 동행한 벗을 어찌 죽일 수 있겠는가' 하고는 참고 헤어졌
다. 주생은 곧장 북경으로 돌아와 경랑이 신의가 없음을 꾸짖어 내쫓는
다. 주생은 누상에 홀로 앉아 지난날의 풍정風情을 생각하고 오늘날의
쓸쓸함을 느끼며 잠을 자지 못하고, 다시 장삿길에 나섰다. 이 때 산동
땅에 흉년이 들어 도적이 사방에서 일어났다. 도적으로 몰려 체포되어
심문을 받았으나 불복하고 옥중에 있는 수년에 모든 재화를 형리, 옥졸
에게 바치고 나니 알거지가 되고 말았다. 이 때 유상걸이 새로운 자사

---

129) 서로 믿음이 있는 거래나 장사를 하는 일. 원래 관포지교管鮑之交는 친구 사이
　　의 매우 다정하고 허물없는 교제. 중국 제齊 나라의 관중管仲이 포숙鮑叔과 함
　　께 장사할 때 이익을 많이 가져도 포숙이 나를 욕심이 많다고 여기지 않았고,
　　일을 도모하다가 곤궁해져도 어리석다 여기지 않았으며, 세 번 벼슬을 하였다
　　가 세 번 쫓겨나도 못났다고 하지 않았고, 세 번 싸움에 세 번 도망갔으나 포숙
　　은 관중을 겁장이라 여기지 않았다. 관중이 말하기를, '나를 낳아 주신 분은 부
　　모이지만 나를 알아 준 사람은 포숙이다. 生我者父母, 知我者鮑叔也'라고 했다.
　　『史記』, '管晏列傳'.

로 부임한다. 유 자사가 수청기방守廳妓房에 들어가니, 기녀가 유 자사에게 옥중의 주생이 오빠라 하며 살려 달라고 애걸한다. 유자사가 이튿날 주생을 석방하니, 그 기녀는 사실을 실토하여 주랑을 배신한 전후사를 이야기한다. 그 기녀는 경랑이었다. 경랑의 실토를 들은 유자사는 '주생이 약허를 죽이지 않았으니 참 호걸이요, 경랑도 호걸이다' 라고 감탄하고, 많은 보물을 주어 방면하였다. 주생이 경랑을 데리고 북경으로 돌아와 무너진 누각을 중수하고 전답을 사서 농사에 힘쓰니, 옛날의 영화를 되찾게 되었고, 유자사도 경사로 올라와 주생과 왕래하며 지기지우知己之友가 되었다. 이 때 변족이 침입함에 유자사가 병마절도사로 출전하게 되자, 주생은 집안의 노비 천오백 명, 망아지와 말 팔백 필, 살찐 소 삼백 필 등으로 유 절도사를 도왔다. 유절도사가 변족을 격파하고 회군하여 주완벽이 군대를 도운 것을 황제께 아뢰니, 황제가 칭찬하고 병부시랑을 제수한다. 하루는 경랑이 남편에게 한 아름다운 여자를 얻어 소개하며 그 신원을 물어 보니, 장안 호걸 전약허가 총애하는 첩으로서 약허는 큰 바람과 대풍과 도적을 만나 재화를 다 잃고 북경에 갔다가 주생이 경랑을 죽였다는 말을 듣고 실망하여 돌아와 병들어 죽었다고 한다. 전약허의 첩은 주시랑 앞에 주생의 가보로서 전날 경랑이 약허에게 신물로 주었던 진주삼을 내놓는다."130)

33) 촉석루 시

<table>
<tr><td>촉석루</td><td align="right">矗石樓131)</td></tr>
<tr><td>진주에 있는 누대이다</td><td align="right">樓在晉州</td></tr>
<tr><td>촉석루 높은 누대 맑은 하늘 의지해</td><td align="right">矗石危樓倚沈寥</td></tr>
<tr><td>나그네 회포는 무슨 일로 스산한지</td><td align="right">客懷何事劇蕭條</td></tr>
<tr><td>푸르른 대나무 빛 고금을 가로질러</td><td align="right">靑靑竹色橫今古</td></tr>
<tr><td>출렁이는 강물소리는 주야로 흐느끼네</td><td align="right">決決江聲咽晝宵</td></tr>
</table>

---

130) 『한국민족문화대백과사전』, 한국정신문화연구원 참조.
131) 윤기尹愭(1741~1826), 『무명자집無名子集』, 「시고詩稿」 4책.

천 길 절벽에 마음 있으니   絶壁有心千仞峙
뜬 구름 자취 없어 온 하늘 아득하네   浮雲無跡一天遙
옛비석 우뚝 서서 기개는 드높으니   遺碑屹立猶生氣
의기의 충혼을 부를 수 있겠네   義妓忠魂若可招

임진년 진주성이 함락되었을 때 기명이 논개인 자가 화장을 하고 강에 있는 절벽 위에 앉았는데, 여러 왜군이 기뻐하며 다투어 나아가려 하자, 기생이 말하길, '만약 장군이 오지 않으면 내가 따르지 않겠다' 하였다. 이에 장군이 그 소릴 듣고 곧장 와서 더불어 춤을 추자 그 허리를 껴안고 굴러 절벽에서 죽었다. 왜군은 이미 위가 무너져 궤멸하려던 참이었는데, 진주가 다시 회복되니, 누대는 바로 그곳이다. 누대 밑에는 비가 세워졌는데, 그 충렬의 공을 기록하였다.132)

34) 논개사적비의 시

경남 진주시 본성동, 촉석루 아래 남강변에는 의암義巖이 있다. 임진왜란 전에는 위암危巖이라고 불렸던 이 바위는 제2차 진주성싸움에서 성이 함락되어 왜적들의 전승 자축연에 나왔던 논개가 이 바위에서 왜장을 껴안고 투신한 후 '의암'이라는 이름을 얻게 되었다. 윗면의 크기가 3.65m×3.3m인 평평한 바위로 강물 위에 솟았는데, 오랜 세월을 두고 눈에 띄지 않을 정도로 조금씩 움직여 때로는 육지의 암벽 쪽으로 다가서고 때로는 강 속으로 들어가서 암벽에서 건너뛰기가 힘들 정도로

---

132) “壬辰晉州城陷時。妓名論介者。盛容飾。坐於臨江絶壁上。羣倭悅而爭赴之。妓曰若非而上將來者。吾不從也。於是其上將聞之喜卽來。乃與之對舞。遂抱其腰。轉于絶壁而死。倭旣失上將自潰。晉州得復。樓卽其地也。樓下竪碑。記其忠烈功績。”

떨어지는 까닭에 그 뿌리는 어디에 닿았는지 알 길이 없다. 옛날부터 진주시민들 사이에는 이 바위가 암벽에 와 닿으면 전쟁이 일어난다는 전설이 전해온다. 바위 서쪽 면에는 정대륭鄭大隆이 논개의 충절을 기리어 새긴 '의암'이란 글자가 새겨져 있다. 논개의 충절을 기리는 한시는 정식133)의 '의암', 이지연李止淵의 '의기사', 황현黃玹의 '의기 논개비', 김택영金澤榮의 '의기가', 박치복朴致馥의 '논개암', 안종창安鍾彰의 '의기암', 김창숙金昌淑의 '의기암義妓巖 이절二絶', 산홍山紅의 '의기사감음義妓祠感吟' 등이 있다. 정식은 의암을 두고 그 사적을 시로써 읊었다.

그 바위 홀로 가파르고	獨肖其巖
그 여인 우뚝 섰네	特立其女
여인이 이 바위 아니면	女非斯巖
죽을 곳 어디서 얻었으며	焉得死所
바위가 이 여인 아니면	巖非斯女
의롭다 소리 어떻게 얻었으리	焉得義聲
한 가람에 높은 바위요	一江高巖
만고에 꽃다운 이름이로다	萬古芳心

정식과 이지연의 작품을 제외하고는 모두 일제강점시대에 지어진 한

---

133) 정식鄭拭(1683~1746); 자 경보敬甫, 호 명암明菴, 대명처사大明處士. 『진양속지晉陽續誌』 권2, 「인물조人物條」에 의하면, 태어나면서부터 남다른 재주가 있고 젊어서부터 독서하기를 좋아하였으며 지조가 맑고 고상하였다. 일찍이 과거에는 뜻을 버리고 아름다운 산수를 사랑하여 나라 안을 두루 돌아다녔다. 두류산의 무이곡武夷谷에 들어가서 와룡암臥龍菴을 세우고 제갈무후와 주자朱子의 상을 걸어두고 아침저녁으로 참배하였으며, 날마다 문생으로 더불어 강학하기를 게을리 하지 아니하였다. 숙종과 경종 양묘의 상을 당하여는 방상의 예절을 힘써 행하였다. 조엄趙曮이 정식의 학행과 절의를 조정에 계달啓達하여 알리니 특별히 지평持平을 내리고 고서誥書에 '위호僞號를 쓰지 아니하였다'라고 일렀다.

시들이다. 나라가 망하자 스스로 목숨을 끊은 황현, 망국의 한을 품고
중국으로 망명한 김택영, 일제에게 모진 고문을 당해 평생 불구로 산 김
창숙, 매국노 이지용을 준엄하게 꾸짖은 기생 산홍 등이 이 시기에 논개
를 기리는 시를 지었다. 이들은 논개의 충절을 노래함으로서 자신들의
항일정신을 드러내고자 했다. 항일의식이 준엄하게 들어있는 심산 김
창숙의 '의기암 이절'을 소개한다.

빼어나구나 우리나라 역사	奇絶靑邱史
기생으로 의암을 남겼구나	娼家有義巖
한심하여라 고기로 배부른 자들	咄哉肉食子
나라 저버리고 오히려 무얼 탐하는가	負國尙何饞
사당은 의암 위 벼랑에 우뚝하고	祠高巖上岸
강물은 의암 아래 못에 잠기네	水咽岩下潭
요즘 탐욕스런 봉호의 무리들	卽今封豕食
이 의리 아는 이 적으리라	此義少人諳

　의기 논개의 충절을 들어 매국노의 한심한 작태를 꾸짖고 있다. 진주
기생 산홍도 의기사를 찾아 "부끄럽구나 일없는 세상에 태어나 피리 북
놀이로 방탕하게 노는구나"라고 읊어 진주기생 논개의 충절을 이어가지
못하는 자신의 부끄러움을 드러내었다. 하지만 산홍은 당시 매국노 이지
용을 꾸짖어 진주 기생의 면모를 만천하에 알렸다. 이처럼 논개의 역사
현장을 찾은 애국지사들은 자신들이 살고 있는 암울한 시대에 논개를 간
절히 불렀던 것이다. 다음은 박치복의 '논개암'134)이란 시 일부이다.

---

134)『대동속악부』조선 후기 학자인 박치복朴致馥(1824~1894)이 지은 해동악부 계
　열의 작품. 1권 1책. 목판본.『만성악부晚醒樂府』라고도 한다. 우리나라의 역사
　적 사건과 민간 고사古事를 지은이의 역사적 안목으로 체계화했다. 서序에서
　밝히기를, 이 글은『대동악부』를 본떠서 만들었는데『대동악부』는 단군부터
　고려까지만 다루었으므로, 여기서는 조선시대도 다룬다고 했다. '논개암論介

남강 물은 만 길이나 깊고	江水萬仞深
강 위에 바위는 천 길이나 높구나	江巖千丈直
혼은 푸르른 강가 숲으로 와서	魂來江樹綠
혼은 남강가 검은 구름으로 갔네	魂去江雲黑

님의 시인이자 애국지사 만해 한용운도 의암을 찾았다. 다음은 그가
남긴 '논개의 애인이 되야서 그의 묘에' 라는 시다.

논개의 애인이 되야서 그의 묘에[135]

날과 밤으로 흐르고 흐르는 남강南江은 가지 않습니다.
바람과 비에 우두커니 섰는 촉석루는
살 같은 광음光陰을 따라서 달음질칩니다.
논개여, 나에게 울음과 웃음을 동시에 주는 사랑하는 논개여.
그대는 조선의 무덤 가운데 피었든 좋은 꽃의 하나이다.
그래서 그 향기는 썩지 않는다.

나는 시인으로 그대의 애인이 되얏노라.
그대는 어데 있너뇨. 죽지 안한 그대가 이 세상에는 없고나.
나는 황금의 칼에 베혀진,
꽃과 같이 향기롭고 애처로운 그대의 당년當年을 회상한다.
술 향기에 목마친 고요한 노래는 옥獄에 묻힌 썩은 칼을 울렸다.
춤추는 소매를 안고 도는 무서운 찬바람은
귀신 나라의 꽃수풀을 거처서 떨어지는 해를 얼렸다.
가냘핀 그대의 마음은 비록 침착하얏지만,
떨리는 것보다도 더욱 무서웠다.

巖' 등 모두 스물여덟 편이 실려 있다.
135) 한용운韓龍雲, 『님의 沈默』, 민족사民族社, 1980. 만해사상연구회가 펴낸 『님의
　　沈默』 정본은 초간본(회동서간匯東書館, 1926)에서 오식誤植된 부분을 바로잡
　　고, 방언, 시어, 일부 한자를 제외하고 띄어쓰기와 맞춤법을 고쳤다.

아름답고 무독無毒한 그대의 눈은 비록 웃었지만,
우는 것보다도 더욱 슬펐다.
붉은 듯하다가 푸르고 푸른 듯하다가 희여지며,
가늘게 떨리는 그대의 입설은 웃음의 조운朝雲이냐,
울음의 모우暮雨이냐, 새벽달의 비밀이냐, 이슬꽃의 상징이냐.
빠비같은 그대의 손에 꺾이우지 못한 낙화대落花臺의 남은 꽃은
부끄럼에 醉하야 얼골이 붉었다.
옥같은 그대의 발꿈치에 밟히운,
강 언덕의 묵은 이끼는 교긍驕矜에 넘쳐서
푸른 사롱紗籠으로 자기의 제명題名을 가리었다.

아아 나는 그대도 없는 빈 무덤 같은 집을
그대의 집이라고 부릅니다.
만일 이름뿐이나마 그대의 집도 없으면,
그대의 이름을 불러 볼 기회가 없는 까닭입니다.
나는 꽃을 사랑합니다마는,
그대의 집에 피어 있는 꽃을 꺾을 수는 없읍니다.
그대의 집에 피어 있는 꽃을 꺾으랴면,
나의 창자가 먼저 꺾어지는 까닭입니다.
나는 꽃을 사랑합니다마는,
그대의 집에 꽃을 심을 수는 없읍니다.
그대의 집에 꽃을 심으랴면,
나의 가슴에 가시가 먼저 심어지는 까닭입니다.

용서하여요, 논개여,
금석金石같은 굳은 언약을 저바린 것은 그대가 아니오, 나입니다.
용서하여요. 논개여,
쓸쓸하고 호젓한 잠자리에 외로히 누어서,
끼친 한에 울고 있는 것은 내가 아니요, 그대입니다.
나의 가슴에 「사랑」의 글자를 황금으로 새겨서,
그대의 사당에 기념비를 세운들,

그대에게 무슨 위로가 되오리까.
나의 노래에 「눈물」의 곡조를 낙인으로 찍어서
그대의 사당에 제종祭鍾을 울린대도 나에게 무슨 속죄贖罪가 되오리까.
나는 다만 그대의 유언대로,
그대에게 다하지 못한 사랑을
영원히 다른 여자에게 주지 아니할 뿐입니다.
그것은 그대의 얼굴과 같이 잊을 수가 없는 맹세입니다.
용서하여요, 논개여, 그대가 용서하면,
나의 죄는 신에게 참회를 아니한대도 사라지겠습니다.

천추에 죽지 않는 논개여.
하루도 살 수 없는 논개여.
그대를 사랑하는 나의 마음이 얼마나 질거우며,
얼마나 슬프겠는가.
나는 웃음이 제워서 눈물이 되고,
눈물이 제워서 웃음이 됩니다.
용서하여요, 사랑하는 오오 논개여.

　　만해는 논개를 과거에 묻힌 인물로만 보지 않았다. 오늘 날에도 여전
히 우리를 깨닫고 반성하게 하는 정신적 교감의 대상으로 나타난다. 논
개의 애인이 됨으로써 정신적 교감에 의한 동일성을 얻고자 하였다. 또
한 우강雨岡 김호직136)은 구한말 민족적 시련기를 살았던 인물로 '의기
암'이라는 시를 남겼다.

의기암　　　　　　　　　　　　　　　　　　　　　　　　　　　義妓巖

긴 강 다 흘러도 바위는 흐르지 않아　　　　　　　　　流盡長江石不流

---

136) 김호직金浩稙(1874~1953); 본관 안동安東, 자 맹집孟集, 호 우강雨岡, 현재弦齋,
　　고려 충렬왕忠烈公 때 사람인 김방경金方慶(1212~1300)의 후손, 초학용 한문
　　학습서『동천자東千字』를 저술하였다.

낙화와 방초는 물가에 가득하네	落花芳草滿汀洲
예쁜 여인 혼백 돌아오니 흰 달빛 가련해	環珮魂歸憐皓月
옥퉁소 소리 끊어져 빈 누대에 슬프네	玉簫聲斷悵虛樓
백세동안 나라 사람들 말을 하는데	百世靑邱人有口
한 잔 술 붉은 붓꽃에 나그네 근심이라	一樽紅荔客生愁
나라와 또 너를 찾는 발걸음이	足武邦家兼又爾
우리들 지금까지도 노닐게 하네	能令吾輩至今遊

이 작품은 1904년 남쪽 지방을 유람할 때 지은 것이다. 의암은 논개가 왜장을 끌어안고 순국한 바위인데, 조선조 선조 26년(1593년) 6월 29일, 임진왜란 제2차 진주성전투에서 진주성이 함락되고, 칠만 민관군이 순절하자, 논개는 나라의 원수를 갚기 위해 왜장을 유인하여 이 바위에서 순국하였다. 김호직은 이러한 내력을 가지고 있는 의암을 찾아와 망국의 슬픔을 추스르고 있다. '강물은 흘러갔지만 바위는 그대로 남아 있다'는 표현 속에서 역사는 흘러가지만 여전히 의암은 남아 있어 이곳을 찾는 사람들에게 의로운 삶을 상기시킨다고 하고 있다.

35) 진양 기생 논개[137]

논개는 진양晉陽 기생이다. 임진壬辰년(1592)에 왜구가 진양성을 공격하자 상락군上洛君 김시민[138]이 성문을 굳게 닫고 지켜 스스로 잘 막아내었다. 여러 차례 싸워 누차 왜구를 패배시켰고 왜적을 수만 명이나 죽였기 때문에 적들은 마침내 감히 호남을 엿보지 못하고 돌아갔다.

그 다음 해 계사癸巳년(1593) 6월에 왜의 장수 가토 기요마사加藤淸正(1562~1611)이 도요토미 히데요시豊臣秀吉(1536~1598)의 뜻을 받들어 진양성의 수치를 기필코 설복하려고 병사 십만을 거느리고 와서 포위하였다. 그때 경상도 병사 최경회,[139] 충청병사忠淸兵使 황진,[140] 창의사倡義

---

137) 『청구야담』 "論介者 晉陽妓也 壬辰倭攻晉陽城 上洛君金時敏 嬰城自守 屢戰屢敗之 殺倭數萬 賊終不敢窺湖南而歸 翌年癸巳六月 倭酋淸正 承秀吉之旨 必欲雪晉陽之耻 率兵十萬來圍 時本道兵使崔慶會 忠淸兵使黃進 倡義使金千鎰 金海府使李宗仁 復讐將高從厚 泗川縣監張潤 諸公入守之 獨紅衣將軍郭再祐曰 "此城 倭賊必爭之地也 爲湖嶺要衝關阨之所 而孤軍遇强敵 必敗乃已" 云而終不入城 諸公會矗石樓 誓同生死 慷慨論事, 倭下令曰 "昨年敗衄之報 政在今日 不滅此城 誓不旋踵" 百道攻城 第十餘日城陷 城中六萬人 同日殲之 諸公皆赴南江而死 時論介 凝粧盛飾 往見倭將之最桀驁者 假意獻媚 倭將悅之 欲劫之 妓不從 以婉辭誘引 倭將步出江邊岩石上 與之對舞 此岩揷在江岸 三面皆深潭也 遂抱倭將之腰 墜入江中 倭陣大驚, 亂平後 旌論介曰 "義妓" 立祠江上祭之 名其石曰 "義妓岩" 刻 '一帶長江千秋義烈' 八字 其岩亦名 '落花岩' 盖以妓之沈江 譬之落花云."

138) 김시민金時敏(1554~1592); 조선 중기의 무신. 1591년 진주판관이 되었는데 임진왜란이 일어났을 때 죽은 목사를 대신하여 성지를 구축하고 무기를 잘 갖추었다. 10월에 적의 대군이 진주성을 포위하자 그들과 7일간의 치열한 공방전을 벌여 적군 3만여 명을 죽이거나 부상시켜 적을 격퇴하였다. 선무공신 2등에 추록되고 상락군에 봉해졌으며, 후에 상락부원군에 추증되었음.

139) 최경회崔慶會(1532~1593): 1592년 임란 때 의병을 규합, 금산錦山과 창원昌原 등지에서 왜병을 격퇴, 그 공으로 경상우도병마절도사에 승진되었으나 진주성 싸움에서 전사하였음.

140) 황진黃進(1550~1593); 1576년 무과급제, 1591년 통신사 황윤길黃允吉을 따라

使 김천일金千鎰, 김해부사金海府使 이종인李宗仁, 복수장復讐將 고종후,[141] 사천현감泗川縣監 장윤張潤 등 여러 공들이 진양성에 들어와 성을 지켰는데, 홍의장군紅衣將軍 곽재우郭再祐만은 홀로,

"이 성은 왜적이 반드시 쟁취하고자 하는 곳이오. 이곳은 영호남의 교통상 요충지이며 험난한 곳이니 고군孤軍으로 강적을 만나게 된다면 반드시 패배하고 말 것이오."

라며 끝내 진양성에 들어오지 않았다. 제공은 촉석루에 모여 사생死生을 같이 하기로 맹세하고, 비분강개하며 일을 논의하였다. 한편 왜장은 그의 부하들에게 명령을 내려 말했다.

"작년의 패배를 갚는 일이 바로 오늘에 있으니 이 성을 함락시키지 않고서는 맹세코 발길을 돌리지 않으리라."

왜가 백방으로 성을 공격하여 열흘만에 진양성이 함락되고 성안에 있던 육만 명의 사람들은 같은 날 모두 죽었으며, 제공들도 모두 남강南江으로 달려가 빠져 죽었다. 그때 논개는 곱게 화장을 하고 화려하게 차려입고는 왜장 중에서 가장 사납고 교만한 자를 찾아가 만났다. 논개가 거짓으로 교태를 부리니 왜장은 기뻐하며 그녀를 겁간하려 하였다. 논개는 그에 따르지 않고 완곡한 말로 왜장을 유인하여, 강변 암석 위로 올라가 더불어 마주서서 춤을 추었다. 그 암석은 강안에 우뚝 솟아 있어 삼면이 모두 깊은 못이었다. 논개는 마침내 왜장의 허리를 껴안고 강 속으로 떨어지니 왜의 진영은 대경실색하였다. 난이 평정된 후 논개에게 정려를 내려 '의기義妓'라고 하였고, 강위에 사당을 세워 제사지내 주었

일본에 다녀와서 그들의 침공이 있을 것을 예언하였고 임란 때 적을 격퇴하다가 많은 공을 남기고 전사하였음.
141) 고종후高從厚(1554~1593); 임란 때 금산싸움에서 함께 참전하였던 아버지와 동생이 전사하자 다시 의병을 일으켜 스스로 복수의병장이라 칭하고 왜구를 격퇴하였음.

다. 그 암석을 '의기암義妓岩'이라고 불렀으며 바위에 '일대장강 천추의
열一帶長江 千秋義烈' 여덟 자를 새겼다. 그 암석은 또한 '낙화암落花岩'이
라고 명명하였는데, 이는 기생이 물에 떨어진 것을 '낙화'로 비유한 때
문이라고 한다.

       의기가 세 수   義妓歌 三首[142]

    진주 기생이 있었는데 논개이다. 선조 계사년에 일본이 장차 진주를
함락하려 할 때, 강에 있는 큰 바위 위에서 노닐도록 기생을 불렀는데,
술 잔치가 무르익자 기생이 장수를 안고 강물에 뛰어들어 같이 죽었다.
내가 이미 이 사당을 찾았는데, 시로써 그 일을 기린다.[143]

       강물은 비단 치마인 듯 푸르고   江水羅裙碧
       강위에 꽃은 혼령처럼 더디네   江花魂氣遲
       원하노니 강 속의 뼈를 거두어   願收江裏骨
       천년토록 자객을 가까이 하여라   千歲傍要離[144]

---

142) 김택영金澤榮, 『소호당집韶濩堂集』 권2, 「무인고戊寅稿」 * '의기가義妓歌'는 임
　　진왜란 때 적장을 안고 남강에 투신한 논개論介의 충절忠節을 기린 시이다.
143) "晉州妓有曰論介者。宣廟癸巳。日本將陷晉。招妓游前江大石上。酒酣妓抱將落
　　江俱死。余旣訪其祠。因爲詩揚之。"
144) 요리要離는 춘추 말기 오吳 나라의 자객. 오왕吳王 합려闔閭가 일찍이 자객 전
　　제專諸를 시켜 오왕 요僚를 죽이고, 또 요리를 시켜 위衛나라에 망명해 있는 오
　　왕 요의 아들 경기慶忌를 죽이게 하였다. 이에 요리가 오왕에게 청하여 자기 오
　　른팔을 자르고, 처자妻子를 다 죽인 다음, 죄인을 사칭詐稱하고 위나라에 들어
　　가 경기를 만나서 오왕 합려를 공격하자는 뜻으로 모의를 하고는 함께 배를 타
　　고 오나라로 돌아가던 중, 경기를 죽여서 강물에 던져 버리고 요행히 자기 목숨
　　은 부지했다. 그러나 요리가 스스로 인仁, 의義, 용勇을 저버린 악인이 무슨 면
　　목으로 살아남을 수 있겠느냐면서 마침내 복검자살伏劍自殺했는데, 『여씨춘추
　　呂氏春秋』에서는 그를 충렴忠廉한 사람으로 평하였다.

외로운 바위는 봄바람이 매섭고   孤石春風厲
황폐한 사당은 이끼 빛 자욱하네   荒祠蘇色滋
지금 강 위에 여인   至今江上女
물에 비추고 예쁜 눈썹 바로 하고   照水正蛾眉
사랑스런 아가씨 진주무를 추니   愛娘眞珠舞
사랑스런 아가씨 비단을 받았네   愛娘錦纏頭[145]
내 와서 향기로운 원한을 묻노니   我來問芳怨
강물만 소리 없이 흐르는구나   江水無聲流

36) 기생과 재상이 서로 비웃다[146]

추향秋香은 호남에서 이름난 기생이다. 능히 글도 알아서 일찍이 이
연평李延平[147]에게 자주 편지를 써곤 하였다. 그런데 편지 뒤에는 꼭 '글
재주가 없어 이만 줄입니다'라는 말을 붙였다. 연평이 하루는 추향을 만
나 말했다. "네 편지에 '글재주가 없어 이만 줄입니다'라는 구절을 정말
싫증나도록 보게 되는구나." 추향이 곧바로 대꾸했다. "소인도 대감 말
씀에 '진실로 황공하고 진실로 두렵습니다'라는 구절을 정말 싫증이 나
도록 봅니다." 이연평은 일생동안 일만 있으면 상소를 올렸는데, 무려
몇 번을 올렸는지 모른다. 원래 상소 첫머리에는 반드시 '신臣 아무개는

---

145) 금전두錦纏頭는 옛날 예인藝人이 가무를 끝내고 나면 손님들이 그 대가로 주던
　　비단을 말하는데, 보통 기녀에게 재물을 주는 것을 가리킨다.
146) 『고금소총古今笑叢』, '宰妓相嘲' "秋香湖南名妓也. 能解文字, 嘗裁簡于李延平. 書
　　末必曰, 文短只此. 延平一日謂秋香曰, 我厭見汝書中文短只此之句矣. 秋香卽對曰,
　　小的則厭見大監(大監; 俗語, 尊稱宰相之謂也)誠惶誠恐之語矣. 盖延平一生, 隨事陳
　　疏, 無慮幾度. 而上疏上面必曰, 臣某誠惶誠恐, 頓首頓首, 故妓云."
147) 연평延平은 이귀李貴의 봉호임. *이귀(1557~1633); 조선 중기의 문신. 자 옥여
　　玉汝. 호 묵재默齋. 김유와 더불어 인조반정을 성사시켜 연평부원군에 봉하여졌
　　으며, 벼슬은 병조 판서와 이조 판서에 이르렀다. 정묘호란 때 왕을 모시고 강화
　　에 피난 중에 화의를 주장하다가 탄핵을 받았다. 저서 『묵재일기默齋日記』.

진실로 황공하고 진실로 두려워 머리를 조아리고 머리를 조아립니다'
라고 해야 한다. 그래서 기생이 이를 비꼰 것이다.

37) 잘난 체 하는 기생[148]

잘난 체 하는 한 기생이 있었다. 하루는 어수룩해 보이는 젊은 나그네
가 그 기생을 찾아갔는데 기생은 그를 한껏 깔보고 대뜸 시험부터 해보
기 시작하는 것이었다.
"선달님, 글은 배우셨지요?"
"못 배웠네."
"원, 세상에도. 남자가 글을 모르면 얼마나 답답하시겠소. 그렇지만
손등이 하얀 걸 보니 무식쟁이 같이는 안보이는데 제가 하나 물어볼 테
니 대답을 해봐요. 소나무는 왜 오래 사는지 아시오?"
"모르지"
"그럼 학이 잘 우는 까닭은 알아요?"
"그것도 모르지."
"원 저런! 그럼 길가에 있는 나무가 떡 버티고 선 이치도 모르세요?"
"아무 것도 모른다니까."
기생은 나그네가 하나도 제대로 대답하는 것이 없으므로 콧대가 더
욱 높아졌다.
"그러니까 배워야 한다는 거예요. 제가 일러드릴 테니 들어보세요.
소나무가 오래 사는 것은 그 속이 단단한 까닭이구요. 학이 잘 우는 것
은 목이 긴 까닭이구요. 그리고 길가의 나무가 버티고 서있는 것은 지나
가는 사람들 눈을 끌려는 까닭이에요. 아시겠소?"

---

148) 『고금소총古今笑叢』, '驕慢妓女'.

나그네는 그제서야 정색을 하면서 물었다.

"하하, 그래? 소나무가 속이 단단해서 오래 사는 것이라면, 대나무는 왜 속이 비었어도 오래 살며 사시사철 푸르기만 한가? 학은 목이 길어서 잘 운다지만, 개구리는 목이 짧아도 울기만 잘하지 않는가? 그리고 자네 어머니가 길가에 잘 버티고 서있더니만 그것도 지나가는 사람들의 눈을 끌려고 그러는 것인가?"

그때서야 코가 납작해진 기생이 기어드는 목소리로 말했다.

"짧은 밤에 얘기만 하고 지내시렵니까? 어서 옷 벗으시고 이불 속으로 드서서 쉰네를 품어 주사이다."

38) 늙은 기생의 하소연[149]

신해년(1731) 봄, 설화집 『파수록』[150]을 편찬한 김연金淵이 영변寧邊에 가서 몇 달을 머물게 되었다. 그때 이웃에 옥매玉梅라는 늙은 기생이 살면서 수시로 김연의 거처에 찾아와 노래도 들려주고 이야기도 하며 집 떠나 있는 그의 적적함을 달래주었다. 하루는 기생 옥매가 이런 이야기를 들려주었다.

---

149) 『고금소총古今笑叢』, '辛亥春'.
150) 『파수록破睡錄』은 편자, 연대 미상의 한문 소담집. 이본으로는 서울대학교 중앙도서관에 소장되어 있는 필사본 『파수록罷睡錄』과, 1958년 민속학자료간행회에서 간행한 유인본油印本 『고금소총古今笑叢』 속에 들어 있는 『파수록』이 널리 알려져 있다. 『고금소총』본에 의하면, 편자는 '부묵자副默子'로 되어 있고, 편찬 연대도 편자가 쓴 서문 끝에 "세임술양월초길歲壬戌陽月初吉"로 되어 있다. 그러나 '부묵자'의 본명이 무엇인지, '임술년'이 어느 해를 가리키는지는 명확하지 않다. 정용수는 「파수록연구 － 편찬연대. 편찬자. 이본대비를 중심으로」 한국한문학연구18, 한국한문학회, 1995, 3쪽에서 파수록이 1682년에 김연이 편찬했다고 하였다.

"소인의 나이 지금 일흔이지만 머리가 세어 성성해진 것은 마흔 살 이전이랍니다. 이는 소인만 그런 것이 아니고 기생들은 모두 그러하답니다."

이에 김연은 그 까닭을 물으니, 기생은 이렇게 대답했다.

"대체로 기생이 남자를 따르는 데에는 여러 가지 이유가 있습니다. 재물을 탐해서 따르는 경우도 있고 욕정에 빠져서 따르는 경우도 있지요. 그 풍채에 반해서 따르기도 하고 인정에 이끌려서 따르기도 한답니다. 또 그 사람을 매우 싫어하지만 위압에 굴복하여 따르기도 하고 우연히 만나 따르기도 합니다. 이렇게 여러 가지 사정에 따라 남자를 따르지만 함께 지내는 동안 자연히 정이 들어 떠나기가 어려워지게 되는 것이지요. 그러나 남자들은 기생을 영원히 데리고 있지 못하고 임기를 마치면 이별을 하지 않을 수 없게 된답니다. 그리하여 남자들이 이별의 노래 한 곡조로 손을 흔들고 떠나갈 때 기생들은 참으로 참기 어려운 단장의 쓰라림을 겪지 않을 수 없지요. 그리고 돌아와 울면서 세월을 보내다가 또 다른 남자를 만나 같은 일을 되풀이하게 되니 목석이 아닌 사람으로서 어찌 빨리 늙지 않겠습니까?"

이에 부묵자 김연은 기생이 남자와 다르다는 것이 꼭 이익을 좇고 재물을 탐해서가 아니라는 것을 알고 늙은 기생 옥매를 위로했더라 한다.

39) 평양기생 모란[151]

평양 기생 모란은 재주와 미모가 출중하였다. 장사꾼으로 이씨 성을 가진 사람이 평양에 당도하여 여각[152]에 묵는 데 마침 모란의 집과 가

---

151) 『고금소총古今笑叢』, '平壤妓牧丹'.
152) 여각旅閣은 조선시대 상인의 농수산물 매매를 거간하며, 그 물건 임자를 묵게 한 영업집.

까운 곳이었다. 모란이 그의 행장과 장사할 재물의 규모를 보고는 그것을 낚아채고자 하여 여염 여인으로 꾸미고 이씨의 숙소를 우연히 지나는 척 하다 거짓으로 놀라는 체 하며 말하였다.

"귀하신 어른께서 오신 것을 몰라 뵈었습니다. 저의 집은 바로 이웃입니다."

그리고는 즉시 돌아가니 이씨는 아름다운 미모의 그녀를 사모하게 되었다. 하루 저녁은 이씨가 홀로 앉아 있는 것을 엿본 모란이 술과 음식을 가지고 와서 권하면서 이씨를 위로하였다.

"어른께서 한창 나이에 이곳에서 나그네살이를 하시자니 적적하지 않으십니까? 쉰네의 지아비도 멀리 함경도로 수자리 살러 나가 3년 후에나 돌아오게 되었습지요. 속담에도 홀아비 심정은 홀어미가 안다 하였으니 괴이쩍게 생각지는 마십시오."

거듭 교태스러운 말로 유혹하여 드디어 두 남녀는 사통私通을 하게 되었다. 며칠 후 이씨는 숙소를 아예 모란의 거처에 옮겨 동거하게 되었는데, 모란은 매일 아침 여종을 불러 귀에 대고 소근거리며 음식을 이씨에게 사치스럽게 바쳤다. 이씨는 아름다운 짝을 얻었노라고 기뻐하였다. 하루는 모란이 낙심하여 기뻐하지 않는 기색이었으므로 이씨가 위로하였다.

"네가 나에게 싫증이 나는 것이냐? 아니면 옷과 밥이 네 마음에 차지 않아서 그러는 것이냐?"

"그런 것이 아니오라 아무개 나으리가 아무개 기생을 총애하는데 금비녀와 비단옷을 사주었더랍니다. 아무개 나으리야 말로 호걸입지요."

"어려운 일도 아니지. 내 마땅히 네 원대로 해주마."

"당신과 함께 사는데 어찌 헛된 곳에 재물을 함부로 쓰겠습니까?"

이씨가 노하여 말했다.

"재물은 나의 것인데 내가 내 맘대로 쓰던 말던 무슨 상관이냐?"

그리고는 모란이 원하는 것을 사주었다. 하루는 장사꾼이 모란의 집을 찾아왔는데 짐 보따리에서 아름다운 구름무늬 비단을 내놓았다. 이씨는 모란에게 비단을 사주려 하자 모란은 거짓으로 말리는 체 하며 말하였다.

"좋기는 좋네요! 그렇지만 이 비싼 비단을 굳이 살 필요가 있겠어요?"

이씨가 모란을 꾸짖었다.

"내가 재물이 넉넉한데 무슨 걱정이냐?"

이렇게 하여 모란은 갖은 교태로 이씨를 꾀어 재물을 야금야금 취하다가 재물이 바닥이 날 즈음하여 이른 새벽에 여종과 함께 도망을 가버렸다. 해가 높이 솟아 일어난 이씨는 모란에게 속아서 재물을 몽땅 털린 사실을 늦게야 알고 분한 나머지 마당가의 나무에 목을 매어 목숨을 끊으려 하였다. 그때 이웃집 노파가 말리며 말하였다.

"그 여인네는 평양의 유명한 기생 모란인데, 당신에게 한 일은 기생들이 늘 저지르는 작태라오. 그대는 진실로 깨닫지 못하셨소? 매일 아침 여종과 귓속말을 하였던 것은 재물을 탈취 후 몰래 밤도망을 하자고 공모하는 것이었고, 물건을 살 때 다른 사람을 칭찬하였던 것은 당신으로 하여금 그 사람을 본받게 하려는 것이었소. 비단을 팔러 온 사내는 기생의 기둥서방이었지요."

이씨는 그 후 거지가 되어 걸식을 하며 고향으로 돌아갔다.

40) 실수로 기생의 이름을 부르다[153]

이씨 성을 가진 한 선비가 벽단단碧團團이라는 기생을 사랑했다. 하루

---

153) 『고금소총古今笑叢』, '有士子姓李者'.

는 가군家君[154]을 배행하여 매사냥을 갔는데, 교외로 나가서 매를 놓아 보내니 갑자기 그 매가 몸을 빼서 날아가는 것이었다. 그러자 선비는 크게 놀라 매 추적하는 사람을 불러서는,

"저기 보시오! 벽단단이 날아가고 있소."

라고 말해 실수를 범하니, 가군에게 매우 부끄러웠다.

또한 민씨 성을 가진 한 낭관이 있었다. 그는 기생 함로화含露花에게 깊이 빠져, 관아의 일은 뒷전으로 물린 채 기생 옆에만 붙어 있으니 장관長官이 매우 싫어했다. 한데 하루는 장관에게 보고하는 자리에서,

'함로화가 어쩌고.'

하는 말이 불쑥 튀어나온 것이었다. 이에 낭관은 부끄러워 어쩔 줄 모르며 고개를 숙인 채 다리만 긁고 앉아 있었더라 한다.

41) 김삿갓, 기생과 함께 시를 짓다

평양감사가 잔치를 벌이면서 능할 '능能' 자 운을 부르자, 김삿갓이 먼저 한 구절을 짓고 기생이 이에 화답하였다.

기생합작 시	妓生合作 詩
평양 기생은 무엇에 능한가	平壤妓生何所能
노래와 춤 다 능한 데다 시까지 능하다오	能歌能舞又詩能
능하고 능하다지만 별로 능한 게 없네	能能其中別無能
달 밝은 한밤 지아비 부르는 소리에 더 능하다오	月夜三更呼夫能

---

154) 가군家君은 남에게 대하여 자기의 아버지를 이르는 말. 돌아간 뒤에는 남에게 대하여 선친先親, 선인先人이라 함. 남에게 대하여 자기의 남편을 이르는 말.

42) 곰보 사또와 기생155)

현묵자玄默子 홍만종의 장인 정상공鄭相公이 관서에 안찰사按察使로 있
을 때 중국 북경으로 가는 사신이 평양에 왔으므로 장인이 대큰 잔치를
베풀어 이를 위로할 때, 홍분紅粉156)이 그 자리에 가득한데, 한 기생의
얼굴에 주근깨가 많으니 서장관書壯官이 아무개가 희롱하여,

"애, 너 얼굴에 있는 깨를 털어서 기름을 짜면 두 되는 나올 것 같구
나."

하고 얘기를 하니까, 기생이 말하기를,

"세 되는 나오지요. 그런데 사또님 얼굴에 그 벌집에서 꿀을 짜내면
아마 다섯 사발은 나오겠네요."

이렇게 되받아 치자, 사또가 기생을 데리고 뒤뜰로 가서 연못을 보고,

"너, 저기에 있는 연못에 든 물을 그릇에 담으면 몇 그릇이나 되겠느
냐?"

하고 물어 보니까 그 기생이 곧장,

"예, 저 연못의 반만 한 그릇으로 담으면 두 사발이 되지요."

이렇게 말을 하는 것을 보고, 그 곰보 사또는 혀를 차면서, '과연 참
지혜로운 기생이구나' 생각을 하고 하나만 더 물어 보자 하고서는,

---

155) 홍만종洪萬宗,『명엽지해蓂葉志諧』, '면취유밀面取油蜜' 조선 숙종때인 1678년
　　홍만종이 지은 설화집이다. 서호西湖에 있을 때 마을 사람들의 한담을 듣고 기
　　록하였던 글로 그 내용은 사회 풍자적이고 교훈적이며 경계하는 글이 주를 이
　　루고 있다. 15세기부터 본격화된 소화집笑話集의 명맥을 잇고 있으며, 오직 우
　　스운 이야기만 모아 놓은 '순수 소화집'이다. *홍만종(1643~1725); 조선 효종
　　때 문신, 학자. 본관 풍산, 자 우해宇海, 호 현묵자玄默子, 몽헌夢軒, 장주長洲. 학
　　문에 밝고 문장에 뛰어났다. 저서『시화총림』,『소화시평小華詩評』,『순오지』.
156) 홍분紅粉은 연지와 분, 혹은 얼굴, 머리, 몸, 옷차림 따위를 잘 매만져 곱게 꾸밈.
　　전하여 미인을 말함.

"쌀이 쌓여 있는 광 앞으로 가서, 쌀가마니를 가리키면서, 저기에 있는 가마니를 지게에 지고 가면 무거울까 가벼울까?"

이렇게 물었습니다. 그러니까 그 기생이,

"예, 한 말 지면 가볍고, 두 말 지면 무겁겠지요."

그래서, 그 곰보 사또는 그 고을을 다스리는 일에 주근깨 많은 기생의 도움을 받아서 화평하게 잘 다스렸다고 한다.

43) 숙모를 속여 수양산 매월 먹을 가지다[157)

우리나라에서 먹이 생산되는 곳이 한 군데가 아니지만, 특히 해주 수양산 매월을 가장 으뜸으로 친다. 근래에 한 재상이 해주 감사로 제수되었다. 조카가 먹을 구하자, 재상이 없다고 잘라 말했다. 조카는 매우 서운해 했다. 어느 날 숙부가 출타한 틈을 타 숙모에게 고해 바쳤다.

'숙부께서 방백이 되시더니 두 기생에게 푹 빠졌습니다. 하나는 수양이란 기생이고, 하나는 매월이란 기생입니다. 이제 체차되어 돌아가는 마당인데도 잊지를 못하고 기생의 이름을 먹에다 찍어 왔는데, 숙모께서는 아직 모르시지요? 저를 믿지 못하시겠거든 시험삼아 먹을 살펴보세요.'

부인이 궤짝을 열어 보니 죄다 수양 매월이라 적혀 있었다. 하도 화가 나서 궤짝을 집어 던지니, 땅바닥에는 먹이 흩어졌다. 조카는 그제서야 먹을 주워 소매 속에 가득 넣어 돌아갔다. 저녁이 되었다. 재상이 밖에서 돌아와 먹 궤짝이 땅에 뒹굴고 있는 것을 보고는 크게 놀라며 물었다.

'어찌된 일이요?'

'좋아하는 기생 이름이면 어찌 손바닥에는 새기지 않고 먹에만 새겨 왔나요?'

---

157) 홍만종, 같은 책, '수양매월首陽梅月'.

재상은 조카가 가지려고 꾸며낸 소행임을 알고는 부인에게 말했다.

'해주 고을의 진산이 수양이요, 그 산 매월로 먹 이름을 정한 지도 오래 되었는데, 부인만 모르고 꾸짖으시오?'

재상이 투덜거리며 곤욕스러워 했다. 당시 사람들이 웃음거리로 전하더라.

44) 여呂158)

정랑 남궁옥159)은 해학을 즐기며 옛날 이야기를 잘 했다. 일찍이 경차관이 되어 전주에 간 적이 있었는데, 일이 생겨 오랫동안 머물게 되었다. 마침 참판 여呂 아무개가 방백으로 있었다. 기생을 보내 매일같이 옛이야기를 하나 듣고 와서 말해달라고 졸라댔다. 이야기를 듣고 오지 않으면 볼기를 치겠다고 으름장까지 놓았다. 기생이 매일같이 졸라대니 옥은 자못 괴로웠다. 그래서 장난기 섞인 옛이야기를 하나 들려주었다.

"옛날에 어떤 과부가 살았지. 장성한 아들이 여럿 있었지만 개가하고 싶은 마음을 슬쩍 내비쳤지. 아들들이야 모두 안된다고 펄펄 뛰었지. '우리들도 이제 다 커서 집안을 꾸려나갈 수 있고 먹고사는 것도 별걱정이 없는데, 어째서 그런 생각을 하시오니까?' 하며 말이야. 그랬더니 어미가 대답했다는거야. '너희들은 윗 입만 중한 줄 아느냐? 아래 입도 중하지. 너희들은 여씨집 '여呂'도 못 보았느냐? 아래 입이 크지 않더냐?'"

이튿날 아침에 기생이 내려와 배알을 했다. 여가 또 옛날 이야기를 해

---

158) 홍만종, 『명엽지해蓂葉志諧』, '여呂'.
159) 남궁옥南宮鈺(1620~1699); 조선시대의 서화가. 자 여상汝常, 호 창주滄洲. 벼슬은 시정寺正에 이르렀다. 문장과 서화에 뛰어나고 속필速筆로 유명하였으며 대흥사 중건 비문을 썼다.

달라고 재촉했다. 기생은 옥이 해준 이야기를 들려주었다. 여는 아무 말
도 하지 않은 채 더 이상 말을 하지 않았다.

45) 동비가動悲歌160)

  글을 모르는 어떤 무인이 관서 지방에서 고을 원님 노릇을 하고 있었
다. 어느 날 평양 연광정에 올라 경치를 감상하다가 정자 현판에 쓰인
'송군남포동비가送君南浦動悲歌'161)라는 시구를 보게 되었다. 마음속으
로 생각했다.
  '동비가 석 자는 명기의 이름이겠지'
  '여기 기생들 중에 동비가가 누구냐?'
  그러자 한 기생이 웃음을 머금고 대답했다.
  '그것은 소인의 할머니 이름인데요.'
  사람들이 배를 잡고 웃어댔다.

---

160)『고금소총古今笑叢』, '견시인명見詩認名' "有一武夫不文者, 倅關西. 到平壤登練
    光亭, 玩景見板上韻, 有送君南浦動悲歌之句, 意謂動悲歌三字爲名妓也. 顧問曰, 此
    妓中, 有動悲歌爲名者誰. 一妓含笑而對曰, 此是小的祖母名也. 聞者絶倒."
161) 정지상鄭知常, '송인送人', "비 갠 긴 둑에 풀빛은 푸른데, 남포에 님 보내니 노랫
    소리 구슬퍼라. 대동강은 언제나 마르려나, 이별의 눈물은 해마다 푸른 파도를
    더하네. 雨歇長堤草色多, 送君南浦動悲歌. 大同江水何時盡, 別淚年年添綠波."

46) 눈을 쓸며 옥소선을 다시 만난 서생[162]

성종 때에 어느 이름난 재상이 평안감사로 있었다. 평안도는 예로부터 아름다운 곳으로 이름을 떨쳤고, 자연이나 누대의 빼어남과 풍류의 성함이 천하제일이었다. 풍류 호사와 벼슬아치들이 가끔 그곳의 명성을 일소에 부치다가, 한번 가보고는 삼 년이나 머무는 곳이었다. 평안감영의 기생 명부에 나이 어린 기생이 하나 있었으니, 이름은 자란이요, 호를 옥소선이라 하였다. 나이가 겨우 열두 살로 타고난 아름다움이 비길 데 없었다. 노래하고 춤추고 악기를 연주하는 것이 하나같이 절묘하였다. 더구나 재주와 식견이 있고 똑똑하여 능히 한시와 문장을 지을 줄 알아서 으뜸이라는 향기로운 이름이 이미 평안도 지방에 자자하였다. 당시의 감사에게 아들이 하나 있었으니, 그의 나이도 열두 살로 용모가 그림 같고, 어려서부터 경전과 사서에 능통하였으며, 글을 짓는 것이 민첩하여 붓을 쥐면 글이 되었다. 세상 사람들이 그를 신동이라 하였다. 감사에게는 다른 자녀가 없고 다만 아들 하나뿐이었는데, 재주 또한 빼어나서 특히 사랑을 받았다. 감사가 마침 생일날을 맞아 아래 사람들과 더불어 추향당에서 잔치를 벌였다. 기녀들과 악공들을 불러 크게 잔치를 벌였는데, 술에 취하여 즐거움이 무르익자 아들에게 춤을 추게 하였다. 행수기생을 불러 나이 어린 기생 가운데 한 사람을 뽑아 그의 아들

---

162) 임방任埅, 『천예록天倪錄』 조선 후기 문헌설화집. 일본 천리대天理大에 남아 있는 61편 본과 '최척전崔陟傳'과 함께 수록된 42편 이본이 남아 있다. 작품마다 일곱 자의 제목이 붙어 있다. 내용은 18세기 이후 편찬된 야담집에 비하여 비현실적이며 환상적인 귀신담이나 신이담神異譚이 많다. 실린 이야기들은 대부분 작가 자신이 직접 경험한 것들이다. 이들 내용은 『동패낙송東稗洛誦』과 『동야휘집東野彙輯』, 『이향견문록里鄕見聞錄』 등 후대 문헌설화집에 재수록되어 많은 영향을 주었다. 『어우야담於于野譚』 이후 본격적인 문헌설화집으로 평가되며, 가장 앞선 시기의 본격적인 야담집으로서 의의가 크다.

과 마주 춤추게 하여 분위기를 돋우었다. 여러 기생들과 감영에 있는 사람들이 꽃다운 자태와 절묘한 재주를 지닌 자란이라면 좋은 상대가 될 것이라고 하였다. 또한 자란의 나이가 감사의 아들와 동갑이었다. 드디어 그 둘로 하여금 명을 받게 하니, 한 쌍의 절묘한 춤이 간드러지기가 연한 버들가지와 같고 나풀거리는 것이 제비처럼 가벼웠다. 좌상에 앉아 구경하는 사람들이 모두 찬탄을 금치 못하며 그 기이하고 절묘함을 칭찬하였다. 감사가 매우 기뻐하며 자란을 불러 상머리에 앉게 하고 음식을 주었다. 또 비단을 상으로 내려 주었다. 그리고 자란을 도령 모시는 기생으로 정하여, 차를 끓여 올리고 먹 가는 일을 하도록 하였다. 이로부터 잠시도 떨어지지 아니하고 둘이 함께 놀았다. 몇 년이 지난 뒤에는 두 남녀가 모두 자라 드디어 남녀관계를 맺게 되니, 두 사람의 정이 모두 깊이 얽히게 되었다. '이왜전'163)에 나오는 정생과 이왜의 사이와 같았을 뿐만 아니라, '앵앵전'164)에 등장하는 장랑과 앵앵의 관계와도 같았다. 감사의 임기가 벌써 끝났으나, 조정에서 그가 선정을 베풀었다고 하여 다시 유임시키니 부임한 지 육 년이 되어서야 비로소 감사의 임기를 마치게 되었다. 떠날 날짜가 다가오니, 감사와 부인이 그들의 아들과 자란을 떼어놓을 일로 깊이 우려하였다. 자란을 버리고 가고자 하니

---

163) 중국 당대의 문어체 전기소설로 백낙천의 동생인 백행간白行簡의 작품, 단권이다. 정원貞元11년(795)에 완성, 주인공이 과가를 보러가는 도중, 기생 이왜李娃에게 빠져 가진 돈을 몽땅 털리고 사경에 이르지만, 그녀를 끝까지 쫓아다닌 끝에 인연을 맺고 그녀의 헌신적인 도움을 받아 과거에도 합격하여 출세하게 된다는 내용이다. 이 소설은 정적政敵을 비난할 목적으로 썼다고도 하는데 『태평광기太平廣記』에도 수록되어 있다.

164) '앵앵전鶯鶯傳'은 '원진元稹'이 지은 중국 당唐 나라 중기 정원貞元19년(803) 작품으로, 심기제沈旣濟의 '침중기枕中記', 이공좌李公佐의 '남가태수전南柯太守傳', 백행간白行簡의 '이왜전李娃傳'과 함께 당나라 전기傳奇를 대표하는 꼽히는 작품이다.

그의 아들이 상사병에 걸릴까 염려되었고, 그녀를 데리고 가자니 그의 아들이 아직 미혼이라 그의 장래에 누가 될 것이 두려웠다. 이러지도 저러지도 못하다가 부인에게 말하였다.

"이 문제는 마땅히 그 아이에게 물어서 결정합시다."

하고는 아들을 불러서 말하였다.

"사나이가 좋아하는 일은 아비도 말릴 수가 없다. 나는 네가 하는 일을 말릴 생각이 없다. 너는 자란과 정이 이미 깊어서 장차 헤어지기 어려울 듯하다. 네가 아직 장가를 들지 않았는데, 이제 만약 첩을 둔다면 네 혼인에 방해될까 걱정스럽다. 한편 생각하면, 사내가 첩을 하나 두는 것은 세상에 얼마든지 있는 일이다. 네가 만약 자란을 잊지 못하겠으면 비록 사소한 해가 된다고 할지라도 개의할 게 없다. 마땅히 네 생각대로 결정하여 숨기지 말고 말해 보아라."

"아버님께서는 어찌하여 제가 한낱 어린 기생과 헤어지기 어려울 것이라고 하시고, 혹시 상사병에 걸릴지도 모른다고 하십니까? 제가 비록 한때 눈이 어두워 가까이하였으나 이제 헌신짝 버리듯 버리고 가는 마당에 어찌 미련을 두고 잊지 못할 리가 있겠습니까? 아버님께서는 행여 다시는 그런 걱정을 마십시오."

감사와 부인이 기뻐하며 말하였다.

"우리 아들이 참으로 대장부로다."

이별을 하게 되어, 자란이 흐느껴 울어 차마 볼 수 없었으나, 감사의 아들은 이별을 아쉬워하는 빛이 없었다. 감영에 있는 사람들이 보고 그의 사나이다움을 감탄하지 않는 이가 없었다. 감사의 아들은 자란과 함께 오 육 년을 지내면서 일찍이 하루도 떨어져 있지 않았던 까닭으로 세상에서의 이별이라는 것을 알지 못하였다. 그래서 쾌활하게 말을 하며 그 이별을 가볍게 여겼던 것이다. 감사가 감사직을 마치고 대사헌 임명을 받고 조정에 들어가매, 그도 부모를 따라 서울로 가니, 점차로 자란을 그리워하는 마음이 생겼으나 감히 말이나 표정으로 나타내지 못하였다. 그때 성균관에서 치르는 소과가 열리게 되자, 그의 아버지는 그에게 친구 몇 사람과 함께 산사에 가서 과거 공부를 하라고 하였다. 어느 날 밤, 친구들은 모두 잠들었으나 그는 잠을 이룰 수가 없어 홀로 일어나 뜰에서 배회하고 있었다. 때는 추운 겨울이라 눈과 달이 하얗고, 깊은 산 고요한 밤에 모든 것이 적막하였다. 그가 달을 보며 자란을 생각하니, 마음이 처량하고 슬펐다. 마음속으로 그녀의 얼굴을 한번 보고자 하니, 스스로 억제할 수 없어서 마치 실성하여 미친 사람과 같았다. 그날 밤 한밤중에 드디어 절을 떠나 곧바로 평양으로 향하였다. 머리에는 털모자를 쓰고 푸른 옷을 입고 가죽신을 신고는 줄곧 걸어서 갔다. 십여 리도 못 가서 발이 부르터 갈 수가 없었다. 촌가에 이르러 가죽신을 짚신으로 바꾸어 신고, 털모자를 버리고 테두리가 떨어진 낡은 전립을 구하여 머리에 썼다. 가는 길에 걸식을 하였으나 굶주릴 때가 많았다. 주막집에 자면서 밤새도록 얼기도 하였다. 그는 부귀한 집의 자제로, 기름진 음식을 먹으며 비단옷을 입고 자라서 일찍이 문 밖에는 몇 걸음도 나가 보지 않았는데 갑자기 천리 길을 걸어오게 되니, 절름거리다가 기다가 하여 앞으로 나아갈 수가 없었다. 더구나 굶주리고 얼며 갖은 고생을 다하다 보니, 옷은 해져 누더기가 되고, 얼굴 모습이 검고 파리해져서 거의 귀신의 형상 같았다.

조금씩 걸어서 한 달 남짓 만에 비로소 평양에 이를 수 있었다. 곧바로 자란의 집으로 갔으나, 그녀는 없고 그녀의 어머니만 있을 뿐이었다. 자란의 어머니는 그를 보고도 알아보지 못하였다.

"나는 전 사또의 아들이라네. 자네 딸을 잊을 수가 없어서 천리 길을 걸어왔네. 자네 딸은 어디 갔길래 없는가?"

자란의 어머니가 그의 말을 듣고 달갑지 않은 표정으로 말하였다.

"제 딸은 새로 온 사또 자제의 총애를 입어, 밤낮으로 산정에서 함께 지내고 있소. 신임 사또 자제가 잠시도 외출을 허락해 주지 않으니, 집에 오지 못한 지 벌써 몇 달이 되었소. 도련님이 비록 멀리서 왔으나 서로 만날 길이 없으니 참으로 안 되었소."

하며, 전혀 맞아들일 뜻이 없었다. 그는 스스로 생각하였다. '자란을 보러 왔으나 그녀를 만나 볼 수가 없고, 그녀의 어머니는 박대를 하는구나. 어디 갈 만한 데가 없으니, 오도 가도 못하게 되었다. 주저하고 있을 즈음에 문득 떠오르는 생각이 있었다. 그의 아버지가 감사로 있을 때에 본부의 아전 아무개가 일찍이 중죄를 지어 장차 죽게 되었으나 용서를 받지 못했었다. 그가 불쌍히 여겨서 부모를 모시는 여가에 구할 방도를 주선하니, 감사가 그의 말을 따라 살려준 일이 있었다. 그의 생각에, '이 아전이라면 내가 저를 구해 준 은혜가 있으니, 그를 찾아가면 며칠 동안이야 환대하지 않겠는가' 하고 마침내 자란의 집을 떠나 아전의 집을 찾아가니, 그 아전도 처음에는 알아보지 못하다가 그가 이름을 대며 말하니 그제야 매우 놀라서 맞아들였다. 사랑채를 깨끗이 치워서 머물게 하고 반찬을 잘 차려 대접을 하였다. 며칠 머물면서 그는 아전과 함께 자란을 만날 계책을 의논하였다. 아전이 한참만에 말하였다.

"조용히 만날 수 있는 길은 참으로 없습니다. 만약 그 얼굴만이라도 한번 보고자 하시면, 제가 한 가지 방법을 말씀드리겠습니다. 도련님께서 과연 기꺼이 따르실는지요?"

이에 그가 그 방법을 물었다.

"이번에 눈이 온 뒤에 감영의 눈을 치우는 일은 전례에 따라 성내의 백성들을 나누어 차출해서 하는데, 제가 마침 그 일을 맡고 있습니다. 도련님께서 만약 이번에 일꾼들 속에 섞여 산정에서 눈을 치우시면, 자

란이 지금 정자에 있으니 그의 얼굴은 볼 수 있을 것입니다. 그 밖에는
다른 도리가 없습니다.”

그가 아전의 계책에 따라 이른 아침에 여러 일꾼들과 함께 산정에 들
어가 빗자루를 들고 앞뜰의 눈을 치웠다. 새로 온 감사의 아들이 마침
창을 열고 기대앉아 있었고, 자란은 방에 있는지 볼 수 없었다. 다른 일
꾼들은 모두 장정이라 눈을 쓰는 것이 매우 힘찼으나, 그가 하는 비질만
이 서툴어서 다른 사람에 미치지 못하였다. 감사의 아들이 그것을 보고
웃으며 자란더러 나와 보게 하였다. 자란이 명을 듣고 방에서 나와 앞마
루에 서니, 그가 전립을 말아 올리고 그녀 앞으로 지나가면서 쳐다보았
다. 자란이 한동안 뚫어지게 그를 보다가 곧 방으로 돌아가서는 방문을
닫고 다시는 나오지 않았다. 그는 낙심하여 아전의 집으로 돌아왔다. 자
란은 본래 총명하고 슬기로워서 단번에 그를 알아보았다. 말없이 앉아
서 눈물을 흘리니, 감사의 아들이 괴이하게 여기어 그 까닭을 물었다.
자란이 처음에는 말을 하지 않다가 거듭 물으니 비로소 입을 떼었다.

“저는 천한 것입니다. 도련님께서 천한 저를 총애하시어 밤에는 비단
이불을 함께 덮고 낮에는 진기한 음식을 함께 먹으며, 제가 잠시 집에
가는 것도 허락치 않으신 지 벌써 몇 달이 되었습니다. 제게는 영화롭고
다행함이 그지없습니다. 제게 어찌 털끝만큼이라도 원망하는 마음이
있겠습니까? 다만 저의 집이 가난한지라, 아버지 돌아가신 날이 돌아올
때마다 제가 집에 있을 때는 감영에서 비용을 빌어다 제수를 갖추어 제
사를 지내곤 하였습니다. 그러나 지금은 여기서 꼼짝할 수가 없군요. 내
일이 마침 아버지의 제삿날인데 노모가 홀로 있으니 밥 한 그릇 떠놓는
것도 못할 듯합니다. 그래서 문득 그것을 생각하고 혼자 슬퍼서 우는 것
입니다. 어찌 다른 까닭이 있겠습니까?”

감사의 아들이 자란에게 빠진 지 오래인지라 그녀의 말만 믿고 의심

하지 않았다. 측은히 여기며 말하였다.

"그러면 왜 일찍 말하지 않았느냐?"

하고, 곧 제수를 성대히 차려 자란에게 주며 집에 가서 제사를 지내고 오도록 하였다. 자란이 급히 집으로 돌아가 어머니에게 말하였다.

"제가 전 사또의 도련님이 오신 것을 알고 있습니다. 생각에 여기 계시리라 했는데 지금 계시지 않으니 어디로 가셨는지 모르겠네요."

"도련님이 과연 너를 보려고 걸어서 어느 날 우리 집에 왔었으나, 네가 감영에 있어서 서로 만날 길이 없다고 말씀드렸더니 곧 제 발로 가버렸을 따름이다. 나야 그 분이 어디로 갔는지 알 수 없지."

그러자 자란이 울부짖으며 어머니를 책망하였다.

"이건 사람의 도리로서 차마 할 수 없는 일인데, 어머니는 어찌 차마 하셨습니까? 나와 도련님은 동갑이고, 열두 살 때 사또 생신 잔치에서 춤을 추던 날 감영의 모든 사람들이 저를 천거하여 짝이 되게 하였습니다. 비록 남들로 말미암아 맺어졌다고 하나, 이는 하늘이 짝지어 주신 것입니다. 이것이 제가 도련님을 배신할 수 없는 첫 번째 이유입니다. 그때로부터 일찍이 하루도 그 분의 곁을 떠나지 않았고, 자라서는 곧 정을 나누었으니 서로 사랑하는 마음과 짝이 된 즐거움을 다른 데서 찾으려 해도 고금에 비길 데가 없습니다. 도련님이 비록 나를 잊으시더라도 저는 죽어도 잊을 수가 없습니다. 이것이 제가 도련님을 배신할 수 없는 두 번째 이유입니다. 전임 사또께선 저를 사랑하는 아드님의 배필로 여기시고, 미천하다 하여 차별을 두지 않으셨습니다. 깊이 어루만져 주시고 후하게 상을 내려 주셔서 그 은덕이 하늘과 같으니 세상에 드문 일입니다. 이것이 제가 도련님을 배신할 수 없는 세 번째 이유입니다. 평양 땅은 큰 길이 나 있고, 높은 벼슬을 하고 있는 고귀한 사람들의 왕래가 잦아서 제가 많은 사람을 보았습니다. 도련님은 기품이 아름답고 빼어나며, 재주가 많고 똑똑하십니다. 저는 아직까지 이런 분을 보지 못하였습니다. 저는 평소에 그 분에게 의지하며 살 생각이었습니다. 이것이 제가 도련님을 배신할 수 없는 네 번째 이유입니다. 도련님은 비록 저를 버리시더라도 제가 도련님을 저버릴 수는 없는 것인데도, 저는 못나게도 죽음으로써 스스로를 지키지 못하고 위세에 억눌려 이제 다시 새 도련님에게 정을 주었습니다. 어떻게 이렇듯 행실이 없는 천한 것을 천리가 멀다 하지 않고 걸어서 찾아오실 수 있겠습니까? 이것이 제가 도련님을 배신할 수 없는 다섯 번째 이유입니다. 다만 이것만이 아닙니다. 도련님이 얼마나 귀하신 분인데도 한낱 천한 기생 때문에 갖은 고초를 겪으며 여기에 오셨으니 저의 도리로 차마 괄시할 수 있겠습니까? 제가 비록 집에 없었으나, 어머니가 일방적으로 전날 보살펴 주시던 정과 끼쳐 주신 은혜를 생각지 않고 밥 한 그릇을 차려 드려 머무시도록 하지 않았단 말입니까? 이는 사람의 도리로 차마 할 수 없는 일인데, 우리 어머니는 그것을 차마 하였으니 제가 어찌 스스로 통탄하지 않을 수 있겠습니까?"

자란이 한참 울부짖다가 곧 진정을 하고 생각하기를, '이 성안에는 도련님이 계실 만한 곳이 없으니 필경 그 아전의 집에 가셨을 것이다' 하고 곧 일어나서 그 아전의 집으로 달려가 보니, 그는 과연 거기에 있었다. 두 사람은 마주 잡고 흐느낄 뿐 서로 한 마디의 말도 할 수가 없었다. 그러다가 자란이 자기의 집으로 돌아가자고 하여, 술과 안주를 푸짐히 차려 내왔다. 밤이 되자 자란이 그에게 말하였다.

"내일이면 다시는 서로 만나기 어려우니 이를 장차 어찌합니까?"

하더니, 두 사람은 마침내 몰래 의논하여 달아날 계획을 세웠다. 자란이 그녀의 옷장에서 무명옷은 다 버려두고 비단 수를 놓은 옷가지를 꺼내고, 또 약간의 가벼운 패물을 꺼내서 보자기 두 개로 쌌다. 밤이 깊어 그녀의 어머니가 깊이 잠든 틈을 타, 두 사람이 짐을 꾸려 몰래 달아났다. 양덕, 맹산의 깊은 골짜기로 들어가 촌가에 의탁하였다. 처음에는 거기서 품팔이를 하였으나, 그가 막일을 하지 못하는지라, 자란이 베를 짜고 바느질을 하여 입에 풀칠을 하였다. 점차로 시간이 지나매 마을에다 몇 칸의 초가집을 지어 살았다. 자란이 길쌈과 바느질을 부지런히 하여 밤낮으로 게을리 하지 않았다. 또 때로는 상으로 받은 옷가지와 패물을 팔아 음식을 장만하여 능히 끼니를 거르지 않도록 하였다. 또한 자란은 이웃 사람들과 잘 사귀어 그들로부터 환심을 얻으니, 사방의 이웃 사람들이 신접살림이 빈궁함을 보고 가련히 여겨 도와주지 않는 이가 없었다. 그리하여 마침내 편안한 보금자리를 이루었다. 처음에 그와 함께 산사에 들어갔던 여러 친구들이 아침에 일어나 보니, 그가 보이지 않자 크게 놀라서 즉시 중들과 사방의 산을 뒤졌으나 끝내 찾지 못하였다. 드디어 그의 집에 알리니, 그의 집에서는 놀라서 많은 종들을 풀어 절 근처 수십 리를 두루 찾아보았다. 며칠이 되어도 혼적을 발견하지 못하자, 모두 여우에게 홀려서 죽지 않았으면 반드시 사나운 호랑이에게 물려 갔을 것이라고 하였다. 이에 발상을 하고 혼을 불러 시신 없이 장례를 치렀다. 신임 감사의 아들은 자란을 잃자, 서윤으로 하여금 자란의 어머니와 친척들을 가두고 그녀를 찾았으나 한 달이 지나도 찾지 못하자 그만두었다. 그와 자란이 거처를 정한 뒤에, 자란이 그에게 말하였다.

"당신이 재상가의 외아들로 한낱 기생에게 빠져 부모를 버리고 궁벽한 산골짜기 속으로 도망하여, 그 생사 여부조차 집안에 알리지 않았으니 불효가 막심합니다. 행실을 떳떳이 하여 이제 이곳에서 늙도록 살아갈 수도 없고, 또한 뻔뻔한 얼굴을 하고 집으로 돌아갈 수도 없으니, 당신은 장차 어찌하시렵니까?"

그는 눈물을 흘리며 말하였다.

"나도 또한 그 점을 걱정하였으나 어찌할 바를 알 수 없을 뿐이오."

"다만 한 가지 방법이 있습니다. 썩 좋은 방법은 아니지만, 족히 지난 잘못을 덮고 새 출발을 할 수 있을 것입니다. 위로는 가히 부모님을 섬길 수 있고, 아래로는 세상에 스스로 설 수 있습니다. 당신은 제 말씀대로 하실 수 있는지요?"

하니, 그가 어떤 방법인가를 물었다.

"다만 과거에 급제하여 이름을 날리는 길뿐입니다. 여러 말을 하지 않아도 당신은 아실 수 있을 것입니다."

하니, 그가 매우 기뻐하며 말하였다.

"나를 위해 당신이 세운 계획이 참으로 좋소. 그런데 어떻게 책을 구하여 공부를 하겠소?"

"그 점은 걱정하지 마십시오. 제가 마땅히 당신을 위해 마련하겠습니다."

이때부터 자란은 이웃 사람들에게 값을 따지지 않고 책을 사겠다고 말하여 두었으나, 깊은 산골의 벽촌이라 오래도록 책을 구할 수가 없었다. 하루는 문득 행상이 하나 지나가는데, 책 한 권을 가지고 팔려고 하니, 마을 사람 하나가 벽을 바르기 위해 그 책을 사려고 하였다. 자란이 그 책을 가져다가 그에게 보여 주니, 그 책은 근래 우리나라의 과거 시험 준비용 책으로, 작은 글씨로 썼는데도 매우 두꺼워서 거의 수천 편의 글이 실려 있었다. 그가 그 책을 보고 기뻐하며 말하였다.

"이 책 한 권이면 충분하오."

자란이 즉시 그 책을 사서 그에게 주니, 그는 이 책을 얻고 나서부터 쉴 사이 없이 읽었다. 밤이면 등불을 하나 밝혀 놓고, 그는 한편에서 책을 읽고, 자란은 다른 한편에서 누에 실을 삼았다. 그가 어쩌다가 조금이라도 나태해지면, 자란이 문득 화를 내어 질책하며 격려하였다. 이렇게 하며 3년이 지났다. 그는 평소 글재주가 많아서 문장력이 크게 늘었고, 문장에 대한 구상이 풍부하여 붓만 대면 글이 이루어졌다. 그의 글은 뛰어나 풍부하고 아름다웠으니, 과거 시험에 합격하는 것은 식은 죽 먹기나 마찬가지였다. 때마침 나라에서 알성과를 보인다고 하자, 자란이 행장을 갖추어 주며 그를 보고 과거에 응시하라고 하였다. 그가 걸어서 서울에 올라가 성균관에 마련된 시험장에 들어갔다. 임금이 친히 자리하자, 시험문제가 내 걸렸다. 그는 단번에 생각이 샘솟 듯 하여 즉시 답안을 써서 제출하고 나왔다. 방을 내걸 즈음에 이르러, 임금이 어전에서 봉투를 열게 하여 보니 그가 장원이었다. 그때 그의 아버지는 이조판서로 마침 임금을 모시고 있었다. 임금이 이조판서를 불러 말하였다.

"이게 무슨 까닭이오?"

하고 곧 명하여 답안지를 가져다 보여 주었다. 그의 아버지가 그것을 보고, 임금 앞에서 조금 물러나 흐느끼며 대답하였다.

"이는 곧 신의 아들이옵니다. 삼 년 전 친구들과 산사에서 글공부를 하다가 어느 날 밤 홀연히 없어졌습니다. 끝내 찾을 수가 없어, 아마도 필경 맹수에게 물려 죽었을 것이라고 여겼습니다. 그래서 장례를 치렀고, 얼마 전에 탈상을 했습니다. 신에게는 다른 자식이 없고 다만 그 아이 하나뿐입니다. 그 아이의 재주와 성품이 자못 빼어났었는데 뜻밖에 잃고 보니 애처로운 심정이 지금도 다름이 없습니다. 이제 답안지를 보니, 과연 그 아이의 글씨체입니다. 그리고 아이를 잃을 당시에 신의 직책이 외람스럽게도 대사헌이었습니다. 그래서 이렇게 쓴 듯합니다. 그러나 그 아이가 지난 3년 간 어디에 있다가 이번에 과거를 보러 왔는지는 알 수가 없습니다."

임금이 그 말을 듣고 기이하게 여겨, 즉시 그를 불러 보도록 명하였다. 그는 방이 붙기 전이라 선비의 복장으로 들어가 뵈었다. 그날 임금을 모시고 있던 신하들이 보고 놀라지 않는 이가 없었다. 임금이 친히, 그가 산사로부터 무엇 때문에 삼 년 동안 떠나서 어디에 있었는지 등을 물었다. 그가 조금 물러나 머리를 조아리고 아뢰었다.

"신은 드릴 말씀이 없습니다. 부모를 버리고 달아나서 인륜에 어긋나는 죄를 지었으니 원컨대 죽여주소서."

"임금과 아비 앞에서 숨김이 있어서는 안 된다. 비록 잘못이 있어도 내가 너를 벌하지 않을 것이니, 너는 낱낱이 아뢰어라."

그가 즉시 처음부터 끝까지의 일을 상세히 갖추어 아뢰니, 주변에서 듣고 있던 여러 신하들이 모두 귀 기울여 들었고, 임금은 한층 놀라며 기이하게 여겼다. 임금이 그의 아버지에게 말하였다.

"경의 아들이 이제는 잘못을 뉘우치고 부지런히 공부하여 조정에 들게 되었소. 젊은 사내가 잠시 여색에 빠졌다고 해서 그다지 탓할 것은 못되니, 지난 잘못을 모두 용서하고 앞일이나 잘 하도록 하시오. 그리고 자란은 능히 경의 아들과 산중으로 도망하였으니, 그 일이 벌써 기이하고, 또한 꾀를 내어 책을 사주고 그 뜻을 격려하였으니, 칭찬을 할 일이지 관기라고 해서 천하게 여길 것은 못되오. 경의 아들로 하여금 다른 데 혼인하게 하지 말고, 자란의 신분을 올려 정실로 삼게 하고, 거기서 태어난 자식들도 높은 관직에 오르는 데 구애됨이 없게 하는 것이 옳을 것이오."

곧 이어 방을 써 붙였다. 그의 아버지가 어전에서 아들을 만나고, 그는 머리에 어사화를 꽂고 풍악을 울리면서 집으로 가니, 온 집안이 모두 놀라 희비가 엇갈렸다. 그의 부모들이 임금의 명에 따라 가마를 준비하여 자란을 맞아 돌아왔다. 크게 잔치를 열고 자란을 본부인으로 삼았다. 그 뒤에 그는 벼슬이 재상에 이르렀고, 부부가 해로하여 아들 둘을 두었는데, 모두 과거에 급제하여 높은 벼슬을 하였다. 그의 집에서 맹산에 있는 자란을 맞아 오던 날, 그가 장원을 해서 육품직을 받고 병조좌랑이 되었으니, 자란은 좌랑의 아내로서 가마를 타고 상경하였다. 그 일로 해서 지금까지도 맹산 사람들은 그들이 살던 마을을 '좌랑촌'이라고 부르고 있다.

47) 고을 관기는 없애지 말아야[165]

문경공 허조는 조심스럽고 맑아 집안을 다스리는 데 엄하고 법도가
있었다. 자제들을 모두 『소학』으로써 가르쳤고, 별것이 아닌 사소한 행
동도 모두 근신하였다. 그래서 사람들이 이렇게 말하였다.

"허공은 평생 남녀간의 일도 몰랐을 게야."

그 말을 듣고, 허공이 웃으며 말하였다.

"그렇다면 내 아들 허후許詡와 허눌許訥은 어디서 생겼겠나?"

당시에 각 고을의 기생들을 없애 버리자는 청이 있었다. 태종이 조정
의 대신들에게 의논해보라고 명하자, 모두들 없애는 것이 당연하다고
하였다. 이에 허공이 아뢰었다.

"남녀간의 일은 사람의 큰 욕망이라 금할 수 있는 것이 아니옵니다. 고
을에 딸린 기생들은 관가의 물건이라 그것을 취하여도 무방하옵니다. 만
일 이를 금하오시면 사신으로 나가는 젊은 조정의 선비들이 모두 옳지
못한 방법으로 여염집 여인들을 탈취하여 죄를 짓게 되는 일이 많게 될
것이옵니다. 신의 생각으로는 없애지 않음이 마땅하다고 여기옵니다."

허공의 의견을 좇아 기생을 없애지 않고 그대로 두었다.

---

165) 최영년, 『실사총담實事叢譚』. 1918년 최영년(1856~1935)이 편찬, 조선문예사
에서 간행한 설화집. 2권 1책. 수록된 이야기 편수는 상권 99편, 하권 166편으
로 모두 265편이다. 등장하는 인물을 계층별로 살펴보면, 위로 왕공귀족으로부
터 아래로 기생이나 천민에 이르기까지 다양하다. 최영년은 자 성일聖一, 호 매
하산인梅下山人, 본관 경주慶州, 출생 경기도 광주. 「추월색秋月色」을 지은 신
소설 작가 최찬식의 부친이다. *이 일화는 성현의 『용재총화慵齋叢話』에도 실
려 있다.

48) 말을 벤 황수신[166]

　영의정 황수신[167]은 상국 황희의 아들이었다. 사랑하는 기생이 있어
몹시 정을 쏟고 있었다. 황희가 그것을 꾸짖으니, 황수신은 '예, 예' 하고
는 마침내 고치지 않았다. 어느 날, 황수신이 밖에 나갔다가 들어오자,
그의 아버지가 의관을 갖추어 입고 대문까지 나와서 그를 마치 큰 손님
이라도 되는 듯이 맞이하는 것이었다. 황수신이 송구스러워 땅에 엎드
린 채 그 까닭을 여쭈니 황희가 말하였다.

　"내 너를 자식으로 대접했으나 너는 듣지 않았느니라. 이는 나를 아
비로 여기지 않는 것이겠지. 그래서 나는 부득이 너를 손님 대하는 예로
맞은 것이다."

　황수신은 머리를 조아려 땅에 짓찧었다. 그 후로, 다시는 기생과 상관
하지 않았다. 그 뒤 어느 날, 술에 취하여 부축을 받아 말을 타고 가다
가, 말이 기생집으로 들어간 것을 모르고 거기서 자게 되었다. 한밤중에
술이 깨자 그제야 잘못 들어온 것을 알고, 노하여 칼로 그 말의 목을 베
어 버렸다.

---

166) 최영년, 『실사총담實事叢譚』.
167) 황수신黃守身(1407~1467); 조선 초기의 문신, 본관 장수長水, 자 수효秀孝, 『세
　　종실록』에는 계효季孝로 되어 있다, 호 나부儒夫.

49) 곡산 기생 매화의 절개[168]

매화梅花라는 자는 곡산谷山[169]의 기녀이다. 한 늙은 재상이 순사巡使

---

168) 『청구야담』 "梅花者谷山妓也. 一老宰爲巡使巡到時嬖之 率置營中 寵幸無比. 時有
一名士之爲谷山倅者 延命時 曇見其姸美 心欲之. 還衙後 招其母 賜顏而厚遺之. 自
此以後 使之無間出入 而米肉錢帛 每每給之 如是者幾月矣. 其母心竊怪之 一日問曰
"如小人微賤之物 如是眷愛 惶恐無地 未知使道所何見而若是乎?" 本倅曰 "汝雖年老
自是名妓也. 故欲與之破寂 自爾親熟也 別無他事." 一日老妓又問曰 "使道必有用小
人處 而如是款曲 何不明言敎之 小人受恩罔極 雖赴湯火 自當不辭矣." 本倅乃言曰
"吾於營行時見汝女 愛戀不能忘 殆乎生病 汝若率來 更接一面 則死無恨矣." 老妓笑
曰 "此至易之事 何不早敎也? 從當率來矣." 歸家作書于其女曰 "吾以無名之疾 方在
死境 而以不見汝死 將不瞑目矣 速速得由下來 以爲面談之地" 云 而傳人急報. 梅花
見書 而泣告于巡使 請得往省之暇 巡使許之 資送甚厚. 來見 其母道其由 與之偕入
衙中. 時本倅年紀三十餘 風儀動盪 巡使則容儀老醜 殆若仙凡之別. 梅花一見而亦
有戀慕之心 自爾日薦枕 兩情歡合. 過一朔由限將滿 梅花將還向海營 本倅戀戀不忍
捨曰 "從此一別後 會難期 將若之何?" 梅花揮淚曰 "妾旣許身矣. 今行自有脫身歸來
之計 不久更當還侍矣." 仍發行到海營 入見巡使 則巡使問其母病如何 對曰 "病勢委
篤 幸得良醫 今則向差矣" 依前向洞房矣. 過十餘日後 梅花忽有病 寢食俱廢 呻吟度
日 巡使憂之 雜施醫藥而無效 委臥近一旬. 一日忽而突然而起 蓬頭垢面 拍手呼巡使
之名 人或挽之 蠆之囓之 使不得近前 卽一狂病也. 巡使驚駭 使之出居外 而翌日置
于轎中 送于渠家 蓋是佯狂也. 還家之日 卽入衙中 見本倅 語其狀 留在狹室 情宜愈
篤. 如是之際 所聞傳播 巡使亦聞之. 其後谷倅往營下 則巡使問曰 "府妓之爲營妓者
以病還家矣. 近則如何其病 而時或招見否?" 對曰 "病差云 而上營廳妓 下官何可招
見乎?" 巡使冷笑曰 "願令公爲我 善守直焉." 谷倅知其狀 請由上京 喉一臺 駁巡使而
罷之 仍率畜梅花. 遞歸時 與之偕來京第矣. 及丙申之獄 前谷倅辭連逮獄. 其妻泣謂
梅花曰 "主公今在此境 吾則已有所決于心者 汝則年少之妓也 何必在此 還歸汝家可
也." 梅花亦泣曰 "賤妾承令監之恩愛已久矣. 繁華之時 則與之安享 而今當如此之時
則安忍背而歸家 有死而已"云矣. 數日後 罪人杖斃之報到家 其妻自縊而死. 梅花躬
自殯斂入官 而及罪人屍之出給也 又復治喪 夫婦之柩 合祔於先塋之下 仍自裁於墓
傍下從. 其節亦烈烈矣. 初於巡使 則用計圖免 後於本倅 則立節死義 其亦女中之豫
讓歟."
169) 황해도에 있는 지명.

가 되어 그 순행이 곡산에 이르렀을 때 그녀를 사랑해서 영중에 데려다 두고 총애하는 것이 비할 데 없었다. 그때 곡산의 원님이 된 이름난 선비가 있었다. 순사에게 연명延命170)할 때 매화의 아름다운 모습을 잠깐 본 뒤로는 마음속으로 욕심을 내게 되었다. 원님은 관아에 돌아온 후에 매화의 모친을 불러 좋은 낯빛으로 대하면서 후하게 베풀어 주고 그 이후로는 간단없이 관아에 출입하게 하면서 쌀 고기 돈 비단을 매번 후하게 주었다. 그렇게 하기를 여러 달 동안 하였다. 그러자 매화의 모친이 마음속으로 이상하게 여기고 하루는 원님에게 물었다.

"소인같이 미천한 물건을 이처럼 돌보아 사랑해주시니 황공무지로소이다. 그렇지만 사또께서 무엇을 보고서 이처럼 하시는 것인지 모르겠습니다."

원님이 말했다.

"너는 비록 나이가 들었지만 본래는 명기였다. 그러한 까닭에 너와 더불어 적적함을 달래고자 해서 스스로 친숙하게 지내는 것이지 별다른 이유가 있는 것은 아닐세."

하루는 매화의 모친이 또 물었다.

"사또께서는 반드시 소인을 쓸 곳이 있어 이처럼 관대하게 대하실 것입니다. 어째서 명백히 밝히어 교시하지 않으십니까? 소인이 은혜 입은 바가 망극하거늘 비록 끓는 물 속으로 들어가야 한다고 할지라도 스스로 사양하지 않겠나이다."

원님이 그제야 비로소 말했다.

"내가 감영에 갔을 때 자네의 딸을 보고 사랑하고 연모하여 잊을 수가 없어, 거의 병이 날 지경이네. 자네가 만약 딸을 데리고 와 다시 한번 나와 얼굴을 대면할 수 있도록 해준다면 죽어도 한이 없겠네."

---

170) 연명延命은 고을 원이 감사로 처음 부임하러 가서 보던 의식.

매화의 모친이 웃으면서 말했다.

"그것은 아주 쉬운 일입니다. 어째서 일찍이 교시하지 않으셨습니까? 종당에 데려오도록 하겠습니다."

그녀는 집에 돌아가 딸에게 편지를 썼다.

"내가 이름을 알 수 없는 병으로 바야흐로 사경에 있다. 너를 보지 못하고 죽는다면 장차 눈을 감지 못할 것 같다. 속히 말미를 얻어서 내려와 상면하고 영결하도록 하자꾸나."

그 편지를 사람을 시켜 딸에게 급히 알렸다. 매화는 그 편지를 보자 순사에게 울면서 고하며, 가서 모친을 살펴볼 수 있도록 휴가를 달라고 청하였다. 그러자 순사는 이를 허락해주고 노자를 후하게 주어 보냈다. 매화가 와서 모친을 보니, 그 모친은 원님과 얽힌 사연을 말하였고 모녀가 함께 관아로 들어갔다. 이때 본 군의 원님은 나이 겨우 삼십여 세로 풍의風儀가 동탕動盪171)하였고, 순사의 용의容儀는 늙고 추한지라, 거의 신선과 범인의 차별이 있는 것 같았다. 매화 또한 그 원님을 한번 본 뒤 연모하는 마음이 있었던지라 스스로 그날부터 천침하니, 두 사람의 정이 모두 흡족하였다. 한 달이 지나 휴가 기한이 다 차서 매화가 해영海營으로 돌아가려 하자 원님은 연연해하며 차마 그녀를 보내지 못하고 말하였다.

"이제 한번 헤어지면 만나기가 어려울 텐데 장차 이를 어찌하면 좋단 말이냐."

매화가 눈물을 흘리면서 말했다.

"첩은 이미 사또님께 몸을 허락했습니다. 이번에 가게 되면 저에게 몸을 빼내어 다시 돌아올 계책이 있으니 오래지 않아 다시 돌아와 사또님을 모시도록 하겠습니다."

---

171) 동탕動盪은 토실토실하고 아름다움.

매화는 마침내 길을 떠나 해영에 도착하여 순사를 알현하니, 순사는 매화에게 모친의 병환이 어떠한 지 물었다. 그녀는 대답하였다.

"병세가 위독하였는데 다행히도 훌륭한 의원을 만나 이제는 조금 차도가 있습니다."

이전처럼 다시 순사와 더불어 동침하였다. 십여 일이 지난 후 매화는 홀연 병이 들더니 침식을 전폐하고 신음으로 날을 보냈다. 순사는 근심하여 의사와 약을 여러 가지로 써보았지만 효과가 없었다. 누워서 보낸 지 열흘이 가까워지자 돌연히 일어나 헝클어진 머리털과 때묻은 얼굴을 하고 박수를 치면서 순사의 이름자를 불러댔다. 사람들이 혹 만류하기라도 하면 발로 차고 입으로 물면서 앞으로 접근하지 못하게 하니, 이는 하나의 광병狂病이었다. 순사는 놀란 나머지 그녀를 끌어내 밖에 거처시키도록 하고, 바로 그 다음날 가마에 태워 그녀의 집으로 보내었는데, 이는 다 거짓으로 미친 체 했던 것이었다.

매화는 집에 돌아온 그 날로 곧장 관아에 들어가 원님을 알현하고 그 정상에 대해서 이야기하니, 원님은 그녀를 협실挾室에 머무르게 하였는지라 정의가 더욱 두터워졌다. 이와 같이 할 즈음에 소문이 퍼져서 순사 또한 그 소문을 듣게 되었다. 그 후에 곡산 수령이 감영에 가니 순사가 물었다.

"본부의 기녀 가운데 감영의 기생이었던 자를 병 때문에 집으로 되돌려 보냈는데, 요즈음 그 병세가 어떠한가. 혹 불러서 만나 본 적은 없는가?"

원님은 대답하였다.

"차도가 있다고는 합디다만 상영청上營廳172)의 기녀를 어찌 하관이 불러 보았겠습니까?"

---

172) 상영上營은 순영巡營이나 영문營門을 말함.

순사가 냉소하며 말했다.

"영공이 나를 위해서 그녀를 잘 보살펴 주게나."

곡산의 수령은 그 정상을 알아채고 휴가를 내 상경하여 한 대관을 사주하여서 순사를 파직시키고 그리고 나서는 매화를 솔축率畜173)하였다. 그러다가 임기가 차서 서울로 돌아올 때에 같이 서울의 집으로 왔다. 병신년丙申年의 옥사174)가 일어나자 전 곡산 수령의 사안辭案이 연루되어 감옥에 갇히게 되니, 그의 처가 울면서 매화에게 말하였다.

"주인 양반께서 지금 이 지경에 이르셨다. 나는 이미 마음에 결정한 바 있지만, 너는 나이어린 기녀로 어찌 꼭 여기에 있을 필요가 있겠느냐. 너의 집으로 돌아가도록 하는 것이 좋겠다."

매화 또한 울면서 말했다.

"천첩이 영감님의 은혜를 입은 지가 이미 오래입니다. 번화繁華했을 때는 더불어 편히 즐겼으면서, 지금 이 같은 때를 당해 어찌 차마 배반하고 돌아가겠습니까? 죽을 따름입니다."

수일 후에 죄인이 매를 맞아 죽었다는 소식이 집에 이르니, 그의 아내는 스스로 목을 매어 죽었다. 이에 매화는 몸소 염을 해서 입관시키고, 죄인의 시신을 내어주자 또 다시 치상하여, 부부의 시신을 선영 아래에 합장合葬시킨 뒤 자신도 그 묘 곁에서 자결하여 하종下從175)함으로써 그 절개를 빛나게 하였다. 처음 순사에게는 계책을 써서 벗어날 것을 도모하더니, 후에 본읍 수령에게는 절개를 세워 의에 죽었으니, 그녀 또한 여자 중의 예양豫讓176)이로다.

---

173) 솔축率畜은 계집종인 비婢를 첩으로 맞이하여 동거하는 일.
174) 1776년 정조가 즉위한 후 국정을 천단했던 잘못을 제거하고자 물었던 옥사를 가리킴.
175) 하종下從은 아내가 남편을 따라 죽음.
176) 중국 전국시대 진晉 나라의 자객刺客. 예양豫讓이 주군主君 지백智伯으로부터 국사國士의 대접을 받은 것을 보답하기 위하여, 그를 위해 복수하기 위하여 몸

50) 박신규[177]와 완산기생[178]

　　판서 박신규가 아직 과거에 급제하지 않았을 때 길을 가다가 완산[179]을 지나게 되었다. 그때 전라 관찰사가 마침 큰 잔치를 베풀었는지라 박공은 지나가는 유생으로 그 말석에 참석하였는데, 그 잔치에는 도내 병사兵使와 수사水使 그리고 수령들이 모두 모여 있었다. 연회가 끝나자 기생들은 연회에 참석한 손님들에게 분연紛然[180]하게 첩帖[181]을 받았다. 부유한 현령縣令과 걸출한 목사牧使들이 서로 다투어 쌀과 베를 제급題給[182]해 주었다. 어떤 한 기생이 혼자서만 수령들에게는 청하지 않고 유독 박공의 앞에 와서 청하는지라 박공이 웃으며 말하였다.

　　"나는 벼슬도 하지 못한 가난한 선비로 마침 이곳을 지나다 성대한 잔치에 참석한 것이니 어찌 너에게 줄 물건이 있겠느냐?"

　　에 옻칠을 하고 문둥이처럼 행장을 꾸미고 양자를 죽이려 했으나 마침내는 잡히어 죽었다. "선비는 자기를 알아주는 사람을 위하여 목숨을 바치고, 여인은 자기를 좋아하는 사람을 위하여 화장을 한다. 士爲知己者死, 女爲說己者容."는 유명한 말을 남겼다. 『사기史記』 권86, 「자객열전刺客列傳」, '예양豫讓'.

177) 박신규朴信圭(1631~1687); 조선 중기의 문신. 자 봉경奉卿. 호 죽촌竹村, 청백리에 녹선되고 형조판서, 호조판서 등을 지냈음.

178) 『청구야담』 "朴尙書信圭 未第時 行過完山 方伯適設大宴 朴公以過去儒生 叅於末席 道內閫帥守令 畢會宴罷 諸妓紛然受帖於叅宴諸客 富宰雄牧 競相題給米布 有一妓 獨不請於守令 獨請於朴公之前 朴公笑曰 "我以布衣寒士 適會過去 得叅盛宴 豈有給汝之物" 妓曰 "小的 非不知也 相公貴人 前途甚亨通 願預許優給" 朴公笑而優題其後爲完判 妓納帖 公笑曰 "小官 不能盡給" 其半 後爲方伯 盡帖給之 問曰 "汝其時 何以知之" 妓曰 "其時 簪纓滿座 公以布衣與焉 儀度頎然秀發 特出於座中 衆妓請帖 守宰競題 而公脫然無所見 是以知其遠到" 云."

179) 완산完山은 전라북도全羅北道 전주全州의 백제百濟 때 옛 이름.

180) 분연紛然은 뒤섞여서 어지러움.

181) 원래 품고아문品高衙門에서 칠품 이하의 관원에게, 또는 관부의 장長이 속관屬官에게 내리는 문서나 임명장을 지칭하나, 여기서는 일종의 어음於音을 지칭함.

182) 제급은 제사題辭를 매기어 내려 주거나 지시를 내려 주는 일을 말함.

기생이 말하였다.

"소인이 그것을 모르는 바 아니오나, 공의 관상을 보니 귀인이므로 전도가 매우 형통할 것입니다. 원하옵건대 넉넉히 줄 것을 미리 허락해 주십시오."

박공이 웃으며 넉넉히 제급해 주었다. 그 후 박공이 완산 판관[183]이 되자 기생이 와서 첩을 바쳤다. 공이 웃으며 말하였다.

"낮은 관직에 있는 사람이라 다 지급해 줄 수 없구나."

제급해 준 것의 반절만 지불하였다. 그 후 감사가 되자 첩에 제급했던 것을 다 지급해주고 기생에게 물었다.

"너는 그 당시 내가 현달할 줄 어떻게 알았느냐?"

기생이 말하였다.

"그때 높으신 잠영簪纓[184]들이 가득 앉은 가운데 공께서는 포의布衣[185]로 참석하셨으나 거동과 도량이 헌걸차게 빼어나 좌중에 특출하셨으며, 여러 기생들이 첩을 청하자 수령들이 다투어 제급하는 데도 공께서는 초연하여 신경쓰지 않으셨던 지라 현달하실 줄 알았습니다."

---

183) 판관判官은 감영監營이나 유수영留守營 및 큰 고을에 둔 종5품 벼슬.
184) 잠영簪纓은 높은 벼슬아치들이 쓰는 쓰개의 꾸밈이라는 뜻으로, 여기서는 높은 지위를 일컬음.
185) 포의布衣는 벼슬이 없는 선비를 말함.

51) 평양 기생의 식감識鑑[186]

광해光海 말에 평양에 한 기녀가 있었는데, 나이는 열여섯이나 열일

---

186) 『청구야담』 "光海末 平壤有一妓女 年十六七 貞潔持身 無倚市之態 穿踰之行 以爲
妓雖賤物 當守一夫以終身 營本府裨將冊客 悅其姿色 每欲近之 而萬不聽從 以至刑
之杖之 枷囚父母 而終不變移 營邑上下 無不稱之以怪物焉 其父母 每求其作夫者 厥
妓曰 "夫者百年之客 吾自擇之" 此言一播遠近 聞風而來者 莫非美男子好風身豪富
之類 日夕盈門 而厥妓一并不許之一日 厥妓坐大同門樓 見門外有負柴老總角 呼其
父語之曰 "必邀致吾家也" 其父見之 不覺寒心 責之曰 "汝之心情 異常矣 汝之姿色
莫不慕悅 上可以爲使道本官別室 中可以爲戶裨冊客之隨廳 下不失某家郎某家郎 而
一并不願 欲得天下凶惡寒乞兒者 是何心腸" 然旣知其女之性情 雖以其父之威 亦
無可奈何 乃邀厥童而作夫伊後 厥女謂其夫曰 "吾輩不可久住於此 願與君上京 作産
業也" 遂與之上京 設酒店於西門外 以色酒家 爲長安第一 城內外豪貴之徒 無不輻湊
其時有酒徒五六人 往來飮之 厥女不計價之有無必如令進排 酒債夥然 一未備償 其
酒徒 或言以無廉 則女曰 "後日多償則好矣 何必乃爾" 其酒徒 卽墨洞金正言李佐郎
輩也厥女從容言於金正言曰 "此洞自多生疎者 將移南村而居 惟望進賜主作主人也"
金曰 "好矣 吾輩之遠來飮酒 亦爲良苦 爾若近來 則吾輩必善 作主人也" 厥女仍移于
墨洞一日 見金正言曰 "吾之夫目不識丁 亦不解諺文 至於酒債之記錄 每多貿 幸望
進賜主 以蒙學敎之 則當待以先生 一日一壺酒 進排矣" 金曰 "好矣 自明日食前 挾
冊送之也" 厥女使其夫 買通鑑第幾卷 貼標其中間曰 "君挾此冊 往金正言宅 請敎
時 先生必欲自初張敎之 君則必以此標張請敎 母從其言也" 其夫依其言 翌朝挾冊往
學 金正言曰 "千字乎 類合乎" 曰 "通鑑第四卷矣" 金曰 "是不當於汝 須持千字文以
來" 厥者曰 "旣已持來 願學此冊" 金曰 "此亦文也 亦何妨乎" 自初張敎之 則厥者以
手開貼標處曰 "願學此貼標處" 金正言曰 "必以初張敎之" 厥者終不聽 以標張固執
金正言不勝憤 以卷打擲曰 "天下不出漢也 都聽其妻之言也" 厥者大怨而歸 語其妻
曰 "此後勿給金正言酒也 糧且不給 而瓢亦破矣" 婦莞爾而語曰 "君之人物若善出
則豈有此辱" 少焉 金正言來 執厥女手曰 "汝人耶鬼耶" 女曰 "如吾者類 得時爲兩班
不亦可乎" 金曰 "且俟之" 仍呼酌酒 盖其所貼標處 乃霍光送昌邑王事 而所謂金正言
卽昇平府院君也 李佐郎 卽延陽也 厥女攄得其反正議將成故 '將通鑑第四卷 先試其
意 而昇平亦已知厥婦已料自己所謀之事也. 數日 昇平諸公 果反正 及其論功時 先以
平壤妓酒債言之 諸議莫不僉同 詢其夫之名 無有知之者 昇平曰 "吾聞厥者 己丑生也
以六甲名之 則太不雅 以起字築字 作名何如" 僉曰 "諾" 錄於三等勳 卽除漢城左尹
終爲兵曹叅判云.'"

곱 살 가량이었다. 정결하게 몸가짐을 하여 의시倚市[187]의 자태나 벽에 구멍을 뚫고 담장을 뛰어넘어 남자와 놀아나는 일이라곤 없으며, 기생이 비록 천한 것이지만 마땅히 한 지아비에게 정절을 지켜 종신해야 한다고 생각하였다. 평양 감영 본부의 비장과 책객들이 그녀의 자색에 반하여 매번 그녀를 가까이 하려고 했으나, 만에 한 번도 들어주지 않았다. 그래서 심지어는 그녀에게 형벌을 가하고 몽둥이로 때리고, 그 부모에게 칼을 씌워 가두어 놓기에 이르렀지만 그래도 끝내 태도를 바꾸지 않으므로 감영 읍 사람들이 모두 그녀를 괴물이라고 불렀다. 그녀의 부모가 남편 될 사람을 매번 구할 때마다 기생은 말하였다.

"지아비는 백년손님이니 제 자신이 고르겠습니다."

이 말이 원근에 한 번 퍼지게 되자, 풍문을 듣고 몰려온 사람들이 미남이거나 풍채가 좋거나 부호가 아닌 자가 없었다. 아침저녁으로 이런 사람들이 기생집 문전을 가득 채웠는데도, 기생은 한결 같이 이들에게는 관심이 없었다. 하루는 기생이 대동문大同門 누각에 앉아 있다가 문 밖에서 땔나무를 지고 있는 노총각을 보더니 자기 아버지를 불러 말하였다.

"저 사람을 반드시 우리 집으로 맞이하십시오."

그녀의 부친은 총각을 보고 자신도 모르게 한심해서 그녀를 책망하며 말하였다.

"네 마음은 참 이상도 하다. 네 자색을 사모하여 반하지 않는 자가 없으니 위로는 사또 본관의 별실이 될 수 있을 것이고, 그 다음으로는 호장과 책객의 수청을 들 수 있을 것이고, 아래로는 아무개 댁 서방님도 잃지 않을 수 있을 것인데, 이들은 모두 원하지 않고 천하에 흉악한 보잘 것 없는 걸인을 얻고자 하니 이 무슨 심보냐?"

---

187) 의시倚市는 의시문倚市門 혹은 의문매소倚門賣笑의 준말. 문에 기대어 웃음을 판다는 뜻으로 옛날에 기녀妓女를 칭할 때 쓰이던 말.

그러나 비록 그녀 아비의 위세로도 딸아이의 성정을 또한 어떻게 해 볼 도리가 없다는 걸 이미 알고 있으므로 이에 그 걸인 녀석을 맞아 남편으로 삼아 주었다. 그 후 여자가 자신의 남편에게 말하였다.

"우리들은 이곳에 오래 머물러서는 안됩니다. 서방님과 같이 상경하여 산업을 하고 싶습니다."

마침내 그들은 함께 상경하여 서문西門 밖에 주점을 여니 색주가色酒家로 장안 제일이 되었다. 경성 안팎의 호탕하고 부귀한 무리들이 들락거리지 않음이 없었다. 그때 주당 대여섯 명이 오며가며 술을 마셨는데, 그 녀는 그들이 돈이 있고 없음을 따지지 않고 시키는 대로 반드시 술을 갖다 바쳤다. 그들은 술빚이 많았으나 한 번도 그 빚을 다 갚은 적이 없었다. 그 주당 중 혹자가 염치없노라고 말을 하면 그녀는 말하였다.

"후일 많이 갚아주시면 됩니다. 어찌 이러십니까?"

그 주당은 묵동墨洞 김정언金正言, 이좌랑李佐郎 무리였다. 그녀가 조용히 김정언에게 말하였다.

"이 동네는 저에게 낯선 자들이 많으니 남촌南村으로 옮겨 거처하려고 합니다. 오직 바라옵건대 나으리가 주인이 되어 주십시오."

김정언이 말하였다.

"그것 좋으이. 우리들도 멀리 와 술 마시는 것이 상당히 고생스러웠네. 자네가 만약 가까이 온다면 우리들이 반드시 좋은 주인이 되어주겠네."

여자는 곧 묵동으로 이사하였는데 하루는 김정언을 보고 말하였다.

"저의 남편은 목불식정目不識丁188)인데다가 언문도 해득하지 못하였

---

188) 목불식정目不識丁; 눈이 '정丁' 자도 알지 못한다. 곧, 쉬운 글자도 모르는 매우 무식한 사람. 중국 당唐나라 때 장홍정張弘靖이란 사람은 못나고 무식하며 행동 또한 오만불손傲慢不遜하였다. 그러나 부친인 장연상張延賞이 조정에 끼친 공적이 많아 그 덕분으로 그의 벼슬길은 매우 순탄하였다. 그가 노룡盧龍의 절도사節度使로 부임하게 되었는데 부하들과 어려운 병영생활을 하지 않고 가마를 타

습니다. 술 빚을 기록하는 것까지도 매번 분명치 않은 구석이 많으니 바라옵건대 나으리께서 어린애 공부 수준으로 가르쳐주십시오. 가르쳐만 주신다면 제가 마땅히 선생으로 대접하여 하루에 한 병의 술을 바쳐 올리겠습니다."

김정언이 말하였다.

"좋으이. 내일 식전에 책을 들려서 보내게."

여자는 남편에게 통감通鑑 몇 권을 사오게 하더니 그 중간 쯤에 표를 붙이며 말하였다

"서방님께서는 이 책을 가지고 김정언 댁에 가서 가르침을 청하십시오. 그때 선생께서 반드시 처음 장부터 가르치려고 하시더라도 서방님은 반드시 이 표를 붙인 장부터 가르쳐달라고 청하셔야지 그의 말을 따라서는 안됩니다."

남편은 부인 말에 따라 다음 날 아침에 책을 끼고 배우러 갔다. 김정언이 말하였다.

"천자문千字文이냐? 유합類合189)이냐?"

"통감 네 번째 권입니다."

김정언이 말하였다.

"이 책은 너에게 당치도 않으니 천자문을 가지고 오너라."

"이왕 가지고 온 것이니 이 책을 배우길 원하옵니다."

"이 책도 또한 글일지니 방해될 거야 없겠지."

고 즐기며 군사들을 괴롭히고 교만하였다. 그런 까닭으로 부하들의 불만이 터져 나오니 오히려 "천하가 무사한데 무리들이 포와 활을 당기는 것은 'ㅜ'자 하나를 아는 것만 같지 못하다. 天下無事, 而輩挽石弓, 不如識一丁字"라고 꾸짖었다. 같은 뜻으로 '어로불변魚魯不辨' 즉, '魚'와 '魯'를 분별하지 못하다'가 있다.
189) 조선조 때의 한문 학습서. 9대 성종 때 서거정徐居正이 지었다 함. 『천자문』과 『훈몽자회訓蒙字會』와 같이 각 자마다 음과 훈을 달았음.

첫 장부터 가르치자 그녀의 남편은 표 붙인 곳을 손수 펼치며 말하였다.

"표를 붙인 곳부터 배우고 싶습니다."

김정언이 말하였다.

"반드시 첫 장부터 가르쳐 줄 것이다."

남편이 끝내 김정언 말을 듣지 않고 표 붙인 장을 고집하니 김정언은 분함을 이기지 못하여 책으로 후려치며 말하였다.

"천하에 불출한 놈이로군! 도무지 제 마누라 말만 듣는구나."

남편은 크게 원망하며 돌아가 처에게 말하였다.

"이후로는 김정언에게 술을 주지 마오. 동냥도 안주면서 표주박까지 깨트리는 격이니…"

부인이 빙그레 웃으며 말하였다.

"서방님의 인물이 만약 잘났다면 어찌 이 같은 모욕을 당했겠습니까?"

조금 있으니 김정언이 와서 그녀의 손을 잡고 말하였다.

"너는 사람이냐? 귀신이냐?"

그녀가 말하였다.

"우리 같은 무리들도 때를 만나면 양반이 되는 것이 또한 가하지 않겠습니까?"

김정언이 말하였다.

"잠시 기다리게."

그리고는 술을 따르라 하더니 마셨다. 그런데 그녀가 표를 붙였던 곳은 곽광190)이 창읍왕191)을 축출하는 기사였으며, 이른바 김정언이라는

---

190) 곽광霍光(B.C.130?~68); 중국 전한前漢 사람. 무제武帝의 유조遺詔를 받들어 대사마大司馬 대장군大將軍으로서 소제昭帝를 도왔으며, 다음 창읍왕昌邑王이 음란하므로 그를 폐위시켜 중기의 정치실력자 선제宣帝를 세웠다.
191) 한무제는 4명의 아들이 있었다. 창읍왕昌邑王, 연왕燕王, 광릉왕廣陵王 및 어린 아들 유불릉劉弗陵이 그들이다. 유병이가 황제가 되면 곽광의 미래를 장담할

자는 승평부원군192)이었고, 이좌랑은 연양延陽193)이었다. 여자는 반정
反正의 의론194)이 일어나 장차 성사되리라는 것을 터득하고 있었기 때
문에 일부러 통감 제4권을 가지고 먼저 그 뜻을 시험해 보았던 것이고,
승평 또한 이미 그녀가 자기들이 모의하고 있는 일을 미리 헤아리고 있
다는 것을 알았던 것이다. 며칠 뒤에 승평과 여러 사람이 과연 반정을
하였고 논공論功할 무렵 먼저 평양 기생의 술빚을 말하자 그 의견에 동
의하지 않는 자가 없었다. 그녀 남편의 이름을 물으니 알고 있는 자가
없었다. 승평이 말하였다.

　"내가 들으니 그 자는 기축생己丑生이라더군. 육갑六甲으로 이름을 하
면 너무 좋지 못하니 기起자 축築자로 이름을 지음이 어떻겠는가?"

　모두 말하였다.

　"좋소."

　그리하여 그녀의 남편은 삼등훈에 기록되었고 곧 한성漢城 좌윤左尹
을 제수 받았으며 마침내는 병조참판兵曹參判이 되었다고 한다.

수 없었기 때문에 고른 게 창읍왕 '유하'라는 인물이었다. 그런데 유하는 정신
이상자였다. 곽광은 전한의 소제昭帝가 죽은 뒤에, 창읍왕 유하劉賀를 천자로
세웠다가 음란하다는 이유로 몇 달만에 폐하였다. 곽광은 창읍왕을 폐하고 선
제宣帝를 세운 한漢 나라 대신이다.
192) 승평부원군昇平府院君은 김유金瑬(1571~1648)를 말함. 조선 중기의 문신. 본
　　관은 순천. 자 관옥冠玉, 호 북저北渚.
193) 인조반정仁祖反正의 주역인 연양부원군延陽府院君 이시백李時白(1581~1660)을
　　말함. 이귀의 큰 아들. *이귀(1557~1633); 조선 중기의 문신, 자 옥여玉汝, 호 묵
　　재默齋. 김유金瑬, 신경진申景禛 등과 1623년 3월에 광해군을 몰아내고 선조의
　　손자인 능양군綾陽君 종倧을 왕으로 추대. 인조반정에 성공하여 정사공신靖社功
　　臣에 책록되었고 그 뒤 연평부원군延平府院君에 봉해졌음.
194) 나쁜 임금을 폐하고 새 임금을 세워 나라를 바로잡자는 의론으로, 1623년 광해
　　군을 폐위시키고 인조를 옹립하려는 의론을 의미.

52) 조태억 처 심씨와 평양 기생195)

195) 『청구야담』 "泰億之妻沈氏 性本猜妬 泰億畏之如虎 未常有房外之犯矣. 其兄泰耈
之爲箕伯 泰億以承旨 適作奉命之行 留營幾日 始有所眄之妓. 沈氏聞其由 乃卽地治
行 使其甥陪行 而直向其營 將欲打殺其妓. 泰億聞其狀 失色無語. 泰耈亦大驚曰 "此
將奈何?" 欲使其妓避之 其妓對曰 "小人不必避身也. 自有可生之道 而貧不能辦矣."
泰耈問其由 對曰 "小人欲飾珠翠於身 而無錢恨矣." 泰耈曰 "汝若有可生之道 則雖
千金吾自當之 唯汝所欲可也." 仍使幕客 隨所入得給云 而中和黃州出送裨將而問候
且送廚傳而支供矣. 沈氏之一行 到黃州 則云 "箕營裨將之來待 且有供之待者" 乃冷
笑曰 "吾豈大臣別星行次 而有問安裨將乎? 且吾之路需優足 何用支供爲也?" 并使退
出 到中和 又如是 斥退. 發行過栽松院 將入長林之中 時當暮時 十里長林 春意方濃
曲曲見淸江景物頗佳 沈氏搴轎簾而賞玩. 過長林 林盡而望見 則白沙如練 澄江似鏡
粉堞周繞於江岸 商船紛集於水上 練光亭大同門乙密臺超然 臺之樓閣丹靑照曜 屋宇
縹緲 奪人眼目. 沈氏嗟嗟曰 "果爾絕勝之區 名不虛傳矣." 且行且現之際 遠遠沙場之
上 忽有一點花 渺渺而來 近則一介名妓 綠衣紅裳 騎一匹繡鞁驄 橫馳而來. 心甚怪之
駐馬而見之 及近 其女子下馬 而以嚲聲唱諾曰 "某妓請謁." 沈氏聞其名 而無名業火
衝起三千丈矣. 仍大聲叱責曰 "某妓某妓渠何爲來謁? 第使立之于馬前." 其妓斂容
而敬立馬前. 沈氏見之 則顔如含露之桃花 腰似依風之細柳. 羅綺翠珠 飾其上下 眞是
傾城之色. 沈氏熟視曰 "汝年幾何?" 曰 "十八歲矣." 沈氏曰 "汝果名物矣. 丈夫見此
等名妓 而不近則可拙夫矣. 吾之此行 初欲殺汝 旣見汝則名物也 吾何必下手也. 汝
可往待吾家令監 而令監炭客也 若使之沈惑而生病 則汝罪當死 愼之愼之." 言罷仍回
馬向京城. 泰耈聞之 急走伻傳喝 "嫂氏行次 旣來到城外 而不入城何也? 願暫入城內
留營中幾日 而還行可也." 沈氏冷笑曰 "吾非乞駄客也. 入城何爲?" 不顧而行 還京第.
其後 泰耈 招致其妓而問曰 "汝以何大胆 直向虎口 而反獲免乎?" 其妓對曰 "夫人之
性雖悍妬 而作此行於千里之地者 豈區區兒女輩所可辦乎? 馬之蹄囓 省必有其步 人
亦如是. 小人死則等耳. 雖避之其可免乎? 故茲凝粧而往拜 若打殺則無可奈何矣 不
然則冀有見而憐之之故也" 云爾." *조선후기 순조와 헌종 때의 문신이었던 계서
溪西 이희준李羲準이 지은 『계서야담溪西野談』은 역대 저명인사의 일화에서부
터 한문소설이라고 일컬을 만한 이야기까지 폭넓게 수용하고 있다. 계서야담
에 수록된 이야기 중, 조선 숙종부터 영조 때의 문신이었던 조태억趙泰億(1675~
1728)은 글씨에 능했고, 새와 짐승의 그림을 잘 그렸으며, 영조 즉위의 반교문
頒教文을 작성한 인물인데, 그의 부인 심씨의 질투심에 관한 설화는 많은 야담
집에 수록되어 전해지고 있다. 조공의 부인 심씨는 매우 질투가 심해, 묘령의
여인을 쳐다만 보아도 암팡스레 대들었기 때문에 조공이 감히 딴 여자를 가까

조태억196)의 처 심씨沈氏는 본래 성품이 사납고 질투가 많았다. 태억은 그녀를 마치 호랑이처럼 두려워하여 자기 아내 이외의 다른 여자와 정사를 나눈 적이 한 번도 없었다. 그의 사촌형 조태구泰耉가 기백箕伯197)이 되었을 때, 태억이 마침 승지承旨로 명을 받들고 행차하던 차에 기영箕營에 며칠 머물렀는데 그곳에서 처음으로 한눈을 팔게 된 기생이 있었다. 심씨가 그 내력을 듣고 그 자리에서 당장 행장을 차려, 오라비에게 배행陪行토록 하고 기영으로 곧장 향해 기녀를 때려죽이고자 하였다. 태억이 그 실상을 듣고 얼굴빛이 변하여 말을 못하였다. 태구 또한 크게 놀라 말하였다.

"장차 이를 어찌하면 좋을까?"

기녀를 피신시키려고 하니, 그녀가 대답하였다.

"소인은 피신할 필요가 없습니다. 저에게는 살아날 수 있는 방도가 있사오나 가난한지라 그 방도를 갖출 수 없을 뿐입니다."

태구가 그 방법을 물으니, 기녀가 대답하였다.

"소인은 주취珠翠198)로 몸을 꾸미려고 하는데 돈이 없어 한탄스럽습니다."

"네가 만약 살아날 길만 있다면야 비록 천금이 든다 해도 내 스스로 감당하겠으니, 네 하고자 하는 대로 하거라."

태구는 막객幕客에게 돈이 들어오는 대로 기녀에게 주라고 시켰다. 그리고 나서 중화中和와 황주黃州에 비장裨將을 내보내 문안을 올리게

이 하지 못했다. 숙종과 경종 때의 문신으로 소론少論의 영수인 사촌 형인 조태구趙泰耉(1660~1723)가 평안 감사로 있을 때의 일이다.
196) 조태억趙泰億(1675~1728); 본관 양주楊州, 자 대년大年, 호 겸재謙齋, 태록당胎祿堂. 시호 문충文忠. 초서草書, 예서隷書를 잘 썼으며, 영모翎毛를 잘 그렸다. 1755년 나주괘서사건羅州掛書事件으로 관작이 추탈되었다. 저서 『겸재집』.
197) 기백箕伯은 평안도 관찰사의 아칭雅稱.
198) 주취珠翠는 진주와 비취. 장식물로 쓰이는 보석寶石.

하고 또 주전廚傳199)을 준비해 보내어 지공支供200)하였다. 심씨의 일행이 황주에 도착하니 기영의 비장이 와서 문후차 기다리고 있으며, 또 지공을 가지고 대령하고 있는 자가 있었다. 이것을 본 부인이 냉소하며 말했다.

"내가 무슨 대신大臣 별성別星201)의 행차라고 문안 비장이 있으며, 또 나의 노자로도 이미 충분한데 무슨 지공이람!"

모두 물러나도록 시켰다. 중화에 도착해서도 또한 이전과 같았으나 모두 물리쳤다. 재송원栽松院을 지나 장차 긴 숲 속으로 들어가려고 하는데, 때는 늦은 봄이 되어 십리의 장림에는 봄 기운이 짙게 구비구비 서려있어, 맑은 강의 경치가 자못 아름다웠다. 심씨가 가마의 발을 걷고 경치를 완상하며 장림을 지나갔다. 숲을 다 지나 멀리 바라보니, 하얀 모래가 마치 비단결 같고, 맑은 강물은 마치 거울 같았으며, 분첩粉堞202) 이 강 언덕을 빙 둘렀고, 상선들이 강상에 어지럽게 모여 있었다. 연광정練光亭, 대동문大同門, 을밀대乙密臺는 초연하고, 대의 누각 단청이 햇빛에 비치어 빛나고, 여러 집채가 아득하여 사람의 안목을 빼앗을 지경이었다. 심씨가 감탄하였다.

"과연 경치가 빼어난 곳이로다. 그 이름이 헛되이 전하는 것이 아니로구나!"

한편으로는 길을 가면서 다른 한편으로는 구경을 하고 있을 때, 멀리 모래밭에서 문득 한 점의 꽃이 아득히 오고 있었다. 가까이 다가오는지라 바라보니 일개 명기였다. 그 기생은 녹의홍상綠衣紅裳203)에 비단 안

---

199) 주전廚傳은 주포廚庖와 역전驛傳, 즉 음식과 거마車馬. 지방에 나가는 관원에게 경유하는 역참에서 제공함.
200) 지공支供은 음식물을 이바지함.
201) 별성別星은 조정에서 파견하는 대소 관원의 통틀어 일컬음.
202) 분첩粉堞은 회를 바른 성가퀴.
203) 녹의홍상綠衣紅裳은 '연두저고리에 다홍치마'라는 뜻으로, 젊은 여자의 고운 옷

장을 한 한 필의 총마를 타고 모래밭을 가로질러 왔다. 심씨는 몹씨 이상하게 생각하고 말을 멈추고 바라보았다. 기녀는 가까이 다가오더니 말에서 내려 꾀꼬리 같은 목소리로 노래하듯 말하였다.

"아무개 기생이 뵙기를 청하옵나이다."

심씨는 그 이름을 듣자 무명업화無名業火204)가 삼천 길이나 솟구쳐올랐다. 인하여 큰 소리로 질책하였다.

"아무개 기생이라고? 아무개 기생이 무엇 때문에 와서 알현하느냐? 말 앞에 세워두어라."

기녀가 얼굴빛을 가다듬고 말 앞에 공손하게 섰다. 심씨가 보니 안색이 마치 이슬을 머금은 복숭아꽃 같았으며, 허리는 흡사 바람결에 흔들리는 가는 버들가지 같았다. 비단과 비취빛 구슬로 위아래를 장식하고 있는데 진실로 경성지색傾城之色이었다. 심씨가 자세히 바라보더니 말했다.

"네 나이는 몇인고?"

"열여덟 살이옵니다."

"너는 과연 명물이로구나. 장부가 이러한 명기를 보고도 가까이 하지 않는다면 졸부라 할 만하지. 내가 여기에 행차할 때 처음에는 너를 죽이고자 했다만, 너를 보니 명물인지라, 내 어찌 꼭 죽일 필요야 있겠느냐? 가서 우리집 영감님을 잘 모시도록 하거라. 다만 영감님은 힘없는 노친네이시니, 너무 지나치게 미혹되어 병이라도 나면 너의 죄는 죽어 마땅할 것이다. 삼가하도록 해라. 반드시 삼가하여라."

말을 마친 심씨는 말머리를 돌려 경성으로 향하였다. 태구가 이 말을 듣고 급히 사자를 달려 전갈하였다.

차림을 이르는 말.
204) 불교에서, 깨우치지 못한데서 오는 나쁜 마음이나 불처럼 성난 마음.

"제수씨의 행차가 성 밖까지 이르렀으면서 입성하지 않는 까닭은 무엇입니까? 원컨대 잠시 성내에 들어와서 영중營中에 며칠 머무르신 뒤 돌아가는 것이 좋을 듯합니다."

심씨가 냉소하며 말했다.

"나는 걸태乞駄질205) 하는 객이 아니니라. 입성해서 무엇 하겠느냐?"

뒤도 돌아보지 않고 행차하여 곧바로 서울의 집으로 돌아갔다. 그 후에 태구가 그 기녀를 불러다가 물었다.

"너는 어떻게 했길래 대담하게도 호랑이 입으로 직향하여 도리어 화를 면할 수 있었더냐?"

그 기녀가 대답하였다.

"부인의 성질이 비록 사납고 질투심이 많으나 천리나 되는 곳에 행차하셨으니 어찌 구구한 아녀자들이 갖출 수 있는 바이겠습니까? 말이 발길질하고 깨무는 것을 살피면 그 말의 걸음을 짐작할 수 있듯이 사람도 마찬가지이옵니다. 소인이 죽기는 매일반이었습니다. 비록 부인을 피한들 면할 수 있었겠습니까? 그렇기 때문에 짙은 화장을 하고 가서 배알하였던 것입니다. 만약 때려죽인다면 어찌할 수 없었겠지만, 그렇지 않다면 저를 보고 가엾게 여기시기를 바랐던 것이옵니다."

---

205) 염치나 체면을 돌보지 아니하고 탐욕스럽게 재물을 긁어들이는 것.

53) 평양기생이 잊지 못하는 두 남성[206]

평양에 한 기생이 있었는데 아름다운 자질과 뛰어난 가무로써 어릴
적부터 이름을 날렸다. 그 기생은 스스로 말하기를, 많은 사람들을 겪었

[206] 『청구야담』 "平壤有一妓 姿質歌舞 自少擅名 自言閱人多矣. 有未忘二人 一則妍美
而不能忘 一則醜惡而不能忘 人或問其故 對曰, 少年時侍巡使 宴于練光亭 夕陽時依
欄而望長林 則有一少年佳郎 騎驢飛也 似馳到江邊 呼船而渡入大同門 風儀動盪 望
之若神仙中人 心神如醉 托於如厠 下樓而審其所往處 卽大同門內店舍也 詳知而待
宴罷 改粧村婦服飾 乘夕往其家 從容穴窓見 則如玉美少年 書于燭下. 自念如此佳郎
如不得薦枕 則死不瞑目. 仍咳嗽於窓外. 其少年問爲誰 答曰 "主家婦也" 又問 "何爲
而昏夜到此?" 答曰 "弊舍商賈多入 無寄宿處 故欲借上堗一席而寢矣." 曰 "然則入來
可矣." 渠乃開門 而入坐於燭火背 則少年目不斜視 端坐看書 更深後仍滅燭而臥. 渠
乃作呻吟之聲 少年問何爲而有痛聲. 渠對曰 "曾有胸腹痛矣 今仍房堗之冷 宿症復發
矣." 其人曰 "若然則來臥於吾之背後溫處" 渠乃臥于背後. 食頃而不顧 渠仍言曰 "行
次何許人 而無乃宦侍乎?" 其人曰 "何謂也?" 渠曰 "妾非主人之婦 而乃是官妓也. 今
日練光亭上 得瞻行次之風儀 心甚艷慕 作此樣來此 冀其一面矣. 妾之資質 不至醜惡
行次年紀 不至衰老 靜夜無人之時 男女混處 而一不顧眄 非宦而何?" 其人笑曰 "汝是
官物乎? 然則何不早言? 吾則認以主人之婦而然也. 汝可解衣同枕可也." 仍與之狎 其
風流興味 卽一花柳場蕩子也 兩情歡洽. 及曉而起 促裝將發 對渠而言曰 "意外相逢 幸
結一宵之緣 遽爾相分 後會難期 別懷何可言. 行中別無表情之物 可留一詩." 仍使渠
擧裳幅而書之曰 "水如遠客流無住 山似佳人送有情 銀燭五更羅幌冷 滿林風雨作秋
聲" 書畢投筆而起. 渠仍把袖而泣 問住姓名 則笑而答曰 "吾放浪於山水樓臺之人也.
居住姓名不必問知." 仍飄然而去. 渠仍歸家 欲忘而不忘也 每抱裳詩而泣 此是妍美
而難忘之人也. 嘗以巡使隨廳妓 侍立矣. 一日門卒來告 某處末音同知 來謁次 在門外
矣 巡使使之入來 卽見一胖大村漢. 布衣草鞋 腰帶半渝之紅帶 顱懸金圈云 而純是銅
色. 眉目獰悍 狀貌醜惡 卽一天蓬將軍. 來拜于前 巡使問 "汝何爲而遠來也?" 對曰
"小人衣食不苟 別無所望於使道而來也. 平生所願 欲得一箇佳妓而暢情 爲是而不遠
千里而來也." 巡使笑曰 "汝若有此心 則可於此中 擇一箇 洽意妓也." 厥漢聞令 而直
入隨廳房 諸妓一時 風靡電散. 厥漢追後逐之 捉一而云 "貌不美" 又捉一而云 "體不
合" 及到渠捉而見之曰 "是可用" 仍抱至墻隅而强奸之. 渠於此時 而力弱之故 不得敵
也 求死不得 而任其所爲. 少焉脫身歸家 以溫水浴身 而脾胃莫定 數日不得進食. 此
眞醜惡而難忘者云爾."

는데 그 중에서도 잊지 못할 두 사람이 있으니, 한 사람은 아름다워 잊을 수 없고, 다른 한 사람은 추악해서 잊을 수 없다는 것이었다. 어느 사람이 그 까닭을 물으니 대답하였다.

"제가 어렸을 적 순사巡使207)를 모시고 연광정練光亭에서 연회를 하고 있었습니다. 날이 저물 무렵 난간을 의지해 죽 늘어선 숲을 바라보니, 나이 어린 아름다운 한 사내가 나귀를 타고 나는 듯이 달려 강변에 도착하더니, 배를 불러 타고 강 건너 대동문으로 들어가는데 풍채와 거동이 동탕動蕩208)하여 마치 신선 같아보였습니다. 그 사내를 본 나는 심신心神이 취한 듯하여, 측간 간다는 핑계를 대고 누대를 내려와 그가 머무는 곳을 살펴보니, 그곳은 대동문 안에 있는 가겟집이었습니다. 그래서 그가 묵은 가게에 관해 자세히 알아두고, 연회가 끝나기를 기다렸다가 화장을 고쳐 시골 아낙네 옷차림을 하고, 저녁이 되자 그 사내가 묵은 가게로 찾아갔지요. 창틈으로 들여다보니 옥같은 미소년이 등잔불 아래서 책을 보고 있는데, 이같이 아름다운 소년에게 천침薦枕하지 못한다면 죽어도 눈을 감지 못할 것이라고 스스로 생각했지요. 창밖에서 기침소리를 내자 그 소년이 물었습니다.

'뉘시오?'

'주인집 아낙인데요.'

'무엇 때문에 늦은 밤에 이곳에 왔소?'

'저희 집에 장사치들이 많이 들어와 기숙할 곳이 없습니다. 그래서 윗목 한 자리를 빌어 자고자 해서 왔습니다.'

'그렇다면 들어오시오.'

이렇게 해서 저는 문을 열고 들어가 등잔불 뒤에 앉았는데, 그 소년은

곁눈질도 하지 않고 단정히 앉아 책만 보았습니다. 밤이 깊어진 후 촛불을 끄고 자리에 눕자, 제가 이내 신음소리를 내니 소년이 물었습니다.

'어찌하여 신음소리를 내시오?'

'일찍이 흉복통胸腹痛이 있었는데 지금 방 구들이 찬 것으로 인해 숙질이 재발하였습니다.'

'그렇다면 내 등 뒤로 와서 따뜻한 곳에 누우시오.'

제가 그 등 뒤에 누운 지 식경209)이나 지나도 소년은 저를 뒤돌아보지 않았습죠. 내가 이윽고 말했습니다.

'행차는 어떤 사람이십니까? 혹 환시宦侍210) 아니시오?'

'무슨 말이오?'

'첩은 주인집의 아녀자가 아니라 관기입니다. 오늘 연광정에서 행차의 풍채와 거동을 보고 마음속으로 몹시 염모艷慕했습죠. 이 모양으로 여기에 온 것도 다만 그대와 한번 상대할 수 있기를 바라서입니다. 첩의 자질이 추악한데 이르지 않고 행차의 나이 또한 노쇠한 지경에 이르지 않았으며 조용한 밤 사람이 없는 때에 여자와 함께 거처해 있는데 한 번도 돌아보지 않으시니 환시가 아니라면 어찌 그럴 수 있겠습니까?'

그 소년이 웃으면서 말했습니다.

'네가 관가 기생이라고! 그렇다면 어찌 일찍 말하지 않았느냐? 나는 주인의 부인으로 알고 그랬던 것이다. 옷을 벗고 동침하는 것이 좋겠다.'

이에 서로 더불어 친압親狎211)하였는데, 그 소년의 풍류와 흥미는 가히 화류장花柳場의 한 탕자蕩子로, 두 사람의 정이 모두 흡족하였습니다. 새벽이 되자 그 소년은 일어나 바삐 채비를 차리더니 떠나려고 하면서

---

209) 식경食頃은 주로 수 관형사 다음에 쓰여, 밥을 먹을 동안을 이르는 말.
210) 환시宦侍는 궁중에서 임금의 시중을 들거나 숙직 따위의 일을 맡아본 벼슬아치. 조선시대 환관宦官의 별칭.
211) 친압親狎은 버릇없이 너무 지나치게 친함.

저에게 말했습니다.

'뜻밖에 상봉하여 다행히도 하룻밤의 인연을 맺었는데, 이제 서로 헤어지면 만나는 것은 기약하기 어려우니, 이별하는 회한을 어찌 말로 다 할 수 있겠느냐. 내 행랑 중에는 정표가 될 만한 물건이 달리 없으니 한 편의 시를 남기겠다.'

그러더니 저로 하여금 치마폭을 들게 한 뒤 거기에 다음과 시를 썼습니다.

물은 머나먼 손님처럼 흘러 머물지 않고	水如遠客流無住
산은 가인 같아 보내는데 유정하구나	山似佳人送有情
한밤중 은빛 등불에 비단 휘장 차가운데	銀燭五更羅幌冷
숲에 가득한 비바람은 가을 소리를 내네	滿林風雨作秋聲

글을 다 쓰자 붓을 던지고 일어났습니다. 제가 이에 그 소년의 소매를 잡고 흐느끼며 사는 곳과 이름을 물으니, 그는 웃으면서 대답했습니다.

'나는 산수간에 누대를 찾아다니며 방랑하는 사람이다. 거주성명은 물어 알 필요가 없도다.'

그리고 나서는 표연히 떠났습죠. 저는 집에 돌아온 후 그 아름다운 소년을 잊으려고 노력했지만 결코 잊을 수 없었습죠. 매번 치마폭에 써준 시를 껴안고 울었으니, 이 사람이 아름다워 잊기 어려운 사람입니다. 제가 일찍이 순사의 수청기守廳妓로 시립侍立하고 있을 때였습니다. 하루는 문졸門卒이 와서 모처에 사는 마름212) 동지213)가 알현차 와서 문밖에서 기다리고 있다고 아뢰었습니다. 순사가 들여보내라고 명하자, 들어

---

212) 마름[舍音]은 조선조 중기 이후 토지 관리를 맡아보던 최하의 담당자. 지주의 위임을 받아 소작지를 관리했음.
213) 동지同知는 직함이 없는 노인에 대한 존칭.

온 사람은 살찌고 몸집이 큰 촌놈이었습니다. 베옷을 입고 짚신을 신었으며 허리에는 반쯤 바랜 홍대紅帶를 두르고, 머리에는 금관자金貫子랍시고 둘렀는데 순 똥색이었습니다. 미목眉目이 사나왔으며 생김새가 추악하여 진실로 하나의 천봉장군天蓬將軍이었습니다. 그놈이 앞에 나와 절하니 순사가 물었습니다.

'너는 무엇 때문에 멀리서 이곳까지 찾아왔느냐?'

그놈이 대답했습니다.

'소인은 의식이 구차한 것도 아니옵고, 사또에게 별다른 소망이 있어서 온 것도 아니올시다. 다만 평생의 소원이 아름다운 한 기생을 얻어 정을 통하는 것이라 이 소원성취를 위해 천리를 멀다 하지 않고 왔습니다.'

순사가 웃으면서 말했습니다.

'네 마음이 정히 그러하다면, 이곳에서 너의 마음에 흡족한 기생을 선택하도록 해라.'

그 놈이 명령을 듣자마자 곧바로 수청기생방으로 들어오니 모든 기녀들은 일시에 풍비박산하여 도망했습니다. 그놈은 도망다니는 기생들의 뒤를 쫓아다니다 한 기생을 잡았는데 예쁘지 않다고 놓아주고, 또 한 명을 잡더니 체격이 적합지 않다고 놓아주었습니다. 그러다가 마침내 저를 잡더니 비로소, '족히 쓸 만하다'라고 말했습니다. 그리고 나서는 곧바로 저를 안고 담 모퉁이로 데리고 가서 강간하였습니다. 저는 그때 힘이 약했기 때문에 대적할 수 없었습니다. 죽도록 반항했지만 어쩔 수 없어 마침내는 그놈이 하는 대로 맡겨두었습니다. 잠시 뒤 몸을 빼어 집으로 돌아와 온수로 목욕했지만 뒤틀린 비위를 가라앉힐 수 없어 며칠 동안 음식을 먹을 수 없었습니다. 이는 진정 추악해서 잊을 수 없는 자입죠."

54) 강계 기생 무운의 수절214)

무운巫雲은 강계江界215)의 기녀이다. 그는 자색과 기예로 한 때 세상
에 이름을 떨쳤다. 서울에 사는 성진사成進士라는 자가 우연히 그곳에
내려갔는데, 무운이 그를 천침한 뒤로는 서로 사랑이 몹시 돈독해졌는
지라 성진사가 서울로 돌아갈 때에 이르러서는 서로 연연해하며 차마
버리지 못하였다. 무운은 성생成生을 보낸 뒤 다른 사람과는 일절 관계
하지 않기로 마음으로 맹서한 뒤 양 다리 사이를 쑥으로 뜸질하여 부스
럼 자국을 만들어 나쁜 병이 있다고 핑계하였다. 이러한 까닭에 전후의
사또들을 일찍이 한 사람도 모시지 아니하였다. 대장 이경무李敬懋216)

---

214) 『청구야담』 "巫雲者江界妓也 姿色才藝 擅于一時. 京居成進士者 偶爾下來 仍薦枕
而情愛甚篤 及其歸也 彼此戀戀不忍捨. 雲自送成生之後 矢心靡他 艾炙兩股間作瘡
痕 托言有惡疾云. 以是之故 前後官家 一未嘗侍. 李大將敬懋之莅任也 招見而欲近
之 雲解示瘡處曰 "妾有此惡疾 何敢近前." 李帥曰 "若然則汝可在前 使喚可也." 自此
以後 每日守廳 而至夜必退 汝是四五朔. 一夜雲忽近前曰 "妾今夜願侍寢矣." 李帥驚
曰 "汝旣有惡疾 則何可侍寢?" 雲曰 "爲成進士守節之故 以艾炙之 以是避人之侵困.
侍使道積有月 微察凡百 卽是大丈夫也. 妾旣是妓物 則如使道大男子 豈無心近侍
耶?" 李笑曰 "若然則可就寢." 仍與之狎. 及苽熟將歸也 雲願從之. 李帥曰 "吾有三妾
之率育者 汝又隨去 甚不緊矣." 雲曰 "然則妾當守節矣." 李帥笑曰 "守節云者 如爲
成進士守節乎?" 雲勃然作色 仍以刀斫左手四指. 李帥大驚欲率去 則又不聽 仍以作
別矣. 後十餘年後 以訓將補城津 盖朝家新設城津鎭 而以宿將重望之 故單騎赴任. 城
津與江界 接壤三百餘里也. 一日雲來現而帥欣然逢迎 敍積阻之懷 與之同處 夜欲近
之 則抵死牢拒. 李帥問之此何故也. 對曰 "爲使道守節矣." 李帥曰 "旣爲余守節 則何
抵我也?" 雲曰 "旣以不近男子 矢于心 則雖使道不可. 一近之則便毀節也" 仍堅辭.
同處一年餘 而終不相近. 及歸又辭歸渠家. 其後李帥喪妻 雲奔喪而留京 過衰禮後 還
下去. 而帥之喪亦然. 自號雲大師 仍終老焉."
215) 강계江界는 평북平北에 있는 지명.
216) 이경무李敬懋(1728~1799); 조선후기의 무신, 자 사직士直, 본관 전주全州. 무과
급제, 여러 벼슬을 거쳐 금위대장禁衛大將, 훈련대장訓練大將, 형조 판서 등을
지냈다.

가 부임하자 그녀를 불러서 보고는 가까이 하고자 했다. 무운은 부스럼 난 곳을 보여주며 말했다.

"첩에게 이 같은 나쁜 질병이 있으니 어찌 감히 가까이 하겠습니까."

"그렇다면 너는 내 앞에서 심부름하는 것이 좋겠다."

그 뒤로 매일 수청守廳217)들었다가 밤이 되면 어김없이 물러났다. 이와 같이 너댓 달이 지나갔다. 어느 날 밤 무운이 홀연히 이경무 앞에 나아와 말했다.

"첩이 오늘밤 잠자리를 모시기 원하옵나이다."

경무가 놀라며 말했다.

"너는 이미 나쁜 질병이 있는 몸으로 어찌 잠자리를 모신다는 것인고?"

"사실은 성 진사를 위하여 수절했던 까닭에 쑥으로 뜸을 들여 그로써 남이 침범하려는 어려움을 피했던 것입니다. 사또님을 모신지 이미 여러 달로 범백218)의 일을 가만히 살펴보니 사또님은 대장부요, 첩은 이미 기물妓物인즉 사또님 같은 대남자大男子를 어찌 가까이서 무심하게 모실 수 있겠습니까?"

이가 웃으면서 말했다.

"만약 그렇다면 잠자리에 들도록 하여라."

그리고는 그 둘은 친압하였다. 이경무가 임기가 다 되어 장차 서울로 돌아가려고 할 때, 무운은 그를 따라가기 원했다. 이경무가 말했다.

"나에게는 거느리고 기르는 세 명의 첩이 있으니 너까지 또 따라가는 것은 대단히 긴치 않은 일이다."

이 말을 들은 무운이 말했다.

"그렇다면 첩은 마땅히 수절하겠나이다."

이경무가 웃으며 말했다.

"수절이라고 하는 것은 성진사를 위하여 했던 수절과 같은 것인가?"

이 말을 들은 무운은 발끈 얼굴빛을 변하며 칼로 왼손 넷째 손가락을 잘랐다. 이경무가 몹시 놀란 나머지 그녀를 데리고 가고자 하였으나 무운 또한 듣지 않았다. 그들은 이렇게 작별하였다. 그런지 십여 년이 지난 후 이경무는 훈련대장訓練大將으로 성진城津을 맡게 되었다. 조정에서는 성진진城津鎭219)을 새로 설치했는데, 이경무가 노련한 장수로 중망을 받은 까닭에, 한 필의 말을 타고 성진에 부임하게 되었던 것이다. 성진은 강계와 더불어 삼백여 리의 땅을 접하고 있었다. 무운이 와서 알현하니 이경무가 혼연히 그녀를 맞이하여 쌓이고 막혔던 회포를 풀고 더불어 처하게 되었다. 밤에 그녀를 가까이 하려고 하자, 무운은 죽기를 한하고 굳게 거절하였다. 이경무가 그 까닭을 물었다.

"왜 그러한가?"

"사또님을 위해 수절하는 것입니다."

"이미 나를 위해서 수절했다면 어째서 나를 거절하는 것인가?"

"이미 남자를 가까이 하지 않기로 마음에 맹세하였으니, 비록 사또님이라 하더라도 가까이 할 수 없습니다. 한번 가까이 하면 곧 훼절毀節하는 것입니다."

무운은 끝내 굳게 거절하였다. 일 년여를 함께 같은 곳에서 살았어도 끝내 서로 가까이 하지는 않았다. 사또가 서울로 돌아가게 되자 무운 또한 그에게 인사를 올리고 자기의 집으로 되돌아갔다. 그 뒤 이경무가 상처하자 무운이 달려가 조문하고, 서울에 머무르다 상례를 마친 후 고향으로 내려갔다. 이경무의 상을 당했을 때에도 또한 그렇게 하고, 스스로를 운대사雲大師라고 호칭하고 늙어 생을 마쳤다.

---

219) 성진진城津鎭은 함북에 있는 진으로 영조22년(1746) 설치했던 진.

55) 공경을 하여달라 했소, 분별을 가져달라 했소[220]

어떤 선비가 한 기녀에게 푹 빠지게 되자, 그의 아내가 선비에게, "아내를 박대하고 기녀에게 빠지게 된 까닭은 무엇입니까?" 하고 나무랐다.

이에 선비가, "아내란 무릇 서로 공경하고 분별을 가져야 하는 의리가 있기 때문에 존귀하여 함부로 욕정을 풀 수 없지만, 기녀에게는 욕정에 맞추어 마음대로 할 수 있고 음탕한 일에 있어서도 마음껏 재미를 다 할 수 있소. 그러니 자연히 허물이 없이 되고 가깝게 되는 것은 당연한 이치가 아니겠소?" 하고 대꾸하였다.

그러자 이 말에 아내는 크게 화를 내면서, "내가 언제 공경을 하여달라 했소? 분별을 가져달라 했소?" 하고는 남편을 사정없이 때려주었다고 한다.

56) 쌀 뒤주에 갇힌 목사[221]

옛날 원주原州에 유명한 기생이 있어 부임하는 목사들마다 기생의 수완에 몸이 녹아 공무를 제대로 돌보지 못하였다. 한때 이를 매우 못마땅하게 여기는 중앙의 한 관리가 있었는데 여자에게 정신을 빼앗기는 자는 바보라고 무시하고 멸시하였다. 마침내 이 관리가 원주목사로 부임

---

220) 『고금소총古今笑叢』, '오욕존호욕별호吾欲尊乎欲別乎'.
221) 『고금소총古今笑叢』, '농금목사籠禁牧使', 이 설화는 '미궤설화米櫃說話'라고 하는데, 『동야휘집東野彙輯』에는 '차관출궤수라단差官出櫃羞裸袒'이라는 제목으로 실려 있다. 남편이 있는 여자와 간통하려던 남자가 남편을 피하여 쌀뒤주에 숨었다가 망신을 당한다는 소화笑話로 풍자적인 성격을 지닌다. 이 설화는 '말하는 쌀자루설화'와 비슷하지만, 간통에 대한 응징의 의미가 보다 약화되거나 변모되어 나타난다.

해 가게 되자 많은 사람들이 잔뜩 벼르고 있었다. 관리가 원주에 도착하기 전에 이방吏房이 그 기생을 불러 꾀를 묻자 기생은,

"어려운 일이 아니니 사또를 몸뚱이채로 장롱에 넣어 관아에 바치겠다"고 큰 소리를 쳤다. 관리가 원주에 도착하고 며칠이 지나자 기생은 일부러 말을 원주 관아 안에 풀어놓고 화단과 마당 근처에 있는 풀을 다 뜯어먹게 만들었다. 화가 난 원주목사가 말 주인을 데려오라고 하자 기생이 과부인 척 꾸며 소복을 차려입고 나타났다. 목사의 추궁에 과부로 분장한 기생은 사내가 집에 없어 말의 관리가 소홀했음을 인정하면서 자못 설움에 북받친 듯 눈물을 찍어 누르는데 목사가 내려다보니 그 자태가 절색絶色인지라 한 눈에 반했지만 짐짓 아닌 척 하였다. 그리고 과부의 사정을 감안하여 죄를 묻지 않고 방면하였다. 며칠이 지나 과부로 분장한 기생이 은혜에 보답코자 한다는 명분으로 주안상을 갖추어 원주목사의 처소를 방문하자 목사는 그녀와 밤늦도록 수작하다가 마침내 정을 통하였다. 이리하여 밤마다 몰래 정을 통하더니 하루는 과부가 목사에게 자신의 집으로 오기를 청하였다. 마침내 목사는 남의 눈을 피해 밤중에 몰래 과부의 집에 들었다. 그리고 옷을 벗고 여인과 즐기는데 갑자기 바깥에서 우렁찬 사내의 목소리가 들렸다. 사내는 지금까지 베풀어 준 자신을 배신한 여자를 용서치 않겠다며 화난 음성으로 고래고래 소리쳤다. 놀란 목사는 피할 곳을 찾다가 창졸간에 여인의 장롱 속으로 숨었다. 방문을 성큼 열고 들어선 사내는 자신을 농락한 여자를 벌주겠다며 그 증거로 장롱을 들고 가서 관아에서 죄를 묻겠다고 하였다. 그러자 여인은 거짓 시늉으로 그것만은 안된다며 매달렸다. 그러나 사내가 강제로 장롱을 짊어지고 나가 원주 관아 앞마당에 내려놓고 장문을 여니, 그 속에서 원주목사가 나와서 뒷날 모든 사람들의 웃음거리가 되었다고 한다.

57) 무기정舞妓亭 기생 월이 설화

　　일본이 15세기 후반 조선을 침략할 뜻을 품고 사전에 밀사를 보냈다.
그는 조선의 해안선 지도 작성과 육로로 침략할 수 있는 전략, 그리고
정세와 민심을 탐지하는 임무를 띠고 우선 접근하기 쉬운 울산 해안을
따라 지도를 작성하면서 동래, 부산, 낙동강, 진해, 마산을 거쳐 고성에
발을 딛게 되었다. 당항포 해안으로 당동, 통영만을 둘러 고성읍 수나동
해안을 따라 삼천포로 가려고하니 해는 이미 서산으로 기울어 땅거미
가 내리고 있었다. 그래서 잠자리를 찾아 주막집이 많은 무학동 무기정
곱사집에서 하룻밤을 투숙하게 되었다.

　　곱사집에는 사교성이 능하고 재치가 있으며 용모가 아름다운 기녀
몇 명이 있었다. 밀사는 몇 달 간 홀몸으로 임무 수행에만 골몰하던 나
머지 이국 여자들의 상냥한 말과 행동에 그만 반하고 말았지만 임무가
중함을 알고 돌아올 때 찾기로 하고 길을 떠났다. 그가 무학동 무기정
곱사네 집을 다시 찾을 때는 해가 바뀐 늦가을이었다. 기녀를 안고 마음
의 회포를 풀 생각을 하니 밀사는 임무 수행은 생각할 겨를도 없이 술을
마시기 시작했다.

　　얼마쯤 취했을까. 시간이 흘러 사경이 될 무렵 밀사는 오랜만에 술에
취하여 월이의 품에 녹아 떨어졌다. 월이는 깊이 잠든 밀사의 가슴을 뒤
져 무명 비단보에 여러 겹으로 싼 보자기를 펴보았다. 보자기 속에는 보
물이 아니라 먼 장래 조선을 침략할 전략과 해로의 공격요지며 육로로
도망할 수 있는 지도가 상세히 그려져 있었다.

　　월이는 곰곰이 생각했다. 비록 몸이 기생의 몸이지만 태어난 조국이
고 부모의 얼이 묻혀있는 곳이 아닌가. 정신을 가다듬고 밀사가 그리던
붓을 찾아 조심스럽게 수남동과 지소강222)을 연결하고, 또 통영군과 동

해면 거류면을 섬으로 만들어 놓고 붓을 놓자마자, 밀사는 몸을 움직이며 잠꼬대로 하는 말이 "일 년 후면 이 고을의 군주가 될 것이다"라고 지껄였다. 월이는 혼비백산하여 짐을 전과 같이 꾸려 품에 안겨놓고 자기 방으로 돌아왔다. 그리고 몇 달을 보낸 어느 날, 왜놈들이 부산성을 무너뜨리고 고성으로 쳐들어온다는 소문이 파다했다. 드디어 임진년 6월 5일 당항포 앞바다에는 큰 집채만한 이층으로 된 배 한 척과 크고 작은 배 삼십 여척이 지소강으로 오더니 소소포召所浦223) 앞에 이르러 통로가 없음을 알고 서너 번 원을 그리면서 북과 징을 울리니 현민들은 이젠 꼼짝없이 당하나보다 하고 뒷산으로 피난가기에 바빴다. 사시巳時224)쯤 되었을까. 아자음포阿自音浦225) 쪽에서 조그만 우리 아군 범선 한 척이 나타나자, 왜선은 원을 그리며 맴돌다가 아군의 범선을 발견하고 뒤쫓아가니 범선은 다시 뱃머리를 돌려 아자음포 쪽으로 달아났다. 어떤 기미가 엿보였는지 왜선은 당항포 앞바다에서 진을 치고 북과 징을 쳐 기세를 울리는데 아군 범선이 돌아간 아자음포 쪽에서 거북선을 앞세운 범선 열다섯이나 열여섯 척이 왜군의 진영을 향하고 비호같이 들어가 순식간에 당항포 해전이 벌어졌다. 왜선은 소낙비에 찢어진 파초잎처럼 산산조각이 났고, 겨우 목숨만 건져 살아남은 왜적들은 뭍으로 기어올라 도망쳐 버리고, 물 위에 떠오른 왜적의 머리 수백 두가 썰물에 밀려 소소포 쪽으로 밀려오니 그 뒤부터 머리가 밀려 왔다 하여 '두호頭湖'라 부르게 되었다. 비록 기녀의 몸이라 훌륭한 공을 세워도 기록은 없으나 다만 무학동이 옛날의 기생촌이었다는 전설과 '월이'라는 기생이

---

222) 지금의 경남 고성군 마암면 삼락리 간척지 일대.

223) 소소포召所浦는 오늘날의 경남 고성군 마암면 두호.

224) 사시巳時는 열두 시의 여섯째 시. 곧 오전 9시부터 11시까지의 동안. 24시의 열한째 시.

225) 지금의 경남 고성군 동해면.

있었다는 전설이 남아있다. 그 뒤 당항포 앞바다를 왜놈들이 속았다고
하여 일명 '속싯개'226)라 불러오고 있다.227)

58) 임금께 바친 기생의 사적삼

조선 선조 때에 한 젊은 관원이 왕명을 받아 평안도 어사가 되었다.
평안감사가 탐장貪贓228)한다는 소문이 자자하였으므로 어사가 임금에
게 하직인사를 할 때 선조 임금은 그 일을 아울러 살피라고 하면서 하교
하였다. "만일 발견된 장물이 있거든 즉시 올려보내라."

어사가 왕명을 받들고 여러 고을을 두루 살피다가 평양에 이르러 탐
문해보니 과연 헛소문이 아니었다. 그런데 장물을 잡아낼 길이 없었다.
이에 어사는 한 꾀를 내어 시골에서 온 손님처럼 변장한 다음 거짓말로
감사 친척의 사환이라 하고 편지를 들이밀었다. 감사는 맞아들여 후대
하고 그가 도망간 종을 추심하러 가는 길임을 듣고는 관자關子229)를 작
성해 주었다.

어사는 배우지 못한 시골뜨기처럼 굴면서 감사의 동정을 살피려고
일부러 오래도록 자리에서 일어나지 아니하였다. 이때 감사가 조그마
한 첩지帖紙230)를 손에 쥐고 가만히 뭐라고 쓰고는 끝에 자기의 이름을

---

226) 속싯개는 당항포 일대를 지칭하는 또다른 이름으로, 왜군을 속여 승리했다라는
데서 유래되었다. 즉 고성 무기정 기생 월이가 밀사의 지도에 수남동과 지소강
(지금의 간척지)을 연결, 통영군과 동해면, 거류면을 섬으로 만들어 임진란 때 왜
군을 속여 소소포김所浦(지금의 마암면 두호) 까지 적을 유인하여 대파하였다.
227) 출처; 경상남도청 홍보자료.
228) 탐장은 관리가 부정한 방법으로 재물을 탐함, 또는 그렇게 하여 얻은 재물. 범
장犯贓.
229) 조정의 공문서를 말함.
230) 첩지帖紙는 관아에서 이례吏隷를 채용할 때에 쓰던 임명장. 곧 사령辭令, 체자

써 넣었다. 어사가 그 곁으로 가까이 가서 엿보니, 바로 백주白紬 한 동同231)을 들이라는 첩지였다. 감사가 노하여 꾸짖었다.

"시골 사람이 체면도 모르고 감히 어른이 하는 일을 엿보느냐?"

어사는 화들짝 놀라는 체하였다. 감사가 그 첩지를 통인通引232)에게 넘겨주어 도장을 찍게 할 때 어사는 바삐 일어나서 그 첩지를 빼앗았다. 그 감사가 화를 내어 꾸짖으며 도로 빼앗으려 하자 어사는 얼른 명리命吏233)를 불렀다. 명리는 미리 뜰 아래에 엎드려 있다가 큰 소리로 외쳤다.

"암행어사 출도야."

그러자 감사는 가슴이 철렁 내려앉아 내사內舍로 달려 들어가고 어사는 그대로 말을 달렸다.

감사가 당황하여 비장裨將들을 모아놓고 말했다.

"어사가 내 첩지를 빼앗아 갔다. 이미 장률贓律234)을 범하였으므로 죄를 면하지 못할 듯싶다. 만일 기묘한 꾀를 써서 그 첩지를 찾아오면 백금白金 오십 냥과 세목細木 오십 필을 상으로 줄 것이고, 관속은 응당 면천시켜 줄 것이다."

기생 하나가 자원하고 나가서 그 어머니와 함께 술과 음식을 준비하고 어사의 행적을 탐지하였다. 그런데 어사가 저녁때 강가의 객점으로 들어온다는 것이었다. 그래서 기생은 몰래 객점 주인을 다른 데로 옮기고 가짜 주인이 되어서 그 어머니로 하여금 어사를 접대하게 하였다. 그

帖字. 혹은 금품을 받은 표, 곧 영수증.
231) 동同; '묶음'을 세는 단위. 붓은 열 자루, 생강은 열 접, 백지 백 권, 볏짚 백 단, 땅 백 뭇, 무명 오십 필, 먹 열 장, 곶감 백 접, 한지 열 권(이천 장), 청어 이천 마리 등.
232) 통인通引은 조선시대에 관아의 관장官長 앞에 딸리어 잔심부름하던 이속吏屬. 지인知印. 토인.
233) 명리命吏는 임금이 임명한 벼슬아치.
234) 장죄贓罪를 다스리는 법률. 범죄를 범한 곳의 시가時價로 따져 사십 관貫이 넘으면 사형, 그 이하는 그 수효에 따라 자자刺字, 도류徒流, 장仗, 태笞의 형벌에 처함.

어머니는 관록이 있는 노기老妓인지라 무척 영리하였다. 술과 안주와 저녁밥을 차례대로 풍성하게 차려 내오면서 간곡한 정을 다 쏟아부었다.

어사는 좋은 부인을 만난 것이 기뻐서 그 노파와 계속 이야기를 하였다. 이때 마침 소녀 하나가 부엌 안에서 어른거리는 것이 보였는데, 노파가 소녀를 불러다 술을 따르게 하였다. 어사가 소녀를 보고는 노파에게 물었다. "이 여자는 누구인고?"

"쇤네의 죽은 아우의 딸이옵니다. 서울 대갓집에서 가서 일하다가 제 어미의 소상을 지내기 위해 말미를 받아 내려왔다오."

어사는 첫눈에 반해 침을 흘리며 감탄했다.

"할멈의 조카딸이 어찌 이리도 절색인가?"

"뭘요, 하천배 중에서 겨우 추물이나 면했을 뿐인데 행차의 칭찬이 지나치신 것 아니옵니까?"

노파가 그 소녀로 하여금 술을 따르게 하고 또 노래를 부르도록 하니, 그 소녀는 노래를 잘하였다. 그 소리가 유창할 뿐만 아니라 음률에도 빈틈없이 맞았으므로 어사는 대단히 기특하게 여겼다.

그 노파가 물러간 뒤에 어사는 술을 흠뻑 마셔 잔뜩 취해서 이내 그 소녀와 베개를 함께 베고서 '상경한 뒤에 속량贖良235)하여 소실로 삼겠다'고 약속하므로 기생은 기뻐하였고 두 사람의 정이 차고 넘쳤다. 밤이 깊어지자 두 사람은 함께 잠자리에 들었다.

기생은 어사가 조그마한 검은 궤 하나를 옷으로 싸서 그대로 베는 것을 보고 어사가 깊이 잠들기를 기다렸다. 그리고 다른 베개를 대신 베어주고 그것을 빼내서 가만히 열어 보았더니, 과연 첩지가 그 속에 들어있었다. 기생은 그 첩지를 꺼내고 대신 제 사적삼紗赤衫을 그 속에 넣어 도로 가만히 베어주었다. 어사는 잔뜩 취해 곤히 잠들어서 깨지 않았다.

---

235) 속량贖良은 몸값을 받고 종을 풀어 주어서 양민良民이 되게 함. 속신贖身.

기생이 곧 첩지를 보내주자 감사는 크게 기뻐하고 약속대로 후한 상을 주었다. 어사는 기생과 며칠을 지낸 뒤 서울로 올라와 복명하고 작은 궤를 받들어 올렸다. 그런데 웬일일까. 선조 임금이 그 궤를 열어보니 첩지는 보이지 않고 다만 여인의 사적삼이 들어있을 뿐이었다. 선조 임금이 괴상히 여기고 그 까닭을 물으니 어사는 당황하여 뒤로 물러나 엎드려서 머리를 조아릴 뿐이었다. 한참 후에 이 일의 전말을 아뢰니 선조 임금은 넌지시 웃었다.

"이것은 바로 감사의 계략이니라."

그리고 곧 어사에게 물러가도록 명하고, 정원政院236)에 전교하여 그 곡절을 감사에게 자세히 물어 감사로 하여금 숨김없이 실토하게 하였다. 감사는 자신이 어사에게 속임을 당하고 또 어사가 기생에게 속임을 당한 일의 자초지종을 서면으로 아뢰고 죄를 청하였다. 그러자 선조 임금이 하교하였다.

"감사의 남용은 바로 위법이나 역시 사소한 일이고, 첩지를 도로 빼앗은 것 또한 일을 능란하게 처리한 것이라 할 만하니, 우선 놓아두어 불문에 붙이도록 하라. 그리고 어사가 속임을 당한 것은 해괴한 일이나 남자가 여색에 미혹되어 한순간 속은 것이니 행여 괴이하게 여길 것이 없다. 그러므로 역시 놓아두어 불문에 붙이도록 하라. 또한 기생의 전후 처사도 역시 영리하다 할 수 있으니 그 약속에 따라 면천시키도록 하라."

그리고 선조 임금은 곧 그 기생을 어사의 소실로 삼게 하였다. 이리하여 감사와 어사는 다 죄를 면하게 되고 그 기생은 면천하여 갑자기 명사名士의 소실이 되었다. 어찌 장한 일이라 아니할 수 있겠는가. 그래서 지금까지 선조 임금의 훌륭한 덕을 칭송하고 있다.237)

---

236) 승정원承政院을 말함. 조선시대 때 임금의 명령을 전달하고 임금께 아뢰는 일을 맡던 관아.
237) 『계압만록鷄鴨漫錄』 *조선 말기에 편찬된 편자 미상 야담집. 2권 2책, 한문 필

59) 박문수와 기생 설화[238]

박문수朴文秀가 등과하기 전에 진주 책방에 있을 때 한 기생과 사귀어 정이 깊었다. 그 무렵 관청에는 박색이라 늙도록 시집을 가지 못한 물 긷는 종이 있었다. 그 여자에게 남녀의 정을 알게 하는 사람은 큰 복을 받을 것이라는 얘기를 듣고 박문수가 측은히 여겨 그 계집종을 불러 동 침하였다.

나중에 박문수가 서울로 가서 과거에 합격하여 암행어사가 되어 내 려오니 기생은 초라한 행색을 보고 박대하였으나 그 종은 지성껏 대접 하였을 뿐 아니라 오랫동안 박문수의 성공을 빌고 있었다고 하였다.

그 사실을 안 박문수는 크게 감격하였다. 이튿날 사또가 베푼 잔치에 서 좌중의 멸시를 받고서 마침내 어사출두를 외쳐 관리들을 징계한 뒤 기생에게는 벌을 주고 그 여종에게는 상금을 내려주었다 한다. 이 설화 는『기문총화』에서는 다음과 같이 전한다.

> "어사 박문수가 젊었을 때 고을 원님으로 임명된 외삼촌을 따라 진
> 주를 갔을 때 그곳 관아 소속 기생과 깊은 정을 통하면서 죽을 때까지
> 믿음을 변치 않기로 약속했다. 하루는 글방에 앉아 있는데 지지리도 못

사본. 편찬 연도는 제1책의 끝의 기록과 본문 내용으로 보아 고종21년(1884)에 착수, 1892년에 완성한 듯하다. 각 책 끝에 붙어 있는 '등서謄書'라는 표현에서 알 수 있듯이 대부분 전대의 기록에서 보고 베낀 것이다. 즉, '허생전許生傳', '야 서혼野鼠婚', '손순지매孫順之埋', '이완李浣이 도적을 만난 일' 등 이미 널리 알 려진 이야기들을『어우야담於于野譚』,『천예록天倪錄』,『동패낙송東稗洛誦』, 『계서야담溪西野談』 등의 전대 문헌에서 보고 베낀 것이다. 특히『천예록』에 실린 절반 이상이 그대로 옮겨져 있다.

238) 조선 후기의 문신이면서 암행어사로 유명한 '박문수와 물 긷는 여종'은 문헌에 만 있고 구전되지는 않는다.『기문총화記聞叢話』,『청구야담靑邱野談』,『선언 편選言篇』,『동야휘집東野彙輯』에 실려 있다.

생긴 여종이 물동이를 이고 지나갔다. 사람들이 그 여종을 보고 말하기를 "하도 못난 탓에 나이가 서른이 가까이 오도록 첫날밤을 치러보지 못했다"고 수군댔다. 어느 날 밤 박문수는 그 못난 여종을 불러 들여 하룻밤을 지냈다. 십 년이 흘러 암행어사가 되어 박문수가 다시 진주를 찾았을 때 거지차림으로 그 기생집을 찾았으나 '웬 거지냐'며 기생과 기생어미는 그를 박대했다. 할 수 없이 쫓겨난 박문수는 하룻밤 정을 통한 여종 집을 찾았다. 남루한 행색으로 나타난 박문수가 반갑기도 하고 안타깝기도 한 여종은 갑자기 부엌으로 가더니 신주를 모신 치성단을 때려부수었다. 웬일이냐는 물음에 여종은 이렇게 말했다.

'제가 도련님이 떠나신 뒤로 신주를 만들어 놓고 아침저녁으로 그저 도련님이 잘 되어 이름을 떨치도록 해주십사, 하고 빌었사온데 귀신에게 영험이 있다면 어찌 도련님이 이 꼴이 될 수 있단 말입니까? 그래서 신주를 불살라 버렸습니다.'"[239]

60) 화몽정花夢亭 전설[240]

조선 명종 때 좌승지를 지낸 진오기[241]는 지조가 대쪽 같았으며 학문을 일으키고 문화를 장려하는 등 괄목할 만한 업적을 남긴 사람이었다. 그런 그가 벼슬을 그만두고 횡성읍 입석리에 내려와 있을 때였다. 그는 며칠째 똑같은 꿈을 꾸었다. 꿈속에서 그는 언제나 같은 장소에서 꽃 같

---

239) 『기문총화』.
240) 조선 명종 때 진오기陳五紀가 기녀 화선花仙과 꿈속에서 사랑을 나누었다는 '화몽정전설'은 강원도 횡성읍 입석리에 있는 화몽정이라는 정자와 관련된 애틋한 사랑 이야기이다.
241) 진오기陳五紀; 본관 여양驪陽, 조선 명종明宗 때 문신으로 진복수陳福壽의 아들로 지조가 청아하고 과거를 거치지 않고 재용관宰龍官이 되었으며 백성들을 고무하여 학문을 일으키고 문화를 장려하였으며 벼슬은 좌승지左承旨에 이르렀다. 그는 벼슬을 그만 두고 낙향하여 횡성읍橫城邑 입석리立石里에 기거하였는데 꿈속에 화선이라는 기생과 즐겼던 일을 생각하여 지은 '화몽정'의 아름다운 얘기가 오늘날까지 전하여지고 있다. 『강원도사江原道史』.

은 미녀와 만나 술을 마시고 춤을 추고 시를 읊곤 하였다. 그녀는 말하기를 대감을 사모했던 화선이라고 자신을 소개했다. 그러나 진오기는 아무리 생각해도 그런 여자와 사귄 적도, 만난 적도 없는 처지라 여간 난감한 게 아니었다. 벼슬에서 물러난 자기를 이렇게 밤마다 찾아와 꿈속에서나마 돌봐주는 화선은 어쩌면 하늘이 맺어준 연인이었는지도 모를 일이었다. 꿈속에서 화선은 진오기에게 이렇게 말하는 것이었다.

"천기는 한양 화방골에 사는 화선이라 하오며 평소 저는 대감을 짝사랑하고 있었는데, 대감께서 억울한 누명을 쓰고 낙향하셨다는 소리를 듣고 마음으로나마 위로를 드리기 위해 이렇게 찾아온 것입니다."

진오기는 이러한 화선의 간절한 마음을 고맙게 여기고 한양 화방골에 화선이라는 기생이 정말 있는지 한 번 찾아가 보고 싶어서 벼르고 있었는데 꿈속에서조차 며칠간 보이질 않아 이상히 생각하고 한양으로 떠났다. 한양 화방골에 당도해 화선이라는 기생을 찾으니 그는 일 년 전에 죽은 유명한 기생이라는 대답을 들었다. 정말 기이한 일이 아닐 수 없었다.

'아, 그렇다면 화선이의 혼이 꿈속에 나를 찾아 와 준 것이로구나…'

그는 허전하고 쓸쓸한 마음으로 집에 돌아와 다시 꿈속에서나마 화선을 만나길 고대했으나 다시는 화선의 모습을 볼 수 없었다. 그는 화선과의 인연을 생각해 화선의 '화花' 자와 꿈 '몽夢' 자를 넣어 '화몽정'이라는 정자를 짓고 그곳에서 여생을 보냈다고 한다. 지금은 화몽정의 흔적은 없고 정자가 있던 자리는 원주와 횡성간 사차선 포장도로가 시원하게 뚫려있다.

61) 해령사海靈祠242) 전설

사백여 년 전 이모李某라는 강릉부사가 관기들을 거느리고 유람삼아 해령산으로 소풍을 나왔다. 부사가 그네를 매달아놓고 관기들에게 그네뛰기를 하도록 했는데, 그네 줄이 끊어지면서 관기 하나가 바다 속으로 떨어져 시체마저 찾을 수 없게 되었다.

이를 안타깝게 여긴 부사가 마을 사람들에게 그 기생의 넋을 달래기 위해서 봄가을로 제사를 지내주도록 하였다. 그런데 그 뒤로 해마다 흉어를 면치 못하게 되었다. 동네 사람들은 아무리 귀신이라도 짝이 있어야 된다고 생각하여 나무로 남근男根을 깎아 매달아놓고 제를 지냈다. 그랬더니 그때부터 고기가 잘 잡혔다고 전한다.

62) 이홍전李泓傳243)

예전 사람들은 소박하였는데 요새 사람들은 기지機智를 숭상한다. 기

---

242) 강원도 강릉시 강동면 안인진리安仁津里에 있는 '해령산'이란 이름은 원래 '해령사'가 있어서 붙여진 이름이다. 『강릉부지江陵府誌』에 의하면, 어부들이 출항하기 전에 해령사에서 기도를 했다고 한다.

243) 이우성, 임형택, 『이조한문단편집 下』(중판), 일조각, 1982. *조선 후기 이옥李鈺이 지은 '이홍전'은 전傳의 양식을 지닌 한문 단편 소설로 생애 후반기에 창작된 것으로 추정된다. 필사본으로 김려金鑢가 찬한 『담정총서潭庭叢書』 권12, 「도화유수관소고桃花流水館小稿」에 실려 있다. 이홍전은 서울에 사는 사기꾼 이홍의 사기행각을 삽화식으로 구성한 것이다. 첫 번째 삽화는 이홍이 대상大商으로 가장하고 속물적인 안주 기생을 유혹한 것이다. 두 번째 삽화는 시골 아전이 군포를 바치러 서울에 온 것을 유혹하여 아전의 돈 천여 꿰미를 탕진한 것이다. 세 번째 삽화는 탐욕스러운 중에게 시주를 하겠다고 꾀어 시줏돈을 모두 술값으로 써버렸다는 것이다. 서술자는 결말에서 천하를 속이는 자는 임금이 되지만 이홍 같은 자의 속임은 결국 자신을 속이는 것에 지나지 않는다고 하였다. 한국정신문화연구원, 『한국민족문화대백과사전』 참조.

지는 기교를 낳고, 기교는 간사를 낳으며, 간사는 속임수를 낳는다. 속임수가 횡행하면 세상길이 어려워진다.

서울 서대문에 큰 시장이 있었다. 이곳은 가짜 물건을 파는 자들의 소굴이었다. 가짜로 말하면 백통을 가리켜 은이라 주장하고, 염소 뿔을 들고 대모玳瑁244)라 우기며, 개가죽을 가지고 초피貂皮245)로 꾸민다. 부자 형제간에 서로 물건을 흥정하는 형상을 지어 값의 고하를 다투고 와자지껄한다. 시골 사람이 흘낏 보고 진짜인가 싶어서 부르는 값을 주고 사면 판 놈은 꾀가 들어맞아서 일거에 이문을 열 곱이나 백 곱을 보는 것이다. 뿐만 아니라 소매치기도 그 사이에 끼어 있다. 남의 자루나 전대에 무엇이 든 것 같으면 예리한 칼로 째어 빼간다. 소매치기를 당한 줄 알고 쫓아가면 요리조리 식혜 파는 뒷골목으로 달아난다. 꼬불꼬불 좁은 골목이다. 거의 따라가 잡을라치면 대광주리를 짊어진 놈이 불쑥,

"광주리 사려!"

하고 튀어나와 길을 막아버려 더 쫓지를 못하고 만다. 이런 때문에 시장에 들어서는 사람은 돈을 전장에 진陣을 지키듯 하고 물건을 시집가는 여자 몸조심하듯 하지만 곧잘 속임수에 걸려드는 것이다.

삼한三韓의 백성이 옛날엔 순박하다고 일컬어졌는데 근세에는 백면선白勉善246) 같은 부류처럼 속임질로 유명한 자도 많다. 혹시 민풍民風

---

244) 대모玳瑁는 바다 거북의 등딱지를 대모 또는 대모갑玳瑁甲이라고 하며 공예품이나 장식품 등에 귀중하게 씀. 살은 냄새가 나므로 먹지 않으나 알은 맛이 좋음.
245) 담비 가죽.
246) 백면선白勉善은 어떠한 인물인지 미상인데, 백문선白文先과 동일 인물인 듯함. 『고금소총』에 '백문선의 뒷일보기文先放糞'란 얘기가 다음과 같이 전한다. "백문선이 하루는 종로 거리를 걷고 있는데 갑자기 뒤가 마려웠다. 그래서 어디 뒷일을 볼 만한 데가 없을까 하고 두리번거리니, 마침 거리 모퉁이에서 왕골자리를 팔고 있는 상인이 눈에 띄었다. '옳거니, 저 자리 장수를 이용하면 일을 볼 수 있겠구먼.' 이렇게 생각한 백문선은 그 상인 앞으로 나아갔다. "이보시오, 자리 폭이 좀 넓은 것도 있습니까?" "아, 있지요. 여기서 찾아보면 얼마든지 넓은 것

이 날로 타락하여 순박하던 것이 변하여서 간사하게 된 것일까? 상고의 몽매하던 세상에도 역시 간사한 무리들이 끼어 있었을까?

이홍李泓은 서울 사람이다. 풍채가 좋고 입담이 좋아서 처음 대하는 사람은 전혀 사기꾼인 줄 알지 못하였다. 성질이 재물을 가벼이 여기고 의복, 음식을 호사하여서 보기는 그럴 듯하지만 실은 집이 가난하였다.

홍이 일찍이 번듯한 대갓집에 출입하면서 수리水利를 말하여 돈을 여러 만 냥 얻어내었다. 청천강淸川江에서 역사를 벌이는데 매일 소를 잡고 술을 거르고 원근의 이름난 기생들을 부르는 것이었다. 불러서 안 오는 기생이 없었지만, 유독 안주安州의 기생 한 명이 재색이 평안도의 으

을 고를 수 있답니다. 어디 하나 골라 보시겠습니까?" "아, 그렇군요. 그런데 이 자리를 둥글게 말아 세워서 그 안에 들어앉았을 때, 내 갓이 밖에서 보이지 않을 정도라야 합니다. 그런 것이 있을까요?" "물론 있지요. 내가 한번 둥글게 말아 세워볼 테니, 안에 들어가 앉아 보겠습니까? 이렇게 하면 들어갈 수 있지요?" 상인은 자리 하나를 둥글게 말아 세우면서, 그 안에 들어가 앉아 보라고 했다. 곧 백문선은 그 자리 안에 들어가 앉아 일을 보면서 상인을 불러 말했다. "내가 이 자리의 치수를 재서 방에 맞춰 봐야겠으니, 막대기 하나만 찾아다 주시오." 상인이 근처에 있는 나무 막대기 한 토막을 주워서 넣어 주자, 백문선은 얼른 일을 보고 그 막대기를 욕목浴木(밑씻개)으로 삼아 밑을 닦은 뒤 일어서서 나왔다. 옛날에는 뒤를 보고 난 후 밑을 닦을 종이가 없었으므로, 나무막대기를 대고 돌리면서 닦았음. 이 막대기를 '측목厠木' 또는 '욕목'이라 하였다. 그리고는 조금 멀리 걸어 나와 상인에게 물었다. "이봐요, 자리 주인! 이 지역은 중부자내中部字內입니까? 서부자내西部字內입니까?" 당시 서울을 몇 개 지역으로 나누어 병영에서 경비를 맡았었는데, 그렇게 구분한 경비 구역을 '자내'라고 했다. "이보시오, 손님! 자리를 사는데 '자내'는 왜 묻는 게요?" 상인은 엉뚱한 질문에 짜증스러워하면서 되묻는 것이었다. 이에 백문선은 의젓하게 말했다. "아, 다름이 아니고 이렇게 불결해서야 어찌 왕골자리 장사를 하겠소? 속히 관할 병영의 관원을 불러다가, 저 안에 있는 불결한 것을 치우도록 하시오. 나는 갑니다." 그리하여 둥글게 세워진 자리 안을 들여다보자 대변이 있기에 화를 내고 돌아보니, 백문선은 벌써 저만치 가고 있었다. 상인은 속은 것이 분해 화를 참지 못했더라 한다."

뜸으로 감사의 총애를 입고 있어, 아무리 별성別星 행차라도 그 낯짝도 엿보지 못하였다. 이 기생만은 불러올 도리가 없었던 것이다.

홍은 자신이 안주로 가서 열흘 이내에 성사하고 돌아오기로 동류들과 내기를 걸었다. 말에 짐을 싣고 비단 쾌자快子247)를 걸치고서 구종驅從248)도 없이 다만 갓 쓴 사람 하나를 데리고 채찍을 울리며 안주 성내로 들어갔다. 물색을 분별할 줄 아는 사람이라면 홍을 보고 누구나 '개성의 대상大商'으로 인정하는 것이었다.

홍은 그 기생의 집을 찾아가서 숙소를 정하였다. 기생의 아범이 군교軍校로 늙어서 주막을 내고 있었다. 홍이 약속하는 말이

"내가 가진 것은 값진 물건이라네. 주막에 다른 손님은 받지 말아 주게. 나의 이번 걸음은 사람을 기다려야 하는데 그 사람이 늦게 올지 금방 올지 예측할 수 없다네. 떠나는 날 모든 걸 청산하지. 그리고 내가 원래 입이 짧으니 조석을 각별 정히 차려 주게. 값의 다소를 염려치 말고 연채烟債249)는 주인 마음대로 정하소."

기생 아범이 보니 사람은 장사치요, 싣고 온 짐은 가볍지 않고 묵직한 품이 대개 은자銀子250)인가 싶었다.

"이크, 좋은 손님이로구나."

하고 사처를 정히 치워 맞이하였다. 홍은 사처에 들어가서 둘러보더니 잔뜩 상을 찌푸리고 종자를 불렀다.

"얼른 장지壯紙251)를 사 오너라. 사람이 단 하루를 묵더라도 이런 데 누워 있겠느냐?"

---

247) 쾌자快子는 군복의 일종으로 왕 이하 서민, 하급군속, 조례皂隸가 겉옷 위에 덧
   입는 옷.
248) 구종驅從은 벼슬아치를 따라다니던 하인下人.
249) 밥값, 식대.
250) 은자銀子는 은으로 만든 돈.
251) 장지壯紙는 우리나라에서 만든 종이의 하나. 두껍고 질기며 질이 좋다.

방안 도배를 말끔히 끝내더니 짐을 머리맡에 옮겨다 놓고 양털 요와 비단 이불을 깔았다. 그리고 행장 속에서 두툼한 장부 한 권, 주판, 조그만 벼루를 꺼내었다. 문을 닫아걸고 종자從者와 함께 회계를 하는 모양인데 종일토록 끝나지 않았다. 기생 아범이 문틈으로 귀를 기울여 들으니 비단이며 향료, 약재 등속을 셈하는 것이 아닌가. 기생 아범이 자기 여편네인 퇴기退妓와 의논하기를

"저 손님은 거상이다. 우리 아이를 보면 영락없이 반하겠지. 반하면 소득도 적지 않을 거야. 감사님 덕에 비기겠나."

하고 딸을 평양 감영으로부터 살짝 불러왔다.

그 기생이 방문 앞에서 절하며

"귀하신 어른이 누추한 곳에 오래 유숙하시기로 젊은 주인이 감히 현신252)하옵니다."

"이러지 말게. 여주인이 하필 이럴 것이 있겠나?"

하고 홍은 분주한 듯이 계속 주판알을 굴렸다. 안중에 드는 것 같지도 않았다. 기생 아범은

"저 양반 대단한 거상이로구나. 안목이 워낙 도저하고 또 재물이 큰 때문이렷다."

하고 저녁에 다시 조용히 말하였다.

"제 아이가 보시기 누추하신지? 손님께서 아주 냉담하시니 애가 지금 매우 무색한 모양입니다."

홍은 누차 사양하고 별로 의향을 보이지 않다가 마지못해 응하는 것 같았다. 기생은 술상을 차리고 손님과 더불어 노래와 춤으로 잘 놀고 또 요행으로 동침을 하였다. 그로부터 기생은 사나흘 동안에 틈틈이 손님

---

252) 현신現身; 다른 사람에게 자신을 보임. 흔히 아랫사람이 윗사람에게 예를 갖추어 자신을 보이는 일을 이른다.

과 만남을 가졌다.

하루는 홍이 눈썹을 찌푸리고 근심하는 기색으로 주인을 불러서 묻는 것이었다.

"서도에 근일 명화적明火賊253)이 안 났다던가?"

"없지요."

"의주에서 예까지 며칠에 대어오나?"

"얼마 걸립죠."

"그럼 일자가 지났는걸. 말이 병이 났나?"

"손님, 무슨 상심되시는 일이라도 있으십니까?"

"북경에서 오는 물건이 압록강을 건너 며칠날 여기 닿기로 약조하였다네. 그런데 여태 나타나지 않으니 걱정인걸."

종자를 불러

"너 서문 밖으로 나가서 기다려 보아라."

종자가 저녁때 돌아와서 소식이 전혀 없다고 회보하는 것이었다.

그 후 근심으로 날을 보내더니 사흘째 되는 날 주인을 불러

"내가 시방 중한 재물을 가지고 있기 때문에 나가 보지 못하고 있다네. 이제 주인이 나와 한 집안이나 진배없구려. 내 갑갑해서 병이 날 것 같아 도저히 앉아서 기다릴 수 없구먼. 내 물건을 주인에게 맡기겠으니 잘 좀 간수해 주게. 나가서 알아보고 오겠네."

하고 사처를 잠근 다음 총총히 나갔다. 홍은 바로 샛길로 빠져 청천강으로 돌아왔던 것이다. 과연 전후 열흘이 걸리었다.

기생의 집에서는 손님이 영 돌아오지 않음이 이상해서 행장을 끌러 보니 거위 알만한 조약돌이 가뜩 들어 있을 뿐이었다.

---

253) 명화적明火賊은 불한당不汗黨을 말함. 혹은 조선 철종 때에 창궐하였던 도적의 무리.

어느 시골 아전이 군포를 바치러 돈 천여 꿰미를 가지고 상경하였다. 여관을 정하지 못하고 있는 것을 홍이 자기 집으로 데리고 가서 꼼수를 썼던 것이다.

"내게 한 가지 술수가 있소. 노자나 해웃값쯤은 벌 것이오."

아전은 좋아라고 돈을 몽땅 홍에게 맡기었다. 홍은 조석으로 다소 전 량을 버는 것 같았다. 십여 일이 지났다. 홍이 문득 남산 경치가 좋다고 떠 벌렸다. 그래서 술 한 병을 들고 아전을 앞세우고 팽남골彭南洞 인적 이 드문 곳으로 올라갔다. 홍이 혼자서 술 한 병을 마시더니 목을 놓아 우는 것이었다.

"원, 한 병 술도 못 이기고 이러우?"

"서울이 이렇게도 아름다운데 이곳을 버려야 하다니, 내 어찌 눈물이 나지 않겠소."

하고, 홍은 한 가닥 줄을 꺼내어 소나무 가지에 걸고 목을 매려 했다.

아전이 대경해서 손으로 막고 곡절을 물었다.

"당신 때문이라우. 내가 어디 남의 돈 한 푼인들 속일 사람이우. 남을 잘못 믿고 그만 당신 돈을 몽땅 떼이고 말았구라. 물어내자 하니 가난한 놈이 도리가 없고 그냥 두자니 당신이 성화같이 독촉할 것이라 죽느니 만 못하니 말리지 말아 주오."

금방 목을 걸고 밑으로 뛸 기세였다. 아전은 당황해서 발돋움을 해서 말렸다.

"죽지 말아요. 내가 당신에게 돈 말을 않으리다."

"아니야, 당신이 시방 내가 죽으려니까 이런 말을 하지요. 하지만 말 이야 무슨 문서가 되우. 나중 당신의 독촉을 무엇으로 막는단 말이오. 지금 아예 죽느니만 못하지."

아전은 혼자 생각하기를, '저 사람이 죽으나 사나 돈 못 받기는 매일

반이라. 죽으면 또 말이 있을 것이다.' 하고, 분주히 주머니에서 필묵을 꺼내 돈을 받았다는 증서를 해 주고 죽지 말도록 타일렀다.

"당신이 정 이런다면야 내 하필 죽을 까닭이 있소?"

홍은 옷을 털털 떨고 집으로 돌아갔다. 그날 저녁으로 당장 그 아전을 몰아내 대문 안에 들어서지도 못하게 하였다.

법관이 이 사실을 풍문으로 듣고 홍을 잡아다가 곤장으로 볼기를 일백 대 갈겼다. 홍은 거의 죽게 되었으나 아주 죽지는 않았다.

홍은 활을 더러 쏘아 보았지만 어느 해 무과에 오른 것은 활 재주로 합격한 것은 아니었다. 방榜이 나붙자 홍은 유가遊街의 치레를 합격자 중에서도 가장 으뜸으로 하였다. 악공樂工들은 모두 청모시 철릭을 입고 침향사沈香絲 석 자를 늘였다. 그리고 수건, 전포錢布 이외에도 각기 모란 병풍 한 벌과 포도서장도葡萄犀粧刀 하나를 주었던 것이다. 사람들은 홍이 먼 시골로 나가서 남의 집 분묘를 많이 벌초하더니 그 제위전祭位田을 팔아서 쓰는 것이라고 하였다.

홍의 집이 서대문 밖에 있었다. 어느 날 꽃무늬 비단 창옷을 입고 왼손으로 만호曼胡254) 갓끈을 어루만지며 호박 선추扇錘를 굴리고 어슬렁 어슬렁 남대문으로 들어섰다. 그때 남대문 앞에서 중이 권선勸善을 하여 경쇠를 치며 시주를 구하는 것을 보았다.

홍이 스님을 불렀다.

"스님. 예서 며칠이나 서 있었나?"

"사흘 동안입죠."

"몇 푼이나 들어왔어?"

"겨우 이백여 푼밖에 안 됩죠."

---

254) 수마노水瑪瑙, 석영石英의 한 가지로 매우 아름다운 빛과 광택이 있으며 홍紅, 흑黑, 백白의 세 종류가 있음. 도장圖章, 문방구 등의 장식품을 만드는 데 주로 쓰임.

"저런, 늙어 죽겠다. 종일 '나무아미타불'을 불러 사흘 동안에 고작 이백 푼이야. 우리 집은 부자이고 아이들이 많다네. 진작부터 부처님께 한 가지 아름다운 일을 지으려고 하였더니 스님 오늘 복을 만났어. 내 무엇으로 시주할까?"

홍은 생각에 잠겼다가 이윽고

"놋그릇이 있는데 쓰임이 있을까?"

하고 물었다.

"놋그릇으로 불상을 지으면 게서 더 큰 공덕이 없읍죠."

"그래, 나를 따라오게."

홍은 앞장을 서서 남대문으로 들어갔다. 등이 비치는 집을 가리키면서

"스님, 좀 쉬어가세."

술어미가 술을 데우고 푸짐한 안주를 내놓았다. 홍은 거푸 십여 잔을 비우고 나서 비단 주머니를 만지작거리다가 껄껄 웃으며

"오늘 나오면서 술값을 잊고 왔네. 스님, 우선 자네 바랑 속엣 것을 좀 빌리세. 가서 곧 갚음세."

하여 중이 술값을 치렀다. 그리고 나와서 가다가 중을 돌아보고 소리친다.

"스님, 따라오는가?"

"예예, 따라가구 말굽쇼."

"놋그릇이 오래된 물건이야. 사람들이 혹 막을지 몰라. 잘 가져가야 할 걸."

"주시는 건 시주님에게 달렸고 가져가는 건 중에게 있읍죠. 그깟 일도 잘 못하겠습니까?"

"그래."

다시 또 술집으로 들어가서 중의 돈으로 술을 마셨다. 서너 차례 술집

을 들락거리는 동안에 중의 바랑에 담긴 돈은 홀랑 털리고 말았다.

걷다가 또 중을 불렀다.

"스님, 사람이란 무슨 일에나 눈치가 있어야 하는 법일세."

"소승은 이와 같이 반평생을 보낸 사람이라오. 남은 거라곤 눈치 밖에 없읍죠."

"그래."

다시 몇 걸음 옮기다가 머리를 돌리고 중에게 말했다.

"스님, 놋그릇이 원체 커. 자네 무슨 힘으로 가져가지?"

"크면 클수록 좋지요. 줍시기만 한다면야 만 근이라도 무엇이 어렵겠습나요?"

"그래."

이때 이미 대광통교大廣通橋255)를 건너갔다. 홍은 동쪽 거리로 돌아서면서 부채를 들어 종각 속의 인정종人定鐘256)을 가리켰다.

"스님, 놋그릇이 저기 있어. 잘 가져가야 하네."

중은 이 말을 듣고 자기도 모르게 발딱 몸을 돌이키더니 남산을 바라보고 한참을 멍하니 서 있다가 달음질쳐 사라졌다.

홍은 어슬렁어슬렁 철전鐵廛 다리 쪽을 향하여 걸어갔다.

이홍의 생애는 대개 이러하였다. 이는 그의 가장 유명한 일화들을 들어 본 것이다. 그가 사람을 잘 속이는 것으로 이름났거니와 이 때문에 나라의 벌을 받아 먼 곳으로 귀양을 가게 되었다 한다.

---

255) 광통교廣通橋. 육조거리에서 숭례문으로 이어지는 도성 안 중심통로이여서 옛 도성에서 가장 많은 사람들이 왕래하던 다리다. 대광통교大廣通橋, 북광통교北廣通橋, 대광교大廣橋, 광교廣橋 등으로도 불렸다.

256) 인정人定은 조선시대 때 밤에 통행을 금하기 위해 종을 치던 일. 매일 밤 10시경에 28번의 종을 쳐서 성문을 닫고 통행 금지를 알렸는데, 이를 인정이라 했다. 한편, 매일 새벽 4시에 33번의 종을 쳐서 통행금지 해제를 알렸는데, 이를 파루罷漏라고 하였다.

외사씨外史氏[257]는 이렇게 말한다. 큰 사기는 천하를 속이고 그 다음은 임금이나 정승을 속이고, 또 그 다음은 백성을 속인다. 이홍 같은 속임질은 하질이니 족히 시비할 것도 없겠다. 그런데 천하를 속이는 자는 천하의 임금이 되며, 그 다음은 자기 몸을 영화롭게 하며, 그 다음은 집을 윤택하게 한다. 이홍 같은 자는 속임질로 마침내 법망에 걸려들었으니 남을 속인 것이 아니고 실은 자신을 속인 셈이다. 슬프다.

63) 기녀 노화의 꾀[258]

조선 성종 때 전라도 장성長城에 자색이 뛰어나 남자들이 얼핏 보기만 해도 정신을 잃고 저절로 빠져들어 헤어나지 못하는 노화蘆花란 기녀가 있었다. 방백方伯[259]과 이웃한 고을의 수령들이며 왕래하는 사성使星[260]들까지 너나할 것 없이 추한 소문을 남기게 되었고, 이 소문은 천리를 건너 한양 유생들의 입방아에 오르내리게 되었다.

과거시험에 합격하여 관직 제수를 기다리던 성품이 강직한 한 유생이 이 소문을 듣고는 임금께 아뢰어 자신이 가서 그 기생을 죽이고 민생을 소홀히 한 관장들을 벌하고 오겠다고 자원했다. 이 얘기를 들은 임금께서 흔쾌히 승낙하여 어사로 제수하고 첩지를 내리니, 유생은 왕명을 받들어 어사가 되어 장성으로 출발하게 되고 미리 공문을 보내 노화란 요기를 잡아들여 감옥에 구금토록 명하였다. 관장이 공문을 접하고는 노

---

257) 외사씨外史氏는 사관이 아닌 사람을 말하는데, 여기서는 작자 자신의 비평을 서술하기 위해 자칭한 것이다.
258) 이 설화는 『이순록』, 『기문총화』, 『해동기문』 등 여러 설화집에서 화제와 한시가 변형된 형태로 남아있다. 노화를 장성이나 평양, 또는 함안의 기생이라고도 기록하고 있다.
259) 방백方伯은 관찰사觀察使를 말함.
260) 중앙의 조정에서 파견되어 지방으로 출장 중인 벼슬아치.

화를 불러 모든 사실을 말하니, 노화가 다 듣고는 빙긋 웃으며 말하기를,

"영감께오선 아무 걱정 마시고 소녀를 믿고 이틀의 시간을 주시옵소서" 하였다.

관장이 걱정하여 불편한 기색으로 묻기를 "네게 좋은 계책이라도 있는 게냐?" 하니, 노화는 아무런 대꾸 없이 싱글거리며 관아를 나왔다.

다음날 날이 밝자 노화는 소복차림의 수수한 시골여자로 꾸미고, 어사가 오는 길목에 있는 냇가로 나가 한나절을 기다렸다. 어느덧 해가 서산으로 넘어가며 석양을 만들자 붉은 비단을 가지고 빨래를 하던 노화는 푸른 숲과 황혼 빛에 어우러져 마치 냇가에 피어난 한 송이 모란꽃 같았다. 어사가 지나면서 이 모습을 보니, 그토록 아름다운 소복 여인의 자태가 얼마나 요염하고 형언할 수 없는 감흥을 불러 일으키는지 그만 그 자리에 멈춰 서서 넋을 잃고 말았다.

인근 주막에 여장을 푼 어사는 주막의 통인을 불러 냇가에서 빨래하던 소복여인을 아느냐고 물었다. 통인이 잘 안다며 말하기를 "이 마을 여자로 일찍 남편이 죽어 혼자 사는 스무 살 남짓한 과부입니다"라고 대답했다.

이에 어사가 말하기를, "내 그 여인을 본 뒤론 통 잠을 이룰 수가 없네. 자네가 이런 내 심정을 헤아려 그 여인을 불러 줄 수 없겠는가" 하고 사정했다. 통인이 몇 번을 거절했지만 어사의 간곡한 애원에 도저히 거절할 수 없어 여인에게 갔다와서는, 여인이 오지 않으려 해 데려올 수 없었다고 말했다. 어사는 밤이라 아무도 아는 사람이 없을 것이니 다시 가서 불러오라고 간청했다. 이렇게 통인이 여러 번을 왕래한 끝에 여인을 불러왔다.

호롱불을 사이에 두고 다소곳이 앉은 여인은 냇가에서 보던 모습보다 더 자극적이고 요염하여 어사의 혼을 빼놓았다. 여인이 말하기를,

"쇤네 비록 천한 여자이지만 한 번 정조를 잃으면 기생밖에 될 수 없으니, 나으리의 청을 들어 드릴 수 없습니다" 하며 일어나 나가려하자 넋을 잃고 있던 어사가 와락 여인의 잘록한 허리를 껴안으며 간청했다.

"내게 어떠한 변고가 생길지라도 자넬 버리는 일이 없을 터이니 여기 머물러주게." 어사가 떨리는 목소리로 말했다.

"하오나....." 여인이 말문을 열자 어사가 말문을 막으며 말을 이었다.

"남아일언중천금이라 하였거늘, 내 어찌 사대부가의 자제로 한 입에 두 말을 할 수 있겠는가, 내 조상님들의 이름에 누를 끼치는 행동은 절대 하지 않을 것이니 날 믿어주게." 어사가 말을 끝내며 여인의 둔부를 꼭 끌어안았다.

여인은 묘한 미소를 입가에 머금고 스르르 어사의 품에 안기었다. 어사가 소원하던 여인을 품에 품으니 꿈결을 걷는 듯 하여 더없이 좋았다. 첫닭이 울고 여인이 나가면서 말하기를 "남아 일언이 천금보다 무거운데 저를 버리지 않으시겠지만, 쇤네 아직 서방님의 존함조차 모르오고 쇤네 또한 서방님을 잊을 수가 없으니 쇤네 팔에 존귀한 서방님의 함자를 친필로 써 주시옵소서" 하며 백옥같이 맑은 팔을 내미니, 어사는 흐뭇한 미소를 가득 머금고 팔에 이름을 써 주었다. 노화가 돌아와 그 글씨를 바늘로 찔러 먹을 묻혀 피부에 완전히 새긴 다음 관아로 돌아가 옥에 구금되었다. 어사가 장성관아에 도착해 형벌기구를 갖추고 호령하여 노화를 잡아와 처단하라 엄명했다. 노화가 끌려오니 어사는 요망한 기생을 보지 않겠다며 문을 닫고 방안에서 명령을 내렸다. 노화가 밖에서 어사에게 말하기를 "쇤네가 아무리 요망한 계집이라 할지라도 쇤네에게 소명疏明할 기회를 주시는 것이 바른 이치가 아니겠습니까" 하였다. 이에 어사가 노화의 소명을 듣겠다 말하니, 노화가 시 한 수를 지어 어사에게 올렸다.

노화의 팔 위에 뉘 이름 새겨 있는가   蘆花臂上刻誰名
흰 살에 먹물이 스며 글자마다 선명한데   墨入雪膚字字明
차라리 강의 근원인 냇물이 마를지언정   寧使川原江水盡
이 마음에 맺은 첫 맹세 변할 수 있으리   此心終不負初盟

어사가 시를 보곤 놀라 문을 벌컥 열고 내다보니, 노화가 팔을 높이 들고 있어 쳐다보니 자신의 이름이 쓰여 있어 어쩔 줄 몰랐다. 일이 이렇게 되자 어사는 장성에 머물면서 노화와 함께 지내다가 일이 조정에 알려져 관직을 잃고 말았다. 임금께서 그 모든 얘기를 소상히 듣고는 크게 웃으시고 벌하여야 한다는 신하들의 주청을 묵살하고는 노화를 첩으로 내려주었다.

64) 평양기생 옥향과 파계승 선탄261)

조선왕조 초기에 불가의 계율을 어기고 세상을 떠돌아다니던 선탄禪坦262)이란 한 스님이 있었다. 그는 호방한 성품으로 학식이 깊고 우스갯

261) 성여학,『속어면순續禦眠楯』*설화는 조선중기의 문인 성여학이 채록한 설화로 '30여 년간 면벽을 통해 득도하였다는 지족선사가 황진이의 유혹에 넘어가 파계하여 세상의 웃음거리가 되었다'는 설화와 함께 종교와 성생활을 결부시킨 대표적인 설화이다. 당시 척불정책을 주창한 조선왕조의 주자 성리학에 경도된 사대부들의 편향된 시각에서 나온 우스개로 승가를 회화하거나 농락하는 경향이 짙은 설화이다.
262) 이 설화에서 가공의 인물인지 실존인물인지 알 수 없으나, 여말선초에 승려 선탄禪坦은 실제로 기록에 나온다. *선탄禪坦; 생몰년 미상, 고려말의 승려. 호 환옹幻翁, 시를 잘 지었으며, 거문고를 잘 연주했다. 특히 사대부들과 교류가 많았고, 이제현李齊賢과는 각별한 사이였다. 저술『해동석선탄시집海東釋禪坦詩集』은 현존하지는 않지만,『동문선』권94에 강석덕姜碩德이 찬한 시집의 서序가 수록되어, 시 5수가 전한다. 전하는 5수의 시는 권4의 오언고시 '고풍古風'과 권7의 칠언고시 '여강연집驪江讌集' 권15의 칠언율시 '차보문사각상시운次普門寺

閣上詩韻', 권2의 1 칠언절구 ‘제임실현벽題任實縣壁’과 ‘능가산중楞伽山中’이
다. 또한, 이기李墍『송와잡설松窩雜說』에는 “고려 말엽에 시승詩僧 선탄禪坦
이 어느 날 새벽에 송경松京 동쪽 성문 밖을 지나다가 닭소리를 듣고 시를 지었
다. 그 시의 끝 연구聯句에, ‘천 마을 만 부락이 다 꿈속인데, 꼬리 빠진 수탉은
때를 잃지 않는구나. 千村萬落同昏夢, 斷尾雄鷄不失時’ 했다. ‘꼬리 빠졌다[斷尾]’
는 것은 선탄이 자신을 비유한 것이다. 장차 나라가 망할 참인데, 여러 사람이
능히 알지 못함을 탄식한 것이었다.”라고 기록하였다. *참고로,『동문선』에 실
린 ‘해동 석 선탄선사 시집의 서문[海東釋禪坦師詩集序]을 전재하면 다음과 같
다. “나는 일찍이 고려의 중 선탄禪坦이 시와 거문고에 능하다고 들었고, 또 그
의 ‘조춘早春‘ 시에, ‘관현 소리는 대숲 밖의 시냇물 소릴 깨뜨리고, 수묵화는 연
기 속의 산을 점찍어 놓았네.. 말 세워놓고 또다시 바라보니, 꾀꼬리는 봄바람
에 오르내리네. 管絃聲碎竹外澗, 水墨畵點煙中山. 立馬停鞭望復望, 鶬鶊上下春風
端.’ 하였는데 격조도 그다지 높지 않고, 시상도 그다지 깊지 않으며, 표현도 그
다지 공교하지 않은데, 어째서 후세에까지 이처럼 칭송을 받는 것인가. 얼마 전
에 가형家兄 자수子脩씨로부터 잡시 한 거질을 얻었는데, 전혀 누가 지은 것인
지 알지 못하였다. 그 사이에 이른바 ‘조춘시早春詩’라는 것이 있으므로 내 생각
에, 누가 우연히 이 한 편을 붙여 놓은 것이요, 처음부터 모두 선탄의 시가 아니
라고 여겼는데, 점차로 읽어 내려가니 익재益齋의 ‘완산통판完山通判을 전송하
며’ 라는 시가 있는데, ‘봄 바람에 그지없이 그리는 정을, 강남의 탄 상인에게 일
러나 주게. 春風無限相思意, 說與江南坦上人.’이라 했으며, ‘윤생尹生에게 부치는
시’에, ‘한평생 채식만 한 탄스님이여坦也平生藜藿腸’라 하였고, 또한 ‘무금撫琴’
시에, ‘헐어빠진 거문고 담담하여 맛이 없네瓢零琴格淡無味’라 하였으니, 우리
나라 중이 거문고와 시로 세상에 이름난 자는 상인上人을 제외하고 들은 적이
없다. 이 시편은 곧 상인의 전집임이 뚜렷하여 전일의 의심이 풀어졌다. 나는
이에 반복하여 읊조리니, 그가 아름다운 감정이 발동하여 스스로 가누지 못하
는 데 이르러서는 마치 귀한 집 청년이 청루靑樓에서 함부로 술을 마시고 예쁜
계집을 희롱하는 것 같아서 저절로 단정하지 못하고, 그 소박하고 털털한 대목
은 농부가 농사 이야기를 하는 듯 하여 자못 우아한 풍치가 모자라는 것 같고
그 호탕하고 뛰어난 대목은 왕씨나 사씨謝氏의 귀족 자제가 거리낌없이 자유로
워 풍류가 사랑스럽고 또한 4, 5편의 작품은 맑고 산뜻하며 천취天趣가 절로 높
아 문장 거공巨公인 익재 선생 같은 분에게 칭찬을 받는 것이 당연하다. 그 ‘조
춘’의 시는 되는 대로 쓴 작품이다. 아, 나는 성격이 소방疏放하여 자못 산림에
묻힌 사람들을 좋아하는데, 다행히도 수백 년 뒤에 태어나 오래된 책에서 그의

소리에 능수능란하고 문사文詞에도 뛰어났다. 그가 관서지방을 떠도는 중에 자색이 출중하고 풍류를 알며 시를 잘 짓는 평양기생 옥향玉香을 만나게 되어 한동안 그곳에 머물며 서로 사귀었다. 그러던 어느 하루 선 탄이 아침나절부터 기생을 찾아가 함께 시를 주고받으며 놀게 되었다.

"스님, 오늘은 제가 먼저 운 자를 부르겠습니다."

기생이 빙그레 웃으며 말했다.

"껄껄껄, 그렇게 해 보게."

선탄이 호방하게 웃으며 말했다.

"그럼 을乙, 일一, 불不로 한 수 지어보시죠."

기생이 미세하게 떨리는 목소리로 운을 정해주었다. 선탄이 잠시 허 공을 응시하더니 이내 눈을 지그시 감고 시를 읊어 내려갔다.

각시님 아리따운 얼굴 진실로 으뜸이고	閣氏顔色眞甲乙
다정하고 어여쁜 교태 또한 제일이로다	多情矯態又第一
만약 깊고도 은밀한 곳에서 그댈 만난다면	若逢此女幽暗處
아무리 단단한 간장이라도 녹지 않으랴	鐵石肝腸安得不

선탄이 유수같이 시를 읊조리니 스님으로서는 파격적이라 할 수 있 는 고백의 시임과 동시에 유혹의 시였다. 기생이 그 시를 듣고 뜻을 헤

시편을 얻었으니 신神이 사귀고 기氣가 어울려서 그렇게 된 것인 듯하다. 이것 이 이른바 시대가 아무리 떨어졌어도 아침저녁에 만난 것인가. 만약 드러내지 않으면 그 시가 앞으로 없어져서 전하지 못하고 이름 또한 크게 나타나지 못할 까 걱정하여 마침내 한 권의 책으로 만들어 이름을 '해동석선탄사시집海東釋禪 坦師詩集'이라 하였다. 그리고 나의 친구 태사太史 남경소南景素씨에게 부탁하 여 훗날 시를 채집하는 자료로 이바지하게 함과 동시에 내 평소에 착한 것을 들 추는 뜻을 갚아 주게 하는 것이다. 아, 위대한 사람이나 재사로서 산림 초야에 묻혀 이름을 드날리지 못한 자가 몇인 줄을 모르겠으니 어찌 개탄할 일이 아니 겠는가."

아려 배시시 웃으며,

"스님도 여인을 안을 수 있습니까?"

하고 넌지시 물었다. 이에 선탄이 크게 고개를 끄덕이며 흔쾌히 대답했다.

"여인을 억지로 접하지는 않지만, 하지 않아서 안하는 것이지 할 수 없어서 못하는 것이 아니네, 옛날 석가모니의 제자 아난존자阿難尊者263)는 마등가摩登伽264)라는 여인과 정을 통했는데, 아난존자는 스님이 아니며 마등가는 여인이 아니란 말이겠는가?"

선탄이 막힘없이 대답했다. 그러자 기생이 눈초리를 살짝 올려 묘한 표정으로 다시 물었다.

"그러하오시면 스님께서도 음사淫事의 재미를 알고 계십니까?"

"낭자는 내가 그 재미를 모를 것이라 생각하는가? 우리 불가에는 '극락세계'라는 것이 있어, 내가 낭자의 치마를 벗기고 낭자의 엉덩이를 받친 다음, 낭자의 다리를 양쪽으로 끼고 옥문玉門을 꿰뚫으면 극락의 재미가 그 속에 있으니, 낭자가 그때를 경험하게 되면 내가 참으로 안다고 여기게 될 것이네."

선탄이 호언장담하며 말하자 기생이 더 이상 춘심을 억제치 못하고

---

263) 아난존자阿難尊者는 아난다(Anada)를 높여 부르는 말. 석가모니 십대 제자 가운데 한사람. 십육 나한의 한 사람으로 석가모니 열반 후 경전 결집에 중심이 되었으며, 여인 출가의 길을 열었다.

264) 이규경李圭景,『오주연문장전산고五洲衍文長箋散稿』,「경사편經史篇」, '화동기원변증설華東妓源辨證說', "戒環 『首楞嚴經要解』 摩登伽。 妓女也。 然則西竺。 亦有娼妓矣。 又阿難尊者。 惑於摩登伽。 " *마등가녀摩登伽女의 준말. 불교에서 말하는 음녀淫女의 이름인데, 그의 딸 발길제鉢吉帝를 시켜 환술幻術로 석가모니의 수제자인 아난阿難을 유혹하여 파계하게 하자, 석가모니는 이를 알고 신주神呪를 외어 아난을 구제하였다 한다.『능엄경楞嚴經』에 "아난阿難이 밥을 빌러 나갔다가 음녀淫女인 마등가摩登伽의 유혹에 빠졌을 때, 부처가 문수보살文殊菩薩을 보내어 음녀의 마술을 깨뜨리고 구출했다"는 데서 인용한 말이다.

선탄에게 달려들며,

"스님, 빨리 그 대머리를 벗으셔요."

하고 독촉했다. 이에 달려드는 기생의 몸을 막으며 선탄이 말하길,

"낭자는 어찌 내 윗머리만 알고 아래에 불거진 머리는 모른단 말이오, 참으로 섭섭하오."

기생이 말없이 애원의 눈빛으로 갈구하니, 선탄은 못이기는 척 다시 말을 이었다.

"그럼 낭자에게 내 아랫머리의 위력을 보여줘도 되겠소?"

선탄의 물음에 기생은 애절하게 고개만 끄덕였다. 그러자 선탄은 마치 독수리가 병아리를 채듯 기생을 껴안고 능숙하게 호합하니, 선탄의 그 놀랍고도 신묘한 방중술에 기생의 몸은 스르르 녹아내렸다.

"스, 스님! 스님께옵서는 절 속였습니다. 스님께서는 사람을 살리는 일을 한다고 하더니, 이렇게 나를 거의 죽게 만드시니 어찌된 영문이십니까?"

기생이 숨이 넘어갈듯 한 목소리로 간신히 말했다.

이에 선탄이 거친 숨을 한 번 크게 몰아쉬며,

"불법에는 인생을 제도하는 신통한 방법을 가지고 있어서 사람을 살릴 수도 있고, 죽일 수도 있는 것이네."

선탄이 만족한 미소를 머금고 대답했다. 기생은 지금껏 한 번도 경험치 못한 음희淫戱의 쾌락에 허우적이며 극락을 수없이 드나들었고 선탄은 중생이 즐거워함에 자신도 도취되어 힘이 더더욱 샘솟아 더 깊고 더 요란하게 호합했다. 한참동안 삐죽 벌어진 문틈으로 두 사람의 음사를 지켜보며 연신 마른침을 삼키던 한 사내가 더 이상 참지 못하고 문을 활짝 열어젖혔다.

"스님, 스님께서는 지금 무슨 짓을 하고 계시는 줄 아십니까?" 사내가 부러움 섞인 어조로 소리치며 물었다. 선탄과 기생은 사내의 등장에도

호합을 그치지 아니하였고, 기생은 황홀경에 빠져 사내의 등장을 알지도 못했다.

"음, 나는 말일세, 지금 아주 중요한 임무를 수행중이라네."

선탄이 사내를 쳐다보며 빙그레 미소 지으며 대답했다.

"스님의 중한 임무가 무엇입니까?" 사내가 피식 웃으며 되물었다.

"나라를 위해 현량[265]을 만드는 것이네." 선탄이 대답하자 사내가 배꼽을 잡고 바닥을 뒹굴며 웃었다.

65) 백수가 하룻밤 일곱 기생을 취하다[266]

경상도 산청에서 함양으로 넘어가는 길은 산세가 험하고 곳곳이 위험하여 오가기가 힘들다. 어느 화창한 봄날, 진주관아의 기생들이 고향으로 돌아가는 길이었다. 걸음을 재촉해도 모자랄 판에 봄꽃이 완연한 넓은 들판으로 놀이 나온 유람객마냥 분내 풍겨가며 꽃들과 아름다움을 겨누느라 기생들은 제 시간에 목적지에 대지 못하고 날이 어두워 한 주막에 묵게 되었다. 주막은 준령의 중턱에 자리 잡아 고개를 넘는 행인들이나 사냥꾼들이 간혹 머물다가는 외딴 주막이었다. 일곱 명의 기생들은 주막에 들어 간단히 요기를 하고 한 방에 들었다. 기생들이 여장을 풀고 삼삼오오 엉겨 누워 저마다의 얘기꽃을 피우는데 옆방에서 호탕한 기백의 사내 목소리가 들려왔다.

"이보게 주모, 오늘은 손님이 꽤나 들었네그려."

"칠선녀가 우리 주막에 머물고 있지요."

주막 노파의 목소리였다. 기생들은 자신들이 칠선녀에 비유된 기분

---

265) 어진 인재, 훌륭한 사람.
266) '조선 성 풍속사' 제49화, 일요서울신문, [718호] 2008년 01월 31일 (목) 참조.

좋은 소리에 저마다 함박웃음을 머금고 못다한 얘기를 다시 나누었다. 그때 사내의 불길한 목소리에 모두가 말문을 닫고 귀를 쫑긋 세웠다.

"여긴 산세가 깊고 인적이 뜸해 예전부터 산적이 들끓던 곳인데, 어찌 아녀자들만 이 고개를 넘어가려는지 모르겠네 그려."

"밤에 넘으려는 것도 아니고 내일 낮에 넘을 것인데 별일이야 있겠어요."

"예끼 이 사람아. 자넨 어찌 옛일을 그렇게 빨리 잊는 게야."

사내의 호통이 들려왔다.

"예전에 내가 무관의 자리에 있었을 때 한꺼번에 산적들이 주막으로 달려와 위협한 일을 벌써 잊었단 말인가."

"나으리, 그때 나으리께옵서 그 산적 두목을 죽이지 않으셨습니까, 하물며 그 두목이 살아 돌아온들 오늘 나리께서 이렇게 버티고 계신데 어찌 두렵다하겠습니까."

"그렇다 하더라도 산중에 숨어 암컷에 굶주린 놈들이다 보니, 분명 분 냄새를 맡고 올 것이야!"

사내의 걱정 어린 목소리가 들리자 기생들은 잔뜩 겁을 집어먹었다. 밤이 깊어가자 불안에 떨며 억지 잠을 청하는데 기생들은 잠은 오지 않고 멀뚱멀뚱 눈동자만 굴릴 뿐이었다. 와장창 밖에서 누군가가 부셨는지 그릇 깨지는 소리와 발소리가 요란하게 났다. 기생들은 하나같이 벌떡 일어나 한곳에 모여 부둥켜안고 벌벌 떨었다.

"이렇게 마냥 떨고 있을 게 아니라 옆방 사내에게 우릴 지켜 달라 부탁해 보는 게 좋을 것 같은데 어떠니?" 한 기생이 말하자 다들 동조하며 고갤 끄덕였다.

"네 이놈들 감히 여기가 어디라고 함부로 들쑤셔 놓는 것이냐, 내가 네놈들의 두목을 밴 장군이니라. 나와 대적하고 싶다면 흔쾌히 대적해 줄 것이다."

밖에서 들리는 사내의 우렁찬 목소리에 기생들은 조금씩 안도했다.

"누구냐 누가 나와 대적할 것이냐, 나서거라. 나서지 않을 것이면 썩 물러가거라."

사내의 호통소리가 들리다 이내 주막에서 멀어지는 발걸음 소리가 들렸다.

"이제 산적들이 물러갔나보우." 한 기생이 안심하듯 말을 뱉었다.

벌컥 빗장을 걸어두었던 방문이 열리자 기생들이 소스라치게 놀랐다.

"뉘시오?" 그중에 담이 큰 한 기생이 물었다.

"저는 밖에 계신 장군님의 종입니다." 노구의 종이 대답했다.

"근데 여긴 왜 들어온 것이요?"

"장군님께옵서 산적 놈들이 곧 다시 들이닥칠 것이라 하여 아씨들이 한 곳에 계시면 그 만큼 위험타하니 한 분씩 주막 여기저기에 몸을 숨겨두라 하였습니다."

기생들이 가만히 생각해보니 그 말이 일리가 있었다. 한곳에 여럿이 모여 있다 보면 한꺼번에 잡혀 갈 것이 분명하고 흩어져 숨어 있으면 만약 장군이 당하더라도 산적들이 한두 명만 찾아내 물러 갈 것이라 생각했다. 기생들은 서둘러 옷가지를 추슬러 종이 시키는 대로 한 사람씩 주막의 곳곳에 숨었다. 늙은 종은 기생들을 모두 숨겨놓고 방에 있던 사내에게 달려가 기생들이 숨은 위치를 알려주었다. 사내는 옆방에 숨어 있던 기생에게 갔다. 달빛도 숨어버려 더욱 어둑어둑한 방안에서 오들오들 떨고 있던 기생이 누군가 들어오는 인기척에 화들짝 놀라며 방안 깊숙이 물러났다.

"뉘……뉘시오?"

"나요. 내 당신을 지켜주고자 이렇게 찾아왔소?"

어둠속에서 자신에게 다가오며 들리는 목소리는 분명 옆방 장군의 목소리였다.

"나으리. 정녕 나으리께옵서 절 지켜주고자 하시옵니까."

기생은 너무도 감격스러워 왈칵 눈물이 쏟아지려 했다. 사내는 기생에게 다가가 와락 끌어안았다. 한바탕 방사가 끝나고 기생은 안심하며 깊은 잠에 빠져들었고 사내는 옷을 추슬러 입고 밖으로 나갔다. 사내는 종이 일러준 데로 기생들을 하나하나 찾아다니며 운우의 기쁨을 맛보았다. 기생들은 하나 같이 거부하지 못하고 기쁨에 눈물겨워하며 몸을 허락하였다. 그리고 새벽닭이 울자 날이 밝았다. 기생들이 잠에서 깨어나 간밤의 무사함에 서로를 위로하는데. 여윈 말을 타고 늙은 종과 함께 주막을 나서는 백발의 늙은이가 보였다. 간밤에 자신들이 의지하였던 사내라고 믿기에는 너무나 초라한 몰골에 기생들은 기가 막힐 노릇이었다.

"우리가 저 늙은 도적놈의 협잡에 놀아난 것이라니!" 한 기생이 자조하듯 혀를 찼다.

"근데 저 늙은인 힘이 왜 그렇게 좋은 게야. 내 생전 어제와 같은 경험은 처음인데."

툇마루에 앉아 백수를 쳐다보던 기생이 말하자 모든 기생이 일순간 툇마루의 기생을 쳐다보았고 기생들은 백수의 정력에 다시 한 번 감탄했다.

66) 잔꾀로 기생을 후리다[267]

잔꾀가 많은 한 지방관원이 한양으로 출장을 오게 되었다. 지방의 하급관료다보니 늘 박봉에 시달리며 맘 편히 술 한 잔 하기도 빠듯한 처지였다. 이런 형편에 여색을 누린다는 것은 꿈에서나 가능한 일이었다.

---

267) '조선 성 풍속사' 제49화, 일요서울신문, [717호] 2008년 01월 23일 (수) 참조.

‘한양에 가면 물 좋다는 한양기생은 내가 죄다 후리고 오리다’ 하고 동료들에게 큰 소리쳤거늘…… 이 볼품없는 몰골로 기생집을 찾는다면 기생을 만나기는커녕 집 앞에서 문전박대 당하는 것은 불 보듯 뻔한 일인데……’

관원이 침울한 얼굴로 한참을 고민하는데 좋은 꾀가 떠올랐다. 관원은 먼저 주막에 들러 술을 옷에 끼얹고 주모에게 이름난 기생집이 어디냐고 물었다. 주모는 관원의 행색을 위 아래로 훑으며 도리질쳤다.

“망신당하고 싶지 않으면 여기서 술이나 더 잡수시오.”

“이보게 주모, 내 꼭 알아야하니 좀 가르쳐주게나.”

관원이 애원조로 수차례 더 묻자 가르쳐주었다. 우여곡절 끝에 기생집을 찾아 간 관원은 일부러 공첩을 허리에 찬 후 술이 취한 척 집 앞에 쓰러졌다. 한참을 그렇게 쓰러져 있는데 집 안에서 인기척이 들리고 수발 여종과 대문을 나서던 기생이 쓰러진 관원을 보게 되었다.

“초저녁부터 웬 거지가 남의 집 대문을 막고 퍼질러 누웠는지…”

여종이 신경질적인 어조로 중얼거리며 관원을 흔들어 깨웠다.

관원은 인사불성인양 뒤척일 뿐 일어나지 않았다.

“개똥어멈, 저 사람 허리춤에 삐죽 튀어나온 것이 뭔가?”

기생이 호기심 어리게 물었다. 여종이 허리춤의 종이 뭉치를 꺼내 기생에게 건넸다. 기생이 찬찬히 종이 뭉치를 살펴보니 공첩이 분명했다. 이에 기생은 여종을 시켜 관원을 안으로 모시게 했다.

“아씨, 이 사람을 정말 안으로 들이실 참입니까?”

여종이 의아하게 물었다.

“내 오늘 봉을 잡은 게야. 어찌 굴러온 복을 차버릴 수 있겠는가. 호호호.”

기생은 관원을 뜯어 먹을 생각에 기뻐하며 안으로 들어갔다. 잠든 척하고 있던 관원을 기생이 흔들어 깨웠다.

"나으리, 그만 일어나셔서 소녀의 술잔을 받아보시어요."

"여기가 어디요?"

관원이 모르는 척 의아하게 방안을 두리번거리며 물었다.

"소녀의 집입니다."

"내 어찌 여기 있는 것이오?"

"나으리께옵서 집 앞에 쓰러져 계시기에 소녀가 방으로 모셨사옵니다."

"그 마음은 고맙게 받겠소만 난 그만 가보아야겠소."

"어찌 그냥 가시려 하옵니까?"

"내일 대궐에 진상할 많은 공물을 다시 확인해야하니 이렇게 한가하게 있을 여유가 없소."

관원이 나가려 일어서자 기생이 말렸다.

"나으리 벌써 야심한 시각이오니 오늘은 여기서 묵고 가시어요."

관원이 거절하면 거절할수록 기생은 더욱 집요하게 관원을 붙잡았다. 이리하여 관원은 못이기는 척하며 기생집에 머물게 되었다. 밤은 깊어가고 은근하게 술기운이 감돌자 기생의 노랫가락은 운우를 갈구하는 여인의 신음처럼 관원의 귓가를 자극했다. 관원이 술상을 밀어내며 기생을 와락 끌어안았다.

"서방님 서두르지 마시어요."

기생이 무심코 내뱉은 한마디에 관원은 요동치는 가슴을 진정시키며 정신을 차렸다.

"이보게 좀 더 자극적인 방법으로 운우의 정을 통하는 건 어떤가?" 관원이 넌지시 물었다.

"자극적인 방법이라니요?" 기생이 갸우뚱했다.

"내 자네에게 방사의 진맛을 보여주자고 함이네."

관원은 기생에게 무명 한 필을 가져오게 했다. 그리고 가져온 무명을 대들보에 묶어 그네처럼 만들고 기생의 옷을 모조리 벗겨 그네에 앉혔

다. 기생은 관원의 행동을 의아해했으나 자신도 방사의 진맛을 느껴보
고자 하는 동물적 본능에 이끌려 말없이 따랐다. 관원은 점점 황홀경에
도취되어가는 기생의 두 팔을 늘어뜨린 무명 그네에 묶었다. 그네에 실
려 살랑살랑 흔들리는 기생의 가느린 몸은 부르르 떨리기 시작했다. 그
렇게 그네에 실려 왔다갔다 하니 기생은 넋을 잃고 아주 즐거워했다. 실
컷 희롱하고 난 관원은 황홀경에 빠져 헤어나지 못하는 기생의 음부에
불을 붙인 초를 꽂고는 눈치 채지 못하게 줄행랑을 쳤다. 초가 거의 다
타들어가자 그제서야 뜨거움에 기생이 정신을 차렸다. 방안을 둘러보
아도 관원의 모습이 보이지 않자 당황한 기생은 불이야 하고 소리를 질
렀다. 그 소리가 얼마나 컸던지 이웃들과 집안의 종들이 일어나 우왕좌
왕하며 불이 난 곳을 찾아 헤맸지만 찾을 수가 없었다. 여종이 황급히
기생이 소리 지르는 곳으로 달려가 방문을 열어젖혔다. 기생의 얼굴은
상기되어있고 은밀한 곳에 꽂힌 초는 거의 다 타들어가고 있었다. 여종
이 기생을 풀어주고 연유를 물으니 아무런 대답도 하지 못했다.

67) 기생 자란紫蘭의 이빨 자루268)

　여색에 빠진 최생崔生이란 한 선비가 있었다. 최생의 아버지가 함흥
통판의 민정을 보좌하는 벼슬아치로 부임할 때 그는 일도 배우고 공부
도 할 겸 따라가게 되었다. 함흥 일대에는 사내의 정기를 빨아먹고 산다
고 소문난 자란이란 기생이 있었다. 자란은 자주 빛이 맴도는 난초를 닮
아 사내들의 감정을 묘하게 만드는 재주가 있었다. 최생은 자란을 보자
한눈에 반해 푹 빠지게 되었다. 최생은 밤낮으로 자란의 치마폭에 빠져
허우적이며 자란의 검은 계곡을 타고 흐르는 이슬을 핥아 목을 축였고

---

268) 홍만종洪萬宗, 『명엽지해蓂葉志諧』, '명노추치命奴推齒'.

자란이 씹다 뱉어낸 고기로 배를 채웠다. 춘삼월의 꽃향기도 한철이라 최생의 아버지가 조정의 부름을 받고 한양으로 다시 돌아가게 되어 최생과 자란은 뜻하지 않은 생이별을 하게 되었다. 달빛에 눈물짓는 자란의 얼굴은 너무도 곱고 눈물이 타고 흐르는 뺨은 보드라웠다. 최생이 자란의 봉긋한 가슴을 만지며 혀끝으로 눈물을 닦았다.

"한 번 하직하면 다시 만날 기회가 없을 성 싶으니 원컨대 서방님의 신변에 가장 중요한 물건 하나를 선사하시어 서로 잊지 않을 정표로 삼는 것이 어떻겠습니까?"

자란이 최생의 손목을 어루만지며 흐느껴 울었다.

"눈물짓지 말거라. 내 오늘 너와 이렇게 이별한들 널 어찌 잊겠느냐. 내 깊이 정진하고 공부하여 훗날 너를 다시 찾을 것이다. 다시 만날 때까지 내 이빨을 뽑아 마음의 정표로 너에게 줄 터이니 그만 눈물을 거두어라."

최생은 곧 이빨 하나를 빼어 자란에게 주고는 멀고도 아쉬운 길을 떠났다. 함경도를 벗어나 강원도 어디에 이르러 길가 버드나무 그늘 밑에서 말을 먹이면서 남겨두고 떠나야한 자란 생각에 눈물짓던 순간이었다. 곱상하게 생긴 한 청년이 이윽고 그 곳에 이르자 눈물을 뿌리며 훌쩍거리는 것이었다. 또 다시 한 젊은 종놈이 그 뒤를 이어 버드나무 아래에 이르자 역시 눈물을 짓는 것이었다.

'참으로 괴이할세. 어찌 이 나무 아래를 지나는 사내들이 눈물을 짓는 것이며 하나 같이 벌어진 입속엔 이빨이 빠져있는 것인가. 참으로 이상하구나.' 최생은 마음속으로 이상하게 여기며 그들을 한참동안 살폈다.

"너희들은 무슨 이유로 우는 것인가?" 최생이 물었다.

"저는 한양 재상가의 종입니다. 일찍이 대감마님을 모시고 함흥을 순시할 때 함흥기생을 사랑하여 가깝게 지낸지 오래였습니다. 그 기생이 통관 아들의 꾐을 받았을 때도 오히려 옛 정을 잊지 못하여 틈나는 대로 만나 정을 통하여 왔는데, 지금은 감사의 아들이 기생과 사랑에 빠져 감금하여 내보내지 않아 희망이 뚝 끊긴 제 심정이 너무도 원통하여 우는 것입니다."

젊은 종이 눈물을 글썽이며 대답했다.

"저는 기생에게 많은 재물을 먹여 밤낮 가리지 않고 만나 서로의 애욕을 채웠고 정 또한 도타웠습니다. 이제 통관[269]댁 도령이 한양으로 돌아갔으니 제가 홀로 차지해 맘껏 즐기려 하였는데 어찌 감사의 아들이 또 기생을 사랑하게 될 줄 알았겠습니까? 그 감사의 아들은 욕심이 많은 자로 기생이 행여나 딴 사람을 만날까 싶어 자기 집에 감금하고 병졸들로 하여금 기생을 감시케 하여 다시 만나기란 절망적입니다. 분하고 원통하여 심장이 벅차오르는데 도련님께서 눈물지으시니 저절로 슬픈 느낌이 들어 눈물이 어리는 줄을 깨닫지 못하였습니다." 중인 청년이 하늘을 보며 대답했다.

"참으로 안타까운 일일세. 어쩔 수 없이 정인과 헤어져야하는 자네들과 내 마음이 어찌 틀리다 말할 수 있겠는가. 참으로 동병상련일세 그려. 근데 그 기생의 이름이 무엇인가?"

"자란입니다." 두 사람이 동시에 대답했다.

"자란!" 최생이 놀라며 이름을 뱉었다.

세 사람은 서로의 눈을 피하며 아무 말이 없었다.

"내 그것에게 속은 것을 생각하면 참으로 원통하기 그지없지만 후회한들 무엇하리요. 이제라도 그 천한 것의 마음을 알았으니 다행인데……."

최생이 혼잣말처럼 말을 뱉다 말끝을 흐리며 따르던 종놈에게 명하여 자란에게 가서 자신의 이빨을 도로 찾아오게 했다. 종놈이 자란에게

---

269) 통관通官은 사역원에서 번역과 통역을 맡아보던 사람. 통사관이라고도 한다.

가니 자란은 문지방 너머에서 들기도 힘든 포대자루를 내던졌다.

"네 상전의 이빨을 어찌 내가 알 수 있겠느냐. 네 멋대로 골라 아무거나 가져가려무나." 자란이 재밌는 듯 웃음을 지었다.

종이 다가서서 포대자루 속을 들여다보니 누구의 것인지 알 수 없는 이빨이 거의 서너 말 가량이나 되는 것이 아닌가. 종은 아무 이빨이나 하나 주워들고 웃으면서 물러섰다.

68) 사내들의 뻔한 거짓말[270]

한 마을에 형제처럼 우정이 돈독한 두 선비가 살았다. 두 선비는 성년

---

[270] 이 설화는 기생 오유란의 유혹을 통해 여색女色을 탐하는 조선시대 양반들의 치부를 풍자한 한문소설 '오유란전烏有蘭傳'과 비슷하다. 그 줄거리는 대략 이렇다. "서울에서 살던 이생과 김생은 아주 가까운 친구였는데, 김생이 먼저 과거에 급제하여 평안감사가 되자 이생을 청하여 후원 별당에 거처토록 했다. 이생이 별당에 파묻혀 독서에만 골몰하자, 김생은 이생을 골려 주려고 기생 오유란을 시켜 유혹하도록 했다. 오유란은 소복으로 갈아입고 이생이 거처하는 후원 앞 연못에서 빨래를 하는 것이다. 계책에 넘어가 오유란에서 빠져 버린 이생은 별당에서 오유란과 인연을 맺었다. 그런데 이튿날 서울 본가에서 편지가 왔다. 부친의 병이 위독하다는 내용이었다. 그러나 이생은 서울로 올라가는 도중에 부친의 병이 회복되었으니 상경하지 말고 되돌아가라는 소식을 받았다. 다시 평양을 향해 가는데 대동강변에 전에 없던 새 무덤이 하나 있었다. 열녀 오유란이 한양 선비 이생에게 속고 자살한 무덤이라는 것이었다. 크게 놀란 이생은 병석에 눕고 만다. 거기에 유령으로 가장한 오유란이 찾아와 이생을 희롱한다. 그러나 결국 속은 줄을 깨달은 이생은 부리나케 행장을 차리고 서울에 와 그날부터 열심히 공부하여 장원급제하고 평안도 암행어사가 되었다. 이생은 김생에 대해 복수할 때가 왔음을 기뻐하며 평양에 내려가 기생 계월과 동침 중인 김생 앞에 나타나 어사출도를 외쳐 김생에게 모욕을 줌으로써 통쾌하게 분풀이를 한다. 그 뒤 김생과의 갈등을 해소한다." * '오유란전'은 작자, 연대 미상의 고전소설로 한문필사본이다. 관장官長과 선비의 호색과 위선을 풍자한 작품으로, '배비장전'과 의취가 같은 소설이다.

이 되어 과거 공부를 하기 위해서 집을 떠나 산속 암자에서 기거하게 되었다. 김선비는 혼례를 치르고 온 터라 밤마다 부인을 생각하느라 밤잠을 설치기 일쑤였다. 그럴 때면 이선비는 여색을 그리워하는 친구 김선비를 질책했다.

"그럼 자넨 어떤 경우에라도 여색을 멀리 할 수 있단 말인가?" 김선비가 되물었다.

"할 수 있고말고. 난 결코 여색에 빠지거나 유혹당하는 일이 없을 것이네."

이선비가 호언장담하였다. 그날 이후, 김선비는 부인 생각에 밤잠을 설치는 일이 없이 글공부에만 정진해 과거에 당당히 합격하게 되었다. 급제한 김선비가 성천成川 부사가 되어서 떠나며 이번 과시에서 아쉽게 낙방한 이선비를 위로하고 성천으로 부임했다. 그 뒤 이선비가 성천을 찾자 부사는 반갑게 맞이하고 진수성찬을 대접하며 강선루降仙樓에서 풍악과 기생이 어우러진 잔치를 며칠 동안 베풀었다. 이선비는 예전 자신이 장담한대로 기생에게는 전혀 관심을 두지 않았다. 어느 날 부사는 여러 기생을 모아 놓고 그 동안 얘기를 들려주며 누가 나서서 자기 친구를 유혹해서 굴복시키면 큰 상을 주겠노라고 말하자 미색이 출중한 한 기생이 자원했다. 기생은 이선비가 낮이면 강선루에 올라 글을 읽는다는 소문을 듣고 여염집 아낙으로 변장하여 이른 아침부터 강선루에서 한눈에 내려다보이는 냇가에서 빨래를 하고 있었다. 여인을 본 이선비는 자신도 모르게 그 정경에 이끌려 강선루 아래에 있는 냇가로 내려갔다. 가만히 여인을 살펴보니 가녀린 얼굴과 아름다운 자태에 그만 넋을 놓고 말았다. 여인은 곧 빨래를 거두고 뒤도 돌아보지 않고 가버리는 게 아닌가. 이선비는 여인의 향기에 이끌리듯 그 뒤를 따라갔다. 여인이 작은 사립문을 밀치고 들어가 다시 문을 닫으려니 이선비가 사립문을 붙잡고 섰다.

"대체 뉘 시온데, 남의 과붓집 문을 막고 들어오려 하십니까?" 여인이 놀라며 물었다.

"내 그대를 본 순간 온 마음과 정신을 빼앗겨 버렸으니, 내 그대와 사통私通치 못하고 이대로 물러서면 난 아마도 제명에 죽지 못할 것 같소." 이선비가 간절한 어조로 말했다.

"하오나, 쇤네는 삼 년을 수절한 과부로서 선비님께옵서 강압으로 절개를 손상시키려 하시니 한때의 향락으로 그러시는 것이라면 결코 선비님의 뜻대로는 되지 않을 것입니다."

여인이 단호하게 거절했다. 곧 이선비는 하늘을 두고 맹세하며 절대 버리지 않겠다고 다짐하고 애원했다. 이에 여인은 이선비를 맞아들였다. 밤이 되어 두 사람이 마주하니 여인은 선녀처럼 고왔다. 두 사람은 비로소 호합好合을 이루게 되었다. 이선비는 처음으로 접하는 음희淫戲의 진맛을 느끼게 되니 이보다 더 좋을 수는 없었다. 그 뒤로 여인 곁을 떠나지 않고 늘 함께 있으며 즐기니 신선놀음이 따로 없었다.

하루는 한양에서 서신이 와서 열어보니 모친의 병이 위독하여 급히 상경하라는 내용이었다. 그래서 이선비는 여인에게 빨리 돌아와 데려가겠노라 약속했다. 하지만 여인은 "서방님은 가시면 아니올 것입니다" 하며 하염없이 눈물만 쏟아냈다. 여러 날 길을 달려 중간쯤 가니 한 사람이 소식을 전해왔다. 모친의 병이 다 나았으니 오지 않아도 된다는 연락이었다. 이선비는 몹시 기뻐하며 한걸음에 내달려 여인이 기다리는 성천으로 돌아오는데 마을 입구 길가에 새 무덤이 있어 이상한 느낌이 들었다. 마을에 들어와 부사에게 인사하고는 곧바로 여인의 집으로 갔다.

집에 도착하니 집안은 황량하고 때때로 일손을 거들어주던 이웃 아낙이 툇마루에 앉아 울고 있었다.

"서방님께서 가신 뒤 산 너머 도적들이 강제로 아씨를 욕보이려 해서 아씨는 목을 매 자결했답니다. 마을 입구의 무덤이 아씨의 무덤입니다."

이 말을 들은 이선비는 슬픔에 잠겨 그만 철퍼덕 주저앉아 정신을 잃었다. 깊은 밤에 깨어나 방안에서 울고 있는데, 마당에서 자신을 부르는 여인의 목소리가 들려왔다. 문을 열어보니 분명 자신이 그토록 연모하던 여인이 소복을 입은 채 서있었다. 반갑게 나가 여인을 끌어안으려 하니 여인은 이승사람과는 서로 접할 수 없다며 뒤로 물러났다. 이에 선비가 부엌으로 들어가 칼을 찾아 들고 나와 자신의 목에 겨누며, "그렇다면 내가 죽어 귀신이 되면 될 것 아니냐?" 이선비가 말을 끝내고 목을 찌르려 하자 낮에 자신이 입고 있던 옷을 입은 웬 시체 하나가 마당으로 떨어졌다.

"정녕 서방님은 절 사랑하시는군요, 낮에 서방님께옵서는 제 죽음의 슬픔을 이기지 못해 급사하였답니다. 이 시체는 분명 서방님의 시체이옵니다." 여인이 말했다.

"그럼 나 또한 귀신이란 말이냐?" 이선비가 되묻자 여인은 빙긋이 웃으며 고개를 끄덕였다.

이선비는 여인을 들어 안고 방으로 들어가 기쁘게 사랑을 나누었다. 부사가 미리 마을 사람들에게 명령을 내려놓았던 터라, 이선비와 여인이 마을을 나다녀도 보이지 않는 사람 취급했으며 물건을 집어가도 아무도 말하지 않았다. 며칠 후 부사가 큰 잔치를 연다는 소식을 듣고 이선비와 여인이 함께 구경을 가기로 했다. 드디어 그 날이 되어 이선비가 채비를 차리고 나서려는 할 때였다.

"서방님 우리 옷을 벗고 잔치에 참여하는 것이 어떻습니까?"

여인이 넌지시 물었다.

"그것도 좋지! 귀신인데 누가 우릴 본다고."

이선비는 좋아하면서 알몸으로 여인과 잔치에 갔다. 기생들과 어울려 춤도 추고 여기저기 기생의 몸을 만지며 노니, 그곳에 모인 그 누구도 보이는 체 하지 않았다. 그렇게 질펀한 놀이에 빠져있는데, 부사가 들고 있던 부채로 이선비의 등을 쳤다.

"이보게 양반이 대낮에 옷을 벗고 여러 사람 앞에서 이게 무슨 짓인가?" 부사가 웃으며 말했다. 이에 사람들이 일제히 웃음을 터트렸다. 이선비는 그제야 부사의 속임수에 당한 것을 알아차리고 부끄러워 어쩔 줄 몰라 했다.

"이게 모두 내 허물이니 누구를 원망하겠나." 이선비가 한숨을 쉬며 말했다.

"뭘 그러나, 사내라면 누구나 여색을 적당히 즐길 줄도 알아야지, 내 오늘 이렇게 한 것도 자네의 호언장담이 모두 헛것이라 걸 일깨워 주기 위함일세." 부사가 친구를 위로하며 말했다. 부사 또한 옷을 벗어 친구의 허물을 덮었으며 두 사람의 우정은 죽어 헤어지는 그날까지 오래도록 지속되었다.

69) 기생 해월海月의 절행271)

"홍림洪霖은 한갓 볼일 없는 서얼로서 늘그막에 병마절도사 막료가

---

271) 성해응成海應, 『연경재전집硏經齋全集』 권12, 「의기전義妓傳」 *성해응成海應 (1760~1839); 자 용여龍汝, 호 연경재硏經齋, 난실蘭室, 본관 창녕昌寧. 이덕무李德懋, 유득공柳得恭, 박제가朴齊家 등과 교유. 「義妓傳」; "洪烈士霖侍姬海月。清州妓也。霖戊申爲湖西兵馬節度使李鳳祥裨將。在淸州時。賊徒將作亂。先流言南寇至。以繹騷民。霖知賊當發而淸州城終不可守。念俱死無益。且有老母。卽請歸至稷山。復念在幕府。委其帥死而獨生不可。還至淸州以待。賊爲羃藏兵戈若葬人者。過兵營而藏匿北林。霖望而疑之。請覈之。鳳祥曰君欲我得伐喪名耶。霖不敢言。是夜賊乘鳳祥睡。叫噪犯營。軍校雉冤竄。霖守工庫在營外。卽起奪從卒氊笠。拔釖走入營。海月驚惶抱霖曰變將不測。奈何入死地乎。霖罵曰我老母年七十。不顧而死。豈爲若言不死耶。推之出。門閉矣。手撤其壁而入。與鳳祥俱死。海月乞諸賊請斂霖。辭旨悽酸。賊哀而許之。手瘞于城外。賊平歸葬。海月有娠。霖死數月擧男子。豊原君趙顯命白上免賤籍。兒七歲而夭。海月卽曰當日之不死爲兒。兒死矣。吾以死明吾志。遂自刎死。"

되어 처량하게 호구지책을 삼았는데 갑자기 국난에 목숨을 바쳐 늠름히
열사의 기풍을 드러냈다. 그래서 조정에서는 표창과 증직의 은전을 아
끼지 않아 비록 비상한 관직을 추증하기는 했으나 그것보다는 그가 살
아서 백부百夫의 장수가 되어 우뚝이 성에 임했더라면 변방을 굳건히 하
고 환란을 막아냄이 어찌 막부에서 한 번 죽는 것뿐이었겠습니까."272)

홍림(1685~1728)은 본관이 남양이고 부친은 병마첨절제사 홍수명洪
受命이다. 영조3년(1727) 충청도 병마절도사 이봉상李鳳祥의 막료가 되었
는데 그 이듬해 이인좌李麟左의 난 때 청주성이 함락되자, 이봉상과 함
께 반란군에 저항하다 죽었다. 나중에 호조 참판에 증직되고 정려가 내
렸다. 기생 해월海月의 열녀각은 1814년에 한 칸으로 충청북도 청주시
상당구 수동 87번지에 건립되었는데, 이인좌의 난 때 순절한 홍림의 첩
실이었던 기생 해월의 절행을 기리기 위하여 세운 정려각이다. 이인좌
가 반란을 일으키는 것을 알고 한 백성이 병사 이봉상에게 귀띔해 주었
다. 이순신 장군의 오대손인 이봉상은 충의가 대단한 사람이었는데 이
를 믿지 않았다. 그래서 무방비로 있을 때 반군이 갑자기 쳐들어와 이봉
상을 덮치니 그가 놀라 책상머리에 두었던 장검을 찾으려 하였다. 그러
나 그보다 먼저 반군이 이봉상에게 칼을 들이대어 잡히고 말았다. 이때
성 밖에서 자던 군관인 홍림이 그 소식을 듣고 성안으로 달려가려 하자
관기 해월이 여든 살의 노모가 있는 사람이 스스로 주검을 향하여 가면
불효가 된다며 말렸다. 홍림은 불효를 하더라도 충의를 따르겠다며 반
군에게 달려가서 이봉상을 가로막으며 자기가 읍성의 병사 이봉상이라
고 하며 대신 죽으려했다. 역도들은 그런 홍림을 베고 이봉상을 회유했
다. "항복하여 협조하라. 그리하면 큰 벼슬을 주어 대대로 영화를 누리

---

272) 박지원, 『연암집』 권3, 「공작관문고孔雀館文稿」, '서얼 소통疏通을 청하는 의소
    擬疏'.

게 하겠다” “역적 놈들아! 충무공의 가문이 충절로 다져졌다는 말을 듣지도 못했느냐? 너희 도적놈에게 굽혀서 영화를 누리는 일은 절대 없을 것이다.” 그의 꼿꼿한 기개에 간담이 서늘해진 반군은 모두가 보는 앞에서 그를 또 난자하여 죽였다. 해월은 홍림이 살해된 후 반군에게 청하여 홍림의 시신을 찾아 장례지내고, 또 홍림의 유복자를 낳아서 일곱 살까지 정성들여 키웠으나 전염병으로 사망하자 스스로 목숨을 끊어 먼저 간 사람의 뒤를 따른 이야기이다. 표충사에는 해월의 열녀 정문旌門이 있고 해월의 무덤은 표충사 뒤 인근 우암산에 남아 있다. 순조14년(1814) 목천 유생 민이혁閔爾爀 등이 상소하여 왕의 특명으로 정려되어 청주읍성 북문 안쪽에 있던 표충사 동쪽에 정려문을 세웠는데 1939년 표충사를 현재의 자리로 옮길 때 해월의 정려도 함께 옮겼다. 건물 안에 걸린 편액에는 ‘열녀 참판에 추증된 홍공의 방기 해월의 열녀각이 1814년에 정려되다’[273]라고 쓰여 있다.

한편, 청주시에는 ‘해월 무덤海月墓’ 전설이 전한다.

"해월의 무덤은 우암산에 있다. 이인좌의 난 때 충절을 다한 청주영淸州營 군관 홍림의 애첩인 해월의 묘이다. 청주 영기營妓로 적을 두고 있던 김해월은 영장營將 남정연南廷年의 주선으로 비장裨將[274] 홍림의 애첩이 되었다. 그 당시 병영 군관으로 있던 홍림은 여든 살 노모를 모시고 있었는데, 그 효행이 지극하여 모든 사람들로부터 효자라는 칭송을 받았다. 그러나 슬하에 혈육이 없어 자손을 보기 위해 해월을 첩으로 맞아들여 남문 밖에서 살림을 차린 것이다. 마침내 해월이 잉태를 하게 되어 홍림은 늙은 어머니와 더불어 손을 잇게 되었음을 기뻐하며 하루 속히 해월이 해산하기만을 기다리고 있었다. 그러던 중 영조4년

---

273) “烈女贈參判洪公, 房妓海月之閭, 上之十四年甲戌命旌.”
274) 비장裨將은 조선시대 때 감사監司, 유수留守, 병사兵使, 수사水使 등 지방장관과 견외사신遣外使臣을 수행하던 관원 중의 하나를 말함.

(1728) 이인좌의 무리가 모반하여 청주성을 기습하였다. 3월 15일 눈보라가 휘몰아치던 밤 해월은 남편 홍림과 더불어 집에서 잠을 자고 있다가 폭발 소리와 함성 그리고 양민들의 아우성 소리를 듣고 자리에서 벌떡 일어났다. 해월은 성 쪽을 바라보는 홍림의 얼굴에서 비장한 각오를 읽었다. 불빛이 충천한 성내의 변고를 본 홍림은 벽장에서 장검을 꺼내 들고 밖으로 나가려했다. 그러자 해월은 홍림의 바지를 잡으며 '때는 이미 늦었는데 어딜 가려 하나이까? 참으셨다가 뒷일을 도모함이 옳을까 합니다. 나으리께서는 여든 살 노모가 계시고 소첩이 이미 잉태 중인데 어찌 목숨을 보전하려 하지 않으십니까?' 하고 성안에 들어가는 것을 말렸다. 그러자 홍림은 '장수가 무너졌는데 내 어찌 혼자만이 살기를 꾀할 수 있으랴. 나 죽은 뒤에 늙으신 어머니를 봉양하고 만약 사내아이를 낳게 되면 홍씨 문중의 피를 이어가도록 잘 길러라.' 하며 적중에 뛰어들어 장렬하게 전사하였다. 해월은 다음날 이인좌를 찾아 병사兵使 이봉상, 영장 남정연과 비장 홍림의 시체를 거두어 우암산 기슭에 묻고 장례를 치렀다. 그리고 그 해 10월에 아들을 분만하니 그가 바로 홍유복洪遺腹이다. 유복은 해월의 극진한 보살핌으로 건강하게 자라서 어언 일곱 살이 되어 글을 배우기 시작했는데 뜻하지 않은 변을 당해 일찍 죽고 말았다. 단 하나뿐인 홍씨 가문의 혈육이 끊어지자 해월은 잘 보살피지 못해 손을 잇지 못한 것에 자책을 느끼고 남편 홍림의 무덤 앞에 재배再拜하고 스스로 목숨을 끊어 관기官妓로서 흔하지 않은 정열貞烈을 표하였다."

또한 『영조실록』에는 '각 고을의 위판과 신판의 보관과 홍임과 해월을 표창할 것 등에 대한 박문수의 상소'275)가 실려 있어 주목된다.

"도승지都承旨 박문수朴文秀가 말하기를, '이봉상은 여러 차례 곤수閫帥276)를 지냈고 오래도록 장수의 임무를 지고 거느리고 있던 편비偏裨277) 중에는 은혜를 입은 자도 필시 많았지만 결국 이봉상이 죽음을

---

275) 『영조실록』, 영조 6년 경술(1730, 옹정8), 12월20일 갑인 조.
276) 곤수閫帥는 병사兵使나 수사水使를 예스럽게 부르는 말.

당할 때 도망치지 않은 자가 없었고 홀로 타인이 부탁하여 보낸 홍림만
이 변란을 듣고 바로 들어가 이봉상과 함께 적의 칼을 맞고 동시에 순절
殉節하였으니 그 의열義烈은 족히 천고千古를 감격케 할 만합니다. 이
러한 사람이 만일 조정에 있어 만에 하나 위난한 때를 당했다면 반드시
순충殉忠의 신하가 되었을 것입니다. 전하께서는 특별히 그의 여문閭門
을 정표旌表하시고 또 쌀과 베로 그 어머니를 구휼하셔야 하지만, 홍림
의 어머니는 금년 나이 여든 살로 의지할 곳 없는 정상은 사람을 슬픔에
젖게 합니다. 국가에서 어떻게 한 명 사과司果의 녹봉을 아끼시렵니까?
마땅히 각별한 긍휼矜恤의 은전이 있어야 할 것입니다.'
　　하니, 임금이 말하기를,
　　'월름月廩278)의 일은 사체事體가 어떠할지 알 수 없으니, 해조該曹에
분부하여 사시四時로 구휼케 하라' 하였다.
　　박문수가 또 말하기를,
　　'해월은 충청 병영의 한 명의 천한 기생에 불과합니다. 홍림이 좋아
하게 됐는데 적변賊變이 발생했을 때 다른 기생들은 적들에게 시종을
든 자가 많았으나 해월만은 남몰래 수직자에게 뇌물을 주고 홍림의 시
체를 찾아내 엷은 널에 넣어 장사지내려다가 이봉상이 들어갈 관이 없
음을 듣고는 그 엷은 판자를 주고 홍림의 시체는 베로 싸서 이봉상을
묻은 곳에 함께 장사를 지냈습니다. 해월은 기생이 되어서도 능히 이
같은 일을 했으니 비록 의사義士라 해도 옳을 것입니다. 듣건대 병영에
서 아직도 면천免賤을 허락하지 않는다 하니 매우 개탄할 일입니다. 병
영에 분부하시어 즉시 면천케 하여 그 의로움을 표창하게 하소서.'
　　하니, 임금이 이르기를,
　　'특별히 면천해 주고 그 집도 복호復戶279)하라' 하였다."

---

277) 편비偏裨는 각 군영에 둔 부장副將.
278) 월름月廩은 월급으로 주는 곡식.
279) 복호復戶는 조선시대 군인, 양반, 충신, 효자의 일부 및 궁중의 노비奴婢 등 특
　　정한 대상자에게 조세租稅나 그 밖의 국가적 부담을 면제하여 주던 일.

70) 이진사전李進士傳280)

　　충청도 공주에 사는 진사 이옥린李玉麟은 평안도 강서江西281) 현감으로 있는 외삼촌에게 다녀오던 중 평양에서 열린 백일장에 참가해 장원을 하여 감사가 베푼 축하연에서 기생 경패瓊貝와 만났다. 이진사를 흠모하게 된 경패가 아버지를 움직여 청혼을 하였다. 그러나 선조 사 대가 모두 첩을 두었다가 화를 입은 일 때문에 이진사는 첩을 두지 않겠다고 옥환으로 살을 뚫어 맹세까지 해놓고도 경패의 미모와 주위의 권유에 이기지 못해 혼례를 올리고 귀가하였다. 이진사의 늙은 어머니는 또 첩 때문에 화를 입을까 우려하였다. 그러나 현숙한 아내 서씨가 함께 살 것을 권유하여 이진사는 아내의 권유에 따라 경패를 불러내려 함께 살게 됐다. 이진사의 조상이 꿈에 나타나, 앞으로 삼 년 동안 액운이 닥치리라는 사실과 액운을 타개하는 방법을 일러주고 사라졌다. 이진사는 꿈에서 일러준 대로 밤중에 침입한 자객을 죽여 그 시체를 자고 있는 경패 옆에 뉘어두고 자객의 목을 베어 강에 던지고는 집을 나왔다. 이진사로부터 이미 지시를 받았던 경패는 시어머니와 서씨에게 남편이 자객의 손에 죽었다고 속이고는 이진사를 찾아 나선다. 꿈에 옥황상제의 지시를 받은 경패는 해인사로 가서 남편과 만나게 되었으나 경패의 미모에

---

280) 조선 영·정조 때 지은 것으로 보이는 작자, 연대 미상의 고전소설. 1권 1책. 한글필사본, 활자본. 선비와 기생의 연애 및 애정생활에 따르는 고난을 다룬 작품. 영조 때 충청도 공주에 살던 진사 이옥린은 외숙인 강서현감을 찾아가다가 평양의 백일장에서 장원하고 경패라는 기생을 소실로 맞아 집으로 데려와서 본부인 서씨와 함께 화락하게 산다. 이진사는 조상이 꿈에 계시한 날, 방에 뛰어든 자객을 죽이고 자취를 감춘다. 머리를 깎고 중이 된 경패는 꿈에 현몽한 대로 남편을 찾으러 해인사로 가다가 불한당인 아전 방종직에게 붙들리지만, 남편의 구조로 살아나 고향에서 행복을 누린다.
281) 평안도 강서현江西縣은 오늘날 남포직할시 강서구 지역임.

매혹된 방종직方宗直 일당에게 끌려갔다. 이진사와 경패는 우연히 방종직의 집에서 만나 함께 도망하려는데, 방종직 일당에게 잡혀 감영으로 넘겨졌다. 그러나 마침 현감이 전날 강서현감을 지내던 외삼촌이어서 이진사는 무사히 경패를 데리고 귀가하였다.

71) 송강 정철이 늙은 기생의 단가를 듣고 지은 시282)

송강이 암행어사가 되어 북쪽 변방인 함경도 지방으로 갈 때 단가短歌 한 수를 지었다. 얼마 되지 아니해서 명종대왕이 돌아가시니 아마 그 노래가 참서讖書283)된 모양이었다. 계미년 봄 송강이 관풍사觀風使284)로 순찰하는 길에서 길주吉州285)에 이르렀더니, 한 늙은 기생이 그 단가를 불렀다. 술이 취한 김에 이것을 두고 칠언절구 한 수를 지었다.

스무 해 앞서 부른 새하곡	二十年前塞下曲
어느 해 이 기생들 와중에 떨어졌는가	何年落此妓林中
외로운 신하 죽지 못해 외로이 눈물짓는데	孤臣未死天涯淚
강릉 향해 새벽바람에 뿌려볼까 하노라	欲向康陵286)洒曉風

---

282) 차천로車天輅, 『오산설림초고五山說林草藁』.
283) 참서讖書는 미래에 일어날 일을 미리 예언한 참언讖言을 기록한 책.
284) 관풍사觀風使는 왕명을 받들어 지방을 순시하며 풍속과 기강을 살펴 처리하는 관원, 즉 어사御史를 말한다.
285) 함경북도咸鏡北道 길주군의 군청 소재지.
286) 강릉康陵은 조선시대 13대 명종明宗과 인순왕후仁順王后 심씨沈氏의 능. 서울 도봉구 공릉동에 있음.

72) 진짜 의사287)

어떤 한 젊은 과부가 강릉江陵 기생 매월梅月과 이웃에 살고 있었다.
매월은 그 자색과 명창으로써 한때에 이름이 높았으므로 일대의 재주
있는 선비와 귀공자들이 모두 그 문 앞으로 모여들었다. 어느 날 때는
마침 여름철이었다. 매월의 집안이 유달리 고요하여 인기척이 없기에
과부는 괴이하게 여겨 남몰래 창을 뚫고 엿보았다. 어떤 한 청년이 적삼
과 고의를 다 벗은 몸으로 매월의 가는 허리를 껴안은 채 구진구퇴九進
九退의 묘법을 연출하는 것이었다. 기생의 여러 가지 교태와 사내놈의
이러한 음탕한 짓을 평생 처음으로 본 과부인 만큼 그 청년의 활기를 보
자 음탕한 마음이 불꽃처럼 일어 억제하지 못한 채 집으로 돌아왔다. 과
부는 스스로 애무하였다. 그의 코에는 저절로 감탕甘湯288)의 소리가 나
는 것이었다. 그렇게 십여 차를 하고 보니, 목구멍이 막혀서 말을 내지
못할 지경이 되었다. 때마침 이웃집 할머니가 지나치다가 들어와서 그
꼴을 보고는 그 연유를 물었으나, 목멘 듯이 대답을 못하고는 다만 숨소
리만 나는 것이 아닌가. 마음으로 반드시 무슨 곡절이 있음을 짐작하고
묻기를,

"색시, 만일 말이 나오지 않는다면 언문 글자로 써서 뵈는 것이 어
때?"

하고 권하는 것이었다. 과부는 처음부터 끝까지 하나하나 빠뜨리지
않고 써 보였다. 할머니는 그 사연을 보고 웃으면서,

"상말에 이르기를 그것으로 말미암아 난 병은 그것으로써 고치는 방

---

287) 『야담기문野談奇聞』 '군시양의君是良醫'. 이 설화는 또, 『고금소총古今笑叢』에
　　도 실려 있다.
288) 감탕甘湯; 엿을 고아 낸 솥을 부신 단 물. 메주를 쑤어 낸 솥에 남은 걸쭉한 물.
　　단맛이 나는 국물이나 액체. 여기서는 성적인 교성을 말함.

법밖에 없다 하지 않았소? 이 병엔 건강한 사내를 맞이하여 치료하는 것이 가장 빠를 것이오.”

하고는 문을 나섰다. 그 동네에 우생禹生이란 노총각이 살고 있었다. 그는 집이 가난한 탓으로 나이가 서른이 넘어도 아직 장가를 들지 못한 형편이었다. 할머니가 우생을 보고는,

“아무 집에 이런 일이 생겼는데, 그대가 그 병을 치료할 자신이 있겠는가. 만일 그렇게 된다면 그대는 없던 아내가 생기는 것이요, 그녀는 홀어미로서 남편을 얻는 것이니 이는 실로 경사가 아닐 수 없네.”

하고 권유를 하였다. 우생은 크게 기뻤다. 곧 할머니의 뒤를 따라 과부의 방으로 들어가게 되었다. 우생은 곧 의복을 벗은 벌거숭이 몸으로 휘황한 촛불 아래 멋있게 일을 베풀었다. 그녀는 병이 곧 나아 일어나면서 다음과 같은 한 마디 말을 남겨두었다.

“당신이야말로 진짜 양의良醫로군.”

73) 모란이 재물을 빼앗다289)

평양에 모란牧丹이라는 한 기생이 있었다. 재주와 아름다움으로 한양 기생 중에 빼어났다. 향생 이서방이란 사람이 벼슬을 받게 되어 취임할 때, 처가에서 그의 노자와 옷을 화려하게 차려주어, 도하都下290)에 와서 머물게 됐는데 마침 기생 사는 집과 서로 가깝거늘, 기생이 그의 가진 물건이 많은 것을 보고, 이를 낚기 위하여 이서방 있는 곳에 와서 일부러 놀라 말하기를,

---

289) 『촌담해이村談解頤』 “모란탈재牧丹奪財” 이는 앞서 나온 38)번 화제 『고금소총 古今笑叢』, ‘평양기모란平壤妓牧丹’에서도 아주 비슷하게 나타나고 있다.
290) 도하都下는 서울 지방. 서울 장안.

"높으신 어른께서 오신 줄은 몰랐습니다."

하며 곧 돌아가거늘, 이서방이 그윽이 사모하더니, 저녁에 기생이 이서방을 위로해 말하기를,

"꽃다운 나이에 객지에 나와서 심심치 않으십니까? 첩의 지아비가 멀리 싸움터에 나가 여러 해 돌아오지 않으니, 속담에 이르기를 과부가 마땅히 홀아비를 안다 하였은 즉, 별로 이상하게 생각하지 마세요."

라고 하며, 교태 어린 말로 덤비니 드디어 정을 통하지 않을 수 없었다. 이서방이 가진 물건을 다 기생에게 쓰면서 함께 있게 되었는데 기생이 매일 아침에 식모를 불러 귀에다 대고 말하기를,

"밥 반찬을 맛있게 하라."

하거늘, 이서방이 아름다운 여인을 만났음에 이를 반겨서 있는 자물쇠 꾸러미를 다 맡겼다. 하루는 기생이 문득 시무룩해서 즐겁지 않으니, 이서방이 위로해 말하길,

"정분이 점점 떠나가는가? 먹고 입는 게 모자라는가?"

"어느 관리는 아무 기생을 사랑하여 금비녀와 비단 옷을 해주었다 하니, 그 사람이야말로 참말로 기생 서방의 자격이 있다 하겠소이다."

"이는 과히 어렵지 않은 일이니 네가 원하는 바를 좇으리라."

하고 패물을 사주니,

"이렇게 함께 사는 처지에 무엇을 그리 함부로 낭비하시오."

"재물은 나의 재물이니 무슨 관계이랴?"

하며 이서방이 화를 내어 말하였다. 또한 장사꾼이 값진 비단을 팔러 왔기에, 이서방이 그 나머지 재물을 가지고 사려고 한 즉, 기생이 일부러 제지하여 말하였다.

"곱기는 곱지만 입는 데 완급이 있으니 어쩌리요."

이서방이 꾸짖어 말하였다.

"내가 있으니 걱정할 게 없느니라."

기생이 일을 보는 계집과 더불어 비단을 가지고 밤을 타서 도망쳐버리니, 이서방이 등불을 켜고 홀로 앉아 잠을 이루지 못했다. 새벽에 이르러 해가 높도록 돌아오지 않는지라 조반을 짓고자 궤짝을 열어보니 한 푼의 돈도 남겨 두지 않았다. 이에 이서방이 분한 마음에 스스로 죽고자 해봤으나 이웃 노파가 와서 말하길,

"이는 기생집에서 보통 있는 일이니, 그대는 그것을 실로 모르는가? 매일 아침에 부엌데기에게 한 은밀한 얘기는 가만히 재물을 뺏고자 함이고, 다른 사람을 칭찬한 것은 낭군으로 하여금 격분케 해서 효과를 보고자 함이고, 그 나중에 비단을 가져와서 팔게 한 것은 밀통했던 간부와 더불어 나머지 재물을 뺏고자 함이라."

하니, 이서방이 심히 분해서,

"만약 그 요귀를 만나기만 하면 한 몽둥이로 때려죽여 꺼꾸러뜨린 다음 옷과 버선을 벗기리라."

말하며 드디어 교방敎坊291)에서 길을 엿보던 중 기생이 그 동무 수십 명을 이끌고 떠들면서 지나가는지라. 이서방이 막대기를 가지고 앞으로 뛰어나가 말하길,

"요귀 요귀여, 네가 비록 창녀이긴 하나 어찌 차마 이와 같은가? 나의 금비녀와 비단 등속을 돌려보내라."

말하니 기생이 박장대소하여 말하기를,

"여러 기생들은 와서 이 어리석은 놈을 보아라. 어떤 시러배 아들놈이 기생에게 준 물건을 돌려달란 놈이 있더냐."

여러 기생들이 앞을 다투어 그 모양을 보고자 하니, 이서방이 얼굴이

---

291) 교방敎坊은 원래 고려시대 음악을 맡은 기관인데, 향악을 담당했던 기관으로 기생학교를 겸했다. 창기娼技와 기예技藝있는 자를 뽑아 교방에 충원하였으며, 이 제도는 조선 때까지 이어졌다.

붉어지고 부끄러워 군중 가운데 숨어 피해 달아나는지라. 이서방이 의
지할 데 없이 길가에서 얻어먹으며 비로소 처가에 이르니 장모가 노하
여 문을 닫고 쫓아냈다. 이서방이 스스로 살 수 없어 드디어 동네에서
걸식을 하니 사람들이 손가락질하며 비웃지 않은 자가 없었다.

74) 아랑阿娘 전설

　옛날 어떤 고을 청사에 항상 귀신이 나타나서, 신관이 부임하기만 하
면, 반드시 그날 밤 안으로 죽어버리는 괴이한 일이 일어났다. 그래서
그 고을 군수직을 원하는 자는 한 사람도 없게 되었다. 조정에서는 하루
라도 관장의 자리를 비어둘 수가 없으므로, 부득이 지원자를 모집하게
되었다. 그러나 누구든지 목숨을 아까워하여 아무도 지원하는 자가 없
었다. 그러한 때 한 사람의 지원자가 나타났다. 그는 호탕한 기질과 겁
없는 담력을 가졌으나, 인물이 변변하지 못하였으므로 늘 불우한 처지
에 있었다. 그는 그 고을 관청에서 괴귀가 자주 나타나서, 신관이 부임
하는 당일 밤에 항상 죽어 버린다는 말을 듣고, 그까짓 귀신이 무엇이냐
고 대담하게 지원한 것이다. 조정에서는 아무 이의 없이, 그를 고을 군
수로 임명하였다. 군수로 부임하던 날 밤, 그는 객사에서 혼자 자기로
하였다. 역리들은 그의 어이없는 행동을 보고, 호위 병졸을 많이 데리고
자기를 충고하였다. 그러나 그는 이를 거절하고 다만 많은 촛불을 마련
하여 두라고 명령하였다. 그는 방안에 촛불을 수없이 밝히고 밤이 들기
를 기다렸다. 밤중이 되었을 때 별안간 찬 기운이 방안에 돌더니, 일진
광풍이 일어나며 굳게 닫힌 문이 화다닥 열리고, 촛불은 꺼질락말락 하
였다. 아주 담대한 그도 잠깐 기절할 뻔하였다. 그러나 그는 정신을 다
시 차려서 급히 주역을 읽기 시작하였다. 그는 높은 소리로 주문을 읽었

다. 방은 잠깐 깊은 정적이 쌓였다. 조금 있으니 이번에는 한편 방문이 소리 없이 슬그머니 열리면서, 뼈를 찌르는 듯 한 찬 기운과 함께 머리를 산발하고 전신에 피를 흘리는 요괴가 눈앞에 우뚝 나타났다. 그는 연달아 주문만을 큰소리로 읽었다. 그 요괴는 사라지고 주위는 다시 조용해졌다. 세 번째는 어떤 여인의 소리가 문 밖에서 나며, 방 안에 있는 사람을 불렀다. 그는 두세 번 생각하다가 누구냐고 물었다. 여인은 애원하는 듯한 말소리로 '나는 귀신도 아니고 사람도 아니나, 원통한 할 말이 있으니 문을 열어 주시오' 하였다. 그는 비로소 그 요귀가 원혼임을 알았다. 그리고 몸을 부들부들 떨면서도 대담하게 방문을 열어주었다. 어떤 소복한 미녀가 목에 칼을 꽂은 채 방 안으로 들어와서 그의 앞에 절하였다. 그는 여인의 태도에 겨우 마음을 놓고 무슨 원한이 있느냐고 물었다. 여인의 호소는 이러하였다.

　"나는 원래 이 고을의 수청하는 기생이었는데 통인 아무개가 제 요구를 듣지 아니한다고 이리 나를 목 찔러 죽이고 내 시체를 객사 뒤 고목 속에 거꾸로 집어넣었으므로 당시 관장에게 이것을 호소하려 하였으나 내 모습에 겁이 질려 죽고, 그 뒤 신관이 부임할 때마다 그들의 담력을 시험하기 위하여 아까 한 태도를 해보았으나 그들 모두 실신하여 죽어버렸습니다. 그러나 지금 당신의 담력과 용기를 보니, 가히 나의 원한을 풀어 줄 만하므로 이런 모습으로 나타나서 호소하는 것입니다. 통인 놈은 나의 목에 칼을 찌른 뒤 나의 명이 채 다 끊어지지도 아니한 것을 고목 속에 처넣었으므로 나는 지금 산 사람도 못되고 죽은 사람도 되지 아니하였습니다. 나를 죽인 통인은 지금도 이 고을에 통인으로 있는 자이오니 그 놈을 처참하고, 나의 시체를 고목에서 끄집어낸 뒤에 목에 칼을 뽑고 몸을 바로 하여 매장하여 주시면 원한을 풀고 저승길을 떠날 수 있겠습니다."

라고 말하며 백배하고 물러나갔다. 그러나 그는 그날 밤 조금도 잠을 이루지 못하였다. 아침에 날이 밝자, 역졸들은 신관의 시체를 처리하고자 거적때기를 준비하여 가지고 객사 안으로 들어왔다. 방문을 열고 신관이 살아 있는 것을 보고 역졸들은 대경실색하였다. 신관은 그 날 곧 통인을 고문하여 보았다. 통인은 할 수 없이 그간의 일을 자백하였다. 그래서 원혼의 말이 거짓이 아님을 알고 곧 객사 뒤 고목 속에서 그녀의 시체를 찾아보았다. 정말 목에 칼을 찔린 채 거꾸로 박힌 시체가 나왔다. 신관은 곧 시체의 목에서 칼을 뽑고 묘지를 구하여 매장을 하여주었다. 그리고 통인은 참형에 처하였다. 그 뒤로 그는 명관이란 말을 듣게 되고, 그 고을 청사의 요괴도 없어지게 되었다고 한다.

75) 깊은 산중에서 다 잊고 살다[292]

윤생尹生이란 자가 관서지방에 나그네로 노닐다가 한 시골집에서 묵을 때 비에 막혀 돌아오지 못하였다. 안주인이 비록 늙었으나 말씨와 행동거지가 시골 노파 같지 않았다. 하루는 안주인이 웃으며 말하길,

"행차가 반드시 심심하실 터인데, 내가 옛날 얘기나 해드려서, 한 번 웃으시는 게 어떠하겠습니까?"

"그것 참 좋습니다."

하고 윤생이 답하였다.

이때 주인 남편인 늙은이가 좋아하지 않으면서 하는 말이,

"불길한 말을 이제 또 말하려고 하느냐?"

하였다.

"당신과 내가 함께 늙은 지라 그 말을 해서 무엇이 해롭겠습니까?"

---

292) 『파수록破睡錄』, "심산망석深山忘釋".

하며 노파가 이어서,

"내가 본래 초산楚山293) 기생으로 나이 열여섯에 초산 사또에게 홀리어 그의 지극한 사랑을 받아 그의 방에서만 함께 지냈습니다. 그런데 사또가 뜻밖에 갈려가게 되어 이별에 임하여 이에 쓸모있는 집기를 전부 나에게 주고 또한 후하게 먹을 것까지 준 뒤에 나에게 말하길, '내가 돌아간 후에 너도 곧 뒤따라 올라와서 함께 백 년을 지내는 것이 옳으리라' 해서 내가 울면서 허락하였습니다. 사또가 떠난 뒤에 정분을 억제치 못하여 그가 준 것으로 패물로 바꾸어서 동자 한 놈만 데리고 홀홀히 떠나서 겨우 며칠 동안 길을 가다가 때마침 추운 겨울이라 큰 눈이 휘몰아쳐 가던 길을 잃어버렸습니다. 동자로 하여금 말을 버리고 길을 찾게 하였더니 잘못되어 깊은 눈 구덩이에 빠져 그 가운데서 헤어나지 못하고 죽은지라, 중도에 머뭇거리게 되었습니다. 추위는 심하고 다리는 아픈데 날 또한 어두워지던 터라, 멀리 등불이 숲에서 깜빡거리는 걸 보고 인가가 있음을 알고 간신히 찾아가 문을 두드렸다. 암자인데 고요하여 아무도 없고 다만 탁자 위에 흰 부처님 한 분이 계실 뿐이라. 속으로 생각하기를 방 아랫목이 이미 따뜻하고 등불이 또한 밝은데, 중도 없으니 괴이하고도 괴이하였습니다. 그러나 일이 이 지경으로 궁한 처지에 어디 달리 갈 데가 없고 해서 몸소 말 안장을 풀어 죽을 쑤어 말에게 먹이고, 홀로 방 가운데 누워 천천히 잠을 이루지 못하니, 얼마 후에 몸이 녹으면서 번열증이 심한지라, 사람은 없고 해서 치마와 저고리를 다 벗고 속옷만 입고 몸뚱아리를 드러내 놓고 누워있었다. 그런데 뜻하지 않게 스님 한 분이 달려들어 강간하니 비록 항거하려고 하였으나 밤중 깊은 산에 그 누가 와서 구해 주리오. 원래 이 스님은 이미 여남은 살 때부터

---

293) 초산楚山은 평안북도平安北道 초산군의 군청 소재지. 군의 북부, 압록강鴨綠江 안岸에 거슬러 올라간 곳에 있음.

머리를 깎고 출가하여 벽곡辟穀294)하고 홀로 암자 가운데 사니, 나이 바야흐로 이십 팔 세라, 위에 이른 바 탁자 위의 흰 부처님이 곧 그였다. 계행이 비록 높으나 정욕이 꿈틀거리니, 어찌 가히 억제하리오. 이튿날 창문을 열고 바라보니 쌓인 눈이 처마에 쌓여 돌아가고자 하나 어찌 할 수 없어 그럭저럭 겨울을 나니 두 사람의 정분이 함께 흡족하였다. 스님이 말하기를, '나도 그대를 구하지 않았고 그대도 나를 찾지 않았건만 길로 쌓인 눈이 나로 하여금 그대를 만나게 하여 줄 줄 어찌 알았으랴. 나의 계행은 그대로 인하여 훼손되고 그대의 절개는 나로 인연하여 이지러졌으니 일이 이 지경에 이르러 묘하게 합치게 되었다. 이는 하늘이 그대와 나를 좋은 인연으로 맺어 준 것이라 할 것이니 어찌 반드시 옛 낭군을 찾아가서 첩이 될까 보냐. 나와 더불어 해로하여 함께 안락함을 누리는 것이 어떠하냐?' 하니, 내 또한 생각해 보니 말과 실지가 이치에 맞는 듯하여, 그 스님을 따라 여기에 와서 살았으니 아들과 딸을 낳아 집안 또한 넉넉하였다. 이 어찌 하늘의 이치가 아니리오. 저 늙은이가 바로 당일의 산승입니다."

하니 늙은이 또한 웃으면서 말이 없었다.

76) 자식이 기생첩을 사랑하다295)

어떤 재상이 항상 말하기를,

"내가 영남 도백으로 있을 때에 집에 아이가 한 기생첩을 사랑하였는데, 내가 체차遞差296)되어 돌아올 때 함께 데리고 왔다. 몇 년이 지난 뒤

---

294) 벽곡辟穀은 곡식穀食은 안 먹고 솔잎·대추·밤 등을 날로 조금씩 먹고 사는 일.
295) 『파수록破睡錄』 "가아총첩家兒寵妾" *『파수록』; 편자·편찬연대 미상의 한문 소화집.
296) 체차遞差는 관리의 임기가 차거나 부적당할 때 다른 사람으로 바꾸는 일을 이

에 스스로 꾸짖음을 얻은 줄 알고 창기를 두는 일이 어찌 선비의 행실일까 하여 이에 쫓아 보냈다. 이미 쫓아낸 뒤에 내가 '그 여인이 떠날 때에 무어라 말하더냐?' 물으니, '별로 다른 말이 없고 다만 말하길, 이렇듯 수년 동안 건즐巾櫛[297]을 받들어 오다가 문득 이러한 이별이 있으니, 유유한 나의 회포를 무엇으로써 형언하리오' 하였다. 이에 운자를 불러 별장別章을 짓겠다기에, 곧 '군君' 자를 부른 즉, 여인이 말하기를, '어찌 반드시 '군君' 자만 부르는고' 하고는 이에 시를 읊었다.

낙동강에서 처음 임을 만나서	洛東江上初逢君
보제원 앞에서 임을 이별하는구나	普濟院[298]頭又別君
복숭아꽃 땅에 지면 꽃은 곧 사라지니	桃花落地紅無跡
언제 어디에선들 임을 생각하지 않으리	烟月何時不憶君

이렇게 읊고 눈물을 흘리며 물러가니 내가 그 시를 듣고 그녀가 결연히 죽을 것을 알고, 사람을 보내어 불러오게 하였다. 이미 누암강樓岩江에 몸을 던져 스스로 목숨을 끊은 지라 내 아들이 이 때문에 병을 얻어 두어 달 만에 죽었다. 내 또한 이 일이 있은 뒤로 때를 만나지 못하고 장차 늙어가니, 부자의 사이에도 오히려 이러하거든 하물며 다른 이에게 가히 원한을 쌓을 수 있으랴."

하였더라.

르던 말.

297) 건즐巾櫛은 수건과 빗, 곧 세수洗手하고 머리를 빗음.

298) 보제원普濟院은 세조 때 세워졌는데, 동대문 밖 3리 지점에 위치하며, 3월 3일과 9월 9일에 기로耆老와 재추宰樞를 위해 사연賜宴을 베풀던 곳이다.

77) 여자의 한299)

  부학副學300) 이병태301)가 임금님 명령을 받들어 동협東峽302)을 안찰하였다. 행차가 강원도 홍천洪川을 지나게 되었는데, 읍내와 거리가 십여 리 떨어져 있었다. 홍천은 추생抽栍303)에 들어 있던 읍이 아니었기 때문에 읍내로 들어가지 않고 밖에서 그 읍을 지나 장차 다른 읍으로 가려고 하였다. 한 마을 앞에 도착하자 배가 몹시 고파 어느 집 문전에서 밥을 구걸하니 한 여자가 문에 나와 응대하였다.

---

299) 『청구야담』 “李副學秉泰 奉使按廉于東峽 行過洪川 而邑內距路十餘里 旣非抽栍之
　　 邑 故不入 而自外過去 將向他邑 到一村前 而餒甚 求飯於門前 一女子出門而應曰 “無
　　 男丁之家 貧窮極矣 家有媤母 而朝夕尙闕 何暇有饋行人之飯乎” 公問曰 “家長往何
　　 處” 其女曰 “問之何爲 吾之家長 卽此邑之吏房也 惑於妖妓 薄母出妻” 云 而獨自責
　　 叱不已 房內有老嫗聲曰 “阿婦 何爲作不緊之言 彰夫之惡乎 不必如是云 〃” 公聞之
　　 痛甚 仍復路而還 向其邑底 尋首吏之家 時當午時 入其家 則首吏坐於廳上而喫午飯
　　 傍有一妓 亦對飯 公坐於廳邊而言曰 “吾是京中過客 偶到此處而失時 願得一盂飯而
　　 療飢焉” 時當歉歲 設賑時也 其吏擧眼 而熟視上下 呼雇奴曰 “俄者 爲狗産而煮粥者
　　 有之乎” 曰 “有矣” 吏曰 “以一器 給此乞人” 已而雇奴 以一器糟糠之作粥者 來置于
　　 前公怒曰 “君雖饒居 君則吏輩也 吾雖行乞 吾則士族也失時覓飯 則君以他盂 饋之好
　　 矣 若不然 則雖除飯以給 亦無不可 而乃以狗彘口吻餘物饋人 此何道理” 其人圓睜怪
　　 眼而辱之曰 “汝旣兩班 則何不坐於汝之舍廊 而作此等行耶 今當慘歉之歲 雖此物
　　 人不得 〃喫 汝是何人 而乃敢如是云” 而擧粥椀打之 傷額血流 粥汁遍於身上 公忍
　　 痛而出 卽爲出道 此時本倅 適以賑餘之穀 作錢而送京第 文書見捉 仍封庫罷黜 而首
　　 吏及妓 並杖殺之 以一女子之怨言 事至於此 古所謂五月飛霜者 政謂此也.”
300) 부제학副提學. 조선시대에 홍문관弘文舘과 규장각奎章閣에서 근무한 정3품 관리.
301) 이병태李秉泰(168~1733); 조선시대의 문신, 본관 한산韓山, 자 유안幼安, 호 동
　　 산東山, 청백리에 녹선錄選됨.
302) 경기도의 동쪽 지방과 강원도 지방을 아울러 이르는 말.
303) 추생抽栍은 추첨抽籤, 즉 제비를 뽑는 것을 말함. 조선시대에 정치의 잘잘못과
　　 백성의 고락苦樂을 살피기 위해 임금이 남몰래 어사를 파견하였는데, 그 부담
　　 구역을 제비를 뽑아 정했다.

"남정네가 없는 집이라 몹시 빈궁합니다. 집에 시어머니가 계시는데도 오히려 아침 저녁을 거르고 있으니 어느 겨를에 행인에게 밥을 드릴 수 있겠습니까?"

공이 물었다.

"가장은 어디 갔습니까?"

여자가 말했다.

"물으면 무슨 소용 있겠어요? 우리 가장은 바로 이 읍의 이방吏房인데, 요망한 기생에게 홀려 어머니를 박대하고 아내를 쫓아냈습니다."

여자가 이렇게 말하며 혼잣말로 끊임없이 원망을 하자 방안에 있던 노파가 말하였다.

"며느리야, 무엇 때문에 쓸데없는 말을 하여 남편의 나쁜 점을 드러내느냐? 그런 말까지 할 필요가 없지 않느냐?"

공은 이 이야기를 듣고 몹시 마음이 아팠다. 그래서 다시 발길을 돌려 읍내로 들어가 이방의 집을 찾아갔는데 때가 마침 오시午時304)였다. 집에 들어가니 이방이 마루 위에 앉아 점심밥을 먹고 있고 그 곁에 한 기생이 그와 마주하여 밥을 먹고 있었다. 공이 마루 가에 앉으며 말하였다.

"나는 서울에서 온 과객過客입니다. 우연히 이곳에 지나게 되었는데 그만 때를 놓치고 말았으니 밥 한 끼 얻어 요기療飢나 할 수 있었으면 합니다."

그때는 흉년이 들어 정부에서 진곡賑穀305)을 나누어 주던 때였다. 이방이 눈을 들어 공을 한참 위 아래로 살펴보더니 사내종을 불러 말하였다.

"조금 전에 새끼 낳은 개에게 주려고 끓여놓았던 죽이 남아 있느냐?"

"있습니다."

---

304) 오시午時는 오전 11시에서 오후 1시를 이름.
305) 진곡賑穀은 나라에서 비축하여 두고 흉년에 굶주린 백성을 구하는 데 쓰던 곡식.

이방이 말했다.

"이 걸인에게 죽 한 그릇 주어라."

조금 있자 종이 지게미와 쌀겨로 끓인 죽 한 그릇을 가지고 와서 공의 앞에 내놓았다. 공이 노하여 말하였다.

"당신이 비록 넉넉하게 살고 있어도 당신은 아전배일 뿐이고, 내 비록 구걸하고 있어도 나는 사족이오. 사족인 내가 때를 놓쳐 밥을 구하면 그대는 먹던 밥 말고 다른 밥으로 대접하는 것이 좋을 것이오. 만약 그렇게 할 수 없는 경우라면 비록 먹던 밥을 덜어서 준다 해도 무방할 것이오. 그런데 바로 개돼지가 먹고 난 찌꺼기로 사람을 대접하다니 이 무슨 도리요?"

이방은 눈을 동그랗게 뜨고 괴상하다는 듯이 쳐다보다가 욕을 했다.

"네가 양반이면 어찌하여 너의 사랑방에 앉아있지 않고 이 같은 행차를 하였느냐? 지금은 참혹한 흉년을 당한 때라 비록 이 같은 음식이라도 사람들이 얻어먹지 못하거늘 너는 도대체 어떤 사람이기에 감히 이같이 말하느냐?"

욕을 하면서 죽사발을 들어 공을 쳤다. 공은 이마에 상처가 나 피가 흐르고 죽이 온몸에 끼얹어졌다. 공은 분함을 참고 나와 즉각 어사출도 御使出道를 하였다. 이때 본 읍 수령이 마침 진휼하고 남은 곡식으로 돈을 만들어 서울 집에 보낸 문서가 입수되었다. 이로 인해 봉고파출封庫 罷黜306)하고 이방과 기생은 모두 곤장으로 때려 죽였다.

한 여자의 원망하는 말로 일이 이 지경에 이르렀으니 옛말에 '여자가 한을 품으면 오월에도 서리가 내린다'고 하는 것은 바로 이러한 일을 일컫는 말이리라.

---

306) 봉고파출封庫罷黜; 봉고파직封庫罷職. 어사御史나 감사監司가 부정이 많은 수령을 파면시키고 관가의 창고를 잠그는 일.

78) 계생桂生의 시307)

　부안扶安 기생 계생桂生은 한시를 잘 짓고 노래와 악기 연주를 잘하여
서울로 뽑혀가자, 귀한 집 자제들이 그녀를 불러 앞 다투어 그녀와 시를
주고받았다. 선비 유도柳燾가 그녀를 찾았더니 호탕하다고 자부하는 최
생崔生과 김생金生이 와있었다. 계생은 주안상을 차려 술을 권하며 얼근
히 취하기를 기다리는데 그들은 계생에게 눈길을 주며 집적거리려 했다.
계생은 웃으면서 "각기 시를 읊어 분위기를 돋우어 보십시오. 예컨대,

옥 같이 흰 팔은 천 사람의 베개요	玉臂千人枕
붉디붉은 입술은 만 사람의 향기라네	丹脣萬口香
네 몸이 칼이 아니어든	爾身非劍刃
어찌 문득 굳센 애간장을 끊나뇨	何遽斷剛腸

라든가,

달 뜬 한밤 중에 춤을 추니	足舞三更月
이불 속에서 한줄기 바람이 이는구나	衾生一陣風
이 무한한 묘미를	此時無限味
두 사람만 알리라	惟有兩人同

는 천한 종놈들이 주절거리는 시에 지나지 않습니다."
라고 하였다.

---

307) 『청야담수靑野談藪』, '단순만구향丹脣萬口香' *이 책은 명류名流에서 방외인方
　　外人에 이르기까지 여러 책에서 201편을 잡다하게 필사筆寫했는데 국문 현토
　　懸吐를 달아놓은 것이 특징이다. 작품 말미末尾에 봉사奉事 홍만종洪萬宗 저著
　　'속고금소총續古今笑叢'이라 밝혀 놓았다.

한편 난설蘭雪이라는 기녀가 지은 시가 전한다. 앞 부분 첫째와 둘째 구의 어휘가 같다.

옥 같은 팔은 천 사람의 베개이고	玉臂千人枕
붉은 입술은 만 손님이 맛을 보네	丹脣萬客嘗
정 많아 두 물줄기가 합하듯 만나니	多情雙流合
뜻이 있으면 두 다리를 벌린다네	有意兩脚開

이 시는 남성들이 기녀의 문란한 성생활을 조롱하여 읊은 것으로 보인다.

79) 단양군수 이황과 관기 두향의 사랑

퇴계退溪 이황은 1548년 단양군수를 역임하였다. 그때 단양팔경을 유람하며 많은 시를 지었는데 강선대降仙臺와 옥순봉玉筍峰이 보이는 남한강 상류에서 뱃놀이를 즐기며 기생 두향杜香과 일화도 남겼다. 단양군 단성면 장회리 구담봉과 옥순봉의 사이 소석대小石臺에는 암각문이 있다. 여기에는 구담봉의 절경을 노래한 퇴계의 시도 있다. 또 옥순봉에는 퇴계의 글씨로 '단구동문丹邱洞門'이 새겨져 있다. 『퇴계집』에는 그러한 사실이 실리지는 않았지만 바위에 조각된 행서체의 글씨는 그 사실을 증명하고 있다.

푸른 물이 단산과 경계를 이루는 곳	碧水丹山界
청풍에는 명월루가 있는데	清風明月樓
만나려던 신선은 기다려 주지 않아	仙人不可待
서글프게 배 타고 외로이 돌아오네	怊悵獨歸舟

퇴계는 단양군수로 부임한지 한 해도 되지 않은 1548년 10월에 중형인 온계溫溪 이해李瀣(1496~1550)가 충청도관찰사로 부임해 왔다. 그는 형제가 같은 도에 있음을 불편하게 여겨 경상도 풍기군수로 옮겨갈 수밖에 없었는데 이때 시와 거문고에 능한 두향과도 이별하게 되었다. 그녀와 이별한지 네 해가 지난 어느 봄날, 퇴계는 두향의 문안 편지를 받고서, 다음과 같은 시로 두향에게 화답하였다.

누렇게 바랜 책에서 성현을 대하며　　　　黃卷中間對聖賢
텅 비어 밝게 방안에 초연히 앉았노라　　　虛明一室坐超然
매화 핀 창가에 봄소식 또 보고 있으니　　　梅窓又見春消息
거문고 마주 앉아 줄 끊겼다 탄식은 말게　　莫向瑤琴嘆絶絃

퇴계는 이 시의 제목을 '임자 정월 이일 입춘 壬子正月二日立春'이라 쓴 것으로 보아 그의 나이 쉰두 살(1552)되던 입춘에 지은 작품임을 추정할 수 있다. 이 시에서 퇴계가 감상한 매화꽃은 두향이 이별할 때 증정한 매화가 자라서 핀 것이니, "또 보다又見"라는 글자에서 퇴계의 마음 한 자락을 읽을 수 있다. 그리고 결구에 '거문고 마주 앉아 줄 끊겼다 탄식을 마라'에서 퇴계는 두향의 마음을 위로하고자 표현한 내용임을 알 수 있다.308)

　임방309)은 숙종 때 다섯 해 동안(1694~1699) 단양군수를 지냈다. '두

---

308) 이황李滉(1501~1570), 『퇴계집』 권2, '正月二日立春壬子', "窓外東風料峭寒。 窓前流水碧潺潺。 但知至樂存書室。 不用高門送菜盤。 黃卷中間對聖賢。 虛明一室坐超然。 梅窓又見春消息。 莫向瑤琴嘆絶絃。 "

309) 임방任埅(1640~1724); 조선 후기의 문신, 본관 풍천豊川, 자 대중大仲, 호 수촌水村, 우졸옹愚拙翁. 송시열宋時烈과 송준길宋浚吉의 문인. 17세기 노론계의 시인이며 야담집 『수촌만록』의 작가로 농암 김창협과 문학논쟁을 벌였다. 시호 문희文僖.

양310)묘墓'라는 시에서 이를 짧게 기록하고 있다.311)

한 점 외로운 무덤은 두추랑인데	一點孤墳是杜秋312)
강선대 아래 흐르는 초강 머리에 있네	降仙臺下楚江313)頭
꽃다운 혼백은 풍류를 빌어서	芳魂償得風流債
절경에 참된 아가씨를 호구에 안장했네	絶勝眞娘葬虎丘314)

---

310) 두양杜陽은 두향杜香의 미칭. 원래 중국 당나라 두중양杜仲陽은 장왕漳王의 양 모養母이다.

311) 임방任埅,『수촌집水村集』권3, '두양묘杜陽墓' "杜陽 丹妓也. 能琴善歌舞, 二十而 夭. 遺囑葬降仙臺對麓, 蓋其平生隨客遊宴之地, 死不能忘云. 一點孤墳是杜秋, 降仙 臺下楚江頭, 芳魂償得風流債, 絶勝眞娘葬虎丘."

312) 두추랑杜秋娘의 '금루의초비음金縷衣楚妃吟'에, "권하노니, 수놓은 비단 옷 아 끼지 마세요, 또 권하니 젊음을 아끼세요. 꽃 피어 꺾을 수가 있으면 바로 꺾어 야 되고, 꽃 질 때 기다려 빈 가질랑 꺾지 마세요. 勸君莫惜金縷衣, 勸君惜取少年 時, 花開堪折直須折, 莫待無花空折枝."라고 하는 시가 실려 있을 정도로 시에 능 하였다. 그녀는 중국 당나라 금릉金陵 여인으로 열다섯 살에 이기李錡의 첩이 되었는데, 그의 추천으로 황자皇子인 장왕漳王의 보모가 되었다. 두목杜牧의 '두추랑시서杜秋娘詩序'에 "杜秋, 金陵女也, 年十五爲李錡妾, 後錡叛來, 籍之入宮, 有寵于景陵. 穆宗卽位, 命秋娘爲皇子傅母. 皇子壯, 封漳王, 被罪廢削, 秋因賜歸故 鄕."이라 하였다.

313) 초강楚江은 중국 초나라의 상수湘水를 말하는데 그곳에는 반죽斑竹이 나온다. 순임금이 죽자 아황娥皇과 여영女英이 초나라의 상수에 몸을 던져 죽었는데, 그 눈물이 대나무에 얼룩져서 반죽이 되었다 한다.『초학기初學記』권28, 주注.

314) 호구虎丘는 중국 오현吳縣에 있는 산 이름. 오 나라 임금 합려闔廬를 장사지낸 지 사흘 만에 범이 무덤가에 지키고 있었기 때문에 호구虎丘라 하였다 한다. 호 구 동서에 절이 있는데 동의 것은 동사東寺, 서의 것은 서사西寺라고 말한다.『월 절서越絶書』그런데 위의 '호구'라는 전고는『사기史記』'월왕구천세가越王勾 踐世家'에 나오는 월왕 구천의 참모 범려와 서시의 애정담을 퇴계와 두향의 일 을 대응시킨 듯하다. 야담에 특장이 있는 임방이 그것을 시적으로 형상화 했는 데 두 사건을 온전히 이해하지 못하기 때문에 설명이 부족하다.

한편, 이윤영315)은 강선대기에서 두향의 묘에 관하여 다음과 같이 기록하였다.

"강선대를 마주한 언덕에 두향의 무덤이 있다. 이미 임백현任伯玄316)의 기문에 상세하게 기록되어 있다. 퇴계선생의 시가 있다.

푸른 강물이 단산의 경계를 이루는 곳	碧水丹山界
청풍에는 명월루가 있다지	淸風明月樓
만나려던 신선은 기다려 주지 않아	仙人不可待
서글프게 외로이 배만 타고 돌아오네	怊悵獨歸舟

이것은 대개 반드시 잊을 수 없어 간절하게 임을 생각한 뜻에서 나온 것이다. 암벽317)에 기록하고 돌아오며 중류에서 낭랑하게 읊조리니 두향이 즉석으로 거문고 곡조에 넣으니 그 소리가 맑고도 애절하였다. 또 만조를 지어서 그것에 이었는데, "아, 아이야 노를 천천히 저어라, 아아 혹 그가 이리로 올 지 모르니까"라고 하였다. 선생이 감탄하며 말씀하시길, "너는 비록 천한 사람이지만 오히려 내 마음을 아는구나!"라고 했다. 아직까지 가부는 알지 못한다."318)

---

315) 이윤영李胤永(1714~1759); 조선 후기의 문인화가, 본관 한산韓山, 자 윤지胤之, 호 단릉丹陵, 담화재澹華齋. 예서와 전서에 뛰어나 이인상의 그림에 화제畵題를 많이 썼다. 그림으로 <청호녹음도淸湖綠陰圖>(국립중앙박물관 소장), <경송초루도經松草樓圖>(개인 소장) 등과 같은 전형적 문인화풍과 <삼척능파대三陟凌波臺>(고려대학교박물관 소장), <고란사도皐蘭寺圖>(개인 소장)와 같이 실경을 남종화풍으로 그린 작품이 남아있다.

316) 백현伯玄은 임매任邁의 자, 본관 풍천豊川.

317) 충북 단양군 단성면 장회리에 있는 '농바우'로서 구담봉과 옥순봉 사이에 있는 바위 절벽. 일명 농암이라 부르는 소석대小石臺의 바위 면에 퇴계의 시가 새겨져 있다.

318) 이윤영李胤永, 『단릉유고丹陵遺稿』 권11, 「산사山史」, '강선대기降仙臺記' "降仙對岸, 有杜香塚, 已詳載於伯玄記文矣. 退溪先生詩曰: "碧水丹山界, 淸風明月樓, 仙人不可待, 怊悵獨歸舟." 此蓋出於不能果忘, 惻怛思君之意. 題壁而歸, 中流朗詠,

한편, 월암月巖 이광려319)는 시에서 이황과 두향의 일을 다음과 같이
그려냈다.320)

외로운 무덤 하나 길가에 있는데	孤墳臨官道
무너진 모래에 붉은 꽃 선명하네	頹沙321)暎紅蕚
두향의 이름이 사라질 때가 되면	杜香名盡時
강선대 바위도 응당 떨어지리라	仙臺石應落

그리고, 조두순322)도 '두향묘杜香墓323)'란 시를 남겼다.

퇴옹의 시가 없었더라면	不有退翁324)詩
뉘라서 두랑의 이름을 알랴	誰識杜娘名
낭자 또한 빼어난 여류이니	娘亦女流秀
군자의 영화를 알았네	得知君子榮
다행히 용문에 올라서	幸蹝龍門登

杜香卽入之歌曲, 其聲淸悲, 又作漫調以續之曰: "噫兒緩棹了, 猶冀其或來." 先生嘆
曰: "爾雖賤人, 猶知我心." 云云, 未知信否."
319) 이광려李匡呂(1720~1783); 조선 후기의 문신, 본관 전주全州, 자 성재聖載, 호
월암月巖, 칠탄七灘. 문장이 뛰어났으며, 학행이 높아 천거를 받아 참봉이 되었
다. 문장이 뛰어나 당시 사림의 제1인자로, 그의 문장에 대해 이만수李晚秀는
그의 문집에서 "국조國朝 삼백 년의 문교를 받아 이광려 선생을 낳았다."고 하
여 높이 평가하였다. 저서『이참봉집李參奉集』.
320) 이광려李匡呂.『이참봉집李參奉集』권1, '江行書事, 次唐人絶句韻' 其二十三, "孤
墳臨官道, 頹莎映紅蕚, 杜香名盡時, 仙臺石應落."
321) 퇴사頹沙는 흙이나 모래가 무너져 흘러내림을 뜻함.
322) 조두순趙斗淳(1796~1870); 조선 후기의 문신, 본관 양주楊州, 자 원칠元七, 호
심암心菴. 고종2년(1865) 영의정에 올라 조대비와 흥선대원군의 전적인 신임을
받으며 국정에 참여했다. 1866년 벼슬을 그만둔 후 기로소耆老所에 들어갔으며,
1869년에 봉조하奉朝賀가 되었다. 저서『심암유고心庵遺稿』, 시호 문헌文獻.
323) 조두순,『심암유고心庵遺稿』권1.
324) 퇴계선생을 가리킴.

행적은 기린의 꼬리를 이루었네	行因驥尾成
촉촉한 입술로 한바탕 노래하고	檀唇一浩唱
굳은 마음은 끝내 바꾸지 않았네	栢心難終更
푸른 산은 가면 어찌 끝이 있으랴	靑山去何限
죽은 뒤 가장 푸른 곳에 머무르네	身後占最靑
맑디 맑은 긴 강이 보호하고	淡淡長江護
우뚝 솟은 선대가 떠받드네	屹屹仙臺擎
곧은 넋은 어찌 어둡고 희미하랴	貞魂詎冥漠
승지가 장차 맞이하길 바라니	勝地要將迎
꽃다운 풀은 비단 치마 빛이고	芳草羅裙色
싸늘한 바람에 패옥소리 들리네	冷風環珮聲
거친 무덤은 이미 황폐하나	荒墳旣蕪沒
아름다움 자취는 더 밝게 빛나리	芳蹟彌彰明
슬퍼하여 홀로 배로 돌아오니	怊悵獨歸舟
풍류에 높은 뜻이 드러났구나	風流見高情

80) 기생 자동선325)

조선초 영천군 이정326)의 사랑을 받던 자동선을 두고 서거정은 다음
과 같은 시를 써서 송도로 떠나는 이정에게 주었다.

| 청교역의 버들은 가슴 아파 푸른데 | 靑郊場柳傷心碧 |
| 자하동의 안개와 노을은 흡족하게 짙구나 | 紫洞烟霞滿意濃 |

---

325) 이육, 『청파극담靑坡劇談』.
326) 이정李定(1422~1497); 조선시대 효령대군孝寧大君과 예성부藥城府 부인 해주
    정씨海州鄭氏의 다섯째 아들로 태어났다. 휘 정定, 자 안지安之, 세종22년(1440)
    봉호 영천군永川君, 시호 호안공胡安公, 재실 영암재永巖齋. 천성天性이 호탕하
    고 구애됨이 없으며 성품이 또한 순진하고 근엄하여 곧았다.

영천군이 그간 총애했던 청교월을 버리고 자동선을 사랑하게 됨을
풍자한 시가 아니겠는가. 명나라 사신 장영이 그녀를 일컬어 경국지색
이라 칭찬하였고, 그 뒤 김식이 다시 명나라 사신으로 와서 제천정[327]
에서 놀고 있을 때, 예조의 관리는 예쁘게 생긴 다른 기생을 자동선이라
말하자, 그는 "이정도의 여자라면 장한림이 칭찬할 리 없다"고 말하자,
하는 수 없이 영천군의 집에 가서 자동선을 불러 대령하였다고 한다.

81) 초요경과 최유강[328]

이원梨園[329]에 초요경楚腰輕이란 기생이 있어서, 널리 이름이 났다.
또한 역관 중에는 최유강崔有江이란 사람이 있어, 중국어를 잘해 사신을
따라 중국을 왕래하다 보니 그곳에까지 이름이 알려지게 되었다.

정씨 성을 가진 한 선비가 중국어를 조금 할 줄 아니, 사신을 따라 중
국에 들어갔다. 이에 다른 사람들은 모두 일을 보러 나가고 방에 혼자
있는데, 중국 선비 한 사람이 찾아왔다. 그리하여 잠시 앉아 이야기를
하던 중에 중국 선비가,

"최유강은 잘 지내고 있습니까?"

라고 안부를 물었다. 일찍이 최유강이 역관으로 중국에 왔을 때 서로

---

327) 제천정濟川亭; '한도십영漢都十詠' 중에 '제천완월濟川翫月'이 있다. 제천정에
　　 올라 달 구경하는 것이 한 운치였다. 제천정은 지금 용산구 한남동과 보광동 사
　　 이로 남산의 지맥이 한강의 북안으로 높이 뻗어 나간 등성이에 있는 정자이다.
　　 유유히 흐르는 한강을 굽어보고 강 건너 관악산 남한산성 등 산악으로 둘러싸
　　 인 넓은 지역을 한 눈에 바라볼 수 있어 중국 사절단이 오면 여기서 유연遊宴하
　　 는 것을 상례로 삼았다.
328) 『고금소총』, '초요경楚腰輕'.
329) 이원梨園은 중국 당나라 때 현종이 몸소 배우의 기술을 가르치던 곳. 오늘날 뜻이
　　 바뀌어 연예계, 극단, 배우들의 사회 따위를 이른다. 여기서는 교방敎坊을 말함.

만나 얘기를 나눈 사이라 안부를 물은 것이었다. 그런데 정씨의 서툰 중
국어로 듣자니 꼭 '초요경'으로 들리는지라, 잘 있다고 대답해 주었다. 그
중국 선비가 가고 얼마 후 우리 역관 이씨가 들어오자, 정씨가 말했다.

"초요경은 한낱 기생이나 그 명성이 중국에도 알려져 내게 안부까지
묻는 사람이 다 있으니, 역시 우리나라 절색 미인임을 가히 알만 하구려."

이에 역관 이씨는 머리를 흔들며 설명했다.

"아닐 것이오. 중국 선비가 천한 여자 이름을 알고 있을 리 만무하오.
아마도 잘못 들어 뭔가 오해가 있었던 것 같소."

"아니, 꼭 그렇게 말할 것도 아닙지요. 옛날 중국 황제의 부인 모모姆
母330)라든가, 제나라 선왕의 부인 무염無鹽331)같은 여자는 얼굴이 추하
게 생겨 그 이름이 만고에 전해지고 있으니, 초요경 같은 아름다운 여인
이 중국에까지 그 이름이 알려지는 게 어찌 의심할 일이라 하겠소이까?"

정씨는 결코 자신이 잘못 들었거나 오해한 일이 아니라고 우겼다. 뒷
날 역관 이씨는 정씨와 이야기한 그 중국 선비를 만나 물었다.

"듣자하니, 대인께서는 우리나라의 보잘 것 없는 기생 초요경의 이름
을 알고 있다고 하던데, 어떻게 아시는지요?"

이에 중국 선비는 크게 웃으며 이렇게 대답했다.

"내가 물은 것은 역관 최유경이지 초요경이 아닙니다. 아마도 정씨
관인官人이 초요경을 사랑해서, 마음속에 담아 두고 있어 그렇게 들었
나 봅니다. 역사적인 사실에도 '풍성학려風聲鶴唳'332) 즉 바람소리나 학

---

330) 중국 역사상 4대 추녀 중의 한 사람. 4대 추녀는 바로 모모姆母, 종리춘鐘離春,
    맹광孟光, 원가녀院家女이다.
331) 무염無鹽은 중국 전국시대 제齊 나라 무염 땅의 유명한 추녀醜女 종리춘鍾離春
    의 별칭.
332) 풍성학려風聲鶴唳; 바람소리와 학의 울음소리. 싸움에 패한 병정兵丁이 바람 소
    리나 학의 울음소리도 적군인 줄 알고 놀라서 두려워함. 곧 겁을 집어먹음 사람
    이 아무것도 아닌 조그마한 일에도 놀람을 이르는 말. 전진前秦의 부견符堅은

울음 소리가 적국인 진나라 군사들의 외침 소리로 들렸다는 말이 있는
것처럼 말입니다."

이러면서 두 사람은 마주보며 웃었더라 한다.

82) 나쁜 음식을 풍자하다[333]

김씨 성을 가진 한 조정 관리가 삼가현三嘉縣[334]에 갔더니, 관장이 접
대를 하느라고 술상을 차려내 왔다. 그런데 술을 보니 색깔이 검고 맛
또한 시금털털했다. 게다가 함께 내놓는 국은 차갑게 식어 맛이 없었다.

관장은 이런 음식을 내놓고 자꾸 먹으라고 권하니, 김씨는 먹기 힘들
어 술잔을 내려놓고 미간을 찌푸리며 말했다.

"얼룩말이 물어뜯고 발로 걸어차기까지 하니, 어찌 많이 먹을 수 있
겠는지요?"

병사 육십만, 기마 이십칠만의 대군을 이끌고 진晉나라의 정벌에 나섰다. 진秦
나라의 어진 재상 왕맹王猛이 진晉나라 보다 몇 배 우위의 국력을 만들고 죽은
지 팔년 만에 부견은 진晉나라를 정벌하러 나섰다. 진晉나라는 재상 사안謝安
의 동생인 사석謝石을 정토대도독征討大都督으로 삼아 진군秦軍에 맞섰다. 부
견이 수양성에 올라 적을 바라보니 그 진용陳容이 엄하고 위력적이었다. 문득
팔공산 쪽으로 눈을 돌리자, 산은 적병으로 뒤덮여 있었다. 놀라서 자세히 보
니, 그것은 풀과 나무였다. 한편, 진晉 나라는 진군秦軍이 비수淝水에 진을 치고
있어 강을 건널 수 없게 되자, 사신을 보내어 진秦의 진지를 다소 후퇴시켜 진
군晉軍이 다 건넌 다음에 승부를 가리자고 청했다. 이에 부견은 "아군을 다소
뒤로 후퇴시켰다가 적이 반쯤 건넜을 때 격멸하라."고 명령을 내렸다. 그러나
이것이 완전히 후퇴하라는 명령인 줄 알고 진군秦軍은 퇴각하기 시작했다. 제
각기 먼저 도망하려고 덤비다가 자기들끼리 짓밟혀 죽은 자가 들을 뒤덮었다.
혼비백산한 진병晉兵은 울음소리에도 진군秦軍이 쳐들어오는 줄로 알고 놀라
서 도망쳤다고 한다. 『진서晉書』, 「사현재기謝玄載記」.

333) 『고금소총』 '일조관김성자—朝官金姓者'.
334) 경상남도慶尙南道 합천군陜川郡 삼가면三嘉面 일대를 말함.

"아니, 그건 무슨 뜻으로 하는 말씀입니까?"

"아, 들어보시구려. 술 색깔이 주황빛이니 얼룩말의 색깔 같고, 그 맛 또한 시고 떫으니 입안에 들어가자마자 톡톡 물어뜯는 듯하며, 거기다 차갑기까지 합니다그려."

'차갑다'의 '차다'는 발로 '차다'는 말과 발음이 같아 결부시킨 것이었다. 이에 관장은 큰 소리로 웃으며 술상을 내가라고 했다. 또 정씨 성을 가진 한 조정 관리가 볼일을 보러 춘천부에 가서 머물렀는데, 관장이 대접을 하느라고 밤중에 기생을 넣어 천침薦枕을 들게 했다. 그런데 들어온 기생이 키가 작고 얼굴도 추해 보기 싫은데다가, 빛바랜 자주색 치마를 입고 있었다. 이에 정씨는 그만 내보내고 싶었지만, 잠자리를 받드는 데에는 아주 적극적이고 온 정성을 쏟으니 차마 물리칠 수 없었다. 그리하여 정씨는 기생이 들어올 때 입을 가리고 손을 저으면서 혼잣말로 이렇게 중얼거렸다. '저 감동 새우젓이 또 나타나는군' 대체로 젓갈을 담그는 '자하紫蝦'란 새우는 크기가 작고 그 빛깔이 기생의 치마 색처럼 바랬으며, 그 새우로 담은 젓은 심한 냄새가 나니 비유해서 한 말이었다. 한편, 근래 문사文士 하나가 조정의 명령을 받들어 황주黃州335)에 갔다가 다음과 같은 시를 남겼다.336)

---

335) 황주黃州는 황해도黃海道 황주군의 군청 소재지, 곡물, 사과, 직물, 약재 등의 거래가 성함. 천여년 전에 쌓은 황주성黃州城이 시가지를 두르고 있음.

336) 권별權鼈, 『해동잡록海東雜錄』 4, 「本朝」 '徐居正'에도 실려 있다. "한 관리가 삼가현에 도착하니 고을 원님이 주연을 베풀며 묵은 술을 내어놓았다. 빛과 맛이 아주 나쁜데 심히 권하였다. 관리가 술잔을 멈추고 얼굴을 찌푸리며, "붉은 말이 잘 무니 어찌 마실 수 있소." 하니, 원님이, "무슨 말씀입니까?" 물으니, 답하기를, "술빛이 누르고 붉으니 마치 유마 같고 그 맛이 몹시 쓰고 시어 입이 물어뜯기는 것 같소." 하여, 모두 크게 웃고 술좌석을 끝냈다. 어떤 사람이 시를 지어 희롱하기를, '태수가 유마주를 은근하게 권하네'라 하였다. "有一官。到三嘉縣。主倅設酌。用陳色酒。色味皆惡。勸之甚苛。官停杯蹙頞曰。騮馬能齧。何以堪飲倅曰何也。酒色黃赤如騮。其味酸辣。口吻痛楚如齧。遂大笑罷酒。有人

관장은 은근히 얼룩말 술을 권하고
고운 기생은 감동 새우 치마로구나
반쯤 취해 기생집에 쭉 뻗고 누우니
오늘 풍정은 극치에 이르렀구나

太守慇懃騾馬酒
佳人珍重紫蝦裙
半酣大臥靑樓上
今日風情十分到

이 시에는 대체로 관장을 비꼬아 비난하는 뜻이 담겨 있었더라.

83) 원귀가 된 기생[337]

조광원曺光源(1492~1573)은 창녕 사람으로, 말년 벼슬이 판돈녕부사 判敦寧府事[338]에 이르렀다. 그가 천추사千秋使[339] 사신으로 중국에 가게 되었는데, 관서 지방의 어느 큰 고을에 이르러 날이 저물어 그곳에 머물 게 되었다. 그런데 사신을 인도하는 전도前導[340] 아전들이 객사의 정관 正館으로 인도하지 않고, 한쪽에 있는 별관으로 안내하는 것이었다. 이 를 이상하게 여긴 조광원은 수행 아전들을 꾸짖었다.

"너희는 왕명을 받들어 중국 황태자의 탄신을 축하하러 가는 사신 행 차를 별관으로 안내하다니, 이런 무례가 어디 있느냐?"

이에 아전들은 난처한 표정을 지으면서 말했다.

"황송하옵니다. 객관에 요귀가 나타나 여러 사신들이 갑자기 죽는 변 고가 일어나니, 관사를 폐쇄하고 사용하지 않은 지 오래되었사옵니다."

"뭐라고? 요귀가 있어서 폐쇄해 두었단 말이냐? 왕명을 받드는 사신

作詩戲之曰。太守慇懃騾馬酒。"
337) 『고금소총』, '신기원요伸妓寃妖'.
338) 조선시대 돈녕부敦寧府의 종1품 벼슬.
339) 천추사千秋使는 중국 황후皇后나 황태자皇太子의 탄신을 축하하기 위하여 보내
     던 사신.
340) 전도前導는 앞 길을 인도引導함.

이 요귀에 의해 죽는 일은 있을 수 없느니라. 내 마땅히 객관에서 머물 것이니, 관사를 열고 청소하여 깨끗이 정돈할지어다."

이렇게 명령을 했는데도 아전들은 머뭇거리면서 선뜻 관사 문을 열려고 하지 않았다. 이 때 이 고을의 관장이 연락을 받고 급히 달려와 알현을 하고는, 역시 만류하며 말했다.

"앞서 여러 사신이 참변을 당해 어쩔 수 없이 폐쇄한 것이오니, 깊이 헤아려 별관에서 유숙해주소서."

"무슨 소리냐? 봉명사체奉命使體341)를 어떤 요괴가 해친단 말이냐? 내 오늘밤 꼭 객관에서 머물 것이니 속히 준비할지어다."

조광원은 여러 아전들과 관장의 만류에도 불구하고 듣지 않았다. 그리하여 청소를 한 뒤 객관에 들어가 촛불을 밝히고 앉아 있으니, 밤이 이슥해지자 관장이 보낸 기생이며 아전들이 모두 무서워 도망을 치면서 저희들끼리 수군거렸다.

"이제 밤도 깊어 곧 요귀가 나올 텐데, 오늘밤 천추사는 역시 화를 당할 것이로다."

이리하여 모두 달아나고 지키는 사람은 아무도 없었다. 한밤중이 되자, 조광원이 앉아 있는 방에 한 줄기 음산한 바람이 불더니 촛불이 꺼질 듯 흔들렸다. 이에 조광원은 바야흐로 요귀라는 것이 나타나는가 보다 생각하면서 등을 꼿꼿이 세웠다. 그때였다. 천장 들보 사이에서 판자를 뜯는 듯 소리가 나더니, 조금 후 사람의 두 팔과 다리가 차례로 떨어져 내렸다. 이어서 사람의 몸뚱이가 떨어져 내리고, 마지막으로 머리가 떨어지면서 이것들이 한데 붙어 여인으로 변했다. 그 여인은 속에 아무 것도 입지 않은 채 얇은 비단 천으로 몸을 감쌌는데, 하얀 속살 여기저기로 붉은 혈흔이 보였다. 여인은 조광원 앞을 오락가락하며 흐느껴 울

---

341) 왕의 명령을 받드는 사신의 몸을 말함.

었다. 이에 조광원이 큰소리로 꾸짖었다.

"너는 어떤 요귀냐? 듣자하니 앞서 여러 사신들을 해쳤다고 하던데, 그 죄가 얼마나 큰지 알고 있느냐? 여기가 어디라고 감히 나타나서 그런 무례한 행동을 하는 게냐? 무슨 원통한 일이 있으면 속히 고하고, 그렇지 않다면 엄하게 다스릴 것이니라."

그러자 여인은 울면서 고하는 것이었다.

"소녀에게는 하늘에 사무치는 원통한 사정이 있사옵니다. 앞서 그 원통함을 호소하러 오면 사객使客342)들이 미리 놀라 죽는 바람에 아뢰지 못했사오며, 소녀가 죽인 것이 결코 아니옵니다. 오늘 마침 하늘이 준 은혜를 입어 아뢰게 되었사오니, 어찌 원한을 씻을 기회가 아니겠습니까?"

이렇게 말하고 여인은 다시 울다가 말을 이었다.

"소녀는 이 고을 기생이었던 아무개이옵니다. 어느 해 어느 때 이 방에서 사신으로 오신 분을 천침薦枕343)했사온데, 밤이 깊은 뒤 소변이 마려워 밖으로 나가니, 마침 대령 중이던 아전 아무개가 저에게 덤벼들어 끌어안고 겁탈을 하려 했사옵니다. 소녀가 죽을 힘을 다해 저항하자, 그 아전이 소녀를 위협해 옷을 찢어 입을 막은 뒤 소녀를 안고 후원으로 가서, 큰 바위 밑에 밀어 넣고 그 위를 눌렀사옵니다. 그리하여 소녀의 몸은 짓눌려 으깨졌으니, 이 어찌 천하에 지극한 원통함이 아니겠습니까?"

조광원이 이 호소를 듣고는 여인을 위로하고 가엾게 여기면서,

"내 즉시 처치하여 원한을 갚아줄 테니 물러가도록 하라."

라고 일렀다. 그러자 여인은 울면서 절을 하고 사례하며 물러나는데 흔적이 없었다. 곧 조광원은 소리쳐 아전들을 부르니, 응답하는 사람이 하나도 없었다. 이에 옷을 벗고 누워 잠을 잔 뒤 새벽에 고을 관아로 들

---

342) 사객使客은 연로沿路의 수령守令이, 봉명奉命 사신使臣을 일컫던 말.
343) 천침薦枕은 첩이나 기생妓生, 시녀들이 잠자리에서 시중을 드는 일.

어갔다. 그리고 기생 명부인 기안妓案을 가져오라고 하여 그 기생이 행방불명된 사실을 확인한 다음, 아전 아무개를 지목하여 잡아 묶으라고 명령했다. 이어서 사람들을 동원해 후원의 바위 밑을 뒤져 보라고 하니, 그 안에서 여인의 몸이 나오는데 바위에 짓눌리기는 했으나 조금도 썩지 않고 그대로였다. 이에 아전 아무개를 엄하게 추궁하니, 마침내 더 이상 숨기지 못하고 사실을 실토하는 것이었다. 곧 조광원은 그 아전을 매로 쳐서 죽게 한 다음, 관장에게 명했다.

"저 여인의 시체를 거두어 염습殮襲344)해 주고, 가족을 찾아서 관에 넣어 좋은 곳에 묻어 주도록 하시오."

조광원은 이렇게 처리하고 중국으로 갔는데, 그 뒤로 이 객사에는 아무 일 없이 평온했더라 한다.

84) 외눈박이 첩을 위로하다345)

한 선비가 백옥白玉이라는 기생첩을 두고 매우 사랑했다. 그 첩은 한쪽 눈이 먼 외눈박이였으나 노래와 춤이 뛰어났으며, 악기를 연주하는 솜씨 또한 다른 사람은 따르지 못했다. 하루는 큰 잔치가 있어 백옥이 다른 많은 기생들과 함께 불려갔다. 이 때 선비도 그 잔치에 참석하여 말석에 앉았는데, 잔치가 무르익으니 악기 연주와 가무에 능한 백옥이 혼자 장내를 휘어잡으며 흥을 돋우었다. 이리되자 다른 기생들은 감히 나서지도 못한 채 팔짱만 끼고 앉아 보면서, 질투가 나니 비웃으며 말했다.

"어떤 외눈박이 하나가 나타나서, 저리도 장내를 휘저으며 혼자 잘난 척이라더냐?"

---

344) 염습殮襲은 죽은 사람의 몸을 씻긴 다음, 옷을 입히고 염포殮布로 묶는 일.
345) 『고금소총』, '일사자유애첩一士子有愛妾'.

이 때 마침 큰 개 한 마리가 고기를 훔쳐 물고는 악기들을 짓밟으며 달아나는데, 그 개 또한 한 눈이 먼 외눈박이였다. 이에 기생들이 손뼉을 치고 웃으면서 비꼬는 것이었다.

"오늘은 외눈박이 것들만 활개를 치는 날이로구나. 저들 역시 서로 짝이 있는 모양이로다."

이러고서 웃고 떠들어 대니, 선비가 듣고는 매우 불쾌하게 여기며 자신의 첩을 가엾게 생각했다. 잔치가 끝나고 집으로 돌아오자, 선비는 외눈박이라고 놀림을 받아 침울해 있는 첩을 위로해 주고 싶었다. 그리하여 첩의 얼굴을 한참 동안 들여다보다가 손을 잡고 입을 열었다.

"하늘이 사람을 세상에 태어나게 함에 있어, 입이 하나이고 코도 하나이나 능히 그 직분을 다 할 수 있다. 그런데 유독 눈만 둘이 있어 번잡하지 않느냐? 네가 눈이 하나인 것은 심히 편리한 일이로다. 귀신을 쫓는 방상시方相氏346)는 황금색의 네 눈을 가졌으나, 아무 소용도 없는 것이니라. 사람에게는 저마다 좋아하는 것이 따로 있으니, 남의 말에 어찌 신경 쓸 필요가 있겠느냐?" 이러면서 그는 첩을 더욱 아끼고 사랑해 주었더라 한다.

---

346) 방상시方相氏; 역귀를 쫓는 나자儺者'의 하나. 금빛의 네 눈이 있고 방울이 달린 곰의 가죽을 한 큰 탈을 쓰며, 붉은 옷에 검은 치마를 입고 창과 방패를 가졌다. 연말에 악귀로 분장한 사람을 방상시가 쫓는 연극인 구나驅儺 때 역병을 일으키는 역귀疫鬼를 쫓는 나례를 거행하는 방상시인 나자儺者를 말함. 임금의 행차나 외국 사신의 영접, 기타 궁중의 행사 때나, 장례 때 시체를 묻는 구덩이인 광중壙中의 역귀를 쫓는 데 사용하였다. 이는 고대 중국 주周나라 때부터 있던 풍습으로, 『주례周禮』에 의하면 하관夏官의 소관이었다. 역귀를 쫓는 방법에는 구타법毆打法, 화기법火氣法, 자상법刺傷法, 봉박법封縛法, 공물법供物法, 공순법恭順法, 주부법呪符法, 차력법借力法, 약물법藥物法, 오감법五感法, 음양법陰陽法 등 여러 가지가 있었으나, 방상시는 특히 색깔을 이용한 오감법에 가까운 악귀를 물리치는 양귀禳鬼의 방법이다.

85) 불청객 축출에 실패하다347)

옛날에 선비와 의원, 스님과 기생 네 사람이 함께 계를 조직하여, 정기적으로 만나 음식을 차려 놓고 놀며 즐기기로 했다. 그리하여 몇 차례 모임을 가졌는데, 어떤 알지 못하는 사람이 그것을 알고 초청도 하지 않았는데 매번 참석하는 것이었다. 이에 네 사람은 매우 싫어하면서 괴로워했다. 하루는 선비가 계원 세 사람만 따로 불러 이야기했다.

"우리가 초청도 하지 않은 사람이 와서 음식을 얻어먹으며 계속 끼어드니, 참으로 불편하기 짝이 없습니다. 그래서 내 한 가지 계책을 마련했는데 잘 들어 보십시오."

이러면서 그 계책을 설명하는 것이었다.

"다음 모임 때, '천지이십사한류기여오불관天地二十四韓柳其餘吾不關' 곧 '천지 운행에 따른 십이 절기에 한퇴지348) 유종원349)을 제외한 그 나머

---

347)『고금소총』, '사인축객四人逐客'.
348) 한유韓愈(768~824); 중국 하남성河南省 회주懷州 수무현修武縣 출생, 자 퇴지退之, 시호 문공文公, 산문의 문체개혁文體改革을 했는데, 종래의 대구對句를 중심으로 짓는 병문騈文에 반대하고 자유로운 형의 고문古文을 친구 유종원柳宗元 등과 함께 창도하였다. 고문은 송대 이후 중국 산문문체의 표준이 되었으며, 그의 문장은 그 모범으로 알려졌다. 사상적으로 유가 사상을 존숭하고 도교, 불교를 배격하였으며, 송대 이후 도학道學의 선구자가 되었다. 저서『창려선생집昌黎先生集』『외집外集』『유문遺文』.
349) 유종원柳宗元(773~819); 중국 당대의 문학자이자 철학자. 이명 하동河東, 자 자후子厚. 동해東解, 운성運城 사람. 일찍이 유우석劉禹錫 등과 함께 왕숙문王叔文의 혁신단체에 참가했으나, 실패하여 영주사마永州司馬로 좌천되었다. 후에 유주자사柳州刺史를 지내 유유주柳柳州라고도 한다. 한유韓愈와 함께 고문운동古文運動을 제창하여 거의 천 년 동안 귀족 출신의 문인들에게 애용된 변려문騈儷文에서 작가들을 해방시키려고 했다. 한유와 함께 당송8대가에 속하여 '한유韓柳'라고 병칭된다. 시의 내용은 담백하며, 유배생활을 반영한 작품과 경치를 묘사한 소시小詩는 매우 뛰어나다고 평가된다.『유하동집柳河東集』.

지는 내 상관하지 않겠노라'란 열두 자를 사용해 시를 지어 보자고 제안할 테니, 모두들 잘 생각하여 시 한 수씩 지어 두도록 하십시오. 그러면 그 날 우리들이야 미리 생각해 두어 별 문제가 없지만, 그 불청객은 창졸간에 시를 짓기가 어려울 겁니다. 그때 우리가 그 일을 빌미로 쫓아내 버리도록 합시다."

이에 세 사람은 좋은 계책이라면서 동의하고, 서로 약속을 하고 헤어졌다. 그리고 얼마 후 정식 회합 날이 되었다. 이에 네 사람이 모여 음식을 먹으려 하니, 그 불청객이 또 나타나서 한자리를 차지하고 앉는 것이었다. 곧 선비가 한 가지 제의를 하겠다면서 말을 꺼냈다.

"우리가 여기서 음식만 먹고 즐기는 것은 재미가 없으니, 시를 한 수씩 지어 비교하면서 담론을 벌이는 것이 좋을 듯합니다. 만일 이 자리에서 시를 짓지 못한다면, 비록 우리 계원일지라도 자리를 뜨는 것으로 하겠습니다."

이에 모두들 약속한 대로 찬동을 하니, 선비가 먼저 생각해 둔 시 한 수를 읊었다.

하늘에는 천황씨가 있으며	天有天皇氏
땅에는 지황씨가 있도다	地有地皇氏
스물네 다리 달 밝은 밤에	二十四橋明月夜
한퇴지와 유종원의 시를 섞어 외우니	韓詩柳詩雜誦之
그 밖에 부귀공명은 내 상관치 않겠노라	其餘功名富貴吾不關

그러자 다음 자리에 앉은 의원이 받아서 읊었다.

하늘에는 천남성이 있고	天有天南星
땅에는 지골피가 있도다	地有地骨皮
스물네 산에서 좋은 약을 캐어	二十四山良藥探

한퇴지와 유종원의 병을 모두 고치도다　　　　　韓病柳病皆治之
그 밖에 병의 차도는 내 상관치 않겠노라　　　　其餘病之差不差吾不關

이어서 그 옆에 앉은 기생이 나서서 한 수 읊기 시작했다.

하늘에는 천선이 있고　　　　　　　　　　　　天有天仙
땅에는 지선이 있도다　　　　　　　　　　　　地有地仙
스물네 무늬 위에 나 있는 구멍은　　　　　　二十四紋350)紋上穴
한퇴지와 유종원이 요구해 모두 주었도다　　韓求柳求皆給之
그 밖에 양물 대소장단은 내 상관치 않겠노라　其餘陽物大小長短吾不關

이렇게 차례로 시를 읊어 나가니, 그 다음에 앉아 있던 불청객이 말하는 것이었다.

"이렇게 참석한 객도 마땅히 시 한 수를 지어 보겠습니다."

"당연히 그래야지요. 그런데 지금까지 모두 '천지' 등 열두 자를 넣어 읊었으니 그대 역시 이를 지켜야 합니다. 그렇지 않으면 이 자리에 참여할 수 없습니다."

"예, 물론 규칙에 따라 짓도록 하겠습니다."

이러면서 그 불청객은 자신만만하게 읊었다.

하늘에는 이름 없는 별이 있으며　　　　　　天有無名星
땅에는 이름 없는 풀이 있도다　　　　　　　地有無名草
스물네 절기에 소가죽 덮어쓰고　　　　　　二十四令牛皮蒙351)
한퇴지와 유종원의 잔치에 모두 참석하며　韓宴柳宴皆參之
그 밖에 주찬의 풍성은 내 상관치 않겠노라　其餘酒饌豊不豊吾不關

---

350) 스물네 무늬란 항문가에 나 있는 주름을 말하며, 그 위의 구멍은 음호를 뜻함.
351) '소가죽을 덮어쓰다'라는 말은 염치나 부끄러움을 생각지 않고 계속 참석하겠
　　다는 뜻이 담겨 있다.

이리하여 애초에 선비가 의도했던 것과는 달리, 열두 자를 모두 넣어 즉석에서 시 한 수를 완성했으니, 그야말로 불청객을 쫓아내는 데에 실패하고 말았더라 한다.

86) 가장 듣기 좋은 소리[352]

송강 정철鄭澈과 서애 유성룡柳成龍이 어느 날 교외에서 손님을 전송하기 위해 서로 약속을 하고 나갔다. 옛날에는 지방 관직을 맡아 떠나거나 낙향하게 되면 작별하는 날 떠나가는 쪽 도성 밖 교외에다 차일을 쳐서 미리 자리를 마련한 뒤, 친분이 두터운 사람들이 술과 안주를 마련해 와서 대접을 하고 작별하는 전별 행사가 열렸다. 그런데 이 자리에는 백사 이항복李恒福과 일송 심희수沈喜壽, 월사 이정구李廷龜도 함께 참석하게 되었다. 술이 몇 바퀴 돌아 모두들 얼큰해지니 한 사람이 제안을 했다.

"우리 돌아가면서 한 구절씩 짧은 글귀를 짓되, 그 내용을 '가장 품위 있고 듣기 좋은 소리'로 읊어 보도록 합시다."

이에 송강 정철이 나서서,

<table>
<tr><td>"맑은 밤 밝은 달빛이 비치는데</td><td>淸宵朗月</td></tr>
<tr><td>누각 머리를 가리며 지나가는 구름 소리</td><td>樓頭關雲聲"</td></tr>
</table>

라고 읊으며 이 소리가 가장 좋다고 했다. 이어 일송 심희수가 받아 다음과 같이 말하며 읊었다.

"내 그보다 더 고상하고 좋은 소리를 나타내 보겠으니 어디 한 번 들어 보시오.

---

352)『고금소총』, '희청군성喜聽裙聲'.

"온 산 가득 한 붉은 단풍에   滿山紅樹
　　바람에 울리는 원숭이 휘파람 소리   風前猿嘯聲"

이 소리야말로 절품이 아니겠소?"
그러자 서애 유성룡이 은은한 목소리로,

"새벽 창 잠결에 들리는   曉窓睡餘
　　작은 통에 술 거르는 소리   小槽酒滴聲"

라고 읊으며, 이 소리가 더 매력적이지 않느냐고 말했다. 이때 월사
이정구가 받더니,

"산골 마을 초당에   山間草堂
　　도련님 시 읊는 낭랑한 목소리   才子詠詩聲"

라고 읊자, 마지막까지 듣고 있던 백사 이항복이 웃으면서 말했다.
　"여러분들이 들려준 그 소리도 모두 좋기는 한데, 아마도 내가 지금
읊는 이 소리만은 못할 것이요. 한번 들어 보시지요."
　하고는 목청을 가다듬어 이렇게 읊었다.

"깊숙한 방안 좋은 밤에   洞房良宵
　　아름다운 여인의 치마 벗는 소리   佳人解裙聲"

　이에 모두들 그 소리가 가장 마음에 든다고 하면서 한바탕 크게 웃었
더라 한다.

87) 재치 있는 기생의 대응[353]

이씨 성을 가진 영중추부사領中樞府事[354]가 있어, 옥매향玉梅香이란 기생을 매우 사랑했다. 한 번은 이 기생이 무슨 일로 실수를 저지르니, 성격이 과격한 이씨는 크게 화를 내고 말았다. 그리고는 자신의 노여움을 주체하지 못해, 마침 손에 잡히는 목이 긴 검정색 가죽신을 집어 들고 기생을 마구 내리치기 시작했다. 이에 기생은 그 성격을 아는지라, 손과 팔로 얼굴을 가려가며 그저 얻어맞을 뿐이었다. 이렇게 한동안 휘두르니, 오래된 가죽신 한 켤레는 목 부분이 부러지면서 네 동강이 나버렸다. 이때 이씨의 화가 조금 풀어지니, 기생은 전혀 억울한 낯빛 없이 태연하게 앉아 미소를 머금고 말했다.

"대감께서는 소첩으로 인해, 한 물건을 가지고 세 가지 물건을 더 얻게 되었습니다. 곧 털이 있는 가죽 토시[355] 한 쌍과 활집 두 개가 생겼으니, 결코 화를 낼 일이 아니옵니다."

이러한 기생의 말에 이씨는 저절로 웃음이 나니, 화는 완전히 사그라졌더라 한다.

88) 손님 못 알아보는 기생[356]

서울에 오씨 성을 가진 한 조정의 관리가 있었다. 일찍이 돈을 가지고

---

353) 『고금소총』, '이영원유총기李領院有寵妓'.
354) 영중추부사領中樞府事는 중추부의 으뜸인 정일품 관직.
355) 추위를 막기 위하여 팔뚝에 끼는 것. 저고리 소매처럼 생겨 한쪽은 좁고 다른 쪽은 넓다. 일할 때 팔소매를 가뜬하게 하고 그것이 해지거나 더러워지지 아니하도록 하기 위해서 소매 위에 덧끼는 물건.
356) 『고금소총』, '홍행변객紅杏辨客'.

지방을 여행하여, 마침 공산公山357)에 이르렀다. 산천 경개와 풍물 습속을 살피며 여러 날 묵는 동안, 고을에서 이름난 홍행紅杏이라는 기생을 사귀어 깊은 정이 들었다. 이렇게 열흘 남짓 함께 살면서 즐거운 세월을 보내고 작별할 때, 서로 손을 잡고 눈물을 흘리며 이별이 아쉬워 차마 떠나지 못하고 안타까워했다. 그 후로 몇 년의 세월이 흘렀다. 오씨는 금부禁府358)의 직위에 오르니, 옛날의 의리를 생각해서 좋은 말을 타고 공산으로 내려갔다. 이에 관장이 맞이하여 위로 잔치를 열어 주었는데, 그 자리에는 몇 년 전 깊은 정을 맺었던 기생 홍행도 있었다. 술잔이 몇 차례 도는 동안에도 홍행은 오씨를 전혀 알아보지 못하니, 곧 그가 붙잡고 바라보면서 물었다.

"아무리 세월이 무심하다지만, 너는 그렇게도 정들었던 나를 알아보지 못하겠느냐?"

그러자 홍행은 옷깃을 여미고 단정히 앉아 말했다.

"귀하신 손님께서는 어찌 이리도 기롱함이 심하신지요? 기생이란 비록 동쪽 집에서 밥을 먹고 서쪽 집에 가서 잠을 자며, 장씨의 아내가 되었다가 이씨의 부인이 되기도 하지만, 한 번 정 주고 사랑을 맺은 손님을 잊어버리는 일이 있겠습니까? 더군다나 귀하신 손님 같은 경우에야 더 말할 것이 없사옵니다."

"그렇다면 너는 정말 나를 모르겠단 말이냐? 내 이름을 한 번 더듬어 기억해 보도록 해라."

---

357) 공주公州, 혹은 공산성公山城.

358) 의금부義禁府의 준말. 조선시대 임금의 명령을 받들어 죄인을 추국推鞫하는 일을 맡아보던 관아. 왕족의 범죄, 반역죄, 모역죄 등의 대죄, 부조父祖에 대한 죄 등 강상죄綱常罪, 사헌부司憲府가 논핵論劾한 사건, 조관朝官의 죄 등을 다룸. 태종14년에 의용 순위사를 고친 이름인데, 고종 31년에 다시 의금사로 고쳤음. 왕부王府, 금오金吾라 함.

이에 홍행이 머리를 숙이고 깊이 생각하다가 그래도 여전히 기억이 나지 않는다고 하자, 오씨는 이별이 슬퍼서 그리도 울던 시절을 기억하지 못하느냐고 재차 추궁하니, 마침내 홍행은 이제야 생각났다는 듯 웃으면서 대답하는 것이었다.

"혹시 몇 년 전에 만났던 박번朴蕃 나리가 아니신지요? 소녀의 기억이 맞겠지요?"

이 말에 주위 사람들이 한바탕 크게 웃었더라 한다.

89) 기생의 도적질 법359)

별시위別侍衛360)로 있는 김가칙金可則이 한 기생을 사귀어 가까이 지냈다. 그런데 이 기생은 도적질에 매우 능했다. 하루는 그 기생을 집으로 불러 함께 술을 마시는데, 이렇게 말하는 것이었다.

"귀한 집안의 자제들을 관찰해 보았사온데 기름진 고기나 쌀밥은 잘 먹지 않고, 신맛 나고 차가운 음식을 즐겨 먹는 것 같았습니다. 소녀는 왜 그런지 그 이유를 모르겠습니다."

"아, 그야 평소 좋은 음식을 많이 먹어 고량진미에 물리고 염증이 나서 그러려니, 당연한 이치겠지."

김가칙은 이렇게 대답하면서 자신도 상에 오른 고기는 먹지 않고 채소와 과일만 안주로 먹었다. 이때 기생은 자꾸 술을 권하여 취하게 만드니, 그가 설사 기를 느껴 측간에 가려고 일어서자, 또 이렇게 말하는 것이었다.

---

359) 『고금소총』, '별시위김가칙別侍衛金可則'.
360) 별시위別侍衛는 조선시대 양반 자제 등에서 뽑아 만든 군사로 용양위에 딸리며, 서울 동부와 경상도 지방의 수비를 맡았음. 갑사보다 대우가 좋았다.

"귀한 집 자제들은 측간에 가면 아주 오래 있다가 오던데, 왜 그런지 모르겠습니다. 그 또한 무슨 이유가 있겠지요?"

"그야 고량진미에 물리고 싫증난 까닭에 대장이 건조해져서, 대변이 잘 나오지 않아 그런 게지."

김가칙은 또 이렇게 대답하고 측간에 가서 일부러 오래 있다가 나오니, 그동안 기생은 집안에 있던 완구며 값나가는 보물들을 모두 훔쳐 달아나고 없었더라 한다.

90) 기생 남편의 감시[361]

선비 이몽李蒙은 이름난 기생 금강선錦江仙을 사랑하여 함께 살고 있었다. 이 기생은 미모도 뛰어났지만 노래와 춤 솜씨 또한 남달라서 그 명성이 자자했다. 이에 권문세가의 성대한 잔치나 고량膏粱[362] 호족豪族들의 은밀한 내원內園[363] 잔치에까지 불려 다니며 남자들을 접하니, 이몽은 늘 질투하고 불평했다. 그러자 하루는 금강선이 이몽에게 이렇게 제의했다.

"당신은 내가 잔치에 불려갈 때마다 의심을 하니, 다음부터는 내가 참석하는 잔치에 몰래 숨어들어 살펴보도록 하십시오."

이에 하루는 육조六曹의 낭관들이 모여 베푸는 연회에 금강선이 불려 가니, 이몽은 어느 낭관을 모시고 온 종처럼 꾸며 그 자리에 따라갔다. 그리하여 잔치 석상에서 좀 떨어진 구석에 자리 잡고 앉은 종들 틈에 끼어, 금강선의 행동을 주시하고 있었다. 그런데 그 자리에 참석한 김씨

---

361) 『고금소총』, '사자이몽士子李蒙'.
362) '고량진미膏粱珍味'로서 살찐 고기와 좋은 곡식으로 만든 맛있는 음식을 말함.
363) 내원內園은 내원內苑, 혹은 궁성내의 정원庭園을 말함.

성을 가진 한 낭관이 그 앞을 지나다가, 문득 쳐다보고는 놀라면서 말하는 것이었다.

"자네는 아마도 내가 아는 그 이몽 같은데, 그렇지 않은가?"

이 때 금강선이 얼른 그 말을 받아 대답했다.

"아니올시다. 그 아이는 우리 집 종 몽총蒙塚364)이올시다. 얘, 몽총아! 이리 와서 여기 남은 음식을 갖다 먹도록 해라."

이렇게 금강선이 그를 불러 음식을 주니, 이몽은 일부러 달리 보이도록 한쪽 눈을 찡그려 감은 채, 낭관 앞으로 나와 음식을 받아가며 다른 종들이 하듯 몸을 굽실거렸다. 이에 김씨 낭관은 고개를 갸우뚱하면서,

"그거 참, 희안한 일일세. 내 처음 이몽으로 의심했거늘, 천지간에 이렇게 닮은 사람이 있단 말인가? 다만, 한쪽 눈이 먼 것만 다를 뿐이로다."

라고 하면서 기이하게 여겼더라 한다.

91) 감귤을 던져 기생을 희롱하다365)

이씨 성을 가진 한 정승이 중추원에 있으면서 중국 사신으로 가게 되었다. 이에 왕이 사신 일행의 노고를 치하하기 위해, 인정전仁政殿366)으로 불러 전별 잔치를 베풀어 주었다. 그런데 이 정승이 술에 취해 상 위에 오른 감귤을 집어서는 평소에 자신과 가까이 지내던 건너편에 앉은 기생에게 던져주었다. 이에 왕은 눈을 돌려 못 본 척하면서 그냥 넘어갔

---

364) '멍청이'라는 뜻.

365) 『고금소총』, '투감희기投柑戱妓'.

366) 인정전仁政殿은 창덕궁昌德宮의 정전正殿. 조선시대 3대 태종太宗 4년(1404) 별궁別宮으로 창건되었으나, 임진왜란 때 전부 불타 없어진 것을 15대 광해주光海主 3년(1611) 재건. 지금의 건물은 23대 순조純祖 3년(1803)에 실화失火하여 이듬해 다시 중건된 것임.

다. 그리고 사신 행차는 출발했는데, 당시 그 상황을 목격한 대신이 사헌부司憲府에 문제를 제기해 말썽이 되었다. 왕을 모시고 잔치를 하면서, 신하가 그런 불경스러운 장난을 했으니 벌을 받아야 한다고 주장하는 것이다. 그리하여 사헌부에서 강하게 탄핵하자 왕도 어쩔 수 없이, 다른 사람으로 교체해 보내고 이 정승을 소환했다. 이에 돌아온 이 정승은 그 상황을 이렇게 시로 읊으며 씁쓸해 했다.

인정전에서 취해 알지 못하는 사이	仁政殿中醉不知
감귤로 희롱하여 기생에게 던졌도다	戲將柑子打佳兒
하루 아침에 갑자기 사헌부에 논박 당하니	一朝忽避霜臺駁
강남 가는 천리 길을 중간에서 돌아왔네	千里江南半道歸

당시 이 정승을 아는 사람이 이 시를 보고,
"그 문장의 우아함은 탄복할 만하나, 신하의 예를 잃은 것은 비난받아 마땅하도다."
라고 하면서 매우 안타까워했더라 한다.

92) 유씨 성의 한 선비367)

유씨 성을 가진 한 선비가 영남 땅으로 유람을 갔다가 성산星山에 머무는 동안, 예쁘고 가무에 능한 기생 청련靑蓮을 사랑하여 정이 깊이 들었다. 그리하여 서울로 돌아올 때, 이별을 슬퍼하여 서로 붙잡고 눈물을 흘리며 아쉬워했다. 그 뒤로도 유씨는 청련을 잊지 못해 늘 그리워하며 우울하게 보내니, 이를 본 부인 송씨가 질투하여 거친 말로 꾸짖고 나무

---

367)『고금소총』, '일사성유一士姓柳'.

라면서, 가끔은 몽둥이로 때리기까지 하는 것이었다. 이에 유씨는 그 고통을 견디기가 어려워, 엄한 위엄으로 제압해 보리라 작정했다. 하루는 관가 일을 끝내고 집에 돌아와, 의관도 벗지 않은 채 마루에 똑바로 앉아 정색을 하고 부인을 추궁하듯 말했다.

"여자는 질투하지 못하게 되어 있느니라. '시경'에 따르면, 옛날 중국 문왕의 후비는 질투하지 않은 것으로 그 아름다움을 찬양하고 있으며, '소화'에는 부인을 친정으로 돌려보내는 칠거지악七去之惡368) 가운데, 음거淫去369)와 투거妬去370)가 엄연하게 명시되어 있거늘, 당신은 어떤 물건이건대 이토록 질투가 심한가?"

그러자 송씨는 끓어오르는 울분을 참지 못해, 곁에 있는 전반371)을 집어 들고 서서 남편을 내려다보며 크게 소리쳤다.

"무엇을 일러 문왕의 후비라고 하며, 그 무엇이 '음거'와 '투거'란 말이요?"

하면서 그 전반으로 내려치니, 유씨는 견디다 못해 담장을 넘어 도망쳐 버렸더라 한다.

---

368) 일명 '칠출七出' 또는 '칠거七去'라고도 하는데, 『공자가어孔子家語』에 부도婦道를 밝힌 「본명해편本命解篇」에 나온다. '칠거지악七去之惡'은 시부모를 잘 섬기지 않는 것不順父母, 무자식無子, 부정不貞, 질투嫉妬, 못된 병惡疾, 수다多言, 훔치는 것竊盜. 하지만 아내를 함부로 내쫓지 못하는 이른바 '삼불거三不去'도 있다. 첫째, 돌아갈 친정이 없을 때. 둘째, 아내가 부모의 삼년상三年喪을 치렀을 때. 셋째, 집안을 일으켰을 때이다. 이유 없이 이혼을 하는 자에게는 태형笞刑 여든 대를 쳤으며 삼불거三不去에도 불구하고 이혼을 강행하는 자에게도 비슷한 벌을 내렸다.
369) 음탕한 행동을 하면 내보냄.
370) 질투를 하면 내보냄.
371) 인두판의 경상도 방언. 인두질할 때, 다리는 물건을 올려놓는 기구. 직사각형의 널조각 위에 솜을 두고 종이나 헝겊으로 싸서 만든다.

93) 조 비장이 시를 읊조리다[372]

옛날 조씨趙氏라는 성을 가진 한 비장裨將이 관장의 명령으로 심부름을 갔는데, 마침 그 고을 관장이 '운심雲心'이란 이름을 가진 기생을 보내 함께 잠자리를 하도록 배려해 주었다. 그러나 조 비장은 나이도 많았을 뿐 아니라, 피곤하여 밤새도록 연장을 세워 보려고 해도 전혀 발기가 되지 않았다. 그런데도 아름다운 기생을 만났으니 어떻게든 한 번 해보려고, 운심의 음호를 만지며 양근을 접촉해 계속 문지르고 비벼댔다. 그러자 운심은 한창 젊고 왕성한 몸인지라, 그만 먼저 흥분이 되어 왈칵 뜨거운 체액을 쏟고 말았다. 조 비장은 자신의 양근이 서지 않아 애를 태우며 운심의 음호를 만지다가, 축축하게 나온 체액이 손에 닿게 되자 무안한 생각이 들어 슬그머니 물러나면서 옛날 중국의 시인 도연명陶淵明이 지은 '귀거래사歸去來事'에 나오는 시 한 구절에 빗대어 다음과 같은 시를 읊었다.

<table>
<tr><td>구름은 생각없이 산 동굴에서 나오고</td><td>雲無心而出岫</td></tr>
<tr><td>새는 날다가 지쳐 돌아올 줄 아네</td><td>鳥倦飛而知還</td></tr>
</table>

라는 도연명의 시를,

<table>
<tr><td>운심은 생각없이 물을 쏟는데</td><td>雲心無而出水</td></tr>
<tr><td>조鳥는 날다가 지쳐 돌아올 줄 아네</td><td>鳥[373]倦飛而知還</td></tr>
</table>

라는 시로 바꾸어 읊조렸는데 뒤에 이 이야기를 들은 사람들마다 크게 웃었더라 한다.

---

372) 『고금소총』, '조비영시趙裨詠詩'.
373) 남자의 양근을 의미.

94) 지은 시로 기생에게 수모를 당하다374)

영남 사람으로 여씨呂氏 성을 가진 사람이 있었다. 그는 독서에 열중한 결과 명경과明經科 과거에 당당히 급제한 뒤, 관직을 얻어 호서 지방의 아사亞使375)로 부임해 갔다. 때는 마침 온갖 꽃들이 피고 잎이 돋아나는 봄철이었으니, 어느 날 하루 봄 경치를 구경하려고 부여 백마강으로 나갔다. 이곳에서는 이미 많은 사람들이 뱃놀이를 즐기고 있었는데, 여씨 또한 여러 기생들과 함께 뱃놀이를 시작했다. 그리하여 배가 강 중류에 이르니, 봄볕이 따뜻하고 화사한 바람이 품속을 파고들어 시원했으며, 강 언덕의 경치는 사람의 눈길을 잡아끄는 데가 있었다. 이에 그는 기생들을 돌아보면서 말했다.

"정말 아름다운 경치로다. 강산은 이리도 좋아 진정 동방 제일가는 승지勝地인데, 어쩌자고 저 언덕의 바위 이름은 꽃이 떨어진 바위라는 뜻의 낙화암落花岩이란 말인가?"

이 말에 기생들은 그저 농담인 줄로만 여기다가, 가만히 살피니 여씨가 정말 낙화암의 내력을 모르는 것 같기에 한 기생이 앞으로 나서서 설명했다.

"소녀가 일찍이 듣기로는, 옛날 백제 의자왕이 날마다 궁녀들을 데리고 방탕하게 놀다가 마침 당나라 대군들이 쳐들어와 포위하니, 궁녀들이 절개를 지키기 위해 모두 저 바위로 올라가 강물에 몸을 던져 죽었다고 하옵니다. 그래서 낙화암이란 이름이 생겼다고 하온데, 아사 어른께서는 그것을 모르셨는지요?"

그러자 여씨는 겸연쩍은 표정을 지으면서 변명했다.

---

374) 『고금소총』, '수기부시羞妓賦詩'.
375) 아사亞使는 정사政事를 돕는 버금가는 사신使臣을 말함.

"내 사서삼경四書三經을 꿰뚫어 외우고 사략史略과 통감通鑑을 모두 다 섭렵해 알고 있지만, 동사東史에 대해서는 자세히 보지 못했노라."

이 때 다른 한 기생이 나서며 말했다.

"일찍이 소녀 여기서 많은 별성別星 어른들을 모시고 뱃놀이를 하였사온데, 그때마다 예로부터 전해 내려오는 역사적 사실과 결부하여 회고의 시를 읊었사옵니다. 하오니 오늘 어른께서도 시가 없어서야 되겠사옵니까?"

이에 여씨는 가슴이 철렁 내려앉았다. 경서를 외우는 데만 열중하여 명경과에 급제를 하다 보니, 시 공부는 하지 못해 제대로 시를 지을 줄 몰랐기 때문이었다. 하지만 기생들로부터 수모는 당하기 싫으니, 방금 전 기생에게서 들은 백제 의자왕 때의 일을 가지고 한번 지어보기로 마음 먹고, 반나절이나 고심한 끝에 겨우 이렇게 읊었다.

옛날을 더듬어 보니 일찍 노닐던 곳　　　　憶昔曾遊地
음탕하게 놀아 나라 비록 망했지만　　　　淫佚國雖亡
강산이 이토록 아름다우니　　　　　　　　江山如此好
의자왕에게는 죄가 없구나　　　　　　　　無罪義慈王

대체로 이 시는 옛날 백제 의자왕이 놀았던 이 지역을 돌이켜 생각해 보니, 음일淫佚376)로 인해 결국 나라를 망하게 했으나, 강산 경치의 아름다움이 이렇게 좋으니 의자왕이 방탕하게 논 것은 죄가 없고, 굳이 허물을 한다면 이렇게 좋은 경치에 잘못이 있다는 뜻으로 지은 것이었다. 백마강에서 여씨가 이런 시를 지었다는 소문이 퍼지니, 듣는 사람들이 하나같이 유치하다면서 웃지 않는 사람이 없었더라 한다.

---

376) 음일淫佚은 마음껏 음탕淫蕩하게 노는 일.

95) 네 성은 여씨로다377)

　한 선비가 멀리 여행을 가다가 어느 산골을 지나가게 되었다. 때는 마침 장마철이라 비가 오락가락하더니, 이 산골을 지날 무렵에는 계속 비가 내렸다. 이에 선비는 마땅한 객점을 찾아다니다가, 산속 외딴 곳의 한 오두막에 작은 방 하나를 얻어 유숙하게 되었다. 그 집은 나무를 베어다가 숯을 구워 파는 탄막炭幕이었다. 거기에는 이른바 '막창幕娼'이라고 하는 창녀가 있어 일을 돕고 있었다. 옛날에는 산속 탄막이나 산골 주막에 이런 '막창'이라는 창녀가 있어, 숯을 굽고 옹기를 만드는 홀아비나 지나가는 길손에게 잠자리를 제공하면서, 그 집안의 부엌일을 도와 밥을 얻어먹으며 살아가고 있었다. 선비가 며칠 동안 비에 갇혀 지내는 사이, 이 막창 여인과 자주 눈이 마주쳐 야릇한 눈길을 보내곤 했다. 그러다 선비는 이 여인을 불러 이런저런 이야기를 나누게 되었고, 이삼 일 지나서는 마침내 잠자리까지 함께 하게 되었다. 그러나 여인은 건장하고 힘센 남자들을 하도 많이 상대하여 그 음호陰戶가 마치 커다란 항아리 같았고, 몸집이 크지 않은 선비는 양근마저 작아, 그 일을 하는 동안 도무지 마찰하는 감각을 느낄 수 없었다. 이에 선비는 옛날에 배운 중국 송나라 시대의 문호인 소동파蘇東坡의 '적벽부赤壁賦'에 나오는 '묘창해지일속渺滄海之一粟378)'이라는 구절을 떠올리며 가만히 웃었다. 그리고는 곧 일을 끝내고 여인에게 말했다.

　"네 음호는 그야말로 넓게 트인 남발낭南抜廊379)이로구나."

　이 말을 알아듣지 못한 여인이 아무 말이 없자, 선비는 잠시 물러나

---

377) 『고금소총』, '여성필여汝姓必呂'.
378) '아득한 푸른 물결 바다에 좁쌀 한 알' 같다는 뜻으로 매우 작은 것을 나타냄.
379) 남쪽으로 길게 뻗은 복도.

앉았다가 또다시 이렇게 읊었다.

"푸른 산 일만 리에 외로운 돛단배로다. 靑山萬里一孤舟"

이 때 비로소 여인은 다음과 같이 말했다.

"소녀는 무식하여 글을 읽을 줄 모르옵니다. 그 '남발낭'이란 서울 근처에 어떤 지역의 이름인지는 잘 모르겠사오나, 소녀는 그 크기와 넓이 또한 알 수가 없사옵니다. 하지만 '청산만리일고주'라고 읊은 구절은 참으로 못난 사내가 지은 글귀로 생각되옵니다."

이에 선비는 다소 부끄러워 한동안 입을 다문 채 말을 잇지 못하다가, 얼마 후 입을 열어 다시 여인에게 물었다.

"너는 정말로 말을 잘하는 여인이로다. 그런데 네 성씨가 무엇인지 알고 싶구나."

선비는 여인의 음호가 넓은 것을 어떤 글자에 비유해 놀려 주려고 물은 것인데, 여인은 쓸데없이 성씨까지 묻는다고 생각하여 언짢아하면서 대답했다.

"옛날 속담에 이런 말이 있지요. '대나무를 보면서 그 대밭 주인의 이름을 묻는다'고요. 생원어른께서는 소녀를 그저 '막창'으로 알면 되었지, 무엇 하러 성씨까지 묻고 그러십니까? 생원어른은 아들이 태어나고 딸이 태어났을 때, 그 아이들의 외조부 성명까지 기록해서 꼭꼭 간수해 두시는지요?"

이같이 정곡을 찔러 대꾸하는 말에 선비는 매우 불쾌했지만, 그렇다고 화를 낼 수도 없어 가만히 입을 다물고 있었다. 그리고 천천히 마음을 가라앉힌 뒤 다시 말했다.

"내 너를 겪어보니 위의 입은 작으면서 아래 입은 매우 크고 넓어, 필시 네 성씨가 '여씨呂氏'려니 하고 물어본 것이니라."

이러면서 선비는 여인을 쳐다보면서 웃었더라 한다.

96) 기녀들이 서로 질투하다[380]

옛날에 기생을 둔 고을이나 감영에서는 기생들이 부리는 질투로 그 폐단이 적지 않았다. 가령 고을의 관장이나 감영의 관찰사가 한 기생을 수청들게 하면, 그 기생은 반드시 의복이며 바느질 도구 등을 관아로 옮겨와 마치 관장의 부인인 듯 행세하거나, 관장의 재산을 도맡아서 처리하곤 했다. 게다가 관장이 다른 기생에게 마음을 쏟거나 잠자리를 하게 되면, 수청을 든 기생은 질투를 해서 본부인보다 더 심하게 추궁하고 못 살게 굴었다. 어느 사람이 관장이 되어 한 고을로 부임하였다. 그리고는 먼저 '춘랑春浪'이란 기생을 가까이 하여 수청을 들게 했는데, 나중에는 춘랑보다 예쁜 '홍련紅蓮'이라는 기생을 사랑하게 되었다. 이에 관장이 몰래 홍련과 잠자리라도 하게 되면, 춘랑의 질투로 온 관아를 시끄럽고 소란하게 하여 관장은 몹시 괴로웠다. 어느 날 밤 관장이 춘랑과 함께 자는데, 하도 잠이 오지 않아 코를 골고 있는 춘랑의 얼굴을 들여다보았다. 그때 문득 관장은 홍련이 보고 싶은 욕망을 주체할 수 없어 조심스럽게 옷을 입고 방을 나가려니, 마침 춘랑이 문 앞에 자고 있어 그 몸을 넘어서 나가야 했다. 이에 관장은 발을 높이 들어 그 몸을 지나 문지방을 밟으려다가, 그만 몸이 비틀거리며 춘랑의 배 위로 발이 떨어지려 하기에 깜짝 놀라 다시 들어올리면서 뒤로 넘어져 엉덩방아를 찧고는 간신히 그 위기를 모면했다. 이때 문득 관장의 머리에 이런 시구가 떠올랐다. 곧 춘랑의 이름 자에 있는 물결 '랑浪'자를 바다로 표현하고, 사람의 배 복腹'자를 같은 음의 바다에 떠 있는 '배舟'로 대치시켰다. 그리고 기생의 이름인 '홍련'을 글자의 뜻 그대로 '붉은 연꽃'이라 나타내었다.

---

380) 『고금소총』, '기녀상투妓女相妬'.

| 남쪽 포구에 홍련을 캐러 가다가 | 欲採紅蓮南浦去 |
| 동정호 봄 물결에 외로운 배 놀랐네 | 洞庭春浪孤舟驚 |

97) 기생을 여우로 알다[381]

성여필成汝必은 상주 사람인데, 성품이 치밀하지 못한 편이라 사리 판단에 어두운 면이 많았다. 하루는 멀리 다른 지방으로 여행을 갔다가 돌아오는 길이 지체되어 아직도 갈 길이 먼데 날은 이미 저물고 사방은 어둑어둑해졌다. '해가 짧아졌나, 벌써 이렇게 어두워지다니 빨리 가야겠구나.' 이렇게 혼자 중얼거리면서 말을 재촉해 가는데, 길을 걸어가는 한 여인을 만났다. 그런데 자세히 살펴보니 평소에 안면이 있는 고을 관아의 관기였다. 이에 기생이 그를 쳐다보고는 아는 척을 하면서 청하기를,

"어머니를 뵈러 갔다가 좀 늦어졌습니다. 날은 저물고 갈 길은 아직 먼데 발이 부르터서 걷기가 어렵습니다. 생원님 말 뒤에 좀 앉아 가게 해주시면 고맙겠습니다."

라고 말하며 애원하는 것이었다. 이때 성여필은 가만히 생각해 보니, 이런 외딴 곳에서 여자 혼자 걷고 있다는 게 아무래도 여우가 둔갑하여 나타난 것 같아 도무지 허락할 수가 없었다. 그러나 여자가 워낙 울다시피 간청을 하니, 다시 또 이런 생각이 들었다. '이것이 만약 여우라고 한다면, 내 정신만 똑바로 차리고 이 기회에 여우를 잡아 가죽을 벗기면 쓸모가 있겠구나.' 이렇게 마음을 고쳐먹은 성여필은 그 기생을 자기 뒤에 올라타라고 허락하였다. 그리고는 띠를 풀어 기생과 자기 몸을 단단히 동여맸다. 이 때 기생은 성여필의 행동이 매우 이상하여 속으로는 우스웠지만 하는 대로 가만히 두고서, 여하간 고을까지 무사히 태워다 주

---

381) 『고금소총』, '인기위호認妓爲狐', 『골계잡록滑稽雜錄』에도 실려 있다.

기만을 기대했다. 그래서 그의 등에 몸을 딱 붙인 채 꼼짝도 하지 않고 있었다. 이러기를 한참이 지나 그의 집 대문에 이르니, 성여필은 갑자기 크게 소리를 지르는 것이었다.

"모두들 빨리 나오너라! 속히 횃불을 밝히지 않고 뭣들 하느냐? 사냥개도 데리고 나와야 한다. 내 여우 한 마리를 잡아왔으니 모두 나와 잡도록 해라."

이 말을 들은 기생은 비로소 자기를 완전히 여우로 알고 있다는 사실을 깨닫고 몸을 잡아당기며,

"생원님, 소녀를 지금껏 여우로 알고 계셨습니까?'

하고 사람이라는 것을 확인시키려고 노력했다. 하지만 성여필은 더욱 의심을 하면서 계속 소리쳤다.

"얘들아! 어디 있느냐? 속히 몽둥이를 갖고 나오지 않고? 내 휘항揮項382)이 없어 고생했느니라. 그 휘항을 만들 좋은 여우 가죽이 생길 것이니라."

밤중에 크게 외치는 소리에 놀란 마을 사람들이 무슨 일인가 하고 몰려들었다. 그리고 말 위에서 그와 함께 묶여 있는 여자를 자세히 보고는, 고을 관아의 관기라는 것을 알게 되었다. 이에 마을 사람들이 그 띠를 풀고 기생을 안아 내리는 동안에도, 성여필은 계속 아들의 이름을 부르면서 여우 잡으라는 소리를 멈추지 않았다. 그러자 말에서 내린 기생은 손뼉을 치면서 말했다.

"생원님! 나는 여우가 아니랍니다. 이 고을 관기로 이름이 아무개입니다. 생원님도 일찍이 소녀를 아시면서 왜 자꾸 여우라고 하십니까? 휘항 감이 될 여우 가죽은 뒤에 다시 구하셔야겠습니다. 여하간 여기까지 태워다 주서서 고맙습니다."

---

382) 겨울에 목 뒤를 덮는 목도리.

이러면서 인사를 하고 떠나니, 나와 있던 마을 사람들이 손뼉을 치며
웃고는 모두 돌아갔더라 한다.

98) 열일곱 자 시383)

　어느 해 여름 모내기철이 지나가는데도 날이 가물고 비가 내리지 않
아 임금은 전국의 관장들에게 일정 기간 정성을 들여 기우제를 지내라
고 명했다. 이때 한 고을의 관장도 몸을 깨끗이 하고는 정성을 다해 재
계384) 하니, 고을 선비들도 몰려와서 관장과 함께 재숙소齋宿所385)에 기
거하며 정성을 쏟고 있었다. 그런데 거기서 멀지 않은 곳에 기생집이 있
어서 창문만 열면 그 집 안채가 빤히 바라다보였다. 이에 재계를 하는
선비들은 밤만 되면 기생집을 건너다보면서 매우 심란해 했다. 하루는
선비들 중에 짓궂은 행동을 잘하는 선비가 있어 창문을 열고 기생집을
쳐다보면서 열일곱 자 시를 지었다.

태수께서 친히 기우제를 지내니　　太守親祈雨
정성이 사람의 뼈를 꿰뚫는구나　　精誠貫人骨
밤중에 창문을 열고 바라보니　　夜半推窓看
밝은 달이 비치도다　　明月

　그러자 관장이 이를 듣고서 화를 냈다.
　"이렇게 온 나라가 정성을 드리고 있는데, 감히 기생집이나 바라보면
서 잡스러운 생각에 빠져 조롱하는 시를 짓다니, 결코 용납할 수 없는

---

383)『고금소총』, '십칠자시十七字詩'.
384) 재계齋戒는 부정不淨한 일을 멀리하고 심신心身을 깨끗이 함.
385) 정성을 드리는 숙소.

일이로다. 내 마땅히 벌을 내릴 것이니라."

이렇게 엄명하고, 형구를 갖춰 곤장 스물여덟 대를 치라고 했다. 그런데 곤장을 맞은 선비가 엉덩이를 만지면서, 또 다시 다음과 같은 열일곱 자 시를 지어 이 상황을 비웃었다.

열일곱 자 시를 지었는데	作詩十七字
스물여덟 대 매를 맞았구나	受笞二十八
만약에 일만 상소를 올린다면	若作萬言疏
반드시 죽이겠구나	必殺

그러자 관장은 더욱 화를 내면서 감영에 보고하여, 이 선비를 먼 곳으로 귀양을 보내기로 했다. 이에 선비가 귀양길에 오르니, 그의 외삼촌이 술과 안주를 마련해 나와서 전송을 했다. 마침 선비의 외삼촌은 한쪽 눈이 보이지 않는 외눈이었는데, 그가 선비의 손을 잡고 눈물을 흘리니 선비도 따라 눈물을 흘렸다. 그러자 선비는 다시 열일곱 자 시를 지었다.

날 저물어 단풍잎 떨어진 길에서	斜日楓葉路
외삼촌이 날 보내며 정을 쏟는구나	舅氏送我情
서로 이별의 눈물을 흘리니	相垂離別淚
세 줄기로다	三行

선비는 외삼촌의 눈이 하나인지라, 한 줄기 눈물밖에 흐르지 않음을 빗대어 풍자한 것이었다.

99) 패랭이를 쓴 도인이 늙은 기생에게 준 시[386]

서울에 한 사람이 있어, 늘 패랭이 삿갓을 쓰고 돌아다니면서 신이神
異한 행동을 하는 것이었다. 그러나 그 사람이 누구이며 어디에 사는지,
그리고 이름이 무엇인지 아는 사람은 아무도 없었다. 그래서 평량자,[387]
곧 늘 패랭이 삿갓을 쓰고 다니니 그저 이평량李平凉이라고만 불렀다.
이 사람은 보통 사람들과는 다른 점이 한두 가지가 아니었다. 첫째로 사
람들이 먹는 익힌 음식은 전혀 먹지 않고 술과 과일을 먹었으며, 특히
벌꿀과 해송海松 씨앗을 즐겨 먹었다. 둘째로 사람을 만나도 인사하는
법도 없이 연기처럼 구름처럼 떠돌아 다녔으나, 어디서 바둑 두는 소리
만 들으면 아는 사람이건 모르는 사람이건 상관없이 들어가 함께 바둑
을 두는 것이었다. 그런데 이상한 일은 이 사람과 바둑을 두게 되면, 잘
두는 사람이건 못 두는 사람이건 으레 두세 집 차이로 지는 것이었다.
국수로 이름난 바둑꾼 역시 예외는 아니어서, 누구도 이 사람을 이기는
자가 없었다. 때때로 내기 바둑을 두어 재물을 얻게 되면, 그 돈으로 모
두 술을 사마시고 돌아가곤 했다. 또한 시도 잘 지었으나 그것을 자랑하
는 일이 없었다. 이 사람이 지었다고 하는 시 몇 편이 전해지고 있는데
이를 소개하면 다음과 같다. 먼저 늙은 기생에 대하여 이렇게 읊고 있
다.

한 조각 시들은 꽃 동쪽에 있어	一片殘花畵閣東
비바람에 시달리기 몇 번이나 겪었나	幾回經雨又經風
같이 놀던 벌과 나비 소식마저 끊어져	遊蜂戲蝶無消息
적막한 가운데 헛되이 세월만 보내네	虛送光陰寂寞中

---

386) 『고금소총』, '평량도인平凉道人'.
387) 평량자平凉子는 패랭이를 말함.

또 '백로白鷺'를 읊은 것에는 다음과 같은 것이 있다.

석양 무렵 우뚝하게 서 있는 사람	軒軒人立夕陽時
꽃다운 풀 맑은 모래 잠들기에 알맞구나	芳草晴紗倦睡宜
무슨 생각날 때면 훨훨 구름 속에 나니	意到忽然翩雲去
푸른 산 그림자 속에 누구와 언약했는가	靑山影裏更誰期

그리고 우연히 읊는다는 '우음偶吟'이라는 시가 있다.

백발이 근심과 함께 약속을 하여	白髮愁同約
근심이 찾아오니 백발도 많아지네	愁來白髮多
집으로 돌아가니 근심은 사라졌지만	還家愁可已
어찌하여 백발은 그대로 남았는지	其奈白髮何

100) 여색에 영웅 없다[388]

평양에 이화梨花라는 기생이 있어 얼굴이 매우 아름다웠고, 음률이며 문장 그리고 시를 지을 줄 알아 문사들 사이에 그 명성이 높았다. 그래서 부임하는 감사들이 그녀에게 혹하여 민정을 그르치고 일신을 망치는 일이 속출하니, 소문을 들은 왕이 크게 걱정하기에 이르렀다. 그리하여 왕은 조정 대신들 중에서 가장 성실하고 여색에 엄격하기로 소문난 신하를 가려 뽑아 암행어사로 내려 보내서, 기생 이화에게 감사를 유혹한 죄를 물어 처단하게 하려고 마음먹었다. 왕은 여러 날 동안 조정 대신들의 명단을 놓고 여러 측근 신하들에게 물어서 의견에 따라 가장 강직하다는 참판 허민許珉을 선발해 관서지방의 암행어사로 임명했다. 그

---

388)『고금소총』, '무색 영웅無色英雄'.

리고 그에게 평안 감영으로 내려가 기생 이화를 처치하라는 특명을 내렸다. 이에 허민은 왕 앞에 나아가 인사를 드리고, 비장한 각오를 다지며 즉시 평양을 향해 떠났다. 평양 관내에 가까이 들어온 허민은 따라온 서리와 역졸들을 불러 단단히 경계시키고, 내일 평안 감영으로 모이도록 지시한 뒤 흩어지게 했다. 그리고 그는 본색을 숨겨 몰락한 양반으로 위장하고, 혼자 걸어서 평양성을 향해 들어갔다. 성에 가까워질 무렵, 해는 서산으로 기울고 버들가지에 앉은 꾀꼬리가 지저귀며 훈풍이 몸을 스치니, 아름다운 경치에 어우러진 풍경이 흥취를 일으키는데, 마침 몸도 지치고 목도 말라 숙소를 찾게 되었다. 그때 마침 저 멀리 숲이 앞을 가린 깊숙한 곳에 주점을 알리는 깃대가 눈에 들어왔다. 이에 허민이 그곳을 찾아 들어가니, 소년 하나가 평상에 걸터앉아 있을 뿐 손님이 없어 쓸쓸했다. 곧 평상에 올라앉은 허민이 술을 가져오라 하니 소년이 술상을 내왔는데, 그릇과 집기가 정결하고 술맛이 좋고 안주 또한 담백하여 입안에서 녹는 듯했다. 지치고 허기를 느끼던 허민은 가져온 술을 연거푸 대여섯 잔 들이키니, 몸에 술기운이 돌면서 땅거미가 내려깔리는 정경에 빠져드는 것 같았다.

"얘야, 술 더 가지고 오너라."

허민은 이미 얼큰한 상태인데도 분위기에 취하여 술을 더 청했다. 곧 소년은 평상 위에 놓인 술병이 비었다면서 방안을 향해 술을 청하니, 비단 휘장이 반쯤 걷힌 뒤 아름다운 여인네가 밖을 내다보며 술 한 병을 내주는 것이었다. 술기운이 돈 눈으로 보는 여인의 얼굴이야 본시 아름다운 법이지만, 그야말로 빼어난 미모의 여인은 그의 정신을 어지럽히고도 남을 정도였다. 이에 허민은 술맛이 더하여 그 술병도 순식간에 비웠다. 그리고 소년을 불러 술을 더 청하니 소년은 다시 방안을 향해 술을 내달라 하는데, 이번에는 밖을 내다보지 않은 채 이르는 것이었다.

"이제 우리 집 술은 모두 떨어졌으니, 네가 속히 성안으로 들어가서 사오도록 하라."

여인은 이렇게 소년에게 시키고는 더 큰 목소리로,

"밖에 계신 손님도 술이 떨어졌으니 다른 주점으로 가소서."

하고 말하는 것이었다. 이때 소년이 빈병을 들고 나가기에, 허민은 여인의 말에는 대답도 하지 않고 소년을 불러 이렇게 당부했다.

"애야, 속히 다녀오렴. 내 여기 앉아서 기다리겠노라. 지금은 날이 어두워 다른 주점도 찾기 어렵단다."

그러고 나서 허민은 평상에 앉아 아무리 기다려도 소년은 돌아오지 않고 밤은 자꾸 깊어만 갔다. 이에 허민은 방안에 있는 여인을 향해 간청했다.

"주인에게 청합니다. 밤이 깊고 내 또한 많이 취했으니 옆방으로 들어가서 하룻밤 묵게 해주시게."

"우리 주점에는 오늘 바깥주인이 없으니, 남자 손님을 묵게 할 수가 없습니다. 속히 다른 주점을 찾아보소서."

"그렇다 해도 밤이 너무 깊었고 술에 취해 다른 곳으로 갈 수가 없으니, 자고 갈 수 있도록 좀 허락해 주시오."

허민은 재삼 간청하여 겨우 승낙을 받고 옆방으로 들어갔다. 그리고는 자지 않고 있다가 좀 더 밤이 이슥해진 뒤 안방으로 들어가서 여인을 붙잡고 여러 가지로 회유해 평생을 함께 하겠다는 굳은 약속을 한 다음 여인과 옷을 벗고 속살을 맞대고서 이전에 느껴보지 못한 환애歡愛를 느끼며 깊은 정을 나누었다. 사실 이 여인은 정말로 주점 안주인이 아니라, 서울에서 이화를 처치하기 위해 암행어사가 내려온다는 소문을 들은 바로 그 이화였다. 그녀는 주점 안주인으로 변장해 기다리고 있었던 것이니 술책에 걸려든 암행어사와 통정함에 있어 무슨 수를 쓰든지 육

신과 간장을 녹이고 삶아 허물어지게 했는지는 짐작하고도 남을 만하
다. 그리하여 날이 새고 허민이 떠나려고 하자, 여인은 소매를 부여잡고
울면서 말했다.

"지금 떠나시면 언제 다시 만날지 기약이 없사오니, 소녀의 팔에 성
명이나 써주고 가시옵소서."

이러면서 팔을 내미니, 허민은 거기에다 큼직하게 '許珉不忘初約', 곧
'허민은 처음 약속을 잊지 않겠다'라는 여섯 글자를 써주고 떠났다. 그
리고는 부지런히 걸어 곧장 평양 감영으로 가서 정체를 드러낸 뒤 아무
런 설명도 없이 곧 바로 엄명했다.

"기생 이화를 대령시켜라. 아울러 처형할 형구를 갖출지어다."

그러자 나졸들이 떨면서 이화를 끌고 와서 그 앞에 꿇어앉혔다. 이때
이화는 울면서 호소했다.

"평양기생 이화, 수의사또 전에 아뢰옵니다. 소녀 평생 시를 좋아했
사오니 죽음에 임하여 시 한 수 짓게 허락해주신다면 목숨을 바쳐도 여
한이 없겠나이다. 통촉해 주소서."

이 청원에 허민이 가엾게 여겨 허락하니, 다음과 같은 시를 지어 올리
는 것이었다.

이화의 팔에 누구 이름이 새겨 있는가	梨花臂上刻雖名
살갗에 먹물 깊이 스며 글자마다 뚜렷해라	墨入深膚字字明
차라리 대동강 물 다 마르게 할지언정	寧使大同江水盡
이 마음 처음 맹세 저버리지 않고자 하네	此心不欲負初盟

앞서 주점에서 허민과 작별한 후, 이화는 그가 팔에 써준 글을 바늘로
찔러 먹물로 살갗에 문신처럼 새겨 놓았으니 이렇게 시로 나타낸 것이
었다. 이에 허민이 자세히 내려다보자, 엎드려 있는 이화가 어젯밤 백

년을 약속하고 함께 동침한 여인이 아닌가. 곧 이화를 처치해 죽이자니 의리상 그럴 수가 없고, 처치하지 않으려니 왕명을 거역하는 셈이 되는 것이었다. 그래서 허민은 지금까지 있었던 일을 소상히 기록하여 왕에게 주달하고 명령을 기다리기로 했다. 허민의 장계를 접한 왕은 탄식을 하면서,

"앞서 조정의 중신들이 이화에 혹하여 정사를 그르친 정상을 가히 알 만 하도다. 어쩔 수 없이 한 사람에게 매이게 해야겠다."

라고 말하며 이렇게 회답을 써서 보냈다.

'梨花之田, 許民耕之' 곧, '이화의 밭을 백성이 경작함을 허락하노라' 이 글 속의 '허민許民'은 암행어사로 내려간 '허민許珉'을 뜻하는 것이었다. 왕의 성지를 받은 허민은 이화를 데리고 서울로 돌아와 벼슬을 버리고 그녀와 함께 평생 해로했다고 한다.

101) 아들이 먼저 차지하다389)

옛날 어떤 고을에 관장이 부임하였다. 그리하여 첫날 관속들로부터 부임 인사를 받는 자리에 고운 기생들이 많아 몹시 흡족해 했다. 한편 관장에게는 외아들이 있어 애지중지하며 보호하고 있는데, 예쁜 기생들을 보는 순간 아들이 여색에 빠지지나 않을까 덜컥 겁이 났다. 그래서 관장은 한 가지 방법을 강구하게 되었다. 곧 기생들 명부를 들여놓고 차례대로 하나씩 불러들여 입을 맞추고 가슴을 한번 문지른 다음, 기생의 사타구니 사이에 손을 넣어 은밀한 곳을 힘껏 쥐어 보고는 내보내는 것이었다. 이렇게 하여 부친과 관계를 맺은 기생들은 아들이 감히 접근할 생각을 갖지 못하도록 하기 위한 계책이었다. 이에 아들이 생각하니,

---

389) 『고금소총』, '아자선취衙子先取'.

자기가 접근할 수 있는 기생이 하나도 남지 않을 것 같아 마음이 조급해
졌다. 그래서 아들은 밖에서 차례를 기다리는 기생 중 제일 어리고 예쁜
아이를 하나 가려내어 불렀다. 그리고는 그 기생을 무릎에 앉히고 부친
이 했던 것처럼 입을 맞추고 가슴과 은밀한 곳을 만진 뒤, 차례가 되면
부친께 들어가 그대로 아뢰라고 일렀다. 드디어 이 기생의 차례가 되자
관장 앞에 엎드려 공손히 고하기를,

"소녀는 조금 전 도련님께서 이미 입을 맞추었사온데, 그때 감히 피
하지 못하였사옵니다. 이 일을 숨겨서는 안 될 것 같사와 미리 사실대로
아뢰오니 어떻게 하면 좋겠나이까?"

이에 관장은 크게 놀라면서 똑바로 앉더니,

"이 아이가 한 짓은 강아지 같은 행동이지만, 그 기상은 매우 좋은 면
이 있도다. 내 이 아이를 걱정할 필요가 없겠구나."

라고 말하고는 기생 부르던 일을 중지하였다. 그 후 아들은 과연 급제
를 하고 높은 벼슬에 올라 크게 이름을 날렸다 한다.

102) 나온 곳으로 돌아간다390)

옛날에 한 방백391)이 성질이 괴팍하여 임지에 도착한 후 여러 기생들
을 주위에 빙 둘러앉히고는, 얼굴이 예쁜 기생을 가까이 불러 입을 맞추
고 껴안으며 여러 곳을 만지기도 하며 온갖 음탕한 짓을 다했다. 그리고
밤마다 기생들을 번갈아 불러 잠자리를 하는데, 간혹 방백과 가까운 사
람을 모시는 기생이 그 사실을 얘기하고 방백의 부름에 응하지 않으려
고 하면,

---

390)『고금소총』, '출처반처出處反處'.
391) 방백方伯은 관찰사觀察使를 말함.

"너희 기생은 여관방에 비치된 요강과 같은 것이니, 아무와 친하다고
한들 무슨 상관이 있느냐?"

라고 하면서 불러들이니, 기생들이 감히 말을 하지 못하고 괴로워했
다. 이처럼 친한 친구가 데리고 있는 기생일지라도 방백이 전혀 꺼리지
않고 불러서 잠자리를 같이하자, 그를 받드는 책방冊房392)이 화가 났다.
그리하여 곧 울분을 금치 못하고, 방백이 가장 사랑하는 기생에게 많은
비단과 재물을 주고서 보란 듯이 여러 번 잠자리를 하였다. 그러자 방백
이 알고 크게 화가 나서 책방을 불러 꾸짖었다.

"자네는 내가 사랑하는 수청 기생을 불러 동침한 것이 한두 번이 아
니라던데, 이것은 짐승의 행동과 다름이 없느니라. 어찌 사람의 탈을 쓰
고 이런 짓을 할 수가 있단 말이냐?"

이에 책방은 다음과 같이 아뢰었다.

"소인이 비록 어리석고 아무 것도 모르지만, 친척이나 친구와 가까이
하는 여인과는 아무리 기생일지라도 감히 접근하지 않고 예의를 지켰
습니다. 그런데 얼마 전 사또께서 여러 기생들에게 '너희 무리는 여관방
요강이라' 하시면서 친한 사이의 사람이 데리고 있는, 당연히 피해야 할
기생도 거리낌 없이 불러 동침하기를 서슴지 않았습니다. 그래서 소생
도 기생들을 '여관방 요강'으로 알고 그렇게 하였사온데, 혹시 요강에도
무슨 상하의 차별이 있는 것인지요?"

이렇게 비꼬니 듣고 있던 사람들이 책방을 크게 칭찬했다. 그 뒤로 무
뢰배들 사이에서 기생을 두고 '여관방 요강'이라 부르는 말이 번졌다고
한다.

---

392) 지방 관장의 자문역.

103) 객이 대동강 물이 다한다고 애석해하다393)

평양은 참으로 경관이 아름다운 곳이라 옛날부터 많은 시인들과 문장을 뽐내는 나그네들이 와서 시를 읊으며 즐기던 곳이다. 뿐만 아니라 중국으로 왕래하는 사신들 역시 지나가는 길목에서 놀고 갔으므로 정든 기생들과 이별하며 많은 눈물을 뿌리며 슬퍼하는 곳이기도 하다. 그래서 고려 시대 정지상394)은 다음과 같은 시를 읊었다.

비 갠 언덕에 풀빛 더욱 푸른데	雨歇長堤草色多
남포로 님 보내는 구슬픈 노래	送君南浦動悲歌
대동강 물이야 언제 마르리	大洞江水何時盡
해마다 이별 눈물 푸른 물결에 더하는 걸	別淚年年添綠波

곧 정들었던 기녀들과 슬픈 이별을 하면서 많은 눈물을 흘려 그 물이 대동강의 물을 더해 주고 있으니, 언제라도 마르지 않을 것이란 뜻을 담고 있다. 어느 날 서울의 한 선비가 평양에 가서 평안감사를 알현하니, 술상을 차려내 왔다. 그런데 물을 많이 타서 어찌나 싱거운지 술맛이 나지 않았다. 게다가 밤에는 역시 기생 하나를 방기(房妓395)로 넣어 주어 함께 잠자리를 했는데, 아침에 작별을 하면서 전혀 슬퍼하는 기색이 없고 눈물 또한 흘리지 않는 것이었다. 그리하여 이 사람이 앞서 정지상의

---

393) 『고금소총』, '객석수진客惜水盡'.
394) 정지상鄭知常(?~1135); 고려 인종 때의 문신이자 시인. 초명 지원之元, 호 남호南湖, 묘청妙淸 등과 함께 서경西京 천도와 칭제稱帝할 것을 주장. 묘청의 난이 일어나자 이에 관여하였다는 혐의로 김부식金富軾에게 피살被殺되었음. 그의 시풍은 만당晚唐의 풍으로 매우 청아淸雅하며 호일豪逸했음. 저서 『정사간집鄭司諫集』이 있으나 전하지 않음.
395) 손님방에서 동침하는 기생.

시와 관련지어 말하기를,

"애석하구려, 대동강 물은 얼마 안 있어 마를 것입니다."

라고 은근히 비꼬았다. 이 말을 들은 감사가 무슨 뜻인지 알지 못하여 그 까닭을 물으니, 이 사람의 대답이 이러했다.

"어제 주신 술에는 대동강 물을 많이 타서 싱거웠고, 어젯밤 나와 함께 잔 기생은 눈물을 흘리지 않으니, 대동강 물에 더할 눈물이 없어 곧 마르지 않겠습니까? 정지상의 시에 따르면, 이별 눈물이 더해져서 대동강 물이 마르지 않을 것이라 했습지요."

그러자 주위에 있던 사람들이 명언이라 하여 크게 웃었더라 한다.

104) 배가 불러 도망치다[396]

노씨 성을 가진 한 선비가 젊었을 때부터 기상이 호탕하고 놀기를 매우 좋아했다. 한 번은 호남 지방으로 유람하다가 한 고을에 이르니, 관장이 나이가 예순이 넘은 기생을 하나 붙여주면서, 나이는 좀 많지만 왕년에 명창으로 크게 이름을 떨쳤던 기생이라고 소개를 하는 것이었다. 이에 선비가 옆에 와 있는 기생을 살펴보니 머리는 손질하지 않아 봉발蓬髮[397]이었고, 살갗은 까칠하게 퇴화되어 계피鷄皮 같았다. 그래도 옛날에 이름을 날렸다니까 함께 자기로 하고 그 기생을 부르니, 옷을 길게 입어 거친 피부를 가리고 입에는 천초川椒[398]를 머금어 냄새를 숨기는 등 온갖 치장을 하고 들어왔다. 선비는 아무리 나이가 들었어도 한때 유명했다는 말에 호기심을 느껴, 기생과 함께 옷을 벗고 잠자리를 시작했다. 그랬더니 기생은 어린 아이처럼 좋아하면서 능란한 솜씨로, 마치 젊

---

396)『고금소총』, '고포환도苦飽還逃'.
397) 봉발蓬髮은 텁수룩하게 흐트러진 머리털. 더벅머리.
398) 조피나무 열매 껍질로 약재로 쓰이며 향기가 있다.

은 소년이 혼인하여 사랑놀이를 하듯 몸에 안기면서 보채며 애교를 부려 움직임에 대응해 주었다. 그리고 날이 밝자 늙은 기생은 관아에서 마련해 주는 음식을 거절하고 자신이 몸소 장만한 서른여 가지의 음식을 들여왔는데, 온갖 산해진미가 즐비했다. 아침 식사가 끝나도 음식을 끊임없이 들여와, 하루 여섯 차례에 걸쳐 진수성찬으로 올리는 것이었다. 뿐만 아니라 배가 불러 사양하면 상머리에 붙어 앉아 떠나지 못하게 하고는 숟가락으로 떠먹이며 계속 권하니, 선비는 도저히 감당할 수가 없었다. 곧 선비가 더 이상 버티지 못하고 다른 곳으로 떠나겠다고 하니, 기생은 화를 내고 발악을 하면서 붙잡아서 막상 떠날 수도 없었다. 이에 선비는 새벽에 가만히 종을 불러 떠날 채비를 갖추고 대기하라 일러 놓고는, 아침 식사를 한 뒤 측간厠間에 다녀오겠다며 간신히 빠져나와 말을 타고 쏜살같이 떠나버렸다. 아전들이 선비가 떠난 사실과 연유를 고하니 관장은,

"옛날 중국 전국시대에 식객을 삼천 명이나 거느리고 있었다는 맹상군399)도 식객이 배가 불러 견디지 못하고 도망쳤다는 말은 들어본 적이 없는데, 지금 내 손님은 배가 불러 죽겠다고 도망을 쳤으니 분명 맹상군보다 내가 낫구나."

라고 말하면서 손뼉을 치면서 웃었다 한다.

---

399) 맹상군孟嘗君(?~B.C. 279); 중국 전국시대 제齊의 공족公族. 성 전田, 이름 문文, 시호 맹상군. 제 위왕威王의 막내 아들이며 선왕宣王의 이복동생 정곽군靖郭君 전영田嬰의 아들로 태어났다. 식객 천여 명을 거느렸고 위魏의 신릉군信陵君, 조趙의 평원군平原君, 초楚의 춘신군春申君과 함께 전국시대 말기 사군 가운데 한 사람으로 꼽힌다. 진秦 소양왕昭襄王의 초빙으로 재상이 되었으나 곧 의심을 사게 되어 죽음을 당할 위기에 처했는데 그의 식객 중에 좀도둑질[狗盜]을 잘하는 사람과 닭울음소리[鷄鳴]를 잘 흉내내는 사람이 있어 그들의 도움으로 위기를 모면했다고 하는 고사 '계명구도鷄鳴狗盜'가 유명하다. 제와 위에서 잠시 재상을 지냈고, BC 284년 제나라의 민왕潛王이 죽은 뒤에 자립해 제후가 되었다.

105) 기생이 시를 평하다400)

평안 감영에 시를 잘 짓기로 이름이 드러난 두 기생이 있었다. 한 기생은 금운琴韻이고 다른 기생은 죽엽竹葉이라는 이름을 가지고 있었다. 하루는 감사가 대동강가 부벽루에서 잔치를 열고, 풍악을 즐기다가 술이 얼큰해지자 두 기생을 불러 말했다.

"너희 둘이 모두 시를 잘 짓는다는 소문이 파다하니, 지금 앞에 보이는 경치를 가지고 즉흥시를 한 구절씩 읊어보아라."

감사의 말에 따라 먼저 금운이 즉석에서 다음과 같이 읊었다.

산은 강을 건너지 못해 강 언덕에 서 있고	山不渡江江上立
강물은 돌을 뚫지 못해 바위를 돌아 흐르네	水難穿石石頭回

기생 금운은 별로 생각하지도 않고, 앞에 펼쳐진 강물과 산을 보고 이렇게 읊는 것이었다. 이에 감사는 손뼉을 치면서 잘 지었다고 칭찬을 했다. 이를 보고 있던 죽엽이 빙긋이 웃으면서 말했다.

"시란 본래 그 사람의 심성이 드러나는 것이 아니옵니까? 금운의 시에는 서방님을 붙잡아 두려는 나약한 여인의 심정만 표현되어 있어 좋다고 할 수가 없사옵니다."

"아니, 죽엽아. 그게 무슨 말이냐? 그렇다면 너는 어떻게 짓겠다는 말인지, 어디 한번 읊어 보아라."

"예, 소녀 죽엽이 말씀 올리겠습니다. 지금 금운이 지은 시구가 기상이 떨어지는 것은 두 글자가 참으로 잘못되어 그런 것이옵니다. 그 시구에서 '아닐 불不'자와 '어려울 난難'자를 달리 고쳐 넣고 거기에 맞추어

---

400)『고금소총』, '기평기상妓評氣像'.

넣으면, 뜻이 확연히 달라져 기상이 살아날 것이옵니다.”
이 말을 들은 감사는 놀라면서,
“그렇다면 죽엽아, 네가 어디 한 번 고쳐 넣어 보거라.”
하고 재촉하니, 죽엽은 이렇게 세 글자만 고쳐 읊었다.

산은 강을 건너고자 해 강 언저리에 서 있고	山欲渡江江底立
강물은 돌을 뚫고자 하여 바위를 도는구나	水將穿石石頭回

죽엽이 이렇게 고치니, 수동적이고 소극적으로 표현되었던 의미가
난관을 헤쳐 나가려고 하는 강하고 적극적인 의지의 표현으로 바뀌게
된 것이다. 감사는 기생들의 작시에 감탄을 금치 못했다고 한다.

106) 기생과 이별하며 우는 감사401)

어느 도에서 감사가 임지에서 재임하는 동안 한 기생을 사랑하여 정
이 깊이 들었다. 감사가 임기를 끝내고 돌아가게 되어 상경하는 날이 되
자 많은 기생들이 따라 나와서 인사하였다. 그 동안 감사와 깊이 정들었
던 기생이 가마 앞에 나와 작별 인사를 올리니, 감사는 이별이 슬퍼 자신
도 모르는 사이에 눈물을 비 오듯 쏟았다. 이 때 감사를 가까이 모시던
급창及唱이 가마 옆에 서 있다가 그 모습을 보고 비웃으면서 말했다.
“사또나리! 무슨 언짢으신 일로 그리 우시는지요?”
이에 감사는 뭐라고 둘러댈 말이 생각나지 않아 멍하니 눈을 들어 이
리저리 둘러보다가, 문득 길가의 한 무덤이 눈에 들어오자 그것을 가리
키면서 말했다.

---

401)『고금소총』, ‘별기조곡別妓祖哭’.

"애야, 저 무덤이 곧 내 먼 방계傍系 조상의 산소란다. 내 이곳을 그냥 지나치려니 슬픔이 북받쳐 자연 눈물이 나는구나."

"예? 사또나리! 잘못 알고 계시는 말씀이옵니다. 저 무덤은 얼마 전에 사망한 소인의 동관同官402)이던 도방자都房子403)의 무덤이옵니다. 저 무덤을 쓸 때 소인이 여기 있었나이다."

이 말을 들은 감사는 손으로 눈물을 닦으면서 아무 말도 하지 못하고, 그 옆에서 듣고 있던 사람들은 모두 입을 가리고 웃었더라 한다.

107) 추위에 신음하며 후회한들 소용없네404)

영남에서 고을살이를 하던 사또가 임기가 끝나 서울로 돌아가는 길에 문경새재에서 정을 통하였던 사랑하는 기생과 이별하는데 서로 붙들고 통곡하니 곁에 있던 노파가 또한 같이 통곡하는 지라 사또가 이상하게 여겨 물었다.

"자네는 왜 우는가?"

"이 늙은 것이 저 기생이 이곳에서 정인情人과 이별하는 장면을 족히 스무 차례는 더 보았지요. 예전에는 그리 슬퍼하지 않고 실낱같이 가는 눈물을 흘릴 뿐이더니, 오늘은 여러 갑절 슬퍼하여 통곡까지 하며 눈물줄기가 마치 대나무처럼 굵습니다. 사또께서 얼마나 방중술房中術이 훌륭하시고 정력이 절륜하시기에 저 기생의 마음을 그토록 사로잡으셨는지요? 이 늙은 것이 감동되고 부러워 자신도 모르게 눈물을 흘렸사옵니다."

이 말을 들은 사또는 기뻐하며 옷을 벗어 노파에게 주었다. 이별을 마

---

402) 동관同官은 한 관아에서 일하는 같은 등급의 관리나 벼슬아치.
403) 도방자都房子는 방자의 우두머리.
404) 『고금소총』, '인동음한회가추忍凍吟寒悔可追'.

치고 문경새재를 넘어 한참 길을 가는데 눈보라가 치므로 추위를 견디
느라 신음하며 혼잣말로 중얼거렸다.

"내가 할망구의 술수에 빠졌군. 그러나 후회한들 어쩌겠나."

지나가는 어떤 자가 있어 이 광경을 보고 시를 한 수 지어 읊었다.

<table>
<tr><td>새재에서 가인과 울며 이별할 적에</td><td>鳥嶺佳人泣別時</td></tr>
<tr><td>어떤 노파 또한 함께 울었네</td><td>老婆何物亦啼爲</td></tr>
<tr><td>마음이 미혹되어 옷 하나를 벗어주고</td><td>解衣一贈緣心惑</td></tr>
<tr><td>추위에 신음하며 후회한들 소용없네</td><td>忍凍吟寒悔可追</td></tr>
</table>

108) 천하에 어리석은 자는 선비들이니라405)

어떤 선비가 금강錦江가 나룻배 안에서 전날 운우지정雲雨之情을 나누
었던 공산公山406)의 기녀와 이별을 하는데, 그녀가 통곡을 하며 물에 빠
져 죽을 것처럼 하자, 선비 또한 눈물을 흘리며 기녀의 등을 어루만지면
서 달래었다.

"애야, 애야. 나 때문에 목숨을 버리지는 말아라."

그리고는 행낭行囊에서 수백 냥 값어치가 나가는 은주발을 꺼내 기녀
에게 정표로 주었다. 강을 건너 선비와 작별하고 되돌아오는 나룻배 안
에서 기녀는 언제 울었냐는 듯 장가長歌를 부르며 희희낙락하였다. 이
를 본 기녀의 벗이 책망하였다.

"이별의 눈물이 채 마르기도 전에 태연히 노래를 부르다니 너의 정이
라는 것은 믿을 수가 없구나."

기녀는 웃으면서 은그릇을 두드리며 말했다.

---

405) 『고금소총』, '천하지치자사류야天下之癡者士類也'.
406) 공주의 옛 지명.

"통곡을 했던 것도 이것 때문이었고 노래를 부른 것 또한 이것 때문이었단다."

이 말을 들은 뱃사공이 박장대소하면서 말했다.

"천하에 가장 어리석은 자는 바로 선비들이지. 한 번 보고 그만 둘 과객過客을 위해 목숨을 버릴 창기娼妓가 세상에 어디 있을까?"

이 이야기를 전해들은 어떤 나그네가 시를 지어 조롱하였다.

물에 빠져 죽겠다는 창기의 꾀 믿지마오	莫信娼妓墮水謀
은주발을 두드리며 노래하고 웃으리니	箇中可笑爲銀器
지금도 뱃사공은 이야기하고 있다네	至今留得沙工話
천하에 어리석은 자는 선비들이라고	天下癡者是士類

109) 모자를 쥐고서 꿈이라 여기다407)

어떤 어리석은 서생이 관서關西의 기녀에게 미혹되어 여러 달을 계속해 머물렀는데, 하루 저녁은 그 기녀의 행수기생이 다급하게 기녀를 부르며 말했다.

"관찰사께서 여기 군에 이르시어 너를 수청기생으로 선택하셨다. 서둘러 단장하고 들어가 뵙거라."

한 방에 있던 서생이 흐느끼며 말했다.

"오늘밤에는 너를 품을 수 없으니 어찌하면 좋으냐?"

기녀가 말했다.

"저에게 좋은 계책이 있으니 걱정하지 마시어요. 월경중이라 핑계를 댈 것입니다."

---

407) 『고금소총』, '악모의몽握帽疑夢'.

　그러더니 음납陰衲408)을 차고 관찰사가 묵고 있는 객관으로 나갔다. 서생이 몹시 기뻐하며 몰래 기녀의 뒤를 따라가 엿보니, 기녀는 객관에 이르자 음납을 풀어 담장의 기와를 들춰낸 후 그 안에 감추고는 이어 방으로 들어가버렸다. 크게 노한 서생은 음납을 꺼내들고 돌아와 손에 들고 앉아 등잔불을 밝히고 잠을 자지 않으며 말했다.

　"내 저를 그처럼 극진히 아끼고 사랑했는데 어쩌면 나를 이토록 속일 수가 있는가?"

　하고는 한참동안 혀를 차다가 문득 엎어져 음납을 손에 쥔 채 그만 잠이 들고 말았다. 새벽이 되어 기녀가 객사에서 나와 자신이 감추어 두었던 음납을 객관의 담장 기와 밑에서 찾았지만 간 곳이 없었다. 기녀는 서생이 가져갔으리라 짐작하고 집으로 돌아와 몰래 살펴보니 역시나 서생이 음납을 손에 쥔 채 깊이 잠들어 있었다. 기녀는 서생이 쓰고 있는 모자를 가만히 벗겨 서생의 손에 들려있는 음납과 바꿔치기를 하고는 나와서 다시 어제 저녁처럼 사타구니에 음납을 찬 후, 급히 서생을 부르며 방으로 들어오며 말했다.

　"서방님, 주무셔요, 안 주무셔요? 저는 어제 저녁에 그 계책으로 수청을 모면했답니다."

　서생이 깜짝 놀라 일어나 앉으며 소리를 질렀다.

　"분하도다. 분해! 너의 정체가 이미 탄로 났다. 내가 손에 들고 있는 물건을 보아라."

　기녀가 물었다.

　"무슨 물건을 보라는 말씀이신지요?"

　"너의 음납이 여기 있지 아니한가? 변명하지 말라!"

　기녀가 거짓 웃음을 지으며 말했다.

---

408) 생리대.

"음납은 제 몸에 채워져 있는데 어찌 서방님의 손에 있다 하시는지
요? 다시 보십시오. 모자를 가지고 음납이라 하시다니 무슨 헛소리이십
니까?"

서생이 자세히 살펴보니 자신의 손에 들려있는 것은 과연 모자인지
라 괴이하게 여기며 말했다.

'내가 꿈을 꾸었나?'

하고는 기녀의 등을 어루만지며 기뻐서 말하기를,

"너는 진실로 나를 저버리지 않았구나" 했다고 한다.

110) 말이 울지 않았다고 아들들이 축하하다[409]

어떤 서생 형제가 사랑하는 기생이 각각 따로 있었는데 항상 부친이
엄하게 기생집 출입을 금하였다. 아들들은 틈만 나면 몰래 자기가 사랑
하는 기생에게 가고자 하였으나 말 안장을 채울 때마다 말이 크게 울어
댔으므로 부친에게 발각될까 두려워 감히 밖으로 나다닐 수가 없었다.
하루는 형제가 저녁 무렵 말에 안장을 채우니 다행스럽게도 말이 아무
소리도 내지 않는지라 말을 타고 기생에게 갔다. 부친이 다음날 새벽 바
깥채에 나와 보니 두 아들이 모두 없는지라, 아들 방에 들어가 누워서
엿보니, 두 아들이 들어와서는 아직 이른 시간이었던 탓에 방안이 어두
워 부친이 방에 있다는 사실을 미처 알아채지 못하고 신이 나서 서로 축
하하였다.

"오늘은 우리가 운수대통했지. 하늘은 비를 내리지 않고 말도 울지 않
았으며 부친께서도 알아채지 못하셨으니 이 얼마나 다행스러운 일인가."

부친이 그 말에 화답하여 천천히 말했다.

---

409) 『고금소총』, '자경마불명子慶馬不鳴'.

"너희들이 읊은 글귀가 무슨 말이냐? 다시 외워봐라. 내 자세히 들어
보겠다."

두 아들은 부끄럽고 두려워하며 방금 서로 축하한 말을 다시 애써 외
웠는데, 부친은 이에 그치지 않고 종일토록 큰 소리로 외우라고 명하였
다. 이에 창밖을 오고가며 두 아들이 외우는 소리를 엿듣는 자들마다 모
두 배꼽을 움켜쥐고 웃었더라 한다.

111) 아침에 대령한 훈도를 물리치다410)

송언신宋言愼이 강원도 관찰사가 되어 각 고을을 순행하였는데, 이르
는 고을에 기녀가 없으면 저녁에 반드시 훈도訓導411)를 불러 객침客枕이
무료하다는 뜻을 말하였다. 훈도는 그 의미를 알아채고 고을 사또에게
고하여 관비官婢들 중에서도 가장 나은 자를 골라 침소에 들게 하여 운
우지정을 나누게 해주었다. 하루는 궁벽窮僻412)한 고을에 이르렀는데
그곳에서도 역시 저녁이 되어 훈도를 불렀으나, 훈도는 마침 산중疝
症413)을 앓고 있던 터이라 관찰사가 묵는 객관客館에 나아가지 못하다
가 새벽이 되자 간신히 아픈 몸을 이끌고 나아가 아전에게 자신이 왔음
을 알리도록 하니 송언신이 말하기를,

"저녁에 대령한 훈도라면 즐겨서 만나보겠네만 새벽에 대령한 훈도
는 보고 싶지 않네."

뒤에 이 이야기를 전해 듣는 사람들마다 허리를 잡고 웃었더라 한다.

---

410) 『고금소총』, '조각훈도朝却訓導'.
411) 고을 사또 아래 오백 호 이상이 되는 큰 마을에 둔 종9품의 벼슬.
412) 구석지고 으슥하거나 외진 곳.
413) 허리 또는 아랫배가 붓고 아픈 병.

112) 내가 가고자 해야 가는 것이지[414]

정승 김명원金明元이 일찍이 함경도 지방을 순시하다가 한 고을에 이르러 수청기생에 혹한 나머지, 다음날 아침 삼취三吹[415]가 이미 지났는데도 기녀를 끼고 누워서 일어날 줄을 몰랐다. 호종 군관은 너무 늦게 출발하는 것을 걱정하여 네 번째 나팔을 불게 한 후 문밖에 무릎을 꿇고 앉아 높은 소리로 고하였다.

"사취四吹이옵니다."

김명원이 말하기를,

"어리석은 놈! 비단 사취가 아니라 십취十吹를 해도 내가 가고자 해야 가는 것이거늘."

하니 이 대답을 들은 군관 역시 입을 가리고 웃으면서 물러났더라 한다.

113) 어느 포구면 어떠냐[416]

어느 상인이 장사 길에 통영 포구에 머무르고 있었다. 그는 외로움을 달래기 위해 한 기생집을 찾아갔다.

"너를 한 번 품는 값은 얼마인가?"

"무풍無風이면 서른 냥, 폭풍爆風이면 쉰 냥, 태풍颱風이면 백 냥입니다."

"허허, 과연 포구다워서 계산법도 재미있구나."

두 남녀는 우선 무풍에서 부터 일을 시작했다. 그러나 기생은 마치 나무둥거리처럼 움직이질 않았다.

---

414) 『고금소총』, '아욕행지동我欲行之動'.
415) 옛날 군대가 출발할 때에 세 차례 나팔을 불던 행사.
416) 『고금소총』, '하포무관何浦無關'.

"이보게, 송장이 아닌 다음에야 좀 움직여 줘야 할 게 아닌가?"

상인이 불만스러운 듯 투정을 부리자 기생은 무표정하게 대답했다.

"무풍은 이런 거예요. 그러니 무풍이지요."

"그럼 폭풍으로 하자."

그러자 기생이 몸을 심히 굽이치기 시작하므로 상인은 크게 흥이 나서 소리쳤다.

"그럼, 이번엔 태풍으로!"

순간 굉장한 진동이 일어나며 베개와 이불이 모두 천장天障417)으로 날아가 버리고 상인의 양물陽物이 기생의 음문陰門에서 빠졌다가 항문으로 들어가 버렸다.

그때 갑자기 기생이 소리쳤다.

"손님! 겨냥이 틀렸어요. 거기가 아니에요."

그러자 상인이,

"시끄럽다. 태풍인데 아무 포구면 어떠냐."

하더란다.

114) 생강장수의 한탄418)

커다란 배를 가지고 장사를 하는 한 상인이 생강生薑을 사서 한 배 가득 싣고 낙동강을 오르다 경상도 선산善山의 월파정月波亭 나루에 배를 대고는 혼자 중얼거렸다.

"내 명색이 사내대장부로서 색향色鄕으로 이름난 이곳에 와서 그냥

---

417) 천장天障은 방의 보온과 미관을 위해 보꾹 아래를 널이나 종이로 가린 것, 곧 반자의 겉면을 말함. *보꾹은 지붕의 안쪽. 곧 지붕 밑과 천장 사이의 빈 공간에서 바라본 천장을 이른다.

418) 『고금소총』, '강상한탄薑商恨歎'.

장사만 하고 지나칠 수야 없는 일이지...."

그리하여 선산 고을에서 이름난 한 기생을 사귀어 그 집에서 생활하는 동안, 한 배 가득하던 생강을 모두 탕진하고 동전 한 푼 없이 빈손으로 돌아가게 되었다. 빈털터리가 된 상인은 기생과 작별하면서 이렇게 얘기했다.

"내가 너의 집에 와서 지내는 동안 생강 한 배를 모두 날렸으나 후회는 없다마는 다만 소원이 한 가지가 있다. 너의 옥문玉門이 어떻게 생겼기에 내 생강 한 배를 다 먹어치웠는지 보고 싶구나. 밝은 대낮에 한번 보여줄 수 없겠느냐?"

이 말을 들은 기생은 상인에게,

"그런 소원이라면 열 번도 들어드릴 수가 있습니다."

하고는 옷을 모두 벗고 번듯이 드러누워 무릎을 세우고 옥문을 보여주었다. 이에 상인은 기생의 옥문을 헤치고 그 속까지 자세히 살펴본 다음에 다음과 같은 시를 한 수 짓고는 곧바로 뒤도 돌아보지 않고 창황蒼黃[419]히 떠나갔다 한다.

멀리서 보니 말 눈깔 같고	遠看似馬目
가까이서 보니 고름 주머니 같네	近視如濃瘡
두 볼에는 이빨 하나도 없는데	兩頰無一齒
배 한 척 실은 생강 몽땅 먹어치웠네	能食一船薑

115) 남곤의 기첩 조운

조운朝雲은 남곤[420]의 기첩이다. 남곤은 기묘사화를 일으킨 주역의

---

419) 창황蒼黃은 어찌할 겨를이 없이 매우 급함. 창황망조蒼黃罔措는 너무 급하여 어찌할 바를 모름.

한 사람이다. 기묘사화는 1519년 남곤, 홍경주 등 훈구파 세력들이 기득권을 유지하려고 조광조趙光祖, 김정金淨 등 개혁적 사림파를 축출한 사건이다. 나뭇잎에 꿀물로 '주초위왕走肖爲王'이라 썼는데, '주초走肖'는 조趙를 뜻하여, 곧 조광조가 왕이 된다는 참언으로 그를 역모죄로써 모함하여 수백 명의 무고한 선비들을 죽이거나 귀향 보낸 큰 사건이다. 남곤은 기묘사화와 신사무옥에 대한 부담으로 사직을 청했으나 받아들여지지 않았다. 이 일로 승진하였다가 여러 벼슬을 거쳐 중종 15년(1520) 1월 13일 의정부 좌의정이 되어 우의정 심정과 함께 정권을 장악하여 세자사부世子師父를 겸하였다. 이때 기첩 조운은 그에게 시골로 같이 낙향하자고 권하며 시를 지어주었다. 이 시의 내용은 겉만 보면 모든 부귀영화를 모두 내버리고 산속에나 들어가 소박하게 산수에 노닐며 천수를 누리자는 뜻이 보이지만 그 속내를 들여다보면 도피 행각을 하자는 뜻이 드러난다. 탈속과 무욕의 은거가 아니라 도피성 잠적을 하자고 꾀고 있다. 이미 피비린내 나는 사화로 지은 죄 때문에 이 세상에서 살지 못할 형편이니 차라리 가족도 버리고 첩인 자신과 둘이서 도망가자는 뜻이 은근히 담겨있다.

<table>
<tr><td>남곤에게 드림</td><td style="text-align:right">贈南袞</td></tr>
</table>

부귀와 공명은 이걸로 충분하니	富貴功名可且休
산수에서 즐겁게 지내는 게 어떨까요	有山有水足遨遊[421]
단칸 방 하나면 그대와 함께 눕기 족하니	與君共臥一間屋

---

420) 남곤南袞(1471~1527); 조선전기의 문신. 본관 의령宜寧, 자 사화士華, 호 지정止亭, 지족당知足堂. 김종직金宗直의 문인. 문장에 뛰어나고 글씨에도 능했으나, 사화를 일으킨 것이 문제가 되어 후대 사림의 지탄의 대상이 되었다. 저서 『유자광전柳子光傳』, 『지정집止亭集』.
421) 오유遨遊는 재미있게 놀다는 뜻임.

그러나 남곤은 낙향하지 않고, 중종18년(1523) 4월 18일 의정부 영의
정에 올랐다. 그러나 그 뒤에 심정과 함께 중종의 사돈인 김안로金安老
를 공격하고 탄핵하다가, 1527년 김안로와의 경쟁에서 밀려 역공격을
당하고 마침내 정계에서 축출당하고 말았다.

116) 저걸 깔아뭉갤까[423]

어느 한 귀공자가 나그네가 되어 남쪽 지방에 놀 적에 동문수학하던
벗이 수령으로 있는 유명한 어느 고을에 당도한 즉, 홍분紅粉[424]이 자리
를 가득 채운 가운데 진수珍羞[425]가 그득하게 차려진 잔치상을 대접받
게 되었다. 그러나 마침 그날이 그 부친의 기일忌日인지라 굳이 사양하
고 그냥 잠자리에 들었는데, 수청 기생이 가만히 들어와 옆에 앉거늘 촛
불 아래서 바라보니 그 아름다움이 이루 형용할 수 없었다. 귀공자가 속
으로 은근히 생각하기를,

"기일이고 뭐고 저것을 깔아뭉갤까? 아니면 윤리에 어긋나니 그만두
랴?"

하고는 밤이 깊도록 생각하며 결정하지 못하다가, 밤중에 드디어 이
불 속으로 수청기생을 끌어들여 양물陽物을 음호陰戶에 꽂았다가 곧 빼
며 가만히 소곤거리며,

---

422) 성백두成白頭는 머리카락이 세도록 오래 산다는 뜻임.
423) 『고금소총』, '미녀역회美女轢戲'.
424) 홍분紅粉은 연지와 분. 곧 얼굴, 머리, 몸, 옷차림 따위를 잘 매만져 곱게 꾸민 여
　　　인이나 기생을 말함.
425) 진수珍羞는 보기 드물게 진귀한 음식. 맛이 썩 좋은 음식. 진선珍膳. 진찬珍饌.

"오늘 이같이 일을 치르다가 그만두는 것은 선친先親의 기일이기 때문인데, 그대는 이 법을 아느냐 모르느냐?"

하고 묻자, 수청 기생이 옷을 떨치며 자리를 박차고 일어나 말하길,

"도둑이 이미 집에 들어왔다가 물건을 훔치지 못하고 도망간다고 능히 도둑의 이름을 면할 수 있으리오."

하면서 귀공자를 꾸짖었더라 한다.

117) 늙은 도적의 속임수[426]

기축년에 국상國喪을 맞아 이원梨園[427]을 혁파革破하자 진주晉州 기생 예닐곱 명이 고향으로 돌아가다가 안포역安浦驛에 묵게 되었다. 이때 김해金海 땅에 허생許生이라는 사람이 있었는데 또한 고향으로 가다가 같은 역에서 묵게 되었다. 밤이 깊어지자 허생이 기생들에게 말하기를,

"이곳은 산이 깊고 나무가 무성하고 마을이 드무니 옛날부터 도적이 잘 드나드는 곳이다. 이전에 내가 우후虞侯[428] 벼슬로 합포合浦에 부임하다가 우연히 여기서 묵게 되었는데, 강도 수십 명이 몰려와서 창으로 위협하여 당해낼 수 없었다. 그러나 내가 그 도둑의 괴수를 죽이자 도적의 무리들이 드디어 흩어져 도망갔다. 여기는 도둑이 아니면 호랑이의 먹이가 될 염려가 많은 곳이며, 요즈음에 와서는 그 살아남은 도적들이 번창하여 행인은 몸을 보전하기 어려우니 오늘 어디서 죽게 될지 모르겠다."

하니 기생들이 모두 크게 놀랐다. 밤 이경二更[429]에 허생이 하인으로

---

426) 『고금소총』, '노적지술老賊之術'.
427) 기생집.
428) 우후虞侯는 조선시대 무관직으로 각 도에 배치된 병마절도사와 수군절도사의 다음 가는 벼슬로 병마 우후는 종3품. 수군 우후는 정4품이었음.

하여금 어지럽게 대문을 두드려 치게 하여 도적들이 약탈을 하러 온 것
처럼 꾸미자 여러 기생들이 급히 달려들어 허생의 옷자락을 잡아당기
기도 하고 혹은 만류하기도 하는데 허생이 말하기를,

"옛부터 대장부가 쉽사리 아녀자 때문에 몸을 망치는 일이 많다. 너
희들이 나를 망치려 하느냐? 그러나 이른바 장부된 이유는 능히 사람의
급한 일을 선뜻 도와주고 사람의 재난을 막아주는 것이다. 늙은 내가 아
직 죽지 않았으니 너희들은 너무 걱정하지 말라."

하고 여러 기생들을 방마다 따로 숨게 하고 뜰 가운데로 나가 큰 소리로,

"나는 옛날에 너희들의 괴수 놈을 한 칼에 죽인 허장군이시다. 지난
해에는 동으로 이시애430)를 쳐서 공이 제일이요. 겨울에 또한 서쪽으로
쳐 나가 이만주李萬柱를 베었으니 또한 공이 일급이라, 벼슬도 올라 첨
지중추僉知中樞431)를 받았다. 너희들 쥐새끼와 같은 무리들을 어찌 이빨
틈에 끼워 두겠는가. 적대하려면 감히 와서 싸울 것이고 만약 그렇지 않
으면 물러가라."

하고 일갈하니 얼마 후에,

"도적들이 모두 물러갔습니다."

하는 하인의 보고가 있었다. 이에 허생이 말하기를,

"도적들의 꾀는 예측하기 어려우니 물러나지 말고 밤새워 경계를 철
저히 하고 막을 방책을 세우라."

하니 기생들이 몸을 숨긴 채 감히 나와서 소리 한 번 내지 못하였다.
그제야 허생이 방마다 돌아다니면서 두루두루 하나도 빠짐없이 기생들

---

429) 21시경, 밤 9시경.
430) 이시애李施愛(?~1467); 조선 세조 때의 무신. 회령부사會寧府使를 지냈으며 세
　　조13년(1467)에 북방민의 등용을 억제하고 지방관을 중앙에서 파견하자 이에
　　불만을 품어 함흥을 점거하고 반란을 일으켰으나 실패하였다.
431) 조선시대 중추부中樞府에 소속된 정삼품 당상관堂上官으로 정원은 여덟 명이다.

을 품어 안다보니 그 사이에 날이 밝았다. 이때에 여러 기생들이 허생이 떠나는 모습을 보자 하니 비쩍 마른 말위에 말고삐 잡이 하인 놈 하나뿐이고 허생의 머리는 백발인데다 밤새도록 여러 기생들을 품은 지라 그 몰골이 매우 수척하였다. 기생들이 서로 돌아보고 놀래면서,

"우리들이 바로 저 늙은 도적의 속임수에 빠졌지 뭐냐!" 하고 투덜거리며 탄식하였다 한다.

118) 염려마시오432)

어떤 벼슬아치가 있었는데 그는 기생집 출입을 몹시 즐겼다. 그러면서도 언제나 질투가 극악한 아내 때문에 걱정이었다. 어느 날 벼슬아치는 자라 목 하나를 소매 안에 숨기고 안방으로 들어갔다. 예상대로 아내는 또 강짜를 부리기 시작하니 벼슬아치는 일부러 크게 화를 내면서,

"모름지기 남자가 아내로부터 투기를 당하게 되는 것은 모두 가랑이 사이의 이 물건 때문이다. 이것이 없다면 투기를 당하지 않아도 되겠지."

하고는 작은 칼을 꺼내어 그 물건을 베는 척 하고는 자라목을 꺼내어 마당으로 던져버렸다. 이에 놀란 아내가,

"내 아무리 질투가 심하다고 하여도 이게 무슨 짓이오?"

하며 통곡하였다. 그때 마침 유모가 뜰을 지나면서 벼슬아치가 던진 그 물건을 자세히 들여다보더니,

"크게 염려하지 말아요. 던져진 물건은 눈이 둘이고 색깔이 얼룩이 있으니 양두陽頭가 아닌 것이 분명합니다."

하니 아내는 크게 안도하고 웃으면서 다시는 질투하지 않았다고 한다.

---

432) 『고금소총』, '물우勿憂'.

119) 세 사람의 마음속에 든 추억[433]

옛날 두 재상이 우연히 만났는데 모두 일찍이 영남의 수령과 방백을 지낸 일이 있었다. 그 중 한 사람이 진주 기생을 사랑하였으므로 진주의 촉석루가 승지강산勝地江山이라 하고, 또 다른 사람은 밀양 기생을 사랑하였으므로 밀양의 영남루가 가장 좋다하여 서로가 자랑하며 우열을 정하지 못하고 있었다. 마침 그 자리에 한 낭관郎官[434]이 이르러 두 재상의 말을 듣고는,

"영남루와 촉석루는 비록 승지다운 데가 있기는 하오나 제가 보니 모두 상주尙州의 송원松院 같지는 못하옵니다."

하였다. 두 재상이 놀라며 말하기를,

"송원으로 말하면 거친 언덕이 끊어져 후미진 사이에 있고, 논과 밭두렁 위에 있으니 먼 산과 넓은 들을 볼 수 없고, 대나무와 저녁 연기의 멋이 없을 것이니 올라가서 바라보아도 흥을 돋우기 어려울 것이다. 그대의 말이 이러하니 대체 어떤 별다른 이야기라도 있는가?"

하였다. 이에 낭관이 말하기를,

"소생이 남쪽에서 놀며 정을 상주 기생에게 주었다가 마침 돌아오는 길에 감히 헤어지지 못하고, 말을 달려 함께 쫓아 서쪽으로 가서 송원에 도달하니 해는 이미 져서 어두워지고 찢어진 창에 허물어진 집에서 베개를 나란히 하여 누워 운우지정은 깊어가기만 하는데, 가을비는 하늘에 뿌리고 미풍은 나뭇잎 사이에 불어와 온전히 잠들지를 못하였습니다. 그토록 좋은 밤이 쉽게 밝아 새벽이 되니 서로 이별할 때가 되어 끊

---

433) 『고금소총』, '삼자승지三者勝地'.
434) 낭관郎官은 조선시대 육조六曹의 5~6품관인 정랑正郎, 좌랑佐郎의 벼슬을 이르던 말.

어진 골짜기를 열 걸음에 아홉 번이나 뒤돌아보다가 고개를 넘은 후로
날이 가기를 이미 여러 달이 지났는데, 그 언덕 그 쓸쓸한 황야의 정경이
지금에 이르도록 새록새록 눈앞에 아롱거릴 따름입니다. 그러나 일찍이
소생이 구경하였던 촉석루와 영남루는 꿈에도 한 번 나타나지 않으니
어찌 송원의 빼어난 경치를 촉석루나 영남루에 비교하겠사옵니까?"

하였다. 두 재상이 배꼽을 잡으며 말하기를,

"그러니 송원은 곧 그대 낭관의 승지강산이요, 촉석루와 영남루는 우
리 두 사람의 승지강산이로다."

하며 탄식하였다 한다.

120) '망아지 아비'라는 별명만 얻다[435]

성천成川에 있는 어떤 관기가 음탕함을 심히 즐기고 양물陽物이 큰 것
을 좋아하였다. 그런데 같은 고을 남산수南山壽라는 사람은 양물이 컸
다. 그는 언제나 그 관기를 품어보려 하였으나 그 기회를 얻지 못하였
다. 한 친구가 이를 알고 장난을 하려고 그에게 말하기를,

"내가 그대를 위하여 한 계책을 세웠는데 그녀가 개울에서 빨래를 하
고 있을 때 내가 그대와 함께 그 앞을 지나가면서 그대를 보고 '망아지
아비'라고 부를 테니 그대는 '왜 나를 보고 욕을 하느냐'라고 하라. 그러
면 내가 '그대의 양물 크기가 말의 것과 같아 그런다'고 하면 음탕하기
로 소문난 그녀가 그대의 양물이 큰 것을 알고 꼭 욕심을 낼 것이다."

하자, 남산수가 기뻐하면서

"그럼 그렇게 하자."

고 대답하였다. 어느 날 남산수가 그 친구와 함께 개울을 지나가는데

---

435)『고금소총』, '득구부지명得駒父之名'.

마침 그 관기가 빨래를 하고 있는지라 친구가 남산수를 보고

"망아지 아비."

라고 부르자, 남산수가

"왜 나에게 망아지 아비라고 하느냐?"

라고 물었다. 그러자 친구가

"너는 항상 암말하고 간통을 하니 '망아지 아비'라고 부른다."

고 대답하였다. 이에 관기가 손뼉을 치고 웃으면서

"더러운 놈이다. 짐승과 간통을 하다니 인간이 아니다."

하니, 남산수는 마침내 그 뜻을 이루어 보지도 못하고 '망아지 아비'라는 헛된 별명만 얻게 되었다고 한다.

121) 절에 가서 귀를 잃다436)

경주慶州에 나이가 겨우 열여섯 살이 된 기생이 있었다. 그녀의 화용월태437)는 화류계에 이름이 드높았다. 고을 사또의 책방으로 온 총각이 그녀와 함께 사랑을 속삭였다. 그러다가 아버지가 임기가 다 되어 돌아갈 때 총각은 아버지를 따라가게 되었다. 기생이 서로 놓치기 어려워하여 반나절을 허비하여 따르다가 헤어지는 마당에 명주 적삼을 벗어서 주면서,

"뒷날 기약이 아득하니, 이것으로 정을 표하리다."

하기에 총각 역시 붉은 중의를 벗어주면서 서로 작별하였다. 기생이 눈물을 머금고 돌아오는 길이었다. 산길로 잘못 들어 해가 이미 저무는

---

436) 『기문奇聞』, '입사결이入寺缺耳'.
437) 화용월태花容月態는 '꽃다운 얼굴과 달 같은 자태'라는 뜻으로, 아름다운 여자의 고운 자태를 이르는 말.

것이었다. 산중에 있는 한 절에 이르러 스스로 생각하기를,

"여인의 몸으로서 절간에 드는 것이 불편하리라."

하고는 곧 아까 총각에게 받았던 옷으로 갈아입고 동자의 시늉을 하고 절에 들어갔다. 여러 중이 그녀를 보고는,

"아이고, 예쁘기도 하지. 이런 동자가 어디에서 왔을까?"

하고 다투어 방으로 들였다. 이윽고 밤이 되자 중이,

"동자는 산승이 후정後庭438) 놀음을 좋아하는 줄을 몰랐지. 어떤 스님과 같이 자려하느냐?"

하고 묻는 것이었다. 그녀는 몸을 더럽힐까 보아 이윽고 생각하기를, '저 늙은 중이 나이도 많고 기력도 쇠진할 테니 반드시 범하진 못할 것이라.' 생각하고는 드디어 입을 열어,

"저 선사禪師를 모시고 자려하오."

하였다. 이에 여러 중들이 서로 돌아보면서 놀라운 표정을 지었다. 드디어 밤이 깊었다. 늙은 중이 그녀를 껴안고 그 뒷 장난질을 시작하는 것이었다. 기생이 늙은 중의 활력이 대단함을 알고서 정념情念이 별안간에 일어나 그것에 응하였다. 늙은이는 정담이 극에 이르자 당황하여 기생의 귀를 씹어버려 귀가 달아나버렸다. 기생이 너무 부끄러워 얼굴을 가리고 도망하였는데, 이 일로 그 기생은 '대손大損'이라고 불리었다.

---

438) 후정後庭은 원래 뒤뜰, 혹은 제왕帝王의 첩인 후궁後宮을 말함.

122) 나이 일흔에 기생을 사랑할 줄 알다[439]

  삼여첩三餘帖[440]에, "여성女星[441]이 흩어져 배현配玄[442]이 되었다." 하였는데, 배현은 곧 지금의 수선화이다.[443] 『병사瓶史』[444]에, "수선은 품격이 매우 청초하다. 직녀성織女星의 다리인 옥청玉淸이다. 한 포기에 잎이 많은 것을 진수선眞水仙이라 하고, 외쪽 잎이 나는 것을 수선이라 하고, 꽃잎이 많은 것을 옥영롱玉玲瓏이라 한다." 하였다. 내가 이 꽃을 매우 좋아하여 사는 집에 편액을 써서 걸기를 '종수선삼백본種水仙三百本', 곧 '수선화 삼백 포기를 심었다'라고 하였다. "문을 열고 한 번 웃으니 큰 강이 가로질러 흐르네. 開門一笑大江橫"라는 시구의 뜻을 본뜬 것이다.

  이하거李荷居가 내의원 제조 직함을 가지고 기첩과 만나니, 온 세상이 놀라고 이상하게 여겼다. 운석雲石[445]이 그 소식을 듣고 이공을 만나 말

---

439) 이유원, 『임하필기』 권32, 「순일편旬一編」, '수선화水仙花'조 참조. *『임하필기』에서 호남의 네 가지 물품이라 하여, 곡우전에 채취한 차인 '우전차雨前茶', 해남의 생달나무인 '천축계天竺桂', 제주의 '수선화水仙花', '황차黃茶'를 기록하고 있다.

440) '삼여三餘'란 세 가지 여가를 가리키는 말로『삼국지』, 「위지」'왕숙전' 동우에 관한 기사에서, 세 가지 여가란 밤, 겨울, 비오는 날을 가리킨다. 즉 밤은 하루의 나머지 시간이고, 겨울은 일 년의 나머지이며, 비오는 날은 평상시의 나머지 시간으로 농사일을 할 수 없기 때문에 여가가 있을 수밖에 없는 시간이다.

441) 여성女星은 이십팔수二十八宿 가운데 열둘 째 별자리의 별들을 말함.

442) 배현配玄은 수선화를 말함.

443) "女星散爲配玄。配玄卽今水仙花也。瓶史。水仙神骨淸絶。織女之梁玉淸也。"

444) 중국 명明 나라 원굉도袁宏道(1568~1610)의 잡저. 원굉도는 자 중랑中郞, 호 석공石公, 호광湖廣 공안公安사람이다. 형 종도宗道, 동생 중도中道와 함께 '삼원三袁'이라 불린다. 당시 문단을 풍미하던 후칠자後七子의 복고주의와 대립하여 반복고反復古를 주장하며, 시문의 창작에 있어서 "격식에 얽매이지 말고 자신의 성령을 표현할 뿐이다"라는 '성령론'을 펼쳐 공안파公安派를 형성하였다. 저서『원중랑전집』.

445) 조선후기의 문신인 조인영趙寅永의 호. 조인영(1782~1850); 본관 풍양豊壤, 자

하기를, "공이 나이 일흔에 비로소 기생을 사랑할 줄 아니, 마땅히 꽃으로 축하해야겠다" 하고는 수선 화분 하나를 보냈다. 수선이 여정女精이 된 것은 실로 이유가 있는 것이다.

수선은 강남에서 난다. 지난 임신, 순조12년(1812)에 자하紫霞446)가 연경에 사신 갔다가 겨울에 돌아오면서 가지고 왔는데, 이것이 우리나라에 들어온 시초이다. 지금까지 육십 년 동안 끊이지 않고 우리나라로 들어왔는데, 갑오년 뒤로는 연경에서 들여오는 것을 금지한 물품 조목 속에 그것 또한 포함되어 수년 동안 가지고 나오지 못하였다. 뒤로 차츰 금령이 느슨하여졌다. 함풍咸豊447) 때 남비南匪448)의 전쟁으로 황성皇城에도 종자가 끊어져 지금까지 매매되는 것이 많지 않다.

희경羲卿, 저서 『운석유고雲石遺稿』, 시호 문충文忠.
446) 신위의 호. *신위申緯(1769~1845); 조선후기의 문신, 화가, 서예가. 본관 평산平山, 자 한수漢曳, 호 자하紫霞, 경수당警修堂. 순조12년(1812) 진주겸주청사陳奏兼奏請使의 서장관書狀官으로 청나라에 갔는데, 대학자 옹방강翁方綱과의 교유는 문학세계에 많은 영향을 주었다. 산수화와 묵죽에 능하였다. 이정李霆, 유덕장柳德章과 함께 조선시대 삼대 묵죽화가로 꼽힌다. 강세황姜世晃에게서 묵죽을 배웠고 남종화南宗畫 기법을 이어 조선 후기 남종화의 꽃을 피웠다. 그의 묵죽화풍은 아들 명준命準, 명연命衍, 조희룡趙熙龍 등 추사파秋史派 화가들에 영향을 미쳤다. 작품으로 <방대도訪戴圖>, <묵죽도>가 전한다. 또한, 글씨는 동기창체董其昌體를 따랐으며, 조선시대에 이 서체가 유행하는데 계도적 구실을 하였다. 저서 『경수당전고』와 김택영이 육백여 수를 정선한 『자하시집紫霞詩集』이 간행, 전하고 있다.
447) 함풍咸豊은 중국 청淸 나라 문종文宗의 연호年號. 서기西紀 1851년부터 1861년까지를 말함.
448) 남비南匪는 비적匪賊을 말한다.

123) 이양원이 첩을 내쫓다[449]

이양원[450]이 평안감사가 되어 각 고을을 순행하러 나가며 부인에게 말하였다.

"이 고을의 연광정練光亭은 경치가 빼어나다오. 서윤庶尹[451]의 안사람과 함께 한 번 가보시오. 기왕에 이름난 곳에 가는데 기생과 풍악이 있어야겠지요."

하고는 그의 첩에게도 '자네도 마님을 모시고 가 보게'라고 말했다. 이양원이 순행을 마치고 감영에 돌아와, 그의 부인과 서윤의 안사람이 함께 모임을 가졌으나 그의 첩은 아파서 못 갔다고 하기에 집안 사람들에게 알아보니 그날 그의 첩은 거문고를 잘 타고 노래를 잘 부르는 기생을 스스로 골라 혼자만 다른 곳에서 놀았다는 것이었다. 그는 즉시 첩을 불러서 말하기를,

"자네가 가지 않은 것은 틀림없이 여러 사람들 가운데 싫어하는 사람이 있어서 그렇게 했겠지. 마님을 모시는 사람으로 서윤의 안사람에게 결례를 했을 뿐 아니라 마님이 풍악을 베푸는데 자네가 어찌 감히 다른 곳에서 풍악을 잡힌단 말인가. 이런 마음가짐이 자라서 그치지 않으면 우리 집안을 어지럽힐 것이 아니겠는가?"

라고 하며 그 자리에서 첩을 내쫓아버렸다.

---

449)『기문총화記聞叢話』 *조선말기에 편찬된 편자 미상의 문헌설화집.

450) 이양원李陽元(1526~1592); 조선중기의 문신, 본관 전주全州, 자 백춘伯春, 호 노저鷺渚, 남파南坡. 이황李滉의 문인. 시호 문헌文憲. 알성 문과에 급제, 여러 벼슬을 거쳐 임진왜란 때 유도대장으로 타군과 합세하여 크게 승리한 후 영의정에 올랐음.

451) 조선시대 한성부漢城府와 평양부平壤府에 각 한 명씩 두었던 종 4품 벼슬. 판윤判尹과 좌윤左尹, 우윤右尹을 보좌하였음.

124) 송인수와 부안 기생452)

규암圭庵 송인수453)가 전라도 관찰사로 있을 때 부안의 기생을 마음
에 두고 사랑하였으나, 그녀와 정을 통하지 않고 다만 가마에 태워서 따
라다니게 할 뿐이었다. 송인수가 임기가 다되어 전별하는 잔치를 베풀
때, 송인수가 기생을 가리키며,

"이 사람의 교묘하고 슬기로움을 사랑하여 한 해 동안 지내면서 난잡
한 일을 저지르지 않은 것은 기실 그녀가 자결할까 두려워서였다네."

그러자 그 기생이 그 동안 송인수가 자기를 돌보아 주지 않았음을 원
망하는 뜻으로 앞산에 있는 무덤을 가리키며 말하였다.

"과연 그러하옵니다. 저 겹겹이 쌓여있는 무덤 속의 사람들은 모두
제 지아비들이옵니다."

그러자 사람들이 송인수의 의지와 그 기생의 절개와 의리에 감탄하
였다.

---

452) 『기문총화記聞叢話』.
453) 송인수宋麟壽(1499~1547); 조선중기의 문신. 본관 은진恩津, 자 미수眉叟, 태수
　　台叟, 호 규암圭菴. 1537년 김안로일당이 몰락하자 풀려나 이듬해 예조참의가
　　되고 성균관대사성을 겸임하면서 후학에게 성리학을 강론하였다. 이어서 승정
　　원동부승지와 예조참판을 거쳐 사헌부대사헌이 되었는데, 윤원형尹元衡, 이기
　　李芑 등의 미움을 받아 1543년 전라도관찰사로 좌천되었다. 관찰사에 부임하여
　　형옥사건을 제때에 처리하고 교화에 힘써 풍속을 바로잡고, 교육을 진흥시켜
　　많은 인재를 양성하였다. 제주 귤림서원橘林書院에 제향. 선조 때 이조판서에
　　추증되었다. 저서 『규암집圭菴集』 시호 문충文忠.

125) 윤결이 시 한 수로 한 기첩을 구하다454)

진사 윤결455)은 맹자를 천 번이나 읽은 선비였다. 하루는 하인이 손님이 오셨다고 하여 윤결이 맞이하니,

"저는 무인으로 병마절도사 벼슬을 역임하였습니다. 일찍이 수원의 기생을 첩으로 삼아 아들을 낳았습니다. 그런데 지금 수원부사로 있는 장옥456)이라는 사람이 제 첩을 붙잡아 원적에 돌려놓고 말았습니다. 백방으로 사정을 해도 듣지 않고 만약 진사 윤결과 더불어 시에 능한 사람이 이 기생에 관한 일을 좋은 시구로 표현한다면 허락할 수도 있다고 하였습니다. 부디 주옥같은 시 한 수로 이 다급한 일을 해결해 주시기를 빕니다."

윤결이 장부사와는 모르는 사이라며 거절하였으나 애절한 간청에 이기지 못해 시 한 수를 써주었다. 십여 일이 지나 무인이 다시 와서 감사하다는 인사를 하며,

"써 주신 시를 즉시 장부사에게 보냈더니 매우 기뻐하며 제 첩을 기적에서 아주 빼버렸습니다. 그리고는 즉시 말에 태워 보내주더군요. 시 한 편의 은혜가 어찌 천금에 비하겠습니까?"

장옥은 시에 탐닉하여 이렇듯 재주 있는 시인을 아꼈다고 한다.

---

454) 『기문총화記聞叢話』.

455) 윤결尹潔(1517~1548); 조선중기의 문신. 본관 남원南原, 자 장원長源, 호 취부醉夫, 성부醒夫. 1544년 사가독서賜暇讀書를 하고, 명종원년(1546)에는 유구琉球에 표류하였던 박손朴孫의 경험담을 토대로 『유구풍속기琉球風俗記』를 저술하였다.

456) 장옥張玉(1493~?); 본관 덕수德水, 자 자강子剛, 호 유정柳亭. 1550년 예빈시정禮賓寺正으로 춘추관春秋館 편수관編修官이 되어 「중종실록中宗實錄」의 편찬에 참여한 후 판교判校에 올랐다.

126) 김명원이 종실의 기생첩을 사랑하다457)

주은酒隱 김명원458)이 젊은 시절에 화류계의 한 기생을 사랑하였는데 그 기생이 어느 종실宗室의 첩이 되었다. 그는 매일 밤 종실 집의 담을 넘어가 그 기생을 만나보곤 하다가, 어느 날 밤 종실에게 붙잡혀 일이 다급하게 되었다. 이를 안 그의 형 김경원459)이 종실에게 달려가서 말하기를,

"저는 김경원입니다. 제 아우가 기질은 호탕한데다 단속함이 없어서 어른께 죄를 지었으니, 벌을 받아 마땅하나, 다만 제 아우는 방금 식년 초시에 합격하였습니다. 한 여자 때문에 앞길을…."

라고 하였다. 김경원의 말이 여기까지 오자, 종실은 본래 호탕하고 의협심이 있는 사람이라 '그만하게. 무슨 말인지 알겠네'라며 즉시 명을 내려 결박을 풀게 하고 술자리를 벌인 뒤 말하였다.

"그대가 만약 이번 대과에 급제한다면 내 이 첩더러 그대를 모시도록 해주겠네."

김명원은 과연 갑과에 급제하였고, 그는 종실의 집으로 찾아가 그의 후의에 감사하니, 종실이 약속한 바를 지켜 그 첩을 김명원에게 보내주었다.

그가 달빛 아래서 정인과 사랑을 나누고 헤어지며 남긴 시가 있다.

---

457) 『기문총화記聞叢話』.
458) 김명원金命元(1534~1602); 조선중기의 문신. 본관 경주, 자 응순應順, 호 주은酒隱. 이황李滉의 문인. 1597년 정유재란 때 병조판서로 유도대장留都大將을 겸임했고, 좌찬성, 이조판서, 우의정을 거쳐 1601년 부원군에 봉해지면서 좌의정에 이르렀다. 시호 충익忠翼.
459) 김경원金慶元(1528~?); 본관 경주慶州, 자 응선應善, 명종8년(1553) 별시문과別試文科에 갑과甲科로 급제, 충청병사忠淸兵使를 지냈다.

달빛 아래 정인	月下情人
창 밖에 보슬비 내리는 야삼경	窓外三更細雨時
두 사람 속은 두 사람만 알리라	兩人心事兩人知
나눈 정 미흡해서 날 먼저 새려하니	歡情未洽天將曉
나삼 자락 부여잡고 뒷날 기약만 묻네	更把羅衫問後期

127) 기생을 기다리다 시를 쓴 남곤

남곤南袞이 황해 감사로 있으면서 해주海州 기생에게 정을 쏟다가, 감사직을 마치고 서울로 돌아가는 길에 금교역460)에 이르러 그 고을 수령에게 말하였다.

"틀림없이 그 기생이 작별하러 이곳으로 쫓아올 것입니다."

그러나 기다려도 오지 않자, 밤새도록 잠을 이루지 못하다가 다음과 같은 절구 한 수를 벽에 써놓고 말없이 떠났다.

빈 뜨락에 낙엽 구르는 소리만 들리고	葉走空庭窣窣鳴
간밤 짚신 끄는 소리에 그대인가 놀랐네	誤驚前夜曳鞋聲
객창에 잠은 오지 않고 베갯머리 어지러워	旅窓孤枕渾無寐
반벽에 희미한 등불 어슴푸레 날 밝아오네	半壁殘燈翳復明

128) 폭군 연산과 김처선의 충간忠諫

조선조에 연산군은 폭군으로 정치가 어지러워지자 신하들이 바른 말을 하기 시작하자 그는 모든 신하들에게 패를 가슴에 차고 다니게 하였

---

460) 황해도 금천(지금의 서흥)에 있던 역 이름.

다. 즉 '입과 혀는 재앙과 근심의 문이며 몸을 죽게 하는 도끼니라.'461)
하는 글을 새긴 패였다. 충직한 환관 김처선462)은 벼슬이 정이품으로써
연산군의 어둡고 거친 행실에 대하여 항상 마음을 다하여 간언하니, 왕
은 노여움이 쌓였으나 겉으로 드러내지는 않았다. 연산군이 자주 궁중
에서 기생을 끼고 몸소 처용무를 추며 주색에 빠지자, 김처선이 집안 사
람에게, "내가 오늘 반드시 죽을 것이다" 말하고는 대궐에 들어가서 거
리낌 없이 극력으로 말하기를, "늙은 것이 네 임금을 섬겼고 대강 사기
를 읽었사온데, 군왕과 같은 이는 고금에도 없습니다. 어찌 국체國體를
생각하지 아니하십니까" 하니, 왕은 노여움을 이기지 못하여 활을 힘껏
당겨서 김차선의 가슴을 향해 쏘았다. 그러나 김처선은 화살을 맞고 피
를 흘리면서도 말을 그치지 않았다. "조정의 대신도 죽임을 꺼리지 않
는데, 천한 이 늙은 것이야 감히 무엇이 두려워 죽음을 아끼리까. 다만
전하는 국왕의 자리가 오래지 않을 것입니다" 하였다. 또 한 번 화살로

---

461) '口舌者, 禍患之門, 滅身之斧也'.
462) 김처선金處善(?~1505); 본관 전의. 세종부터 연산군까지 네 왕을 섬긴 최고위
    내시인 판내시부사 겸 상선을 역임한 조선의 환관. 몇 차례 관직을 삭탈당하고
    유배되기도 했으나 곧 복직되었다. 세조6년(1460) 원종공신原從功臣 3등에 추
    록되고, 성종 때에는 대비의 병을 치료하는 데 공이 있어 정2품 자헌대부資憲
    大夫가 되었다. 연산군11년(1505)에 연산군이 궁중에서 자신이 창안한 처용희
    處容戲를 베풀고 음란한 거동을 벌이자 "이 늙은 신이 네 임금을 섬겼고, 경서
    와 사서를 대강 통하지만 고금에 상감과 같은 짓을 하는 이는 없었다"고 직간하
    다가, 연산군에게 다리와 혀를 잘리고 죽임을 당했다. 죽은 뒤 부모의 묘가 파
    헤쳐지고 '처處'와 '선善' 두 자의 사용이 엄금되어 모든 관리와 백성들이 그 이
    름을 쓸 수 없게 되었다. 또한 문서에서도 그의 이름과 같은 글자를 쓰지 못하
    게 하고, 본관인 '전의'도 없어지는 수난을 당했다. 또한 양아들 이공신도 죽음
    을 당하고 부인 서씨와 며느리를 노비로 삼았다. 연산군이 폐위된 뒤 중종7년
    (1512) 김처선의 행적을 『속삼강행실』에 수록하려 하였으나 중종이 이를 거절
    하였다. 영조27년(1751) 2월 3일 나라에서 충신의 정문이 내려 그의 공을 인정
    하였다.

맞혀서 땅에 엎어지자 앞으로 가서 그 다리를 끊고서는 일어나서 가라
고 하니 쳐다보고 말하기를, "임금도 다리를 분지르고 갈 수 있습니까"
하니, 또 혀를 끊고 직접 스스로 배를 갈라 창자를 꺼내 흩뜨렸는데 죽
을 때까지 말을 끊지 않았다. 마침내 시체를 호랑이에게 주고 조정이나
민가에서 '처處' 자는 다시는 말하지 말라고 명하였다.463)

129) 황해감사의 기생 학대464)

어느 문관이 황해도 감사가 되었다. 이때 청단역465)에 명마가 있는데
걸음이 다른 말보다 뛰어나고 성질은 몹시 온순해 비록 어린 아이라도
이를 끌고 제어할 수 있었는데 늘 감영에 매두었다. 이때 한 이조 낭관
이 있었는데 권세 있는 집안의 아들로서 그 세력이 한창 불타오르고 있
었다. 그래서 감사가 내려올 때 말을 서로 바꾸기로 약속하였다. 얼마
있다가 종을 시켜서 자기가 타는 과하마果下馬466)를 끌고 와서 좋은 말

---

463) 허봉許葑, 『해동야언海東野言』 3, 「소문쇄록」 "宦臣金處善職正二品。燕山昏
荒。每盡心規諫。王積怒未發。每於宮中自作處容戲。荒淫無度。處善語家人
曰。今日吾必死。入而極言無諱曰。老奴逮事四朝。粗讀史記。古今無有如君王
所爲者。何不念國體。王不勝怒。持滿發矢中脇肋。處善曰。朝廷大臣。而誅殺
不憚。如老奴何敢愛死。但君不久爲國主。又中一矢則仆地。趨前斷其脚令起
行。仰曰。君亦折脚而能行乎。又斷其舌。親自剖腹出腸而散之。至死不絶口。
竟以屍委虎。令朝野。諱言處字。"
464) 이덕형李德泂, 『죽창한화竹窓閑話』.
465) 청단역靑丹驛은 조선시대 황해도 해주에 있던 역 이름인데, 청단도靑丹道는
청단역靑丹驛을 중심으로 하는 역도驛道이다. 중심역은 찰방察訪이 소재하였
는데, 관할 범위는 개성—배천—연안—해주—장연—송화에 이어지는 역로와 해
주—옹진에 이어지는 역로이다.
466) 과하마果下馬는 우리나라의 토종말. 키가 삼 척 정도밖에 되지 않아 말을 타고
서도 능히 과실나무 밑을 지나갈 수 있다는 데서 유래된 이름으로, 고구려와 동
예의 특산물이었다. 특히, 고구려에서는 시조 주몽朱蒙이 탔다는 전승이 전하

로 바꾸려 하니, 사람들이 모두 분하게 여겨 이를 개탄하였다. 과하마를 끌어내다가 심부름 온 종에게 주려 하니, 말이 갑자기 펄쩍펄쩍 뛰면서 그 종을 마구 물고 이리 차고 저리 밟아 그 종은 땅에 나자빠져 며칠 만에 죽고 말았다. 그래서 감사는 크게 노하여 말 주인을 시켜서 이조 낭관의 집으로 끌어다 주었다. 그러나 이날 밤에 말은 또 날뛰어 도망하여 어디로 갔는지 알 수가 없었다. 역졸이 길에서 뛰는 말을 만났는데 보니 바로 청단의 명마였다. 따라가도 잡을 수가 없어서 감사에게 와서 보고 했다. 그래서 감사는 곧 온 고을에다 군사를 풀어 쫓아가 잡아오도록 했다. 그러나 말은 도망하여 수양산首陽山으로 들어갔다. 사람들이 혹시라도 가까이 가면 언덕으로 뛰어오르고 절벽을 뛰어넘으므로 군졸들은 그저 바라보고만 있을 뿐, 속수무책이라 그대로 돌아오고 말았다. 그래서 마침내 말을 바꾸지 못하고 가버렸다. 그 뒤 열흘이 지난 뒤 말은 청단역으로 돌아왔다. 사람들은 모두 이상히 여겨 신마神馬라고 불렀다.

　감사는 또 유월 보름에 가까운 이웃의 수령과 옆 고을의 기생들을 불러서 크게 유두회467)를 열었다. 이튿날 이른 아침 온백원468)을 소주에 타서 기생 중에 살찌고 튼튼한 자 열 명을 골라 모두 여러 그릇을 먹이는데 먹지 않는 자는 억지로 먹였다. 그리고 한 방 속에 몰아넣고는 그 문을 굳게 잠궜다. 때는 한창 몹시 무더워서 더운 기운이 찌는 듯 답답

　며, 동예에서는 후한後漢 환제桓帝 때 중국과의 주요 교역품의 하나이기도 하였다. 그리고 신라시대에도 성덕왕22년(723) 4월 사신을 당나라에 보내어 과하마 한 필을 우황, 인삼 등과 함께 전하였다.
467) 유두流頭는 음력 6월 보름으로, 명절의 하나. 복중伏中에 들어 있으며 유두날이라 한다. 이날은 일가 친지들이 맑은 시내나 산간폭포에 가서 머리를 감고 몸을 씻은 뒤, 가지고 간 음식을 먹으면서 서늘하게 하루를 지낸다. 이것을 유두잔치라고 하는데, 이렇게 하면 여름에 질병을 물리치고 더위를 먹지 않는다고 한다.
468) 온백원溫白元은 소음인少陰人 체질을 가진 사람의 적積과 취聚를 치료하는 데 사용하는 처방. 복강腹腔 안에 어떤 병적 상태로 딴딴한 것이 한 곳에 고정되어 있는 것을 적이라 하고, 이동하는 것을 취라 한다.

하고 땀은 비 오듯 흘렀다. 조금 있으니 모든 기생들 뱃속에서는 천둥소
리가 나면서 오장이 뒤집히는 듯 하더니 일시에 설사가 났다. 기생들은
어찌 할 바를 몰라 급히 옷을 벗어서 혹은 개켜서 등에 지기도 하고 혹
은 말아서 머리에 이기도 하였다. 그리고 모두 벽에 기대어 쪼그리고 앉
아서 설사가 나오는 대로 내버려두었다. 피차에 급히 쏟느라고 좌우에
서 설사 줄기가 서로 쏘아 더러운 물이 이리저리 흘러서 허리 밑까지 빠
지게 되었다. 또 종일토록 빈 창자에서 쉬지 않고 설사를 하다 보니 기
운은 점점 다 빠져서 서로 베고 똥 속에 누워서 원망하고 부르짖는 소리
가 들리고, 고약한 냄새는 방 가득 하여 감히 사람이 가까이 갈 수가 없
었다. 이때 감사는 수령과 함께 이것을 엿보고 손뼉을 치며 크게 웃었
다. 날이 저물어 비로소 내놓으니, 모두 똥이 몸에 묻고 발에 묻어서 모
양이 귀신과 같았으므로 부끄러워 감히 얼굴을 들지 못하고 다만 스스
로 울 뿐이었다. 이것은 다만 그 감사의 실없는 농짓거리로 여사일 뿐이
니, 그 밖의 것이야 어찌 족히 말할 것이 있겠는가? 계해년, 인조 원년
(1623)에 반정反正469)이 일어나자 그 감사는 죄를 받았다고 한다.

130) 끝내 허사로다470)

어떤 늙은 나그네가 친구인 현감의 서재에서 여러 날을 묵게 되었는
데 하루는 깊은 밤에 소동小童을 시켜 예쁜 기생을 불러다 함께 잤다. 그
런데 닭이 울고 날이 샐 때까지 기생을 품고 있었는데도 양물陽物이 일

---

469) 인조반정仁祖反正은 광해군15년(1623) 이서李曙, 이귀李貴, 김유金瑬 등 서인
　　 일파가 광해군 과 집권당인 대북파大北派를 몰아내고 능양군綾陽君 종倧을 세
　　 워 인조가 즉위한 정변.
470) 『고금소총』, '종무입장終無入葬'.

어나지 않았다. 그러자 기생이 짜증스럽게 말하였다.

"소녀의 음호陰戸가 생원님 댁의 산소인가요? 밤이 새도록 시체를 메고 아래 위를 헤맬 뿐, 끝내 입장入葬을 하지 못하시니 말씀입니다."

그러자, 나그네는 부끄러워 얼굴만 붉히고 감히 기생을 꾸짖지 못했다.

131) 죽은 개처럼 늘어지다471)

양씨 성을 가진 하급관리가 있었는데 기생 내한매耐寒梅에게 반하여 유혹하였으나 뜻을 얻지 못했다. 그 뒤에 대관臺官472)이 되자 관직의 위세를 빙자하여 또 다시 내한매를 유혹하기로 하고, 하루는 일찍 퇴청을 하게 되자 그녀의 처소에 이르렀다. 그러나 관례에 따르면 사헌부 관리들은 기생집에 출입을 할 수 없었다. 이에 양씨는 하인에게 관복을 벗어주어 말과 함께 먼저 집으로 돌려보내고 혼자서 내한매와 더불어 은밀히 주안상을 마주하여 앉았다. 그러나 미처 담소를 나누기도 전에 대문 밖에서 문득 방울소리가 나더니 조정의 높은 관원들이 갑자기 들이닥쳤다.

이에 양씨는 자신이 사헌부 소속 관리인 사실이 들통나면 낭패인지라 방 뒷문을 열고 나가서 마루 밑에 숨어들자, 내한매는 관원들을 맞아들여 방안에 들게 하였다. 이때 한 자리에 있던 어느 관원과 내한매는 일찍부터 각별한 사이였으므로 그녀가 그를 위해 성대한 주안상을 차리니 여러 관원들은 차례로 술잔을 돌리며 우스개 소리를 나누면서 시간을 보냈다. 그런데 양씨는 마루 밑에서 소리를 삼키고 숨죽인 채 옴짝달싹도 할 수 없었다. 때는 푹푹 찌는 삼복의 더운 계절이라 양씨는 정

---

471) 『고금소총』, '약사구연若死狗然'.
472) 사헌부 관리를 말함.

신이 몽롱하고 뼈는 풀어지는 듯 하는데 설상가상으로 모기가 무더기로 달려들어 사정없이 물어대므로 그 고통을 견디지 못하고 마치 죽은 개처럼 늘어져버렸다. 밤이 이슥해지자 관원들은 술자리를 파하여 흩어지고 양씨는 간신히 마루 밑에서 기어 나왔는데 땀이 흥건하게 옷을 적신데다 먼지까지 온통 뒤집어 써 사람 꼴이 아니었다. 이에 내한매는 그를 위로하고 도와주려 하자 양씨는 부끄러운 나머지 곧장 집으로 달아나버렸다.

132) 신관사또의 망신[473]

모든 사내의 양물陽物은 다 같지 않으니 귀두龜頭가 홀랑 벗겨진 게 있는가 하면 그 머리가 껍질로 감추어진 우멍거지(포경)란 것도 있다. 어느 때 강원도에 감사가 새로 부임해 오게 되었다. 그때 관아의 기생들이 모여앉아 재잘거렸다.

"이번에 오시는 신관사또께서는 그 물건이 벗겨졌을까? 아니면 우멍거지일까?"

자색이 고와 사또의 수청을 제일 먼저 들 것으로 기대되는 기생이 큰소리를 쳤다.

"사또의 그게 벗겨졌는지 아닌지는 내가 제일 먼저 알 수 있을 텐데 뭘 그래."

이번에는 읍의 기생이 들고 나섰다.

"탈脫(벗고)과 갑匣(벗지 않고)을 아는 사람이 나 외에 또 누가 있을라구."

그 말에 군의 기생이 큰소리로 꾸짖었다.

"네 행실이 지극히 나쁘구나!"

---

473) 『고금소총』, '신관망신新官亡身'.

그때 관노 한 놈이 나서며 묻기를,

"내가 만일 그 사실을 먼저 알아내면 어떻게 할 셈인가?"

관기들이 즉시 대답하였다.

"그렇게만 한다면 우리가 사또를 맞는 잔치에서 그대에게 크게 상을 내리지."

관노는 즉시 말을 달려 사또가 부임해 오는 갈림길에서 사또 행차를 만나게 되었다. 관노는 즉시 땅바닥에 엎드려 공손히 절하고는 아뢰었다.

"저희 고을에서는 예로부터 한 풍습이 있사옵니다."

"흐음, 무슨 풍습이더냐?"

"여기 길이 두 갈래로 갈라져 있는데 사또께서 양물의 귀두가 벗겨지셨으면 윗길로 가셔야 하옵고, 우멍거지시면 아랫길로 가셔야 될 줄 아옵니다."

"흠…!"

"만일 어기시오면 성황신이 크게 노하여 감영 안팎의 사령이나 관노들이 말을 듣지 않고 불충할 것이오며 온갖 이속들이 영민치 못하고 바보가 될 것이옵니다. 소인은 다만 사또를 위하는 일편단심에서 드리는 말씀이오니 재량하시기 바라옵니다."

사또는 어이가 없었으나 꾹 참고 눈을 지그시 감은 채,

"그게 대체 무슨 풍습이더냐?"

하더니 처음 부임하는 길이라 짐짓 태도를 바꾸어 대답하길,

"나는 윗길로 가야 할 것이니라."

그런 다음 사또는 혼자서 다음과 같이 중얼거렸다. '사내의 양물 모습은 비록 형제지간이라 해도 볼 수 없는 것이며 아무리 친한 친구사이라도 서로 숨기는 법이거늘, 나는 이제 저 조그만 관노 놈에게까지 알리고 이제 온 고을이 다 알게 될 것이니 어찌한단 말인가. 나 또한 다른 방법으

로 그 수모를 씻어야 되겠다.' 사또는 부임 이튿날 아침에 영을 내렸다.

"너희 모든 관원들은 듣거라. 오늘 나를 만나러 오는 자들은 양물의 귀두가 벗겨진 자는 섬돌 위에 설 것이며, 우멍거지인 자들은 섬돌 아래에 서도록 하라."

영이 내리자, 관속들은 모두 그렇게 했다. 자신의 양물이 벗겨진 자는 섬돌 위에, 우멍거지들은 섬돌 아래에 내려선 것이다. 그런데 한 아전이 한 발은 섬돌 위에, 다른 발은 섬돌아래에 걸쳐놓고 어중간하게 서 있었다.

"너는 어떻게 된 일이냐?"

사또가 묻자 그 아전이 솔직히 대답하길,

"소인의 것은 벗겨진 것도, 우멍거지도 아닙니다."

"그럼 뭐란 말이냐?"

"세상에서 이르기를 별양鼈陽이라고 하는 자라 모가지 모양을 한 양물이옵니다."

"별양이라?"

"예. 하오니 어느 쪽에도 설 수가 없사옵니다."

"그러하더냐."

사또는 크게 웃으며 영을 내렸다.

"너희들은 모두 그만두고 물러가도록 하라."

133) 그 냄새 또한 향기롭더라474)

신申씨 성을 가진 어느 벼슬아치가 있었다. 그는 일찍이 어떤 명기에게 푹 빠지고 말았다. 친척과 친구들이 그 비행을 힐책하자, 신은 말했다.

---

474) 『고금소총』, '유취시유방遺臭時流芳' 제목이 '구취증간求醉增奸'으로 전하기도 한다.

"나도 경계하여 다시는 가까이 하지 않으려 하였으나, 그녀의 아리따운 모습을 보고 있노라면 나쁜 데라고는 조금도 찾아볼 수 없으니 내 그녀를 어찌 하면 좋은가?"

그러자 친구들이 책망하면서 물었다.

"그녀가 뒤를 볼 때 왜 그 더러운 것은 보지 못했는가?"

"왜 보지 못하였을 리가 있었겠나? 그녀가 뒷간에 오를 때를 보면 마치 공작새가 오색 구름을 타고 깊은 계곡에 들어가는 것과 같고, 분홍색 치마를 걷어 올리고 아랫도리를 드러낼 때에는 그 엉덩이가 반쯤 구름 사이에 구르는 쟁반과 같고, 또 그 하부가 흩어지며 소변이 쏟아지는 것을 보면 마치 운모雲母가 붉은 입술을 열고 구슬 같은 물을 토해 내는 것과 같고, 그녀의 방귀를 말하자면 날던 꾀꼬리가 꽃나무에 앉아 백가지 노래를 부르는 것과 같으며, 그녀가 대변을 쏟을 때면 노랑 장미꽃이 어지럽게 떨어지는 것이 아닌가 하는 의심을 갖게 되고, 사타구니는 마치 붉은 모란과 같다네. 그래서 그녀가 뒤를 볼 때에 더럽게 보인다기 보다는, 서시西施가 얼굴을 찡그리면 찡그릴수록 왕의 총애를 더 받았다는 것과 조금도 다를 바 없으니 이를 어찌하겠나?"

친구들은 크게 웃으며 희롱하여 시 한 수를 지었다.

미인이 백가지로 아름다우면	美人生百媚
더러운 냄새도 곧 향기가 되니	遺臭時流芳
어찌 모란만 욕하리오	豈獨花王辱
또한 장미에게도 상할 것을	薔薇亦可傷

134) 청주 명기 춘절春節

조선 중기 때 충청도 청주에 춘절이라는 명기가 있었다. 춘절은 얼굴

도 아름다울 뿐만 아니라 춤과 노래에다 시도 지을 줄 아는 그야말로 재
색을 겸비한 명기였다. 그러나 무엇보다도 그녀를 유명하게 만든 건 굳
은 절개였다. 그녀에게 연정을 품고 있는 선비들이 많았지만 함부로 그
녀의 절개를 건드릴 수 없었다. 어느 날 청주목사 이청담 집에 죽마고우
인 성제원475)이 찾아왔다. 성제원은 학식은 뛰어났으나 벼슬에 뜻이 없
어 전국을 유람하고 다니는 중이었다.

청주목사는 춘절에게 자신의 친구가 훌륭한 인품을 지녔으니 수행하
며 따르면 어떻겠느냐고 제안하였다. 이에 춘절은 성제원을 따라 유람
을 떠나기로 하였다. 그들은 아름다운 자연 속에서 시와 술을 벗하며 즐
겁게 지냈다. 또한 성제원은 여러 지역을 다니면서 춘절에게 그림을 곁
들인 시를 십여 폭 선물로 주었다. 꿈같은 유람을 마치고 청주로 돌아온
춘절은 지친 몸을 쉬고, 한편 성제원은 다시 한양으로 길을 떠나야 되었
다. 춘절이 돌아왔다는 소식에 청주목사는 그 동안 있었던 일을 캐물으
니, 춘절은 이상하게도 동침한 일은 없었으나 그를 위해 수절을 맹세했
다고 말하였다.

춘절은 성제원이 떠나고 남은 그리움을 수십 폭의 시화로 달래며 행
복해하였다. 한편 한양으로 돌아간 성제원은 얼마 지나지 않아 세상을
떠나고 이 소식을 들은 춘절은 머리를 풀고 수절과부가 되었다. 세월이
흘러 춘절은 늙은 할머니가 되었다. 우연히 성제원의 손자가 청주를 지

---

475) 성제원成悌元(1506~1559); 조선중기의 문신, 본관 창녕昌寧, 자 자경子敬, 호
　　동주東洲, 소선笑仙. 대곡 성운成運, 남명 조식曺植과 교유. 어릴 때부터 학문을
　　즐겨 유우柳藕문하에서 수학하였다. 성리학을 비롯한 각종 학문에 정통하였다.
　　젊어서부터 전국을 방랑하며 벗들과 어울려 시를 짓고, 세속에 구애됨 없이 초
　　야에 묻혀 살았다. 만년에 보은 현감에 천거되어 나갔으나 곧 벼슬을 버리고 돌
　　아왔다. 그때 보은 백성들이 눈물을 흘리면서 길을 가로막았다고 한다. 그 뒤 공
　　주의 향리에 돌아와 은거하였다. 쉰네 살로 세상을 떠났다. 저서 『동주유고東洲
　　遺稿』, 시호 청헌淸憲.

나다가 춘절의 이야기를 듣고 그녀를 찾아갔다. 성제원의 손자라는 이
야기에 춘절은 매우 반가이 맞았다. 자신이 비록 기생의 몸이었지만, 그
의 뜻을 많이 따르려고 노력하였다며 수십 폭의 시화를 내놓았다.

"이것들로 위안을 삼고 수십 평생을 살아왔으나 이제는 그분의 후손
께 돌려드려야 함이 마땅하니 당신께 돌려드립니다."

춘절이 굳은 절개로 지켜온 덕분에 할아버지의 유작을 손자는 고스
란히 전해 받을 수 있었다.

135) 율곡476)과 기생 유지柳枝의 진정한 사랑

율곡에게는 부인이 셋이 있었다. 그는 정실 노씨와 소실 이씨와 김씨
를 두었다. 율곡이 여성을 대하는 태도는 우계牛溪 성혼477)과의 일화를
통해 알 수 있다. 어느 날 친구인 송강松江 정철의 생일 잔치에 같이 가
보니 기생이 끼어 있으므로 우계가 "기생은 오늘 모임에 마땅치 않다"
고 하자 율곡은 웃으면서 "물들여도 검어지지 않으니, 이 또한 하나의
도리라네"하며 설득하자, 마침내 우계가 함께 자리에 참석했다고 한다.

---

476) 이이李珥(1536~1584)의 호. 조선중기의 학자이자 정치가. 본관 덕수德水, 자 숙
　　헌叔獻, 호 석담石潭, 우재愚齋, 강릉 출생. 저서『성학집요』,『격몽요결』,『소학
　　집주개본小學集注改本』,『중용토석中庸吐釋』,『경연일기經筵日記』, 문묘에 종
　　향, 파주 자운서원紫雲書院, 강릉 송담서원松潭書院, 풍덕 구암서원龜巖書院, 황
　　주 백록동서원白鹿洞書院 등 스무 군데의 서원에 배향. 시호 문성文成.
477) 성혼成渾(1535~1598); 조선중기의 성리학자. 본관 창녕昌寧, 자 호원浩原, 호
　　묵암默庵, 우계牛溪. 서울 순화방順和坊 출생, 경기도 파주 우계 거주. 열일곱
　　살 때 감시監試 초시에 합격했으나 신병으로 과거를 단념, 경학經學 연구에 정
　　진했다. 임진왜란 중에는 우참찬에 올라 정2품 좌참찬에 이르러 관직에서 물러
　　났다. 율곡栗谷 이이李珥와 여섯 해에 걸쳐 사단칠정四端七情에 대한 논쟁을 벌
　　였다.

한편 황해도 황주에 유지란 기생이 무척이나 율곡선생을 흠모했다.
그 용모가 예쁘고 행동이 민첩하였기 때문에 율곡도 그녀를 아주 귀엽
게 여겨 같이 놀기도 했지만 유지와 남녀관계는 맺지 않았다. 이 일을
보면 율곡은 여성에 대한 태도가 담담했다는 걸 알 수 있다. 그가 세상
을 떠나기 약 석 달 전, 문득 밤늦게 자신을 찾아온 기생 유지를 주저주
저하며 방에 들여놓고는 긴 밤을 함께 지새우며 긴 시를 지었다. 대략
십 년 전 황해도 감사로 갔을 때부터 아꼈던 유지가 찾아왔지만 병약해
진 말년의 이이는 자신의 마음을 다스리며 끝내 예를 갖췄다. 그 뒤 이
이가 별세했다는 소식을 들은 유지는 곧장 달려와 삼년상을 치렀다.

율곡이 황해도관찰사 재임 중이던 서른아홉 살 때 알고 지낸 동기童
妓 유지를 마흔여덟 살 되던 해 벼슬자리에서 물러나 율곡리와 해주를
다니다가 다시 만났다. 이때 써준 시와 글은, "젊은 날 좋은 기약 다 놓
치고서 이제 황혼의 나이에 와서야 다시 만났으니, 내생이 있단 말이 빈
말이 아니라면 가서 저 부용성芙蓉城에서 너를 다시 만나리라"로 끝맺
고 있다. 이러한 사연이 깃든 '유지사柳枝詞'478)는 지금 이화여대박물관

---

478) 이희조李喜朝,『지촌집芝村集』권20, '書栗谷柳枝詞草本後' "玄石南溪記聞曰, 栗
谷以遠接使, 到黃州, 州使一妓薦枕, 名曰柳枝, 才姿出衆. 栗谷語之曰, 看汝才姿, 殊
可玩愛. 但一與之私, 義當率畜于家, 此擧甚重, 故不爲也, 遂却之. 及後寓居海州, 柳
枝乘夜遠訪栗谷, 遂製柳枝詞一闋, 申以却之之意, 終無所汚. 愚按栗谷手書詩稿中,
有乙亥元月初二日. 在黃岡所作詩, 其序曰, 有少妓柳枝者, 甚有姿態, 呼之前, 低首
不擧. 問之則是士人之女, 緣其母在妓籍, 服屬黃州. 余憐而贈詩云, 詩曰, 弱質羞低
鬢, 秋波不肯回. 空聞海濤曲, 未夢雨雲臺. 爾長名應擅, 吾衰閣已開. 國香無定主, 零
落可憐哉. 此詩, 不載於前後所刊文集中, 此卽先生按海西時也. 且考柳枝詞, 其序曰,
"柳枝士人女也. 落在黃岡妓籍, 余按海西時, 以丫鬟爲侍妓, 纖細妖冶貌秀而心慧, 余
撫憐之, 初非有情慾之感也. 厥後, 余以遠接使, 往來關西, 柳枝必在閣, 而未嘗一日
相昵. 癸未秋, 余自首陽, 省女嬰于黃岡, 又柳枝同杯觴者數日, 還首陽時, 追送余于
蕭寺. 旣別, 余宿于栗串江村, 入夜有人扣扉, 乃柳枝也. 一笑入室, 余怪問其由, 則其
言曰, '公之名義, 國人皆慕, 況號爲房妓者乎. 且見色無心, 尤所嘆服, 此別後會難期,

에 소장되어 있다. 그 전문을 살펴보자.479)

　"유지는 선비의 딸이다. 황주 기생으로 떨어져 있더니 내가 황해도 감사로 갔을 적에480) 동기로 수종들었는데, 날씬한 몸매에 곱게 단장

故茲敢遠來耳.' 遂明燭夜話. 噫, 娼家只愛浪子之多情, 孰知有義之可慕者乎. 不以不見親爲恥, 而反服焉, 尤所難得, 惜乎. 女士困于賤隷也. 且過客疑余, 有枕席之私, 莫之顧眄, 則國香尤可惜也. 遂製詞以敍其實, 發乎情止乎禮義之意, 則觀者詳之." "若有人兮海之西, 鍾淑氣兮稟仙姿. 綽約兮意態, 瑩婉兮色辭. 金莖兮沆瀣, 胡爲委乎路傍. 春半兮花綻, 不遷金屋兮哀此國香. 昔相見兮未開, 情脈脈兮相通. 青鳥去兮寒脩, 遠計參差兮墜空. 展轉兮愆期, 解佩兮何時日. 黃昏兮邂逅, 宛平昔之容儀. 曾日月兮幾何, 悵綠葉兮成陰. 矧余衰兮開閣, 對六塵兮灰心. 彼妹子兮婉姝, 秋波回兮春之. 適駕言兮黃岡, 路逶遲兮追遠. 駐余車兮蕭寺, 秣余馬兮江湄. 豈料粲者兮遠追, 忽入夜兮扣扉. 迥野兮月黑, 虎嘯兮空林. 履我卽兮何意, 懷舊日之德音. 閉門兮傷仁, 同寢兮害義. 撤去兮屏障, 異牀兮異被. 恩未畢兮事乖, 夜達曙兮明燭. 天君兮不欺, 赫臨兮幽室. 失氷洋洋佳期, 忍相從兮鑽穴. 明發兮不寐, 恨盈盈兮臨歧. 天風兮海濤, 歌一曲兮悽悲. 緊本心兮皎潔, 湛秋江之寒月. 心兵起兮如雲, 衆受穢於見色. 士之耽兮固非, 女之耽兮尤感. 宜收視兮澄源, 復厥初兮淸明. 倘三生兮不處, 逝將遇爾於芙蓉之城." 復申以短篇三首. 其一云. 天姿綽約一仙娥, 十載相知意態多. 不是吳兒腸木石, 只緣衰病謝芬華. 其二其三則不見錄矣. 據此, 柳枝之爲先生房妓. 始在乙亥按海西巡到黃州之日. 則玄石所記以遠接使却之云者, 未免差誤. 且壬午遠接使時, 亦在閣而先生未嘗近之, 癸未自海州往來黃岡時, 柳枝來訪先生於栗串江村, 故先生遂作詞以與之. 然玄石所記只云, 寓居海州, 柳枝乘夜遠訪云, 此亦似欠詳備, 盖先生詩稿及柳枝詞草本, 皆先生手筆. 而余於庚辰牧海陽時, 得之於先生傍孫李紳等家, 竊意此詩與詞, 雖刊以傳後, 不但不足以爲累, 益足以見先生之高, 而玄石於續外集中, 並不入錄, 何也. 豈玄石只傳聞於海人, 而不及見此詩與詞. 故所記旣有少差, 而亦未能收入於集中耶, 姑識之, 以俟後之君子." *이희조李喜朝(1655~1724); 자 동보同甫, 호 지촌芝村, 간암艮菴, 지사재志事齋, 본관 연안延安, 시호 문간文簡, 이정구李廷龜의 증손曾孫. 송시열宋時烈의 문인.

479) 이이,『율곡전서栗谷全書』의「제가기술잡록諸家記述雜錄」편을 자세히 살펴보면, 율곡이 유지에게 시를 남겼다는 사실만 언급되어 있을 뿐 시의 원문은 실려 있지 않다. 그 상세한 내력과 '유지사'의 원문은 이화여자대학교 박물관에 소장된 서간에만 전한다.

480) 율곡이 황해감사를 역임한 것은 1574년인데, 선생 서른아홉 살 무렵이다.

하여 얼굴은 맑고 머리는 영리하므로 내가 쓰다듬고 어여삐 여기긴 했으나 처음부터 정욕의 뜻을 품지는 아니했다. 그 뒤에 내가 원접사[481]가 되어[482] 평안도로 오고갈 적에 유지는 매양 안방에 있었지만 일찍이 하루도 서로 가까이 하지는 아니했다. 계미년[483] 가을, 내가 해주[484]에서 황주[485]로 누님께 문안 갔을 때에도 유지를 데리고 여러 날 동안 술잔을 같이 들었고 해주로 돌아올 적에는 조용한 절에까지 나를 따라와 전송해 주었다. 그리곤 서로 떠나 내가 밤고지[486] 강마을에서 자는데 밤이 이슥해 어떤 이가 문을 두드리기에 보니 유지였다. 방긋 웃고 방으로 들어오므로 나는 이상히 여겨 까닭을 물었더니, 대답하는 말이 '대감의 명성이야 온 백성이 모두 다 사모하는 바인데 하물며 명색이 기생된 계집이겠습니까? 그 위에 여색을 보고도 무심하오니 더욱 더 감탄하는 바이옵니다. 이제 떠나면 다시 만날 기약이 어렵기에 이렇게 굳이 멀리까지 온 것이옵니다' 하므로 마침내 불을 밝히고 이야기를 주고받았다. 아, 기생이란 다만 뜬 사내들이나 다정하거나 사랑하는 것이거늘, 누가 도의를 사모하는 자가 있는 줄이야 알 것이랴. 게다가 받아들이지 않는 걸 보고도 부끄러이 여기지 아니하고 도리어 감복한다는 것은 더욱 더 보기 어려운 일인데 아까워라, 여자로서 천한 몸이 되어 고달프게 살아가다니. 더구나 지나는 이들이 내가 혹시 잠자리를 같이 하지나 않았나 의심하여 저를 돌보아 주지 않는다면 국중일색이 더욱 더 아깝겠구나. 그래서 노래를 지어 사실을 적어, 정에서 출발하여 예의에 그친 뜻을 알리는 것이니 보는 이들은 그리 짐작하시라.[487]

---

481) 원접사遠接使는 조선시대 중국 사신을 영접하기 위하여 둔 임시 관직.
482) 율곡이 원접사가 되어 명나라 사신 황홍헌黃洪憲을 마중나간 것은 1582년이었으니 마흔일곱 살 때의 일인데, 구 년만의 재회였다. 유지도 이때는 스물서너 살의 성숙한 여인이었다.
483) 계미년은 1583년이니 율곡이 원접사로 나갔던 그 다음 해.
484) 원문에서, 수양首陽은 수양산이 있는 해주를 말하는데 선생의 처가가 있던 곳.
485) 원문에서, 황강黃岡은 황주를 말하는데 선생의 누님이 출가한 곳.
486) 밤고지, '율곶栗串'은 재령 고을에서 육십 리 북쪽에 있는 율관진을 말함.
487) 栗谷先生 親筆戀書 '柳枝詞'(全文 三章 573자, 梨大博物館 所藏) "柳枝士人女也. 落在黃岡妓籍, 余按海西時, 以丫鬟爲侍妓, 纖細妖冶貌秀而心慧, 余撫憐之, 初非有情慾之感也. 厥後, 余以遠接使, 往來關西, 柳枝必在閣, 而未嘗一日相昵. 癸未秋, 余自

아, 황해도에 사람이 있으니 若有人兮海之西
맑은 기운 모아 선녀 자질을 타고 났네 鍾淑氣兮稟仙姿
곱기도 해라 그 뜻이랑 맵시여 綽約兮意態
맑기도 해라 그 얼굴이랑 말소리여 瑩婉兮色辭

새벽하늘 이슬같이 맑은 것이 金莖兮沆瀣
어쩌다 길가에 버려졌나 胡爲委乎路傍
봄도 한창 청춘의 꽃 피어날 제 春半兮花綻
금옥으로 옮기지 못해, 슬퍼라 일색이여 不遷金屋兮哀此國香

처음 만났을 땐 채 피지 않아 昔相見兮未開
정만 맥맥히 서로 통했고 情脈脈兮相通
중매 설 이는 가고 없어 靑鳥去兮寒脩
먼 계책 어긋나 허공에 떨어졌네 遠計參差兮墜空

이렁저렁 좋은 기약 다 놓치고서 展轉兮愆期
허리띠 풀 날은 그 언제런가 解佩兮何時日
아, 황혼에 와서야 만나다니 黃昏兮邂逅
그래도 모습은 옛날 그대로구나 宛乎昔之容儀

세월 지나가니 그 언제런가 曾日月兮幾何
슬프다 푸르던 잎에 그늘이 지니 悵綠葉兮成陰
나는 더욱 몸 늙어 여색을 버리고 矧余衰兮開闔
세상 정욕은 재같이 식어졌다네 對六塵兮灰心

首陽, 省女婆于黃岡, 又柳枝同杯觴者數日, 還首陽時, 追送余于蕭寺. 旣別, 余宿于
栗串江村, 入夜有人扣扉, 乃柳枝也. 一笑入室, 余怪問其由, 則其言曰, '公之名義, 國
人皆慕, 況號爲房妓者乎. 且見色無心, 尤所嘆服, 此別後會難期, 故玆敢遠來耳.' 遂
明燭夜話. 噫, 娼家只愛浪子之多情, 孰知有義之可慕者乎. 不以不見親爲恥, 而反服
焉, 尤所難得, 惜乎. 女士困于賤隷也. 且過客疑余, 有枕席之私, 莫之顧眄, 則國香尤
可惜也. 遂製詞以敍其實, 發乎情止乎禮義之意, 則觀者詳之."

저 아름다운 여인이여 　　　　　　　　　彼姝子兮婉娈
사랑의 눈초리를 돌리는가 　　　　　　　秋波[488]回兮眄之
내 마음 황주 땅에 수레 달릴 때 　　　適駕言兮黄岡
길은 굽이굽이 멀고 더디었네 　　　　路逶遲兮追遠

쑥대 우거진 절에 수레 머물고 　　　　駐余車兮蕭寺
강가에서 말을 먹일 때 　　　　　　　　秣余馬兮江湄
어찌 알았으랴 어여쁜 이 멀리 따라와 　豈料粲者兮遠追
밤들자 내 방문 두들길 줄이야 　　　　忽入夜兮扣扉

아득한 들 가에 달은 어둡고 　　　　　迥野兮月黑
빈 숲에 범 우는 소리 들리는데 　　　　虎嘯兮空林
나를 뒤밟아 온 건 무슨 뜻인가 　　　　履我即兮何意
옛날의 명성을 그려서라지 　　　　　　懷舊日之德音

문을 닫는 건 인정 없는 일 　　　　　　閉門兮傷仁
같이 눕는 건 옳지 않은 일 　　　　　　同寢兮害義
가로막힌 병풍이야 걷어치워도 　　　　撤去兮屛障
자리도 달리하고 이불도 달리하네 　　異牀兮異被

은정을 다 못 푸니 일은 틀어져 　　　　恩未畢兮事乖
촛불을 밝혀 밤을 지새우네 　　　　　夜達曙兮明燭
하느님이야 어이 속이리 　　　　　　　天君兮不欺
깊숙한 방에도 내려와 보시네 　　　　赫臨兮幽室

혼인할 좋은 기약 잃어버리고 　　　　失氷泮兮佳期
몰래 하는 짓이야 차마 하리오 　　　　忍相從兮鑽穴
동창이 밝도록 잠자지 않고 　　　　　明發兮不寐

---

488) 추파秋波는 여자의 눈초리가 가을 물같이 맑다고 해서 생겨난 말로써, 색정을
품은 눈초리를 이름.

갈림길에 서니 가슴엔 한만 가득해 　　　　　　恨盈盈兮臨歧

하늘엔 바람 불고 바다엔 물결치고 　　　　　天風兮海濤
노래 한 곡조 슬프기만 하구나 　　　　　　歌一曲兮悽悲
아, 내 본심 깨끗하여라 　　　　　　　　緊本心兮皎潔
가을 물위에 찬 달이로다 　　　　　　　湛秋江之寒月

구름같이 마음에 싸움이 일 때 　　　　　心兵起兮如雲
그 중에도 더러운 것 색욕이리니 　　　　　衆受穢於見色
사나이 탐욕이야 진실로 그른 것 　　　　　士之耽兮固非
계집이 내는 탐욕은 더욱 고혹해라 　　　　女之耽兮尤惑

마음 거두어 근원을 맑혀서 　　　　　　宜收視兮澄源
밝은 근본으로 돌아갈지니 　　　　　　復厥初兮清明
내생이 있단 말이 빈 말이 아니라면 　　　　倘三生[489]兮不處
가서 저 부용성에서 너를 만나리라 　　　逝將遇爾於芙蓉之城[490]

다시 짧은 시 세 수를 써 보인다. 　　　　　復申以短篇三首

예쁜 자태여 선녀로구나 　　　　　　　天姿綽約一仙娥
십 년을 서로 알아 익숙한 모습 　　　　　十載相知意態多
돌 같은 사내이기야 하겠나마는 　　　　　不是吾兒腸木石
병들고 늙었기로 사절하는 것이네 　　　　古緣病衰謝芬華

작별하며 정든 사람인 듯 서러워하지만 　　　含悽遠送似情
서로 만나 얼굴이나 친했을 따름 　　　　只爲相看面目親

---

489) 삼생三生은 과거, 현재, 미래의 삼세에 전생轉生하는 것을 이름.
490) 부용성芙蓉城은 옛날 석만경石曼卿이란 이가 죽은 뒤에, 어느 때 친구가 그를
　　만나 보니 마치 꿈속같이 어렴풋한 곳에서 그가 하는 말이 "나는 지금 신선이
　　되어서 부용성, 곧 연꽃이 핀 아름다운 나라의 주인 노릇을 하고 있다"고 하는
　　것이었다. 그래서 뒷날에는 '저승의 신선 나라'를 일컫는 말이 되었음.

다시 나면 네 뜻대로 따라가련만   更作尹邢說爾念
병든 몸에 마음은 이미 식은 재인 걸   病夫心事已灰盡

길가에 버린 꽃 아깝고말고   每惜天香棄路傍
운영처럼 배항을 언제 만날까   雲英何日遇裵航[491]
둘이 같이 신선은 될 수 없는 일이라   瓊漿玉杵非吾事
헤어지며 시나 써주니 미안하구나   臨別還邀贈短章

계미년 9월 28일에 율곡 병든 늙은이가 밤고지 강마을에서 쓰다.
癸未九秋念八日, 栗谷病夫, 書于栗串江村.[492]"

---

491) 운영雲英, 배항裵航; 옛날 당 나라 때 배항裵航이란 사람이 운교雲翹 부인을 만
　　나서, "한 번 구슬 물을 마시고 나면 온갖 느낌이 일어날 것이오. 검은 서리玄霜
　　라는 신선의 약을 찧어 주고야 운영雲英을 만날 것이오."라는 시 한 수를 주었
　　다. 뒤에 배항이 남교藍橋 역을 지나다가 어떤 늙은 할미에게 마실 것을 청했더
　　니 그 할미가 운영을 시켜 마실 것을 가져다주는데, 배항이 그것을 받아 마셔보
　　니 바로 진짜 '구슬 물'이었다. 그리고 또 운영을 보니 얼마나 어여쁜지 할미에
　　게 운영과 짝을 맺어주기를 청하자, 할미의 말이 "간밤에 신선이 영약 한 숟가
　　락을 주었는데, 다만 이것은 옥 공이를 가지고 절구에 찧어야만 되는 것이니,
　　그대가 그것을 찧어주고 나서야 운영과 결혼할 수 있을 것이다" 하므로, 배항은
　　백 일 동안이나 그 신선의 약을 찧어 주고서 운영에게 장가들어 그 길로 같이
　　신선이 되어갔다. 『태평광기太平廣記』.
492) "癸未九秋念八日, 栗谷病夫, 書于栗串江村." 계미년 9월은 율곡이 해주 석담에서
　　요양 중이던 시기이다. 다음 해 1월 16일에 서울 대사동 집에서 마흔아홉 살을
　　일기로 서거했으니 유지와 순수한 사랑을 나누고 헤어진 지 네 달 만이었다.

136) 황주목사가 자식을 훈계하다[493]

옛날 동촌 이화정에 윤수현이라는 이름난 벼슬아치가 있었다. 윤공은 아들 삼형제를 두었는데, 장남 용필은 스무 살로 재주는 많으나 교만하고, 차남 봉필은 열여덟 살로 고집이 세고, 삼남 귀필은 열여섯 살로 뒤숭숭하고 술렁술렁하였다. 윤공은 황주목사가 되어 부임하면서 세 아들이 양반의 자식으로서 갖추어야 할 행실을 닦도록 하기 위해 함께 데리고 갔다. 세 아들은 말로는 공부에 힘쓸 것이라고 하여 윤공을 안심시키지만 실제로 공부는 하지 않고 셋이 각각 기생을 끼고 살았다. 하루는 기생들이 부모 앞에 나아가 문안 인사를 하였다. 윤공은 기가 막혀 아무런 말도 못하다가 세 아들을 꾸짖었다. 세 아들은 아버지의 꾸짖음을 냉담하게 받아들였다. 그 뒤로 그들은 더욱 방자해져 날마다 풍악과 창기에 빠져 살다시피 하였다. 그들은 책 한 장 들쳐보지 않고 밤낮으로 창고의 재물을 기생 손에다 넘겨주기에 바빴다. 이에 세 기생은 저절로 넉넉하게 되고 관아는 거의 망할 지경에 놓이게 되었다. 목사는 그걸 알면서도 남부끄러워서 모르는 체하고 말았다.

목사가 부임한 지 한 해가 넘은지라 상경하기로 작정하고, 하루는 세 아들을 불러 어머니를 모시고 상경할 것을 명하였다. 세 아들은 기생들과 뜻하지 않은 이별을 서글퍼하며 눈물을 흘리고 각각 자기들 방으로

<hr>

493) 「황주목사계자기黃州牧使戒子記」, 작자·연대 미상의 고전소설. 국문본. 1848년에 간행된 목판본 『삼설기三說記』에 실린 작품 중의 하나이다. 활자본 조선서관판 『별삼설기別三說記』에는 '황주목사기' 라는 표제로 되어 있다. 이 작품은 예언설화를 소설화한 것으로, 상대방이 아무리 기생이라도 애정의 순수성을 지닌 사람이 끝내 대성할 수 있다는 사실을 보여주고 있다. 이는 조선왕조 사회에 내재하고 있는 자아회복을 표현한 것으로 시사성 깊은 풍자라 할 수 있다. 『삼설기』, 景印古小說板刻本全集 1, 연세대학교인문과학연구소, 1973; 『한국민족문화대백과사전』, 한국정신문화연구원 참조.

들어갔다. 이에 목사는 세 아들 방을 돌아다니며 아들이 기생과 이별하는 모습을 엿보았다. 맏아들 용필은 이별이 서러워 울고 있는 기생에게 '송구영신送舊迎新494)은 기생의 당연한 처사'라고 하면서 냉정하게 꾸짖어 내치고는 코를 골며 잠을 잤다. 둘째 아들 봉필은 이와는 달리 기생과 서로 끌어안고서는 상경한 뒤 과거에 급제하여 데려갈 것이니 걱정 말고 절개를 굳게 지키라고 하면서 달랬다. 셋째 아들 귀필은 기생과의 이별을 서러워하며 자기는 부모를 따라나섰다가 몰래 도망쳐 나와서 아전의 서역書役이나 하며 지내겠다고 하였다.

이러한 세 아들의 행동을 보고 나름대로 세 아들의 앞길을 짐작한 목사는 부인에게 세 아들의 장래를 이야기하였다. 맏아들은 온갖 악을 자행하여 평생 평안하지 못할 것이고, 둘째아들은 간악하여 남 속이기를 잘 하고 자신의 이익만을 취할 것이며, 셋째아들은 태평성대에 여러 작위를 거쳐 온갖 영화를 누린 뒤에 정승의 자리까지 오르게 될 것이라 말하였다. 훗날 세 아들은 과연 아버지 윤목사가 예언한 바와 똑같이 되었다.

137) 기색忌色과 내색耐色

옛날 선비들은 여색을 절제할 줄 알았다. 그래서 색을 기피하는 '기색'이나 색을 참는 '내색'과 경계하는 '계색戒色' 성향이 있었다. 따라서 이에 대한 일화가 많다.

조선중기에 영남학파를 양분하여 이끌던 남명과 퇴계가 각각 서로 성性에 대한 다른 시각을 보여주는 설화가 있어 흥미롭다.

한 선비가 명망가인 남명 조식 선생에게 물었다. 여성의 성기를 두고 "이것이 도대체 무엇입니까?" 하고 묻자, 남명은 얼굴을 찌푸렸다. 다시

---

494) 구관舊官을 보내고 신관新官을 맞이함.

선비가 남성의 성기를 지칭하며 "저것은 무엇입니까?" 하고 묻자, 남명은 크게 화를 내며 제자들을 시켜 그를 내쫓아버렸다.

그 선비는 포기하지 않고 이번에는 퇴계 이황 선생을 찾아가 같은 질문을 했다. 그러자 퇴계는 "이것은 걸어 다닐 때 숨어 있는 것으로 보배처럼 귀하지만 살 수는 없는 것이고, 저것은 앉아있을 때 숨어 있는 것으로 사람을 찌르기는 하지만 죽이지는 않는다[495]"는 대답을 내놨다. 이를 보고 선비는 남명보다 퇴계의 덕이 더 높다고 판단하였다.[496]

율곡栗谷이 황해도 관찰사가 되어 순시차 황주에 들렀을 때 그 곳에 유지柳枝라는 나이 어린 기생이 있었다. 어쩌다가 기적妓籍에 오른 몸으로 열여섯 살이 채 되지 않았다. 불혹의 나이에 접어든 도학자 율곡은 그녀를 특별히 이성으로서 매력을 느끼지 못했다. 그러나 관찰사를 그만둔 뒤 누이를 만나고자 황주에 가거나, 마흔일곱 살 때 명나라 사신을 맞는 원접사로 황주를 오갈 때면 이미 이십 대에 접어든 유지는 율곡의 생각과는 달랐다. 황주목사가 율곡을 접대한다며 명기 유지를 수청들게 하였다. 그녀는 율곡을 간절히 사모하여 함께 하기를 원하였다. 그해 가을 날 밤, 그녀는 율곡의 숙소를 찾았다. 율곡은 그녀를 적극적으로 받아주지도 못하고, 그렇다고 매정하게 뿌리치지도 못한 채, 다음과 같은 글을 지어 심정을 드러내고는 물리쳤다. 율곡은 병풍을 걷고 자리를 달리한 채 가을 밤을 뜬눈으로 보냈다.

"문을 닫으면 '인仁'을 상할 것이고, 동침을 하면 '의義'를 해칠 것이다. 자네의 자태를 보니 탐이 나지 않을 수 없으나, 내가 너를 사랑하게 되면 기색의 대강大綱을 범하게 될 것이네"

---

495) "步藏之者, 而寶而不市者也. 坐藏之者, 而刺而不兵者也."
496) 『기이재상담紀伊齋常談』 *2008년 일본 이바라키그리스도교대학 교수인 소매야 도모유키가 일본의 한 고서점에서 발견해 정병설 교수에게 전달하여, 정교수가 『조선의 음담패설』(예옥, 2010)로 번역 출간했다.

또 명종 때 학자 성제원[497]이 보현현감이 돼 부임지로 가던 중에 청주에 이르자 그곳 목사가 미색이 빼어난 기생 춘절春節을 불러 모시도록 했다. 성제원은 그 기생과 함께 충청도 명소를 두루 돌아보며 '동상불범同床不犯'[498]의 신조를 끝까지 지켜 오랫동안 함께 있으면서도 한 번도 기생을 범하지 않았다. 요즘 말로 '부적절한 관계'를 갖지 않았다. 그는 유람하면서 산수가 맑고 좋은 곳이면 곧 그림을 그리거나 시를 지어 화첩에 남겼는데 산을 나올 때는 그림이 수십 폭에 이르렀다. 성제원은 마침내 청주를 떠나면서 기생에게 말했다.

"내가 너를 범하지는 않았으나 다른 사람들은 반드시 나와 동침했을 것이라 생각할 것이다. 그렇게 되면 다른 관리들이 너를 가까이하지 않을 것이고 기생으로서 손님이 없으면 생계를 잇기도 힘들 것이다. 그래서 내가 그동안 그렸던 화폭을 줄 터이니 사람들이 찾아오거든 이 화폭을 보이거라. 그러면 나를 잊지 않은 이가 너를 돌보아 줄 것이다."

그 후 세월이 흘러 임진왜란이 일어났다. 전쟁이 끝난 후 성제원을 잘 아는 감찰사 아무개가 청주목사와 술자리를 함께 하면서 그 이야기를 꺼냈다. 그 감찰사는 성제원 형의 손자였다. 한참 흥에 겨워 이야기를 나누고 있는데 문득 옆에 있던 사람이 말하였다.

"그 기생이 아직도 살아 있습니다."

그 얘기를 들은 목사가 그 기생을 불러오라고 했다. 하지만 기생은 이

---

497) 성제원成悌元(1506~1559); 본관 창녕昌寧, 자 자경子敬, 호 동주東洲, 소선笑仙. 어릴 때부터 학문을 즐겨 유우柳藕 문하에서 수학, 성리학을 비롯한 각종 학문에 정통하였다. 젊어서 전국을 떠돌며 벗들과 어울려 시를 짓고, 세속에 구애되지 않고 초야에 묻혀 살았다. 만년에 보은현감에 천거되어 나갔으나 곧 벼슬을 버리고 돌아왔다. 그때 보은 백성들이 눈물을 흘리면서 길을 가로막았다. 그 뒤 공주의 향리에 돌아와 은거하다가 쉰네 살로 세상을 떠났다. 저서 『동주유고東洲遺稿』시호 청헌淸憲.
498) 동상불범同床不犯; 잠자리는 같이 하되 여색을 취하지는 않음.

미 여든 살이 넘어있었다. 감찰사가 성제원의 친척임을 알게 된 기생은 그의 손을 잡고 울며 말하였다.

"오늘 그분의 손자를 보게 될 줄은 몰랐습니다. 비록 그분과 잠자리를 하지는 않았지만 어찌 잊을 수 있겠습니까? 그 날 이후 쉰네는 절개를 지키며 오늘까지 살아왔습니다. 그때 주신 화폭을 화첩으로 만들어 이 고을을 지나는 선비들에게 보여주니 후히 대접해주지 않는 이가 없었습니다. 하지만 왜란 중에 그 화첩을 잃었으니 참으로 분한 일입니다" 하였다.499)

그리고 다산茶山 정약용은 "술을 끊고 여색을 멀리하며 음악을 물리치고 공손하고 엄숙하기를 큰 제사를 지내듯 하며 유흥에 빠져서 어지럽거나 헛되이 보내는 일이 없어야 한다"500)고 말하였다. 또한 중국 송나라 관리 조변趙抃과 조선의 감사 한지501)에 관한 일화를 각각 소개하며 여색을 경계할 것을 말하였다.

"송나라 조변이 촉蜀을 다스릴 때, 한 기녀가 살구꽃을 머리에 꽂았으므로 공이 우연히 시를 지어 희롱하자 기녀도 역시 시로써 응수했다. 저녁이 가까워지자 공이 늙은 군사를 시켜 그 기녀를 불러오게 하였는데, 밤이 늦도록 오지 않으므로 사람을 시켜 재촉하고는 공이 방 안을 거닐고 있다가 문득 외치기를, '조변아, 무례해서는 안 된다' 하고, 곧 불러오지 말도록 명령하였다. 그러자 그 군사가 장막 뒤에서 나오면서 이렇게 말하였다. '저는 상공께서 몇 시각이 못 되어, 그런 마음이 식으리라 짐

---

499) 앞에서 나온 설화 133) "청주 명기 춘절春節"에서는 전체적인 내용은 거의 같으나 끝 부분의 얘기만 약간 다르게 기술되어 있다.

500) "斷酒絶色, 屛去聲樂, 齊速端嚴, 如承大祭, 罔敢游豫, 以荒以逸."『목민심서牧民心書』권1,「율기육조律己六條」, '단정한 몸가짐[칙궁飭躬]'.

501) 한지韓祉(1675~1720); 본관 청주, 자 석보錫甫, 호 월악月嶽, 공주 출신, 숙종44년(1718) 충청도관찰사. 경종원년(1720) 전라도 관찰사 재직중에 병으로 죽었다. 선정을 베풀고 청백하여 문명文名이 높았다.

작하고 진작부터 부르러 가지 않았습니다. 조변은 매양 욕망을 끊고자
부모의 초상을 누워 자는 침상 가운데 걸어두고 스스로를 살폈다.'"502)

　"한지가 감사로 있을 때 기생 수십 명을 항상 한 방에 두고도 끝내
범하는 일이 없으니 여러 속관들도 감히 가까이 하는 자가 없었다. 하
루는 조용히 속관들에게 묻기를, '오랜 나그네 생활을 하는 동안 더러
여색을 가까이해 본 일이 있는가?' 하니, 모두 사실대로 대답하였다. 한
지는 웃으면서 다음과 같이 말하였다. '어찌 내 자신이 금하고 있다 하
여, 다른 사람까지 막을 수 있겠는가? 다만 난잡하게 하지 않으면 되는
데, 색정을 참기란 참으로 어려운 일이다. 내가 일찍이 호서에 있을 때,
토지를 점검하는 일로 청주에 보름 동안 머물러있었는데, 재색이 뛰어
난 강매絳梅란 기생이 늘 곁에 있었다. 사흘째 되던 날 밤, 잠결에 무심
코 발을 뻗으니 사람의 살결이 닿길래 물어보니 강매였다. 그녀가 말하
기를, '청주 수령께서 제가 공의 잠자리를 모시지 못하면 죄를 주겠다
고 명하시기에 부끄러움을 무릅쓰고 몰래 들어왔습니다' 하였다. 나는
'그거야 쉬운 일이다' 하고 곧 이불 속으로 들어오게 하였다. 그 후 열사
흘 동안 동침하였으나 끝내 어지러운 짓은 하지 않았다. 일이 마치고
돌아올 때 강매가 울기에, '아직도 정이 남아 있느냐?' 물으니, 강매가
대답하기를 '무슨 정이 있겠습니까. 다만 무안했기 때문에 운 것입니
다' 하였다. 수령이 회롱하기를, '강매는 좋지 못한 이름을 만년에 남기
고, 공은 좋은 이름을 백대에 남기게 되었습니다'라고 하였다."503)

---

502) "趙淸獻公帥蜀時, 有妓戴杏花, 公偶戱曰, 髻上杏花眞有幸. 妓應聲曰, 枝頭梅子豈無
　　媒, 逼晩. 公使老兵呼, 妓幾二鼓不至, 令人速之. 公周行室中. 忽高聲呼曰, 趙抃不得
　　無禮. 旋令止之. 老兵自幕後出曰, 某度相公不時辰, 此念便息, 實未嘗往也. 趙淸獻
　　每絶慾, 掛父母畫像於臥牀中以自監."
503) "韓祉爲監司, 侍妓數十, 常置一房, 終無所犯, 諸裨亦不敢狎. 一日從容問曰, 久旅有
　　所眄乎. 具對以實. 笑曰, 豈可以吾之自防而竝防人乎. 但無雜亂而已. 然色之難忍, 至
　　於此乎. 吾嘗爲湖西亞使, 以檢田都會, 留淸州, 一望妓有絳梅者, 才色超絶, 常在傍.
　　第三夜睡間伸足, 忽觸人肌膚, 問之, 絳梅也. 云主官有命, 不被眄, 將罪之, 故冒恥潛
　　入. 余曰, 是易耳, 卽命入衾. 凡十三日同寢, 終不亂. 罷事而歸, 梅也泣. 余曰, 尙有情
　　乎. 對曰, 何情之有, 但無聊故泣耳. 主官戱之曰, 梅也遺臭萬年, 使君遺芳百世矣."

그런데, 색욕을 인위적으로 기피하는 것을 '기색'이라 하고 그 색욕을 인위적으로 감내하는 성향을 '내색耐色'이라 한다. 기색은 주로 유교의 행실을 가르친 소학에 집착한 선비들 간에, 내색은 도교의 기氣와 불교의 선禪에 집착한 도사와 선사들 사이에 번져있었다.

소학군자가 사는 집 문안에서는 색의 본질인 여자들은 소리 내어 말을 해서는 안되었다. 비록 아내나 딸일지라도 입속이나 귀엣말로 의사를 통해야 하는 것이 가풍이었다. 옛날에는 디딜방아를 울 안에 두고 사는 것이 상례였다. 하지만 소학군자의 집은 디딜방아소리가 들리지 않는 위치에 멀리 옮겨놓았다. 방아는 성행위의 상징이고 이런 상징적인 색기色氣마저도 철저하게 배제했던 것이다. 이런 것은 모두 '기색' 습속에서 생긴 것이다. 이러한 '기색' 윤리에 희생당한 대표적인 인물이 예종의 아들인 제안대군齊安大君504)이다.

제안대군은 당대 유명한 소학주의자들로부터 교육을 받고 성교기피증까지 생겼다. 왕실에서는 그에게 아들이 없는 것을 걱정하여 그로부

---

504) 제안대군齊安大君(1466~1525); 조선 중기의 종실. 본관 전주全州, 이름 현琄, 자 국보國寶, 예종의 둘째아들, 어머니는 안순왕후安順王后 한씨韓氏. 네 살 때 부왕인 예종이 죽자, 왕위계승 후보였으나 세조비인 정희왕후貞熹王后가 아직 어리고 총명치 못하다고 반대해서 대신 성종이 즉위하였다. 성종원년(1470) 다섯 살 때 제안대군에 봉해진 뒤 세종의 다섯째 아들인 평원대군平原大君 임琳의 후사로 입양되었다. 열두 살에 사도시정司䆃寺正 김수말金守末의 딸과 혼인했으나 어머니 안순왕후가 내쫓자 열네 살에 다시 박중선朴仲善의 딸과 혼인했지만, 김씨를 끝내 잊지 못하자, 1485년 성종이 복합復合을 허락하였다. 연산군 4년(1498) 안순왕후의 상을 입은 뒤 홀로 거처해 평생 여색을 멀리 하고, 성악聲樂과 사죽관현絲竹管絃만을 좋아하였다. 연산군이 네 차례나 음률音律을 아는 여자를 궁중으로 들여 그에게 내렸으나 따르지 않았다. 『패관잡기稗官雜記』에는 그를 평하여 "성품이 어리석다."고 하면서, 한편으로는 "진실로 어리석은 것이 아니라 몸을 보전하기 위하여 스스로를 감춘 것"이라는 또 다른 평가를 내렸다. 그는 결국 왕위계승을 둘러싼 왕실세력과 훈신勳臣의 각축 속에서 희생된 인물이었다.

터 색의 공포를 제거해주는 궁녀에게는 상을 내리겠다고 상금까지 걸었다. 그리하여 지원한 궁녀가 신나는 야밤의 기습을 시도했다. 그러나 잠자리에서 살갗이 닿자마자 놀라 깬 제안대군은 대문 밖까지 도망갔다. 그 뒤로 기방에서 공처가를 놀리는 말로 "대문 밖의 제안대군인가"라는 속담까지 생겼다. 제안대군은 끝내 사손祀孫505)을 두지 못하고 죽었다.

이런 '기색' 풍조와는 달리 일부러 여색을 접근시켜 그에서 유발되는 색욕을 참아내는 것을 양기養氣와 양성養性으로 알고 그것을 도행으로 삼은 것이 '내색' 습속이다. 도교와 유교를 절충 융합한 학자 서화담과 황진이의 애타는 사랑이야기나, 성제원이 호서湖西의 아름다운 기생인 춘절春節에게 손가락 하나 만지지 않은 것은 잘 알려진 '내색'의 도행이다. 이와 같은 '내색' 습속은 일반화하여 소녀 동침이라는 기속奇俗까지 생겨났다.

한의학 서적인 『본초강목本草綱目』에는 "열네 살 이전의 어린소녀와 동침을 하여 그 몸에 배어있는 사람의 기를 훈증하면 그보다 좋은 약이 없다"506)는 뜻으로 동녀동남童女童男의 기를 받는 일을 기록하였다. 가장 기가 많이 서린 곳은 코, 배꼽, 허벅지로서 삼전三田중에서도 가장 좋은 밭이 배꼽 둘레이며 이 동녀의 배꼽에다 불에 볶은 주사朱砂로 찜질하여 기를 빨면 더욱 왕성해진다는 것이다.

138) 양녕대군을 사로잡은 기생 정향丁香

양녕대군은 태종의 맏아들로 일찍이 세자에 책봉되었으나, 셋째인 충녕대군이 현명한 걸 알고는 둘째인 효령대군과 함께 왕위를 양보하

---

505) 봉사손奉祀孫. 조상의 제사祭祀를 맡아 받드는 자손.
506) "二七以前, 少陰同寢, 籍其薰蒸, 最爲有益."

였다. 왕위에서 멀어진 뒤에는 날마다 사냥이나 일삼으며, 시를 짓거나 여인을 사랑하며 팔도를 유람하였다. 충녕대군이 세종으로 즉위한 얼마 뒤 양녕대군은 임금에게 평안도를 다녀오겠다고 말하였으나, 세종은 그곳에 어여쁜 여인이 많은 걸 알고는 이를 말렸다. 그러나 끝내 양녕대군의 뜻을 꺾지 못한 세종은 만약 형님이 색을 조심하고 탈 없이 돌아온다면 돌아오는 날 잔치를 열겠다고 약속하였다. 이에 반드시 약속을 지키겠다고 다짐하며, 양녕은 떠나는 길목을 잇는 각 고을과 평양의 수령들에게 자신에게 술과 여자를 권하는 자는 엄히 다스리겠다는 공문을 띄우고 평안도로 길을 떠났다. 그러나 형님의 성정을 잘 아는 세종은 아름다운 그곳을 다니면서 술과 여자를 대하지 못한다면 양녕대군에게 반드시 한이 남을 것이라 생각하여, 은밀하게 미색을 동침시키라는 어명을 내렸다. 그러자 감사는 평안도에서 미색이 으뜸이며 기특한 꾀 많은 열여섯 살 난 정향이라는 기생을 대기시켰다. 이튿날 객사 정남쪽 담장 한 곳을 허물어 마치 비바람에 손상된 것처럼 꾸미고, 담밖에 집 한 채를 수리하여 그녀가 거처하도록 만들어놓았다. 드디어 양녕대군이 평양에 당도하여 객사로 들어와 사방 펼쳐진 산을 두루 바라보니 풍경이 아주 아름다웠다. 조금 뒤 감사가 앞으로 와서 절을 올리고 진수성찬으로 큰상을 차려 내왔지만 양녕대군은 마음이 크게 움직이지 않았다. 그런데 조금 뒤 담이 무너진 곳에서 고양이 한 마리가 닭다리를 물고 앞으로 쪼르르 달려와 양녕대군이 앉아 있는 마루 밑으로 들어가려 하였다. 그러지 곧이어 한 여인이 장대를 들고 고양이를 쫓아 거의 뜰 가운데 이르렀다 좌우에 있는 나졸들이 큰 소리로 꾸짖자 멈추었다. 이에 양녕대군이 나졸을 시켜 그 여인을 끌어오게 하니, 나이는 열일곱이나 열여덟 살 쯤 보이는데 용모가 아주 뛰어났다. 그녀는 소복을 입고 뜰아래에 꿇어앉아서 울며 하소연하였다.

“소녀는 금년 열여덟 살이옵니다. 남편을 잃고 혼자 산 지 반 년도 못 되었는데 저 요망한 고양이가 죽은 남편의 상식에 쓸 닭다리를 물고 가기에 분한 나머지 지엄하신 분이 마루 위에 계신 줄도 모르고 그만 이렇게 죽을죄를 지었으니 죽을 목숨을 살려주시기 비옵니다.”

그 여인은 꾀꼬리처럼 혀를 교묘하게 놀리니 아름다운 목소리가 구슬프게 말마다 애처롭고 소리마다 촉촉이 젖었다. 또 구름 같은 머리는 치렁거리고 눈물이 뺨을 적시니, 예쁜 자태와 고운 말소리가 양녕의 애간장을 녹이는 게 아닌가. 그녀의 말에 포졸들은 꾸짖었으나, 양녕대군은 아무 말 없이 그녀를 보내주었다. 날이 저물고 객사에 외로이 앉아 있던 양녕대군에게 생각나는 것은 오직 고양이를 쫓아온 젊은 여인뿐이었다. 그는 그녀를 잊을 요량으로 밖으로 나와 산책을 하였으나, 소복을 입은 여인의 아름다운 자태가 끊임없이 눈앞에 어른거리고, 울며 하소연하던 부드러운 목소리가 귓가에 완연하였다. 잊으려고 해도 잊기 어렵고 생각하지 않아도 저절로 생각이 났다. 결국 양녕대군은 아무도 모르게 그녀의 집으로 찾아가 사립문을 살며시 열고 들어갔는데, 등불이 문틈으로 새어나왔다. 그가 창문을 뚫고 들여다보니 그녀가 등불 아래 혼자 앉았는데 참으로 꽃이 부끄러워할 정도로 미색이었다. 양녕대군은 한 눈에 춘심이 동하여 방문을 밀치고 들어갔으나, 놀란 그녀는 그를 보고 소리를 질렀다. 이에 양녕대군은 자신은 낮에 본 대군이라 소개하며 자신이 그녀에게 반한 애달픈 심정을 고백하였다. 그러자 그녀는 눈물을 흘리며 양녕대군에게 이렇게 말하였다.

“소첩이 비록 어리석다 하더라도 어찌 대감의 존귀함을 모르오리까? 다만 소첩의 지아비가 나이 겨우 열 살로 부부의 이치를 알지 못하고 혼례를 올린 지 몇 달 만에 갑자기 죽었는데 지금 거의 반년이 되었습니다. 다만 이 몸을 돌아보면 큰 인륜이 이미 정해졌기에 한 번 죽기를 맹세하였습니다. 삼가 비옵건대, 대감께서는 불쌍히 여기고 용서하시어 한 여자의 절개를 끝까지 지키도록 해주옵소서. 사람이 비천하다 하여 가문의 부끄러움이 되지 않게 해주옵소서."

그리고는 벽에서 은장도를 뽑아 자결하려고 하였다. 이에 양녕대군은 황급히 그 칼을 빼앗아 던지고 손으로 그녀의 눈물을 씻어주었으나, 그녀의 절개에 다시 한 번 감동한 그는 이대로는 놔주기가 아까워 다시 한 번 이렇게 간청하였다.

"그렇다면 나는 병이 날 것인데 어떻게 하지? 너는 과연 나의 목숨을 구해주지 않을 셈이냐?"

양녕대군의 말을 들은 그녀는 한숨을 쉬며 결국 그의 소원을 들어주기로 하였고, 양녕대군은 크게 기뻐하며 그녀와 동침을 하였다. 정향과의 동침은 마치 선녀와의 하룻밤처럼 달콤하고 황홀하였다. 그 뒤에도 대군은 밤마다 그녀를 찾아왔고, 남몰래 나누는 애정은 꿀 같이 달아 그녀의 온갖 교태가 대군의 마음을 기쁘게 하였다. 하지만 이 모든 게 형을 생각하는 세종이 꾸민 일임을 까맣게 모르는 양녕대군은 날로 그녀에게 빠져들어 이미 십여 일이 지난 줄도 깨닫지 못했다. 그러다 봄과 여름이 바뀌는 계절이 되자, 양녕대군은 다음날로 성천으로 떠나야 하는 상황이 되어 마음먹고 정향에게 사실을 말하였다. 이에 그녀는 기다렸다는 듯 이렇게 답하였다.

"대감께서 돌아가시는 날 소첩은 서울로 따라가서 밥 짓고 물 긷는 계집종 되어 일생을 마치겠습니다."

그러나 동생과 한 약조를 어길 수 없었던 양녕은 이를 거절하자, 정향은 흐느껴 울며 정인의 표시로 자신의 치마폭에다 시를 남겨 달라는 부탁을 하였다. 그녀의 부탁에 양녕대군은 이별의 슬픔을 담은 시를 그녀의 치마폭에 써 주고는 한양을 향하여 무거운 발걸음을 옮겼다. 한양에 도착하자 세종은 양녕에게 큰 연회를 베풀었으나, 정향을 잊지 못한 그는 떠들썩한 연회가 눈에 들어오지 않았다. 그런 양녕의 마음을 이미 알고 있던 세종은 은밀히 정향을 한양으로 불러들여 대기시켜놓고는 기생들에게 양녕대군의 시를 노래하게 하였다. 시를 들은 양녕대군은 어리둥절하였다. 세종은 그간의 사연을 이야기 해 주자, 모든 사실을 들은 양녕대군은 정향과 세종에게 속은 걸 생각하며 한바탕 호탕하게 웃고는 마침내 아름답게 치장한 채 그를 기다리는 정향과 감격에 겨운 재회를 하였다. 이렇게 하여 양녕대군은 세종의 배려로 사랑하는 여인 정향과 함께 자식을 낳으며 백년해로를 하였다 한다.

139) 기생 웃음 때문에 죽을 뻔한 장순손

장순손[507]의 본관은 인동으로 세조 때 군수를 지낸 장중지張重智의 아들이다. 경상도 상주에서 태어난 장순손은 젊을 때에 얼굴 모양이 돼지 머리와 닮아 친구들이 '저두猪頭'라고 놀렸다. 그는 젊은 시절 한 성주 기생을 사랑하였는데, 얼마 뒤 그 기생이 궁궐로 뽑혀 들어가 연산군의 사랑을 독차지하게 되었다. 하루는 종묘 제사를 마치고 궁중에 음복을 올릴 때 돼지 머리를 바쳤다. 성주 기생이 보고 피식 웃자 연산군이 그 웃는 까닭을 물었다.

"성주에 사는 장순손이 얼굴 모양이 돼지 머리 같아서 사람들이 모두 장저두 라고 부릅니다. 그 생각이 나서 웃었던 것입니다."

이 말을 듣고 연산군은 처음에는, "장저두라! 딴은 그럴 만도 하지, 그 자가 돼지를 닮은 게 아니라 돼지가 그 자를 닮았느니라" 하였다. 그런

---

507) 장순손張順孫(1457~1534); 조선 전기의 문신. 본관 인동仁同, 자 사호士浩, 자 활子活, 성주星州 출신.

데 곧 연산군은 벌컥 화를 냈다.

"장순손은 반드시 네가 사랑하는 지아비였을 것이다. 속히 '저두'를 목 베어 바쳐라."

장순손은 그때 벼슬에서 물러나 집에서 쉬고 있었다. 이미 그전에 연산군의 궁궐 활쏘기대회를 장순손이 꼬집어 토를 달았던 일이 있었는데, 점점 제정신을 잃은 연산군이 새삼 그 일을 되새겨 괘씸하게 여긴 나머지 느닷없이 장순손을 고향인 성주땅으로 귀양을 보내버리니 장순손은 시골에 부처되는 신세가 되고 말았던 것이다. 그를 잡아오라는 임금의 명을 받아 의금부 나졸들이 길을 떠나 문경새재를 넘기 전이었다. 함창 공검지 아래에 이르자, 마침 갈림길에서 한 고양이가 길 앞을 뛰어넘었다. 장순손은 그 고양이가 자기에게 무언가를 암시하는 것 같은 예감이 들었다. 그래서 의금부 도사에게 청하였다.

"제가 과거를 보기 위해 서울을 왕래할 때마다 고양이를 보면 꼭 좋은 일이 있었습니다. 방금 고양이 한 마리가 저쪽 길로 갔는데, 그 길 역시 서울로 가는 지름길이니 그쪽으로 갔으면 좋겠습니다."

금부도사는 곧 죽을 죄인의 그만한 청쯤은 들어 주어도 좋을 것 같아 승낙하였다. 그런데 그 갈림길이야말로 장순손에게는 생사의 갈림길이었다. 이때 선전관이 연산군의 명령을 받들고 저두 장순손의 목 베는 것을 재촉하기 위한 일로 내려왔는데, 선전관은 큰길로 내려오고, 도사와 장순손은 갈림길로 가서 상주에 이르렀다. 길이 어긋나 이런 사실도 모른 채 서울에 당도해 보니 이미 반정이 일어나 새 임금 중종이 즉위한 뒤였다. 장순손은 죽음을 면하고 여러 벼슬을 거쳐 병조 판서에 이르렀다. 그 뒤 감안로와 같은 무리가 되어 대간의 탄핵을 받아 벼슬이 삭탈되었다가 얼마 뒤에 다시 우상에 등용되어 영상에 이르렀다. 시호는 문숙이다.

140) 기생과 건달

옛날에 어떤 기생과 더불어 오입을 하고 난 뒤 한 건달이 화대를 주지 않자 기생이 "꽃값을 주시오" 하고 손을 내밀었다. 그러자 건달이 역정을 내며, "귀후비개로 귀를 후비면 귀가 시원하나, 귀후비개가 시원하나? 내가 너를 시원하게 해 줬으니 네가 나한테 돈을 줘야지"라고 하였다.

그러니 기생이 "꿀단지에 혀를 대면 단지가 다오, 혀가 다오? 당신이 내 꿀단지 맛을 봤으니 꿀 값을 내야지요"라고 대꾸하였다. 할 말이 없어진 건달이 꼬리를 내리며, "그러면 당신은 귀가 시원했고, 나는 단맛을 봐 좋았으니 돈을 줄 일도 받을 일도 없겠네"라고 했다.

그러면서 "숫돌에 낫을 갈면 숫돌과 낫이 둘 다 닳으니, 그만 없던 일로 하세" 이렇게 말하니, "낫 좋으라고 갈지, 숫돌 좋으라고 가나?" 이와 같이 기생이 대꾸하니, 건달은 그제서야 오입 값을 줬다고 한다.[508]

141) 황진이의 세 인물평

황진이는 자색이 뛰어났을 뿐만 아니라, 문예가 더욱 기이했다. 흔히 송악松嶽의 정기가 나뉘어 서화담과 황진이로 되었다고 말하는데, 진이가 기생으로 태어난 것은 애석한 일이다. 진이가 당시 3대 인물인 율곡栗谷 이이李珥, 송강松江 정철鄭澈, 서애西厓 유성룡柳成龍을 평하면서, 율곡은 진정한 성인이고 송강은 군자이며 서애는 소인이라고 했는데, 그 이유는 이러하다. 율곡이 중국 사신을 맞는 원접사가 되어 개성을 지나면서 진이를 불러 가까이하고 차와 식사도 함께 하면서 다정하게 대했

---

508) 강원도민일보, '강원의 육담' <25>, 2004년 05월 14일 (금). 자료제공; 강릉민속문화연구소.

다. 밤이 깊어지자 먼 길에 피곤이 심해 그러니, 가서 자고 내일 아침에
오라고 말하면서 돌려보냈다. 진이가 집으로 가서 자고 아침에 가니 역
시 어제같이 다정하게 대하고 여러 날을 같이 지내면서도 끝내 흐트러
지지 않았으니, 율곡은 진이의 몸을 좋아한 것이 아니라 그 재능을 사랑
했으니 정말 성인이라는 것이었다. 송강은 중국에 사신 가면서 역시 진
이를 불러 분명하게 천침薦枕할 것을 명하여 동침했고 중국에서 돌아올
때도 또한 그렇게 환애했으니 이는 남자의 정상적인 처사로서 분명한
그 처분이 정말 군자에 해당한다고 했다. 서애도 중국 사신 길에 역시
진이를 불러서 다정하게 대해서 천침을 명하는 줄 알고 있었는데 밤이
되니 나가라고 명령하기에 역시 훌륭하다고 생각하고 집으로 나갔다.
그런데 밤중에 부하를 보내 몰래 들어오라 해 동침하고는 새벽에 일찍
나가라고 했다. 이 일은 명쾌하지 못한 처사이므로 서애는 소인이라는
평가였다.509)

142) 기생 난향

충남 홍성군 홍동면 원천리에 세천 마을이 있다. 이 마을 안쪽으로 조
금만 들어가면 야트막한 언덕배기가 나온다. 이 언덕배기 한복판에는
잘 가꿔놓은 무덤이 하나 있다. 무덤의 주인공은 옛날에 평양에서 기생
을 했던 난향이라는 여인이다. 이 언덕배기를 마을사람들은 "무지개말
랭이"라고 부르는데, 난향의 행적과 관련이 있다. 옛날에 홍주 고을 홍
동 땅에 살던 황흠510)이 평양감사를 할 때였다. 그의 아들인 규하奎河

---

509) 구수훈具樹勳, 『이순록二旬錄』(下).
510) 황흠黃欽(1639~1730); 조선후기의 문신. 본관은 창원昌原, 자 경지敬之. 국정에
　　관여한 쉰 해 동안 소임을 잘하여 세 임금(숙종・경종・영조)을 모셨다. 모든

(1678~1718)가 책상도령으로 평양에 함께 따라가서 공부를 하게 되었다. 평양에는 기생 난향이 있었는데 황 도령과 만나 서로 사랑하게 되었다. 그러다가 황 대감이 다시 서울로 발령을 받자 황 도령은 서울로 돌아가게 되었다. 황 도령은 난향에게 과거에 합격하는 대로 꼭 데리러 온다고 약속을 하고는 서울로 갔다. 세월이 흘러 여러 해가 지나갔는데도 황 도령은 연락이 없고, 난향은 주변에 치근덕거리는 남자들 때문에 견딜 수가 없었다. 하루는 난향이 집 앞에 있는 샘물에 빠져죽으려고 자살을 시도했으나 사람들에게 들켜 미수에 그치고 말았다. 다시 살아나게 된 난향은 '죽으나 사나 황 도령을 찾아가야겠다.'고 생각하고, 서울로 황 도령을 찾아 나섰다. 그래서 서울로 올라갔는데 서울에 도착하여, 묻고 물어 황 도령을 찾아가 보니 황 도령은 이미 고향인 홍주로 내려갔다고 했다. 난향은 평양에서 서울까지 그리고 다시 홍주까지 수천 리를 걸어 내려가 홍 도령을 찾았으나, 홍 도령은 이미 죽었고, 죽기 전에 혼인까지 한 사실을 알게 되었다. 절망한 난향은 마을사람들에게 자신이 찾아온 연유를 소상히 밝혔다. 비록 살아서 배필로 맞이하지는 못했지만 죽어서라도 함께 있고 싶었다. 황 도령의 묘 옆에서 시묘살이라도 할 수 있도록 도와달라는 간청을 했다. 마을사람들은 난향의 청을 받아들여서 황 도령의 묘 옆에 조그만 초막을 하나 지어주었다. 그 뒤로 난향은 시묘살이를 하다가 황 도령의 묘를 감싸안은 채 싸늘한 주검으로 발견되었다. 난향의 열행에 감탄한 마을 사람들은 황 도령의 묘 옆에 나란히 쌍분을

일에 신중하고 청렴 검소하였으므로 헐뜯는 사람이 없었다. 1770년 임금이 대신들을 인견하는데 좌의정 송인명宋寅明이 아뢰기를, "청렴하고 신중한 사람을 택한다면 현재로는 이선현李宣顯 한 사람이고, 선조先朝 때 옛 신하 중에서 구한다면 판서 황흠이 엄정하면서도 화목하고 정사도 공정하고 예의를 준수하는 청렴결백한 신하였다"고 하였다. 아흔 살을 넘겼으나 조금도 흐트러짐이 없었고, 마지막 벼슬은 보국판돈녕輔國判敦寧 이조판서였다.

만들어 주었다. 죽어서라도 못다 한 사랑을 영원히 이루라는 뜻이었다. 훗날 황 도령의 자식들이 장성하여 아버지의 묘를 이장하였는데 난향의 묘는 그냥 두고 황 도령의 묘만 이장을 하였다. 그런데 황 도령의 유골이 언덕 아래로 옮겨갈 때, 난향의 묘에서 오색 무지개가 피어오르면서 황 도령의 상여를 따라갔다고 한다. 그 뒤로 사람들이 난향의 묘가 있는 언덕을 '무지개 말랭이'라고 불렀고, 황 도령의 후손들은 대를 잇지 못하고 절손이 되었다고 한다. 황씨 문중에서는 기생이지만 절개를 지킨 난향을 기려 해마다 제사를 지내고 산소를 깨끗하게 단장하고 있다.

143) 일선 기생의 재치

일선511)의 한 기생이 돈을 많이 받고 소금장수에게 시집가니 일선 고을의 다른 기생들이 수치스러운 행동을 했다면서 속죄하라고 성토했다. 소금장수에게 시집간 그 기생이 소를 잡고 많은 술을 빚어 잔치를 열었는데 모든 음식에 전혀 소금을 치지 않았다. 잔치에 모인 사람들이 왜 소금을 치지 않았느냐고 아우성을 하니 주인 기생은 "내가 소금장수의 아내가 되어 소금 때문에 죄를 짓고 그 벌로 오늘 이렇게 잔치를 여는데 음식에 소금을 사용하면 그 처벌이 더 무거워질 것이므로 소금을 치지 않았다"고 하는 것이었다. 여러 사람들은 소금이 모든 맛의 근본이니 어떤 장사보다 소금 장사가 가장 고귀하다고 말하며 자신들이 비난한 것에 대해 사과했다. 사람들이 그 기생의 재치가 넘치는 대응에 모두 칭찬을 하였다.512)

---

511) 일선一善은 경북 선산善山의 옛 지명.

512) 고상안高尙顏, 『효빈잡기效嚬雜記』(上) *고상안高尙顏(1553~1623); 자 사물四勿, 호 태촌泰村. 1607년에 풍기군수가 되었으나 광해군이 즉위하여 국정이 어지러워지자 벼슬을 버리고 고향에 돌아가 여생을 학문에 전념하였다.

6. 마치는 글

6. 마치는 글

　조선시대 천민들 가운데 가장 가혹한 부류는 기생이다. 겉은 화려하나 실상은 성을 강요하는 폭압적인 신분제도에 예속당한 성노예나 다름없기 때문이다. 억지로 강요된 성은 한 인간의 영혼을 짓밟는 행위와 다르지 않다. 조선사회는 위와 아래가 확연하게 계층화된 계급사회였다. 조선왕조는 위엄과 위선을 이중으로 무장한 양반사대부 계급에 의하여 그들의 여흥을 즐기는 유락의 도구로서 창기제도를 존속시켰다. 기생이 남긴 한시와 시조, 가사 등의 문학자산은 기층천민이 감내하며 써내려온 절절한 삶의 기록이다. 동시에 그들이 남긴 다양한 시화, 설화, 전설과 야담을 통하여 우리는 당시에 핍박받는 기생들의 곤고한 삶의 모습을 무리 없이 재구성해낼 수 있다. 기생문학의 자산은 뼈아픈 기록으로서 비록 우리의 치부이긴 하지만 미래에 다양한 컨텐츠로서 뿐만 아니라, 동시에 반면교사로 오늘과 미래에 되비추어볼 수 있는 시대의 거울이라 생각한다. 신분제의 최하층에서 여성이면서 동시에 팔천八賤에 속한 기생은 그 심상心象에 드리운 깊은 서정과 아픔, 풍자와 이별을 통하여 다양한 문학적 스펙트럼을 제공하고 있다. 졸고는 기생이 남긴 한시를 중심으로 주제별로 범주화하여 탐색하고 더불어 시조와 시화, 사대부 양반들이 기생에게 준 시와 야담류에 보이는 설화와 소설이나 전설 등을 통하여 입체적으로 조망하려고 시도하였다. 특히 기생에 관한 야담을 곁들여 살펴봄으로써 좀 더 심층에 드리워진 기생의 삶에 비친 다양한 표정을 읽고자 하였다. 우리 규방문학의 한 정점을 지나는 기생문학은 가히 독자적인 영역으로써 다양한 측면에서 조망되고 또 재평가되어야 할 것이라 생각한다. 비록 그 자료들이 상호 착간, 차용, 표절, 혼입되어 나타나지만, 전체를 독해하는 데는 전혀 무리가 없음을 알 수 있다. 졸고는 천박한 안목으로 기생들이 말하고자 하고 또 듣고자 했던 진정한 '해어解語'를 제대로 알아듣지 못하지나 않았는지 두렵다. 그래서 일정 부분은 아쉬움만 더할 뿐이다. 앞으로 많은 질정叱正을 기다리며, 잘못되거나 모자라는 부분은 뒷날의 과제로 미루어둔다.

색 인

저 자 소 개

저자 이상원李商元은 경남 산청에서 태어나 경상대학교 대학원 경영학 석사과정을 졸업하고, 국가기록학연구원을 수료했다. 남명문학상 신인상을 수상하여 등단했으며,『계간 뿌리』편집위원, 공자학회 연구원, 남명학 연구원 연구위원 등을 역임하고, 현재 도동서당道洞書堂 훈장으로 있다.「남명南冥 조식曺植에 관한 야승野乘의 연구」「남명 한시漢詩의 미학」「석주石洲 권필權韠의 한시 미학」등 다수의 논문을 발표했고, 시집으로『풀이 가는 길』『여백의 문풍지』등이 있으며, 서사시「서포西浦에서 길을 찾다」로 제2회 김만중문학상 대상을 수상했다. 저서로『하원시초(정수동시전집)』『노비문학산고』『기생문학산고』가 있다.

國學古典硏究叢書 3

기생문학산고 二(전기·설화편)

| 초판 1쇄 인쇄일 | 2012년 8월 24일 |
| 초판 1쇄 발행일 | 2012년 8월 27일 |

지은이	이상원
펴낸이	정구형
출판이사	김성달
편집이사	박지연
책임편집	정유진
편집/디자인	이하나 이원숙 장정옥
마케팅	정찬용
영업관리	김정훈 권준기 천수정 심소영
인쇄처	태광
펴낸곳	**국학자료원**

등록일 2006 11 02 제2007-12호
서울시 강동구 성내동 447-11 현영빌딩 2층
Tel 442-4623 Fax 442-4625
www.kookhak.co.kr
kookhak2001@hanmail.net

| ISBN | 978-89-279-0179-2 *94800 |
| 가격 | 28,000원 |

* 저자와의 협의하에 인지는 생략합니다.
  잘못된 책은 구입하신 곳에서 교환하여 드립니다.